司汤达代表作

Chefs-d' œuvre
de Stendhal

LUCIEN LEUWEN

红与白

上

〔法〕司汤达 ◊ 著
Stendhal
王道乾 ◊ 译

人民文学出版社
PEOPLE'S LITERATURE PUBLISHING HOUSE

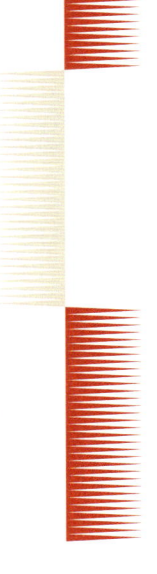

Stendhal
LUCIEN LEUWEN
据 Bibliothèque de la Pléiade，Editions Gallimard，Paris，1952 年版译出。

图书在版编目（CIP）数据

红与白：上下／（法）司汤达著；王道乾译. --北京：人民文学出版社，2024
（司汤达代表作）
ISBN 978-7-02-018460-6

Ⅰ. ①红… Ⅱ. ①司… ②王… Ⅲ. ①长篇小说-法国-近代 Ⅳ. ①I565.44

中国国家版本馆 CIP 数据核字（2024）第 015761 号

责任编辑　刘　彦
责任校对　杨益民
装帧设计　刘　远
责任印制　张　娜

出版发行　人民文学出版社
社　　址　北京市朝内大街 166 号
邮政编码　100705

印　　刷　北京盛通印刷股份有限公司
经　　销　全国新华书店等

字　　数　670 千字
开　　本　880 毫米×1230 毫米　1/32
印　　张　28.625　插页 3
印　　数　1—4000
版　　次　2024 年 5 月北京第 1 版
印　　次　2024 年 5 月第 1 次印刷

书　　号　978-7-02-018460-6
定　　价　148.00 元（全二册）

如有印装质量问题，请与本社图书销售中心调换。电话：010-65233595

司汤达

1783—1842

作者简介

司汤达
1783 — 1842

◎ 法国十九世纪伟大的现实主义作家。原名亨利·贝尔,出生于格勒诺布尔一个资产阶级家庭。他以准确的人物心理分析和凝练的笔法而闻名,被誉为"现代小说之父"。司汤达在文学上的起步很晚,三十几岁才开始发表小说,却给后人留下了巨大的精神遗产:数部长篇,数十个短篇或故事,数百万字的文论、随笔、散文和游记。代表作有《拉辛与莎士比亚》《红与黑》《巴马修道院》等。

译者简介

王道乾
1921 — 1993

◎ 浙江绍兴人,1945年毕业于中法大学法国文学系,1947年赴法国公费留学,在巴黎索邦大学文学院攻读法国文学。曾任上海社会科学院文学研究所副所长、法国文学研究会副会长,1959年加入中国作家协会。代表性译作有司汤达《拉辛与莎士比亚》《红与白》、兰波《地狱一季》《彩画集》、玛格丽特·杜拉斯《情人》等。

司汤达代表作
Chefs-d'œuvre
de Stendhal

目 次

译本序 …………………………………………… 001
原编者序 ………………………………………… 001

序一 ……………………………………………… 001
序二 ……………………………………………… 002
序三 ……………………………………………… 004

第一部 …………………………………………… 001
第二部 …………………………………………… 383

附录一 …………………………………………… 799
附录二 …………………………………………… 842

译 本 序

中国读者熟知司汤达的《红与黑》，却不太了解他的另一部小说《红与白》（又名《吕西安·勒万》）。它可说是《红与黑》的姊妹篇，从题材、结构到写作理念都与《红与黑》形成呼应之势。它是司汤达篇幅最长的小说，也是唯一保存着手稿的作品。它虽是一部未完成的作品，却深得专业读者青睐，因为散布于手稿各处的批注与评论，使读者得以进入小说创作的内幕，了解作者的创作理念与写作方法。

1833年秋天，驻意大利奇维塔韦基亚担任领事的司汤达回巴黎休假，一位女友戈尔蒂埃夫人写了一部小说，题为《中尉》(*Le Lieutenant*)，请他指正。司汤达将手稿带回阅读，在1834年5月写给戈尔蒂埃夫人的信件中直言不讳地指出小说的诸多缺点，如语言过于华贵夸张、人物形象不够自然生动，等等。他先是大刀阔斧地修改朋友的手稿，告诉她应当如何改进小说。几天后，他担心"这位夫人写的小说很快会变成女仆文学阅览室的无人问津之作"。"女仆小说"(romans pour femmes de chambre) 是他对当时流行的通俗小说的称呼，即不讲究艺术手法，只求情节离奇、催泪煽情的小说，博取格调不高的读者欢心；而与之相对的"沙龙小说"则追求真正的文学价值。司汤达于是决定自己重写一部小说，便是我们今天读到的《红与白》。

小说写作的缘由符合司汤达一贯的创作习惯，那就是在现有故事的框架上加以阐发。《红与黑》根据真实的刑事案件"贝尔德案件"写出,《巴马修道院》和《意大利遗事》根据意大利古代抄本写出。小说家通过想象,将报刊与故纸堆中死气沉沉的材料变成了引人入胜的作品。这一次,他又找到想象起飞的一块跳板。戈尔蒂埃夫人的手稿至今已不存,后世读者无从知晓原作与司汤达的小说之间有何联系。但是,从作者在小说手稿页边留下的大量笔记、提示、修改和计划,读者可以推想,司汤达顶多从朋友的作品中借用了第一部分南锡的故事情节,而在情节基础上展开的是他早在1819年写作的论著《论爱情》以及1825年发表的《拉辛与莎士比亚》第二部分中提出的观点,描绘年轻人心中爱情诞生的过程。后文将详细论述。

司汤达最初计划把小说分成三部分,分别发生在法国外省、巴黎、罗马大使馆。主人公吕西安·勒万是巴黎的富家子弟,他于1832年左右从综合工科学校退学,在父亲的安排下,成为外省城市南锡的驻军军官,与当地贵族德·夏斯特莱夫人产生恋情,后因误会而愤然离开。第二部分讲述他在巴黎的经历。他通过父亲的关系,成为内政部长的秘书,接触到大银行家、众议员与部长等位高权重的人物,见识了政界的种种内幕。在第三部分,他成为法国驻罗马大使的秘书,见证外交界的诸多事件。小说结尾也早已计划好:吕西安最终回到法国,与德·夏斯特莱夫人重逢,两人澄清误会后成婚。

司汤达大约花了一年时间写出前两部分。1835年4月,他说"画已涂满了",便放弃了第三部分的写作计划。于是,这部小说最终有着与《红与黑》相似的二元结构,由外省和巴黎两部分构成。因手稿信息繁杂,司汤达找了一位抄写员誊写,自己一边口述一边修改,完成前十八章的整理,书名定为《绿色猎人》。在写作过程中,他还考虑过用《吕西安·勒万》《红与白》《马耳他岛的柑橘》《电报》等作为小说书名。他去世后,他的表弟罗曼·科隆

(Romain Colomb)以《绿色猎人》(Le Chasseur vert)为题,出版了前十八章。1901年,让·德·米蒂(Jean de Mitty)首次编辑出版小说全稿,但这一版本不够忠实完整,招致诸多批评。直至1926年由亨利·德布雷(Henry Debraye)编辑的四卷本在尚皮翁出版社出版,读者才得以见到小说全貌。法国最权威的文学丛书"七星文库"分别于1952年和2007年出版两个版本,本书根据亨利·马尔蒂诺(Henri Martineau)1952年的经典版本译出。在此之后,2007版更为忠实完整地呈现了小说手稿及页边批注的内容。

1834年纪事

司汤达曾在《红与黑》中写过:"小说是人们沿路拿在手里的一面镜子。"他在为《红与白》写的第一篇序言中又写道:"作者认为,除去主人公的激情以外,小说应当是一面镜子。"因此,两部小说都属于司汤达构思的"小说—编年史",即小说不应以遥远的过去作为题材,而要像镜子一样忠实地反映当代现实,"描绘当今社会的习惯",呈现群体的精神状况,由此帮助读者理解他们生活于其中的社会。《红与黑》的副标题是"1830年纪事",那么《红与白》也可以称为"1834年纪事"[1],呈现七月王朝初期最有代表性的事件,尤其是政治领域的种种细节。

小说开篇第一句话便呈现出当时的社会氛围:"吕西安·勒万被巴黎综合工科学校开除出校,因为有一天他违禁外出游荡,竟被拘留,他所有的同学也一起被拘留了:事情就发生在一八三二年或一八三四年六月、四月或二月名噪一时的日子那样一个时期。"

---

[1] A. M. Meininger, *Lucien Leuwen*, Paris, Gallimard, « Folio classique », 2002, « Postface », p. 783.

此处影射真实的历史事件，1832年6月，拉马克将军逝世引发共和派暴乱，巴黎综合工科学校的学生身穿军装参加拉马克将军的葬礼，因这次反政府游行而被学校开除。此时，法国自从1789年经历大革命的震荡，已经发生了翻天覆地的变化。数十年间，旧制度土崩瓦解，国王徒剩虚名，政体经历了走马灯似的变动：法兰西第一共和国、拿破仑帝国、路易十八和查理十世的复辟君主制，路易－菲利普的改装君主制等一一登场。1830年革命爆发后，复辟王朝的查理十世被迫退位，逃往英国，代表资产阶级的路易－菲利普继承了国王兼主教的王位。然而，正统派的贵族仍然势力强大。他们生活在恐惧之中，对路易－菲利普政府不满，盼望亨利五世接替查理十世回来统治。与正统派相对立的是由青年一代构成的共和派；夹在两者之间就是当权的资产阶级，政治与军事力量上的"中间派"（译文中译为"稳健派"）。右翼正统派、左翼共和派与中间派形成三足鼎立之势，而各个阵营内部又微妙地分化为多股力量。各怀立场的派别、各种不同质的运动出于偶然而遇合，构成错综复杂、众声喧嚣的社会。

　　小说第一部分的发生地是法国东部城市南锡，它构成一个相对封闭的世界，是呈现七月革命之后各方势力斗争与制衡的政治棋局。以南锡为中心的东部地区是法国洛林大贵族的聚居之地，加之它是边境城市，靠近德国科布伦茨，而科布伦茨本是大革命时波旁王族的居住地，因此贵族势力格外强大，巴黎当局对此地动向也非常关注。正统派、共和派和中间派这三个政治阵营，对应着贵族、青年一代和资产阶级三个社会群体，在城中形成各自的交往圈，阶层固化，空间隔绝，互不往来。在拿破仑帝国时期曾战功赫赫的戴朗斯男爵，在七月王朝却成了惊弓之鸟。他这样描绘南锡的局面："贵族，既富有，又抱成一团，他们公开蔑视我们，每日每时都在嘲弄我们；资产者，他们都听凭精明透顶的耶稣会教士调弄,所有有点钱的女人也都听从他们指挥。这是一方面。另一方面,城里所有的年轻人,不是贵族,也不是教徒,个个都成了红了眼的共和派。"(第三章,36页)手无实权的中间派政府及其代表夹在各派势力之间左右为难:"人人侮慢省长,而又看不起将军;省长与将军被排斥在一切之外,虚有其名。"(第三章,39页)戴朗斯将军通过舞会这一细节,便将阶层隔离显露无遗。坚持正统思想的贵族,不允许资产阶级融入他们的圈子,从不邀请他们参加自己的舞会。外来的政府官员甚至找不到度过夜晚的场所:"你猜省长晚上到什么地方去消磨时间?他只好去找食品杂货店老板娘贝尔序太太,她的会客厅就设在她的店堂的后屋。这个他当然不会写信报告内政部部长。至于我,我的地位高,要自重,我不去找人闲谈,什么地方也不去,晚上八点钟我就上床睡觉。"而他手下的军官,只能"到咖啡馆去,找小姐们去,连微不足道的资产阶级那里也休想进去"。(第三章,42页)

在这个等级森严的社会中,吕西安作为一个外来者,是唯一能够游走于各个阶层之间的人。首先,军人这一职业具有流动性,立场不定,政见分歧,而且小说强调法国东部是军事地区,人们对军人向来喜爱。加之金钱是社会的通行证,吕西安虽非贵族,却凭借家中的财富走进贵族阶层的大门。他最初只能与酒馆商铺的资产阶级来往,外省贵族虽对他一掷千金买马的行为感到惊奇,好奇地打听他的家世,但仍对他非常戒备。直到看见他前往教堂祈祷,温和有礼,看不出"雅各宾分子和'七月英雄'的气味",才逐渐将他纳入自己的交往圈。这个立场不明的外来者行走于各个阶层、各个党派之间,看到资产阶级眼界狭隘,品位低俗;贵族因循守旧,无所适从。时局混乱催生各种乱象,贵族阶层内部其实四分五裂,富于理智的人支持亨利五世,更为激进的贵族则希望路易十九继查理十世统治国家。极端保王党人虽自视甚高,却不得不把普瓦利埃这个粗俗精明的平民当作灵魂领袖。"即使是最伟大的国王，也需要这一类出身下贱的顾问出来为他们效劳。"（第三十五章，373页）

吕西安回到巴黎的从政之路更是乱象丛生。他接触到最富有的阶层和最上层的贵族，见识了金融与政治相互勾结的内幕。政府官员庸碌无德，内政部长德·韦兹先生和一心想当部长的葛朗代先生是两种不同类型的蠢材，但议会偏偏喜欢，因为"议员先生们害怕思想"。（第六十一章，716页）金钱成为后革命时代的唯一动力，支配着整个社会与政界的运转。高官政要无不是窃国大盗，连国王也做起了证券交易。吕西安的顶头上司德·韦兹先生借助证券交易所的内幕大赚其钱，省长同样"既偷且盗"。他们封锁政府的秘密，操纵外省选举，诽谤正派人士，不惜一切代价保全自己的地位和利益。

小说之所以大费笔墨描写政治时局与社会状况，是因为作者认为文学有责任再现时代本质，记录当代社会具有代表性的事件，又记录具有普遍意义的个体，进而思考社会与政治的深层机制，阐释时代变迁。司汤达在《红与黑》中描写保王党秘密会议的章节中曾借作者与出版者的对话，指出政治已经成为现代生活的构成要素，它进入文学，虽会损害虚构作品的文学性，却是文学真实呈现现实生活不可忽略的因素。

"政治，"作者又说，"是挂在文学脖子上的一块石头，不出六个月，就会让它沉下去。在妙趣横生的想象中有了政治，就好比音乐会中放了一枪。声音不大，却很刺耳。它和任何一种乐器的声音都不协调。这种政治必然会惹恼一半读者，并使另一半读者生厌，他们已经在早晨的报纸上读到了更专门、更有力的政治了……"

"如果您的人物不谈政治，"出版者又说，"那他们就不是一八三〇年的法国人了,您的书也就不像您要求的那样是一面镜子了……"①

《红与白》延续这一观点,成为十九世纪法国文学中最为重要的政治小说,甚至被让·普雷沃等批评家诟病"过于政治化"。小说不仅深刻剖析了七月王朝政权的深层机构,而且包含对现代政治的思考,记录对各种类型政府的评判、大革命之后欧美国家的状况、国家机构与运作。这是司汤达的作品与同时代涌现的大量讽刺小说之间的差别。那些平庸的小说针砭时弊,但是没有以历史的眼光来看待风俗世态,没有去探究从深层影响世态的政治、经济、社会因素。而司汤达认为小说是认识当代社会的工具,既要呈现时代的特征,又要拉开历史学家的距离,具有历史的纵深感。他与同时代的巴尔扎克一样,把政治视为推动国家变动的动力,在小说中展现出它可怕的力量。他拆解庞大的政治机器,将其运作机制、各个部件展示给读者看,其手法精准,解释清晰,由此通过小说的提炼和浓缩,破解纷繁复杂的社会现象背后的深层机制,帮助读者理解被裹挟在社会与历史整体之中的、处于各种位置与关系之中的人。

《红与白》以吕西安在不同群体中的经历为主线,把个体融入更为宏大的时代历史进程当中,呈现七月王朝整个法国的社会面貌,写出了整整一代青年在新旧交替时代的彷徨。在大革命所开启的既矛盾又混杂的十九世纪,政体反复无常,舆论摇摆不定。人们在旧制度与新世界之间无所适从,政见与身份也瞬息万变,既缅怀君主制下古老典雅的法国,又赞叹大革命所带来的社会变革;既追忆过往,又被迫面对当下。吕西安本是一个愿

---

① *Le Rouge et le Noir*, in *Œuvres romanesques complètes*, éd. Yves Ansel et Philippe Berthier, Paris, Gallimard, « Bibliothèque de la Pléiade », t. I, 2005, p. 688. 译文引自《红与黑》,郭宏安译,译林出版社,2023 年,第 374 页。

007

意为国效力的有志青年,当他见识了各个阶层的局限,把各个党派的人加以比较,不由感到迷茫:"他在迷雾中徘徊不定。"(第六章,85页)"难道我真是命中注定非在自私却又彬彬有礼的顽固的正统派王党和高尚却又令人生厌的顽固的共和派之间度过我这一生不可? 直到现在我才真正懂得我父亲'为什么我不生在一七一〇年,拿五万利弗尔年金?'这句话的含义。"(第十一章,159页)吕西安的同僚科夫是出身寒微的青年,同为共和派,态度却更为疏离:"科夫蔑视当前这个时代,他认为在这个时代不论什么事都不值得卷进去。不公正与荒谬背理之事让他愤慨,其次,去同情与关心占人类大多数的无知又无赖的群众,他又不大高兴。"(第四十七章,520页)小说还时时跳出欧洲视野,将旧制度的法国与作为共和制典范的美国进行对比。吕西安想摆脱法国的困境,曾考虑前往美国:"在美国,人人都公正、有理性,十全十美,不过也很粗俗,而且念念不忘的就是金元,与这样的人相处,我感到讨厌。"(第六章,82页)比之美国庸俗愚蠢的道德精神,他宁可选择腐朽却风雅动人的旧时代宫廷风尚。可是,要享受古老文明提供的闲暇与乐趣,就必须承担政府的腐败。

司汤达在为《红与白》写的第二篇序言中写道:"宽宏善意的读者,您将要读到的这部小说的作者,是一个狂热支持罗伯斯庇尔和库东的共和派。然而,他同时也热烈盼望王族长系东山再起和路易十九出来统治。"这番话表明作者面对历史的矛盾态度:他出身于上层家庭,父亲是法官,外祖父是医生。他成长于法国大革命之后,有时支持拿破仑,有时支持共和政体,却又按照家庭传统,保持贵族观点和趣味,虽然赞成大革命带来的民主与政治自由,却又厌恶与之俱来的庸俗的资产阶级趣味。于是他在吕西安身上寄托了不可能实现的理想——"他们时代的共和精神与另一时代的君主道德联姻"①。历史学家莫娜·奥祖夫在《小说鉴史》中通过一系列小说透视法国大革命在十九世纪的回响,她从司汤达的《红与白》中看到,作者面对不可逆转的历史进程,缅怀大于乐观:"司汤达这样的小说家,认为大革命仍在不断地产生影响,旧制度已经死亡,他幻想把共和国精神嫁接到贵族道德上,但却不相信这一点。"②

"喜剧小说"

吕西安穿越了七月王朝统治下社会的各个阶层,见识到贵族的做作、资产阶级的虚伪、共和派的狂热,认识到政治与理想主义是背道而驰的,政治从上到下全靠谎言支撑:"一个行会组织或者一个人总有一个根本性的谎言不得不维持,那情形就是这样。从来也没有纯粹的、单纯的真理呀。"(第三十九章,410页)"真实"只属于信仰缺失、身无立场的人。然而,这个幻灭的过程不是以苦涩或愤怒的形式体现出来,而是通过喜剧来呈现的。

司汤达年轻时的梦想是成为像莫里哀一样伟大的喜剧作家,可是他逐渐发现共和制下喜剧不存,喜剧只有在大革命之前的君主制社会才能存在。他认为路易十四时代的人热爱欢快喜剧,从国王到平民都性情率真、不惮俗礼,甚至被低俗滑稽的闹剧逗得哈哈大笑;而在他所处的十九世纪,人们在金钱、政治、党派的争斗中变得虚伪冷漠、阴郁沉重,在生活中处处生硬刻板,已经丧失了欣赏喜剧的无忧心境和雅致品位。他在1811年写道:"我一直是赞成法国大革命的,尽管它带来的好制度仍有一点被革命爆发的烟

---

① 莫娜·奥祖夫,《小说鉴史:旧制度与大革命的百年战争》,商务印书馆,2017年,第176页。
② 同上,第9页。

雾所遮掩。只是近来我依稀感到大革命把'欢快'从欧洲驱逐出去了,也许将长达一个世纪之久。"①资产阶级社会地位上升,成为剧院的观众,导致的结果便是:"自从大革命之后,剧院的观众都变蠢了。"②他赞成斯塔尔夫人的观点,认为政治自由与笑无法共存:一旦有党派之分,笑就不可避免地带上了攻击报复色彩,而带有政治意味的笑就不再是愉悦的笑,而是尖锐的武器;粗暴短浅的政治利益代替了诗人所追求的精致趣味。他发表文章《喜剧在1836年不可能》,宣告喜剧的末路:"自从民主制让无法理解微妙感觉的俗人坐满了剧院,我就把小说视为十九世纪的喜剧。"③

《红与白》可说是司汤达唯一的喜剧小说(roman comique),实现了他早年的喜剧梦。从巴黎到外省,从宫廷到市镇,小说勾勒出滑稽的人物群像,呈现的是整个社会的喜剧:七月王朝统治下的法国社会整个就是一场闹剧,连国王也参与其中。吕西安的所见所闻都被冠以"喜剧"之名:资产阶级表现出"不变的装腔作势以及故意作出来的和蔼善意";贵族思想贫乏,行为言语都矫揉造作:"这些先生当中最可爱的人物手头现有的玩笑不过那么八九个。"(第十二章,165页)德·桑雷阿侯爵因言行激进,成了南锡保王党的领袖,却因重复的表演显现出精神上的匮乏:"这位好样儿的侯爵仍然有他叫人无法忍受的地方;他听不得路易-菲力浦这几个字,一听谁说出这个名字来他就尖声怪叫,大喊'贼,贼,贼'。这也是他的一个特征。南锡大多数贵族太太每次听到他这样惊呼怪叫都要笑个不止,而且一个晚上常常要笑上十次。吕西安对这种

---

① *Journal*, in *Œuvres intimes*, éd. Victor Del Litto, Paris, Gallimard, « Bibliothèque de la Pléiade », 2 vol, t. I, 1981, p. 728.
② *Vie de Henri Brulard*, in *Œuvres intimes*, t. II, 1982, p. 746.
③ *Journal littéraire*, éd. Victor Del Litto, Genève, Cercle du Bibliophile, 1970, 3 vol, t. III, p. 187.

没完没了的大笑和胡闹十分反感。"(第十一章,164 页)

　　失势的贵族以不断重复的戏谑取笑来掩盖内心的恐惧与失落:"这些人即使笑,也在装腔作势;他们在最开心的时刻,心里想的仍然是九三年。"(第十二章,165 页)德·夏斯特莱夫人的父亲图谋女儿的财产,为了阻止她和吕西安来往,与邮局局长达成密谋,扣押女儿的信件。小说对他们冗长的对话隐而不表,猜测读者一定会感到厌烦:"因为这种喜剧人们至今已看了四十年,一个自私自利的老侯爵和一个职业信徒之间的对话所表现的一切,难道还想象不出来?"(第四十章,418 页)

　　巴黎的显贵阶层更为文雅精致、漂亮入时,但愚蠢与贪婪的本性却丝毫未减。在吕西安看来,外省贵族是"乡下的喜剧演员",巴黎剧院包厢里坐得满满的女人也像是"乡下女戏子"。德·韦兹部长为了讨好老勒万,假装赏识信赖吕西安,"无异于乡下的蹩脚演员,表演得太过火了";而有趣的是,部长也颇有自知之明:"心里也明白,自己扮演这个角色未免太出格了。"(第四十二章,457 页)吕西安的同僚戴巴克虚伪狡诈,而且性格不幸表现得过于明显:"在这副面孔上,你就看不到别的表情,所能看到的只有硬装出来的彬彬有礼的样子和让人想到达尔杜夫那种天真善良的表情。"(第四十三章,460 页)葛朗代先生的夸夸其谈是"一个蠢材竭力模仿孟德斯鸠,故意说出来的机智、深奥的词句,他对于涉及他的处境的话,一个字也听不懂!"(第六十四章,750 页)巴黎名媛葛朗代夫人有着"贵族式的美和模仿来的优雅风度",刻意模仿斯塔尔夫人,"我敢打赌,她从三法郎一本的小册子里收集了不少名言警句。"(第四十三章,463 页)

　　整个社会靠着虚伪表演来运转:"厚颜无耻和招摇撞骗,缺此就办不成大事。"(第四十七章,507 页)原本单纯直率的吕西安不得不戴上假面,扮演社会对他期待的角色。为了接近南锡的贵族社会,结识他心仪的德·夏斯特莱夫人,他假装虔诚,前往礼拜堂祈祷:"今后我应当戴上特权与宗教之友的假面具。"(第九章,127页)他害怕被杜波列博士等人识破心事,又不能断绝关系,"'同这些人打交道不能只扮演一种角色';所以他一开口就像个演员似的。他时时都在扮演某个角色,扮演他心目中最可笑的一个角色。"(第二十一章,246页)等到他参与选举舞弊时,已经掌握了政界的表演法则:"他和这个矮小的吹毛求疵的省长正好棋逢对手,在这出尔虞我诈的戏里,他必须加意小心,因为他自己也要扮演一个角色。"(第五十一章,596页)

最为荒诞不经而又最意味深长的事件,是吕西安需要借助伪装来平息谣言,即用一个谎言来修正另一个谎言。在小说中,吕西安频频被人称为"圣西门主义者"。"圣西门主义"来自亨利·德·圣西门伯爵的理论,主张发展工业,以此改变世界,改变人们的生活境况。司汤达曾在《针对实用家的新阴谋》和《论爱情》前言等论述中批评这种理论泛滥所引发的实用主义和功利主义,抗拒圣西门主义一切从经济角度出发,甚至让艺术也为工业社会服务的主张。在《红与白》中,圣西门主义与共和派紧密相连。其实,吕西安并无坚定的政治立场,之所以被称为圣西门主义者,只是因为他性格严肃认真,没有纨绔子弟的轻浮之态,于是授人以柄,被冠以该称号,成为社会中具有革命倾向的危险分子,招致保王党的仇恨。为了帮他洗刷这一"污名",吕西安一当上内政部的查案官,父亲就送给他一张歌剧院的长期包厢票,作为这个头衔"应有的附属品"。父亲鼓励他出入歌剧院,与舞女交往,扮演纵情声色、夸夸其谈的角色,甚至要求他追求社交圈中著名的资产阶级美人儿葛朗代夫人,谈一场引人注目的恋爱。一切皆是表演,因而小说中频频出现的歌剧院极具象征性,表面看是寻欢作乐的场所,实则是权力与金钱暗中交易的中心,代表着渗透进政治体制中心的腐败。戏剧是对整个时代的隐喻,时局如戏剧,戏剧如时局。

《红与白》作为"喜剧小说"入木三分的嘲讽功力,不仅仅在于它将社会视为一台大戏,将生存视为表演,呈现台前幕后的虚情假意、明枪暗箭,更在于它戏谑调侃的笔调。在这部泛喜剧化的小说里,一切皆成为调侃的对象。见证整出喜剧的,正是身处旋涡中心的勒万父子。从这个角度来说,吕西安的父亲老勒万是小说的核心人物。他是个权势通天的大银行家,身处政治风暴的中心,却能超然物外,对金钱、权力不屑一顾。他性情乖张,玩世不恭,"是一个喜欢吃喝玩乐而又很有头脑的人物,简直像恶魔一般,专门冷嘲热讽,是王位与祭坛的大敌。"(第三十三章,354页)即使面对国王拉选票的请求,老勒万也保持他"讥讽嘲弄的表情",请求国王允许他"嘲笑嘲笑陛下的那些部长"。老勒万家的客厅成为才智之士聚集的场所,"人们在这里只是喜欢嘲笑,逢到机会适当,任何装腔作势、矫揉造作,首先从国王和主教开始,都要给他嘲笑一番。"(第一章,13—14页)

这种居高临下的眼光,自然有其现实基础:"七月王朝以来,银行又居于国家的主脑地位。资产阶级已经主宰了圣日耳曼城区,银行就是资产阶级中的贵族嘛。"(第六十三章,738—739页)但这个人物更大的魅力来自精神层面:"他在精神上与其说眼界甚高,不如说自然而热情狂放,又轻率得可爱。"(第四十七章,507页)他对一切洞若观火,能游刃有余地参与险恶的斗争,又能置身事外,以玩笑的目光看待世间万象。小说写道,老勒万在世上最害怕的两件事:"一是厌烦无聊,二是空气潮湿。"(第一章,12页)冷嘲热讽,是他应对这个庸俗苦闷的时代的方法。他的玩笑可以毫无指涉,毫无目的,把自己也当成调侃取笑的对象:"勒万先生向来不是个严肃的人;没有什么人可以嘲弄,他就嘲笑自己。"(第四十七章,514页)在司汤达笔下,善于发现事物的可笑之处,尤其是善于自嘲,是才智超群的体现,也是优雅之人的特权。

如果说吕西安面对社会还有少年意气、愤慨不解,他的父亲则是兴致勃勃接受游戏规则,口是心非,与遍布朝野的蠢货虚与委蛇。自从他进入内阁,"半个月后,勒万先生有了很大的变化,使他的朋友大为惊奇:他和新当选的三四十位最愚蠢的议员交上了朋友,往来不断。想不到他一点也不嘲弄他们。勒万的朋友中有一位外交官,特别感到忧虑不安:他居然对一些脓包也不再那么蛮横无理,竟和他们认真交谈,他的脾气真是变了,我们将要失去这么一个好朋友了。"(第五十六章,665 页)议会让老勒万成为高级银行界的代表之后,元帅亲临他举办的舞会,两人互表真诚的友情,实则大谈利益交换:"巴黎两个最大的骗子这时倒是真诚的。"(第六十章,711 页)

老勒万是司汤达笔下少见的宽容开明的父亲形象,他的性情和人生准则也深刻地影响了吕西安。两人的性格,从本质上来说是欢快爽直的。全书中父子俩最常见的举动便是"笑",既有开怀大笑,又有心中暗笑,更多的时候则是面对他人的丑态强忍住笑。吕西安初到南锡,向省长弗莱隆先生买马,见到这位像上过浆一般僵硬做作的人物,"唯恐当着这位大人物的面失声笑出来,一时被弄得手足无措。"(第四章,50 页)他听说南锡名医杜波列博士在城中神通广大,"是一个很值得见一见的大阴谋家",便以生病为由,请他前来结交。"这位杜波列先生是一个庸俗不堪的人物,他对自己这种亲昵、不拘礼、鄙俗的作风很是扬扬自得,好比猪在人们面前只顾其乐无穷地在污泥中打滚一样。"(第八章,112 页)有天杜波列博士谈兴正浓,一听到五点钟敲响,就摆出严肃虔诚的态度,要去礼拜堂参加晚祷。惺惺作态引发吕西安的大笑:

吕西安失声大笑。马上他又懊悔不该如此,连忙请求博士原谅;但忍不住的狂笑直往上涌,他简直无法控制,憋得他眼泪也流出来了;最后,因为笑控制不住,竟哭了起来……他希望博士继续解释下去,竭力忍住笑,把心里要冲出来的笑强压下去,以致喘不过气来。(第九章,128页)

吕西安听着博士给他讲的这些重要史迹,断定别人这时一定在注意看他,他唯恐控制不住又要发疯似的笑出声来。(第九章,132页)

吕西安为了接近德·夏斯特莱夫人,到苦修会礼拜堂晚祷。贵族认为他思想正派,对他好感倍增。他小心翼翼扮演信教的角色,大获全胜:"憋了一个多小时都不敢笑出来,现在尽可以放声大笑了。"(第十章,135页)紧接着,他又在贝尔序家中看到资产阶级的可笑做派:

贝尔序先生见吕西安来了,就对他太太——一个五六十岁的大块头妇人说:

"我的小宝贝儿,给勒万先生端一杯茶来。"

贝尔序太太没有听见,这句带有"我的小宝贝儿"的话贝尔序先生重复了两遍。

吕西安不禁心里想:"这些人真是好笑,怎么怪得了我?"(第十一章,152页)

他听着琐碎无聊的谈话,百般煎熬,看表才过了二十分钟。这一细节与老勒万面对野心勃勃的葛朗代夫人的态度形成呼应:老勒万听着她委婉曲折的长篇大论,不时看着壁炉上的钟,计算她讲了多少分钟。听到她为丈夫谋求部长职位的要求,阴沉着脸保持沉默,实际却是"费了好大的劲儿才使自己没笑出声来"。他故作严肃谈完话,"勒万先生这句话一说出口,便想大声笑个痛快,他怎么也忍不住了,没法子只得一走了之。"(第六十一章,723—724页)

司汤达的小说有真实的历史事件作为参照,但作者刻意模糊处理小说的政治指涉,首先是出于现实的考虑,他是政府官员,不应发表过于强烈的反政府言论,他甚至决定在担任领事期间不创作作品。更重要的原因是,他不想将文学作品粗浅化,降格为政治讽喻的工具。过于露骨的政治讽刺会削弱小说的文学性。如果读者能够对号入座,辨认出小说人物在现实中的原型,作品就变成了讽刺攻击的政论文章,而非予人愉悦的文学作品,"报刊的脚手架有可能遮住小说的建筑"①。因此,司汤达从不生硬地照搬现实中的素材,而是运用想象加以转化变形。他在构思小说时常以某个真实的人物作为原型,却又能移花接木,使之脱离真实的参照,融汇在虚构的背景之中。"写给我自己。我写下这些名字,用来引导想象。出版这些傻话时用星号替代名字。""我仿照我觉得有意思的画家的习惯,依照模型写作;然而还要仔细去掉过于明显的影射,以免有讽刺之意。醋本是很好的东西,但若和奶油搅在一起,那就把什么都给毁了。"②

小说需要一种独特的目光与笔调,将现实材料转化为小说材料,它便是司汤达的"喜剧化"(komiker)艺术。小说家敏锐地观察到社会上的种种怪象与谬误,又以滑稽调侃来消解政治的昏庸与现实的沉重。荒唐时世的众生,引发各种各样的笑:虚情假意的笑,矫揉造作的笑,苦涩的笑,自嘲的笑……小说以笑消解了严肃的价值,将一切追求、一切立场、一切严肃道理都拿来取笑。为国效力的理想也好,追名逐利的野心也好,都在玩笑调侃中被一一消解。真实的社会现象由此摆脱过于尖锐的现实指涉,提升到小说虚构的层面,具有了更为轻灵也更为宽广的意味。

---

① Yves Ansel, Xavier Bourdenet, « *Lucien Leuwen* Notice », in *Œuvres romanesques complètes*, Paris, Gallimard, « Bibliothèque de la Pléiade », t. II, 2007, p. 1213.

② Cité par Yves Ansel, Xavier Bourdenet, *op. cit.*, p. 1213.

新时代的英雄主义

司汤达的《阿尔芒丝》《红与黑》《红与白》等多部小说可以当作一个系列来读,它们观察 1830 年前后的法国社会现象,呈现出青年一代面对动荡不安的社会的种种态度。《阿尔芒丝》中的奥克塔夫属于日薄西山的旧贵族,他虽是年轻人,却暮气沉沉,消沉厌世,最终以自杀告别正在逐渐被功利主义所侵蚀的世界。《红与黑》中的于连出身低微,以拿破仑为偶像,通过社会等级的跨越实现自我价值。然而,在即将功成名就之时,爱情与骄傲最终占了上风,他以自杀式的犯罪摧毁自己的一切努力,以死亡来反对这个日益平庸、理想主义缺失的世界。《红与白》中的勒万恰是于连的对立面,他出身于正当权的大资产阶级,享有一切特权,那么他的难题则是:当一个人在现实生活中无所求时,如何证明自己的价值?正如他的表兄所说,他除了幸运的出身,一文不值。没有困难,意味着缺乏给生命赋形的外在压力。吕西安出生于这样一个动乱时代,被历史剥夺了成就英雄主义的机会。他本是巴黎综合工科学校的学生,却因莫须有的政治原因被开除,被剥夺了"每天十二小时的读书用功这种不幸"。他去参军,向往史诗般的战斗与战友情谊,却在这个不再需要英雄的时代无仗可打,只是被派遣去镇压本国工人起义。他成为政府职员,想为国家效力,却被上级派去做选举舞弊等低劣行径。他向往爱情,却在南锡受到排挤,只能回到巴黎追求虚伪的葛朗代夫人,以维持社会形象。他在真实与假象之间无所依托,急切地想知道:"在一个人的真实价值上,我的位置应该摆在哪里?"(第六章,86 页)

在纷繁复杂、庸俗腐败的世界里,正直敏感的人如何自处,如何实现自我价值?这是小说要探讨的问题。司汤达在创作《红与白》时,把主人公定义为一个单纯的见证者:"吕西安是命运锤打之下的一颗钉子",似乎偏重于人物的被动性。巴尔代什在《小说家司汤达》中对吕西安的评价则更为准确:"一个回声,置身于世界声响中的水晶的灵魂"①,在被动性之外,还强调人物的回应,反射出外界加诸人物的各种力量与影响。在司汤达笔下的主人公当中,这个似乎凌驾于一切之上的人,反而是最为入世的一个。他本可以享受游手好闲的生活,却选择去外省从军。回到巴黎之后,面对父亲提供的职业选择,他放弃熟悉而轻巧的金融界工作,选择去探索未知的政界。父亲告诫他:"干这一行你是不是有足够的卑鄙?"(第三十八章,398页)他自己虽不时慨叹"我必须和某种卑下、鄙俗的事情纠缠一辈子,时时刻刻都得装腔作势"(第四十七章,518页),却仍然鼓起勇气,与他所鄙夷的现实正面交锋:"他倒是热爱生活的,同这个世界进行搏斗也很能吸引他的好奇心。"(第四十二章,443页)

吕西安以积极、实干的态度面对变动的社会,目的就是在混乱无凭的世界上经历考验,通过挑战来自我证明:"凡事我都尽我所能,以便让我成为有用和受人尊敬的人。"(第四十九章,564页)评论家吉尔贝·杜朗将吕西安的行为称为"反向的英雄主义"②,即投身于现实、经历现实考验的英雄主义,与司汤达其他小说的主人公于连、法布里斯等满怀理想主义、与现实抗争或者对现实不屑一顾的英雄主义有所区别。这个出身优渥的人,应有尽有,却一心想要经受考验,他认为任何行动都是让他变强的考验,能够证明他的勇气和价值。正如他初入军营时被关禁闭,反而精神振奋,因为他要让取笑他的父亲和表兄看到:"不论什么挫折他都是经受得住的。"(第七章,95页)任何事件都可以成为对他的一种资格证明,

---

① Maurice Bardèche, *Stendhal romancier*, Paris, La Table Ronde, 1947, p. 277.
② Gilbert Durand, « Lucien Leuwen ou l'héroïsme à l'envers », in *Stendhal Club*, N° 3, Lausanne, 1959, p. 201.

因此，当他被派去处理科蒂斯事件、阻止这位将军的心腹在垂死之时说出内阁的秘密时才会想："我要有勇气干的话，难道还管他什么形式的危险吗？"（第四十四章，470页）正是怀着这样的信念，他才会认真执行上级委派的龌龊任务。从这个角度来看，选举片段是最具代表性的事件：吕西安受部长委托，前往外省操纵选举，用诽谤、舞弊等手段阻止竞争对手当选，以防失去部长对议会的控制。吉尔贝·杜朗认为这一举动延续了史诗的英雄主义："选举运动是一场斗争，具有英雄主义斗争的地位。"①它代表着主人公在身体与精神层面经受双重考验：愤怒的群众泼在吕西安脸上的烂泥，象征着新时代的英雄必须接受的污秽不堪的现实。同时，作为政府专员，他在竞选中不得不做出一些卑鄙可耻的行为，内心却在不断自责，这是精神层面的考验。选举事件显示在新的时代，英雄主义已经变质，而令人不齿的政治成为了这种新英雄主义的温床。选举成为战斗，泼在脸上的烂泥被当成"沙场上的尘埃"，吕西安和同僚科夫受到群众的奚落耻笑，成为他们的"功绩"。在一心寻求挑战的主人公看来，重要的并不是要赢得选举这场战斗，而是要完成这个行为，经历考验，在这个荒唐堕落的世界里有所行动。"博马舍说过：我的生活就是战斗。我的天，这话应该轮到我说了。好吧！我顶得住，受得了。戴维鲁瓦以后就没机会反复说我只是费力出生了；我要回答他，我也在费力生活。"（第七章，94页）

　　吕西安参与政界的行动，却始终在精神层面与自身行为保持距离，在内心抗拒表演，从未融入自己扮演的角色。"在巴黎，不胡吹乱扯、招摇撞骗就不行，这叫我觉得可笑，而且靠这一套取得成功，我看了也要生气。即便很有钱，在这里，也得弄虚作假，像个演员，而且总是战战兢兢、提心吊胆，否则就要落下笑柄。"（第四

---

① *Ibid*., p.220.

十七章,511页)他的英雄主义不是高扬理想主义,为理想而献身,而是在参与现实的同时保持批判,形成个人内心的道德标准。他嘲笑自己"在最愚蠢的事务中拼命干",也深知"我做的事谈不上有什么趣味,我只觉它们既缺德,又愚蠢"(第六十五章,767—768页),参与却不投入,在道德层面从不认同自身的行为。自我的道德标准才是赢得自我尊重的条件。只有当他经历种种挫败,认识到社会的真面目,才有资格说:"我不像一个卢梭式的糊涂哲学家一样,不理解的就看不上。在社会上取得成功,欢笑,和乡下人出身的议员握手,或者和赋闲的专区区长握手,某处客厅里所有的粗野恶俗但又亲切的眼光,我算是尝到你们的滋味了!"(第六十五章,768—769页)新时代的英雄只能是"反英雄",始终在行动之中,参与世界,即使他的行为丝毫不能改变世界。

"幸福的少数人"

《红与白》是七月王朝的历史记录,更是一部引人入胜的爱情小说。司汤达在戈尔蒂埃夫人原稿情节基础上展开他早在1825年发表的《拉辛与莎士比亚》中提出的观点:"某一个年轻人,一方面上天赋予他无比精深纤细的心灵,一方面偶然又让他当上一名少尉军官,投身于军界,他在和某类女人的社交关系中亲眼目睹他的朋友个个取得成功,享受着那种快乐生活,而他却由此真的自以为和爱情是无缘了。终于有一天,某种偶然机遇给他带来了一个单纯、自然、正直、值得去爱的女人,于是他才感到自己原来也有一颗火热的心。"[①]戈尔蒂埃夫人的小说是引发司汤达创作灵感的契

---

① *Racine et Shakespeare II*, in *Racine et Shakespeare (1818-1825) et autres textes de théorie romantique*, éd. Michel Crouzet, Paris, Honoré Champion, 2006, p. 487. 译文引自王道乾,《拉辛与莎士比亚》,上海译文出版社,2023年,第120页。

机,让他再一次阐释钟爱的题材:未经世事的年轻人心中怎样产生爱情。这部小说讲述的是,在这个混乱不堪的时代,人人老谋深算,以假面示人,心地真纯的人如何相识相爱?

司汤达曾考虑用《红与白》作为书名:"为了让人想到《红与黑》,为了给报刊记者提供一句话。红是共和派吕西安,白是年轻的保王党人德·夏斯特莱。"①这句带有玩笑意味的话透露了爱情与政治复杂的联系。"红"与"白",共和派与极端保王党,代表着政局中的两个极端。从社会地位来看,吕西安是大革命后的新贵,有财富却没有贵族身份,德·夏斯特莱夫人是外省的失势贵族。在初识阶段,两人都以社会——政治差异为由,来遏制内心对对方的好感。吕西安以共和派自居,而爱情与共和主义是不可共存的:爱情会使人优先考虑个人利益,而对公共利益置之不顾。他总是以政治立场为由,用冠冕堂皇的理由反对自己的爱情:"正当法兰西青年一代抱定决心为伟大事业献身的时刻,我反倒把生命浪费在一对美丽的眼睛上!""祖国随时可以向我发出召唤,我一定起而响应号召⋯⋯在这样的时刻,我却偏偏心甘情愿做一个外省渺小的极端保王党女人的奴隶!"(第十四章,188—189页)他为了接近心上人,费尽心思进入南锡的贵族圈,却又质疑自己的行为:"自己的尊严偏偏要寄托在一个女人的评价上,而她因为自己的祖先追随弗朗索瓦一世屠杀阿尔比人就自高自傲:这有多么复杂,多么可笑!"(第十四章,182页)然而,不管他如何自设屏障,仍然无法阻挡爱情的力量:"这些谨慎的考虑,很快都被抛到脑后去了,他急切地想猜透德·夏斯特莱夫人究竟有怎样的性格,这使他感到极大的乐趣。"(第十六章,203页)"他自以为在理智上对德·夏

---

① *Lucien Leuwen*, in *Romans et nouvelles*, éd. Henri Martineau, Paris, Gallimard, « Bibliothèque de la Pléiade », t. II, 1952, p. 750.

斯特莱夫人的鄙视已经确立,可是他在感情上每一天都发现有新的理由去崇拜她,他简直把她当作最纯洁、最神圣的人来崇拜,跟外省人作为第二宗教的虚荣与金钱比起来,她不知要高出多远多远。"(第二十一章,247页)

另一方面,德·夏斯特莱夫人也有她坚持的政治理想,她认为波旁王族覆灭非常不幸,一心为它尽忠效命:"她认为自己的一切都来自他们的赐予。对他们感恩图报,是理所当然的,否则,她认为就显得卑鄙了。"(第十八章,221页)这种忠诚与小说中其他保王党出于利益考虑的假意尽忠并不相同,是出自灵魂的赤诚。"她的心胸境界是很高的,一般渺小的事物在她看来无足轻重,也就是说,一个为伟大事业而生的人不值得为这些小事分心。"(第十八章,221页)正是这种发自内心的高贵无私,使得吕西安对她更为敬重。

随着小说的进展,两人之间的壁垒似乎在不攻自破,因为他们从一开始就决定对政见分歧避而不谈:"吕西安为了她而放弃他的自由派观点,她呢,也为他放弃了她的保王党观点;在这个问题上,他们早就观点一致了。"(第三十二章,340页)在小说最后,吕西安发现他为了爱情可以放弃一切,包括共和派的公民荣誉感。他嘲笑自己被野心所蒙蔽,一心投入工作,竟然忘了最重要的事情。司汤达认为每一种政权形式都有其弊端,每一种政治思想都有其局限,因而小说中的政治立场并无对错、优劣之分。他关心的是人物身上超越于政治立场与派别斗争之上的、更为本质的精神生活与品质,在小说中体现为作者所概括的"单纯、自然、正直、值得去爱"。

社会是剧场,是假面舞会,小说的男女主人公却是罕见的心地单纯之人。吕西安成长于名利场,却不是寻常的纨绔子弟,还保持着少年时代的单纯。他虽已二十三岁,"其实仍然幼稚无知,仍然保持着巴黎上等人家将从中学毕业的十六岁的人所有的那种说起来丢人的幼稚无知。"(第十七章,209—210页)"在这个矫揉造作的社会上,最不可原谅的恰恰就是吕西安还有一种无忧无虑、浑浑噩噩的神态。"(第一章,15页)他的坦率自然反而被视为异类,成了"在巴黎违背社交的习惯"。从小说开篇,德·夏斯特莱夫人就屡屡被形容为离群索居、任性傲慢之人。她第一次出现在社交场合,是穿着一身朴素的白裙前往德·马尔希夫人家参加舞会,众人议论纷纷,责怪她疏放任性,这一举动实则"表明她的灵魂处于极高的境界,外省一次舞会上任何追求虚荣的无聊琐事和微不足道的嫉妒都不能使它受到惊扰"。(第十六章,202页)他们未染世俗的天真,还体现在对名利的淡然。吕西安是大银行家之子,德·夏斯特莱夫人是南锡最富有的继承人,但富有似乎是他们身上最不足道的特点。两人都有一种对金钱的超脱,带着出身高贵之人从骨子里对金钱的不屑一顾。这种贵族道德体现了作者一贯的精英主义观点,认为精于算计、追求利益是道德低下的体现。

然而,小说人物并没有叙述者全知全能的目光,两人相识之初,互不了解,加之性格羞怯,难以抛开顾虑坦诚心迹,因而疑窦丛生,误会不断。社会的影响体现为萦绕在两位主人公身边的流言蜚语、阴谋诡计。在周围的庸人口中,德·夏斯特莱夫人脾气懒散疏忽,傲慢孤僻,为了消愁解闷,与追求者有风流关系;而吕西安则是轻浮的花花公子,自命不凡的傻瓜。可是,两人所见却与所闻截然不同。吕西安耳中听到各种关于德·夏斯特莱夫人的批评诽谤,眼中却看到她面容纯洁真诚、眼神单纯严肃。德·夏斯特莱夫人被吕西安所吸引,又疑心他是"高明的演员","小说里写的那种耍手段、装得正经可爱、其实城府极深的男人"(第十七章,210页),而吕西安过于笨拙,在对方面前不是木讷寡言,就是谈话不知分寸,难以表达真实的情感。到底应该相信哪一种形象呢?他们难以判断。真实的品质是贯穿小说始终的谜题,也是推动情节发展的动力。最终杜波列博士的离间计得逞,正是利用了两人的疑心与疏远:他精心设计德·夏斯特莱夫人分娩的假象,让吕西安相信恋人品行不端。其实他只要稍有生活经验,就会看出破绽:"这哪里是刚落生几分钟的婴儿,分明已经生下来一两个月了。这勒万是看不出来的。"(第三十七章,386页)

单纯、自然,这些继承自古典时代的高贵品质,与十九世纪充满虚荣、追名逐利的社会氛围格格不入,正如吕西安的父亲评价儿子:"他不是为他这个时代而生。"(第四十九章,542页)在充斥着虚情假意的社会中,两人的会面变成了表演。在贝拉尔小姐严厉的目光监视下,"两人见面,竟演成了一幕喜剧。"(第二十四章,270页)只有在远离众人目光的时候,他们才能够坦陈心迹,显露出真性情。这些稀少的时刻,是小说中最为动人的片段。两人在德·马尔希夫人家的舞会上初次交谈,吕西安从笨拙沉默变得健谈,不知不觉中也带上了"德·夏斯特莱夫人惯用的高贵而纯真的语气":"对有同样理解力的心灵所要求的细腻的亲切感,特别是这样的心灵竟在这种所谓上流社会的戴假面具的可耻舞会上相遇并相识,他也能把这种心境体贴入微地表达出来。这就好像两个天使,负有特殊使命的两个天使,从上天降临到尘世,偶然在这里相遇,正在互相交谈,互通款曲。"(第十七章,209页)

主人公透明无障碍的交流往往发生在大自然之中,因为美感与情感相通,而不像社会规则那样压抑情感。这对恋人互生情愫的舞会上,月光照亮开阔而静谧的景色,"这令人陶醉的自然景色和德·夏斯特莱夫人心里所充满的新出现的感情和谐地交融在一起,这感情把理智向她提出的反对意见有力地推开并把它冲淡削弱了。"(第十七章,212页)"绿色猎人咖啡馆"一节在小说中占据极为重要的地位,描绘了温柔动人的一幕,树林中夕阳西下,周围响起悠扬纯净的音乐,吕西安与夏斯特莱夫人在美景与音乐中动情:"这是一个蛊惑人心的夜晚,冷淡无情的心总有不少最可怕的敌人,这个夜晚可以说就是这样一个敌人。""真诚、音乐和大森林之所以危险,其原因就在于此。"(第二十三章,262—263页)

小说的社会——政治层面与爱情层面形成对立,社会层面描写的是迫在眼前的现实,真实到作者深知这部小说在七月王朝统治下不可能出版;爱情遵循的却是旧时代典雅爱情的结构,即爱是真诚无私,也是持重、谨慎与克制。人物没有被当下的现实所吞噬,也没有被社会、政治的等级划分所隔绝,依然按照古典的法则生活与相爱。在传统价值沦丧、万事速生速朽的十九世纪,他们缓慢进展、饱经考验的爱情带有时空错乱的性质,是对现实的一种抵抗。

从更深层的结构来看,上文所说的社会规则与对立非但没有阻止爱情,反而在某种程度上形成助攻。司汤达小说中常见的规则就是:爱情因为阻碍而诞生和滋长。他在早年的哲学著作《论爱情》中曾用很大的篇幅分析爱情漫长而充满痛苦的诞生过程。在这过程中,纯洁与矜持胜过放任情感,想象胜过现实,距离胜过亲密相处。《红与白》中设置的各种障碍使主人公之间保持距离,而距离是催生爱情想象必不可缺的因素:正是因为德·夏斯特莱夫人高傲疏离,遥不可及,才有助于爱情的想象,成为理想化的人物。这对恋人相互靠近的漫长过程,他们每晚隔着窗户相顾无言的举动,阻碍他们心灵相通的党派纷争、闲言碎语,两人交往过程中所产生的猜测、怀疑与顾忌,都是维持爱情必不可少的条件。司汤达早已构思了小说的结尾,却迟迟没有完成作品,也许正是因为他不能写这一章。恋人重逢,一定会为对方澄清疑虑,使真相大白,而美满姻缘的结局恰是理想化爱情的终结。

《红与白》是一部关于幻灭的小说,但它并不是一部宣扬虚无主义的书,因为有一些贵重之物,依然是抵挡无意义的世界与人类行为的堤坝。勇气与自省,笑与爱,都是主人公对抗虚无的武器。作者在小说卷首语中便已善意地劝告读者:"别了,读者朋友;请牢记:别在仇恨和恐惧中度过你的一生,切切。"

笔者多年前阅读王道乾先生的《拉辛与莎士比亚》《彩画集》《情人》《礼拜五或太平洋上的灵薄狱》等译著,赞叹先生译笔精妙传神,受益良多。值此《红与白》再版之际,有幸为先生译作写序,希望不辱使命,将原著与译文的精彩介绍了几分。

王斯秧
2023年秋于北京

原编者序

  贝尔按照自己的面貌来描写吕西安·勒万,他追忆自己二十岁时的情景,他估量自己过去生活与当前生活的距离,他在手稿边上写下这样一段恍若大梦初醒的感叹:"His life in Civitavecchia and his life rue d'Angiviller, au café de Rouen(他在契维塔韦基亚的生活①与在昂吉维耶路鲁昂咖啡馆的生活),是多么不同!一八〇三年与一八三五年!从精神上看,一切还都停留在一八〇三年。"

  这种消沉低回情绪没有持续多久。贝尔对自己工作的意义一向有合理的评价,同时又十分珍视。所以几小时以后他重读上面记下的一段话,坚定勇敢而坦率地把这一段话补写完全:"但是,归根到底,真正盘踞在我心上的,仍然和过去一样,是 to make un chef-d'œuvre(写出一部杰作)。"

  他知道他降生到人世就是为了写出一部杰作,他对他的命运从来也没有长久怀疑过。早在五年前,他已经出版了一部杰出的作品。再过四年,他应当再写出一部②。而现在,他摸索前进,正要写一部新的作品。他在《红与黑》和《巴马修道院》之间,已经一次又一次乃至十次着手写《吕西安·勒万》;我们将要读到的《吕

---

① 1803年司汤达二十岁,在巴黎;1830年司汤达出任法国驻意大利的里雅斯特领事,奥地利首相梅特涅不准,1831年司汤达改任法国驻意大利契维塔韦基亚领事,直至1842年去世。

② 即《巴马修道院》,1838年司汤达用五十二天时间写成的一部长篇小说。

西安·勒万》这部篇幅很长的小说是一部未完成的作品,尽管这部作品最后没有完成,但仍不失为司汤达的第三部杰作。

如果探索这部小说最初的创作动机,与另外两部作品相比,它就不免显得神秘莫测,但是,我们如果对它的创作过程的各个不同阶段进行研究,倒是比较易于掌握的。《红与黑》的故事梗概取材于《法院司法公报》,《巴马修道院》原始题材则从现今仍然保存着的一部意大利古史中汲取而得。但是这两部作品从开始动笔到最后完成却是一段绝对的空白;所有的材料都已散佚不见,无从查考了。《吕西安·勒万》的情况完全相反,原稿存留下来,可供我们检阅:作者几度易稿,思路的往复起落,写作的逐日进展,原稿手迹给我们展示得清清楚楚,一目了然。

如果我们完全不了解作者拿起笔来进行创作时的境遇,如果我们对于作品情节结构的实质进行评价时只能加以猜测臆断,那么,某些难以索解的谜仍然是存在的。按照作者的习惯,他的情节结构一向系借用而来,他的想象正是在这种现成情节结构的框架上将种种合情入理的情节与事件组织起来的。

亨利·贝尔一八三三年回巴黎度假,他的女友高及耶夫人交来一部题名为《中尉》的小说稿,请他给她提意见。他把这部小说稿随身带回意大利准备从容细读;正因为读了这部稿子,他才下决心自己也来写同样的主题。

高及耶夫人出身于多菲内省的一个家庭。她的父亲鲁吉耶·德·拉贝热里先生,一八○五年任荣纳省省长。司汤达在格勒诺布尔的老同学和知心朋友路易·克罗泽,那时正在荣纳省任工程师。克罗泽与省府有密切关系,所以结识了拉贝热里的两位小姐:布朗舍和阿黛尔-于勒。他爱上了布朗舍,在他的心目中,她无疑就是艾尔米奥娜的化身。司汤达当时在马赛帮人做香料生意,克罗泽曾在给司汤达的一封信中描写过一幕十分有趣的场面,把当时的感情写得十分真挚自然:在向拉贝热里一家告别时,整整这最后一晚他都在和布朗舍一起朗诵这部悲剧的对话,特别是写艾尔米奥娜讥诮嘲讽的那一场,还有罗克萨娜说"找巴雅泽去"那一场。这时,于勒已经猜到他的爱情,因此在他耳边轻声说:"可怜的不幸的人!"

不知为什么克罗泽给于勒起了一个绰号叫阿里西。于勒其实是心地宽厚而又富于同情心的。克罗泽有一天恍然大悟叫道:"这好心的、令人崇拜的阿里西啊。"还有一次,他说过这样的话:"她的性格的基础就是温柔与多情。"在这件事上,他要说的话真是没有穷尽的,在共和十四年雾月二十八日之后,他从奥塞尔①写信给司汤达,又对这位少女赞颂不已,他说:"[这是]继普拉纳、你、拜里诺和我之后——因为你们和我竟如此惊人地相似——我所能看到的最杰出的性格。"

这位"令人崇拜的于勒"认识亨利·贝尔,是在她和圣德尼的收税官高及耶先生结婚之前还是结婚之后?他在他的日记上记的是在一八一〇年二月二十四日这一天被介绍给拉贝热里夫人等,但是贝尔和于勒·高及耶夫人书信往来却在一八二六年前后这段时间我们才找得到线索。那还是从司汤达作为领事动身前往意大利任所直到后来在一八三三年回国度假数月那段时期内的通信中,我们才发现某种真情流露:原来从高及耶夫人的复信中,从他们彼此一场场机智的恶作剧中,流露出越来越明显的热烈感情。贝尔听任这种感情自行发展,听任这个美丽的妇人的爱情在不知不觉中升华;而且在他下一次回来度假之后,又一次表现出他始终忠于他在爱情上采取进攻的理论,并直言无讳地表白了他的感情

---

① 奥塞尔,荣纳省省会。

和他的希望。不过,结果仍然是一无所获,得到的不过是这样一封妩媚动人的回信:"一八三六年十二月二十五日。我这并不是给德·M.公爵写信,我的朋友,我这是在给你写信,这时你正好就站在我的窗下。请不要为你这一天感到懊悔;这一天应该列入你一生最美好的时日之中,对我来说,这也是我最最荣耀的一天!我感受到取得伟大胜利的喜悦。进攻得好,防御得也好,不必签订和约,也没有谁失败,双方都保持了荣誉。(……)贝尔,请你相信我;你比人们所能相信的,比你自己所相信的,甚至比我两个小时前所能相信的,都要好上十万倍。阿黛尔。"

他们的关系至少没有因此断绝,经过这一次没有什么成果的小小战役,他们的关系反而加固了。一种互相爱慕的亲切友情继续下去,这种友情也许会对高及耶夫人产生某种影响。据此,人们可以设想她和贝尔的密切关系,同时又加上某种性格上着魔似的力量的推动,竟使她鼓起勇气写出一部小说,并亲自把小说稿交给《红与黑》的作者。直到她在一八五三年四月六日突然在巴黎死去为止,看来她并没有发表过任何作品。毫无疑问,她征求到的意见并没有使她在文学创作这条路上坚持走下去。下面就是一八三四年五月四日从契维塔韦基亚向她提出的忠告:

亲爱的、可爱的朋友,《中尉》我已读过。必须全部重新誊写一遍,而且你还必须想象你是在翻译一本德国书。依我看,语言写得太高贵,过于夸饰;我无情地斧削了一番。不应当偷懒;因为,你是为写作而写作;这对你是一种消遣。应当全部改为对话,一直到第二本的结束:凡尔赛,海伦,苏菲,社会的喜剧。——所有这一切都用叙事体写,就显得滞重。结局亦嫌平淡无奇。奥里维埃仿佛是在追求百万家财;在现实生活中这是值得称赞的事,因为观众会对自己说"我要到这个人家里去吃晚饭";在读作品时,那就恶劣不堪了。——我提出另一个结局。——你看,我是恪守我们的公约的;这绝不是要抚慰自尊心。——在人的姓名上,应该少用de,也不要用受洗名指称你的人物。难道在谈到克罗泽的时候,你不说克罗泽,却说路易?——你说的是克罗泽,你就应该这样叫他。

每一章至少有五十处最高级形容语应当一律删掉。永远不要说"奥里维埃对海伦有火一样的热情"。

可怜的小说家应该千方百计让人家相信有"火一样的热情",但不要把它明讲出来:这是有背于羞耻心的。

试想:在有钱人士当中,根本就没有热情可言,除非是因为虚荣心受到损伤。

如果你说"热情吞噬了他",那你就陷入毕果洛先生写给侍女看的十二开本小说那类老套之中了。但真要侍女阅读《中尉》,那它又不免缺少足够的尸体、诱拐以及毕果洛老先生小说中其他必不可少的东西。

勒万

或

巴黎综合工科学校开除的学生

我想用这个题名。这可以说明奥里维埃和埃德蒙的友谊或关系。**埃德蒙,或未来的院士**的性格,是《中尉》中最新颖的东西。各章的内容是真实的;但是对已故的戴马聚尔先生的最高级形容语却把一切都给弄糟了。要像给我写信那样叙述才好。你读一读马里渥①的《玛丽阿娜》和梅里美先生的《一五七二年》,那好比人们服用一种黑色药剂一样,可以治好你那种外省的 Phébus(言辞含混、语意模糊病)。描写一个男人,一个女人,一处景物,要永远

---

① 马里渥(Marivaux,1688—1763),法国喜剧作家,小说家,因其语言诙谐、细腻、矫揉造作的描写爱情的笔调而形成"马里渥体"(marivaudage)。

想到某一个具体的人,某一件真实的事。

我整个儿被《中尉》所盘踞,刚刚才把它看好。可是怎么把这部稿子寄给你呢?得有一个机会才行。上哪儿去取?且容我设法。

请写封信给我,并请在信上——开上专用名词。——假期结束后回来是一个十分使人愁闷的时刻;关于这个题目,我可以写上三页,而且还写得不太坏。有人这样想:远离我的故土,或远离祖国,我是不是还活得下去,我是不是会变老了?比较起来,这是更时髦的了。我每天晚上都是在一位十九岁的女侯爵家里度过的,她认为她对你的仆人怀有友情。至于我,她就如同一架躺椅,十分舒适的躺椅。唉!除此之外,乏善可述;更坏的是,我居然没有什么更多的期求了。

我们对这封信非常感兴趣,因为信中充满了司汤达关于小说的独特理论。司汤达在亲手修改他的女友的文稿以便向她说明应该怎样写才能写好之后,他还准备亲自运用他的理论,因此他突然下定决心,按照自己的理论处理《中尉》的情节。他随即以他通常所有的那种热情着手进行,抛开其他工作,一口气写了一年半多的工夫。

我们很想确切知道他从于勒·高及耶夫人交给他的小说中究竟抓到了什么。但是这部小说稿已经无迹可寻,所以对于这个问题我们无法做出任何真正令人满意的确切回答。不过,据司汤达在他自己手稿边上写的大量批注、说明、润色和陆续提出的计划提要等,我们可以推定他的女友的作品对他来说仅仅是一个跳板,不过使他凭之一跃而已。所有事实,所有日期,都加强了这种假设。

一八三四年五月四日,贝尔对他的收信人解释她应该如何重写《中尉》,如何避免形式方面的笨拙写法。信写出后第二天,他自己就动手写起来了,并写出开头若干页的草稿,又多次更换题目,这就是我们如今在这里用《吕西安·勒万》这个题目发表的作品。事实上,当初他自己也并不怎么知道将要写成怎么一个样子,他无疑只是抱着这样一个目的:把一部没有写好的小说改好,可是,在五月八日至九日的那个夜里,有待完成的一部作品的主要脉络犹如一道光芒突然把他的思想照得通明,这就决定他从此不再是一位修改习作的老师,而改为由他自己来完成一部作品(make un opus)。紧接着,他把各个主要场景布置起来,在稿纸上写出简明提纲,提纲是从他的主要人物回到巴黎后开始的。所以,贝尔至多不过从于勒·高及耶夫人那里借用了她的故事的最初几章,这就是说,南锡的那一段插曲。而这一插曲只是贝尔一八二五年在《拉辛与莎士比亚》第二部中提出的一部小说的计划的发展罢了。①

这种情形正像某个年轻人,上天一方面赋予他无比精深纤细的心灵,一方面又让他偶然当上一名少尉军官,投身于军界,他在和某类女人的社交关系中亲眼目睹他的朋友一个个取得成功,过着快乐的生活,而他却由此果真自以为和爱情无缘了。终于有一天,某种偶然的机遇给他带来了一个单纯、自然、正直、值得爱的女人,他这才感到自己原来也有一颗火热的心。②

对《吕西安·勒万》这部小说的开头,用简单几句话来概括是不可能的。但是,我们可以看到,贝尔在埋头写作三天之后,对他的小说以后怎么继续写下去,突然又得到新的启发。他所描写的故事并不仅仅限于一个尉官在外省的生活这么一个插曲,小说的主人公继而还要在巴黎担任一位部长的秘书,后来又成为驻罗马

---

① 这一对照,是亨利·德布拉伊(H. Debraye)在他那部十分珍贵的商皮翁版《吕西安·勒万》的前言中提出的。(马尔蒂诺注)
② 见《拉辛与莎士比亚》迪旺版第112页。(马尔蒂诺注)

大使馆随员。在小说的结尾,他还要同小说最初许多章节所描写的他那么爱慕的女子结婚。

所以,司汤达到现在才掌握了他的主题,这时,他才能放手写下去,而且像往常一样,他愈是全力以赴地投身于工作,思想就愈是潮涌而来。

几个星期后,他又有了一种新的眼光,不仅明确了"描写吕西安对德·夏斯特莱夫人最初的热情",乃是现在和以后贯彻始终的小说中心情节,而且还明确了他的许多人物活动、发展的种种环境。因此,与写这部爱情小说相并行,他又写了外省极端保王党人物的社交,巴黎内阁各部之间的纠葛,直至罗马宫廷。小说分为三部,已经确定下来,对于第三部,司汤达原想重行采用一八三二年以《社会地位》为题①早已写好的小说初稿。至少可以说,他在小说第三部中原是企图描写与此相类似的外交界的。人们将会看到吕西安·勒万成为驻罗马使馆秘书,和德·圣梅格兰公爵夫人谈恋爱,甚至打动了这位很有权势的贵妇人,竟使她惊惶失措,由于害怕失足堕入地狱,竟设法让人把他召回法国。回国以后,他到枫丹白露躲了起来,毫无办法、不能自持的公爵夫人又很快追过来与他相会。但是他在外省狂热地爱着的那个女人(德·夏斯特莱夫人)也在他面前出现,他终于发现她是白璧无瑕,最后娶她为妻。

由此可见,我们所读到的既是一部情节复杂的爱情小说,又是司汤达在《红与黑》中曾予初步描写、在《拉弥埃》中曾继续写过的他那个时代的社会精神历史的续篇。

在整整一年中,除开某些细节方面有不同的改动外,司汤达始终没有越出这个范围。从一八三四年六月五日到一八三五年四月

---

① 这本未完成的小说的开端部分,经亨利·德布拉伊精心校阅,最早由西蒙·克拉(Simon Kra)出版。(马尔蒂诺注)

二十八日,他不停地对他的小说提纲做种种更改变动,但都是微不足道的,始终没有离开主线。他的修改只是就如何推出那些大场面,如何使既定情境更富有生气,在表现方法上进行的改动,早已确定下来的情境本身却是始终未予变动的。

有些仅仅是一时粗略表现出来的想法,后来随着作者这部书写作的进展,他的人物把他带到不同的方向上去,于是作者不得不放弃原来那些想法,对于这些想法究竟应不应该过分强调呢?有一天作者想象吕西安因为德·夏斯特莱夫人而把葛朗代夫人丢开,所以要让葛朗代夫人对吕西安产生爱情,是不是应该这样看呢?如果是这样的话,人们就会目睹这两个情人之间又发生新的纠纷,而这纠纷恰恰是这个好要诡计的女人引起来的。事实上,德·夏斯特莱夫人并没有来到巴黎,而读者所看到的葛朗代夫人的嫉妒与怨恨却是以稍微不同的方式产生的。同样,德·欧甘古夫人并没有离开过南锡,司汤达也没有必要把他已经想过一段时候的情节做进一步的发展。其实吕西安未失一兵一卒便成了她的情人,而且有一天他同她"在靠近丰特奈-罗斯附近金黄色的沙岭上(维克多·雨果在这里曾经向我行礼致意)散步,这时,德·夏斯特莱夫人和他们不期而遇,德·欧甘古夫人非但没有向她耀武扬威,进行挑衅,反而满面羞惭,甚至羞得连眼白都红了"。

实际上,这些很美的场面,一直没有写出来,甚至还有许多别的场面,他在转念之间想到的,只是用几个字记在手稿上,也没有真正写出来。司汤达头脑中的情节布置,变化多端,情节的数量,情节的展开,或情节的内容,也是变化不定的,所以整个作品尽管划分为三个部分,或者另外还有别的不同的组成部分,但统一的整体却不容打乱,它的主轴始终坚定不移。

因此,到了一八三五年二月十日,作者甚至预见到作品要分为四卷,他把他一直不停地酝酿着的内容分别配置到这四卷书之

009

中去：

"卷一：外省生活，居住在外省的最富有的人们的生活。这些人，又恨，又怕，他们的不幸即由此而来。

"卷二：热烈的爱情，接着是一次从表面看来十分合理的争执。主人公并没有什么虚荣心，以致对他的情人并无恶感。他自行引退，回到巴黎。

"卷三：他的父亲希望他结婚。巴黎的生活，银行界，议院和内阁。

"卷四：居住在国外的最贵族化、最富有的法国人的生活。结局。"

不幸的是，内容如此丰富的蓝图远远没有实现。这并不是因为贝尔来不及把如此庞大的整体建立起来，而是因为他在一八三五年四月二十八日突然意识到情节的发展已经达到三分之二的地步又引进如此众多的新人物，实在是一个错误：

"我取消了第三部，理由是：人们只有处于青年时期和产生爱情最初的激动中，才会接受这样铺展开来的故事和出现这么多的人物。过了一定的年龄，那就不可能了。所以，德·圣梅格兰公爵夫人和第三部暂且放弃了。那将属于另一部小说。"

不过，吕西安·勒万的故事也并不因此就非得写到他结婚为止不可。司汤达从来没有想过改动他早已预定的故事结局。许多已经拟出的提纲可以证明这一点。在这里我只介绍其中一个提纲，拟订的时间很可能在确定写这本书的最初几个月内，这个提纲所表现出来的那种含而不露的柔情令人想到《巴马修道院》的结尾部分。它有助于让人们看到《吕西安·勒万》的尾声是怎样的，同时也可以让人们了解这部书何以作者未及把故事的发展一直写到那个动人的结局，以致成为一部悬而未决的小说：

"结尾的提纲——德·夏斯特莱夫人结婚,勒万认为她已经生过一个孩子。在巴黎,举行婚礼后,她一面不住地吻他,一面对他说,'你是属于我的。你马上到南锡去。立刻就去,先生,立刻动身!多么不幸,你知道我的父亲是多么恨我。你就去问他,去问所有的人。然后再写信给我。当你的信证明你不仅对事情的真相清楚了,而且信服了(你知道我是个出色的审判官),那时你再回来,只有在那个时候,你才回来。宽恕订立婚约前犯下的错误,一个通情达理的男人抱着这种容忍态度;或者,我崇拜的这颗心,真有了诚实的确信,自然而迫切地爱着我;这两种情况我都能分辨清楚。'一个星期后,勒万回来。——小说结束。"

司汤达在决定放弃原来计划要写的第三部分的那一天,发现他这个决定带来一个意想不到的结果:他的小说居然就此结束了。我们知道,这部小说并不是已经完成、定稿的作品,这一点作者比任何人都清楚。不过,小说的各个主要情节都已经写好,重要材料也都布置就绪。司汤达从动笔写第一页那天起,就从容不迫地放手写这本书了。不过不时有行政事务使他分心,而且有时也有一些难题需要他亲自到契维塔韦基亚领事馆去处理,如一八三四年十二月"亨利四世"号船遇难,或者有时他的健康状况不佳,需要休息几天。事实上,他的身体这时并不怎么好:疲劳常常使他头部充血,如果说香槟酒让他感到松快一些,那么,咖啡却使他感到肠胃不适。又由于天气溽热,他简直不能继续工作。

就在这一年的四月末梢,他把他原来的计划砍去了一部分,雄心勃勃的设想收缩到规模较小的范围之内,他把已经完成的部分全面地估量了一下:从他工作开始到这时还不到一年,实际工作不过两百天光景。就在这段时间内,已经写了满满五册:"画布已经涂满了。"

未完成的工作还有很多,确实如此。贝尔未曾有过片刻时间想到要中止他的艰苦工作。但至少他将不再扩大他的故事。他对已写好的作品再看一看,觉得大体可以了。他修改、充实、加浓,每一章、每一节、每一行,他都毫不含糊地细细斟酌,精心地加以改动,他对词句反复推敲,要求表现得准确,而且寻找那富有启示性的细节。

修改后,他并不认为这个初稿已经完成。在一八三四年六月底之前,他提笔写作的时间不到两个月,就把小说开头部分各章重新改写过。他每重读一行原稿,就不能不想全部重新加以改写,与他的修改进程相并而行的,永远是又一次创作。

贝尔在一八三五年五月十六日至六月二十二日这段时间内搁笔,什么也没有写,因为风湿病发作,人发烧。但不久他又愉快地投入修改整理工作,真是全力以赴、专心致志,以致又发生视力衰退的症状。九月一日,他第一次戴上了眼镜。这个重要事件当然记在稿子边页上了,旁边还画了插画。但是突然间他又停笔了。十一月二十三日,一个新的计划忽然出现:他要写他自己的一生,这就是后来的《亨利·勃吕拉》。他宁愿受到这样的牵制,他打算回到巴黎以后再写完他的小说,还想在"当前的体验"告一段落后即一八三九年把小说拿去出版,所谓"当前的体验"告一段落后,就是说按照他的预测,在他辞去领事职务或者在他无情地判定七月王朝垮台之后。

不过,作为最后一次,他毕竟把《吕西安·勒万》又看了一遍,人们发现,一八三六年九月至十月在巴黎期间他在这部稿子上花的时间并不多。到巴黎写成这部小说的打算也始终没有实现。不需多费事就可以功成名就,但这时作品却被永远地束之高阁了。司汤达无疑有其他事务缠身,他对这部作品的价值一时也未必看得清楚,但主要是由于已写好的各个章节有太多政治性的事实、暗示和判断充斥其间,不能就这样拿出去付印,否则,必然会给作为公职人员而且今后势必还要做公职人员的作者招致无穷的麻烦。他这种审慎,从我们手中夺走了一部最完美的作品;但是,反过来,正是由于这种审慎,小说才没有拿出去付印,倒为我们救出了一部手稿,《红与黑》和《巴马修道院》两部原稿就是这样给毁掉的;也正是由于这种审慎小心,我们今天才有可能深入发掘司汤达这样一位引起人们好奇心的作家的创作方法。多亏有这样的审慎,我们才能洞悉这部小说及其可辨认的现状中所保留下来的一切,看到它是怎样被一改再改,至少被重写了两遍,往往是四遍,甚至更多。

贝尔自己也清楚,由于他改了又重写,他的工作量实际上是三倍于一稿。他解释说,这是因为"这样写下去,如同我在设计一幅全景图一样(和《红与黑》比起来是大不相同的),我想的是人物的行动是否妥帖,而不在故事的叙述。随着我最早的考虑逐渐被淡忘,叙述的方式就显现在我的头脑中,所以我改变了最初的看法"。事实是——这一点他自己也指出了——他在一八三四年已经写好的,在一八三五年又改掉其中的二分之一,重新写过。按照他自己的说法,他在这部作品中"走的是一条边发掘边前进、绵延不断、逐步完善的道路(我并不喜欢这种格调,不喜欢,不喜欢)"。

我们不要在司汤达一贯极其流畅敏捷的笔端流露出来的那些有点发僵的描述上止步不前,要知道:这些逐步完善的描写在五册充满着涂抹修改痕迹的手稿上是写得最清楚的部分。

对司汤达来说,最好的方法是每天重读前一天晚上写好的最后一页,然后再放手一口气即兴地写下去。如果他坐下来开始工作后重读两页以上已经写好的稿子,发现其中种种失当不妥之处,再加以修改,甚至全部重写,那么修改就把创作的激情给窒息了。

一般的规则是:他修改一节,再把新的东西充塞进去,意图是留待以后再删削简化，实际情况就是这样；但是每一次重新估量、考虑，都不是紧缩原文，而总是增加。

同样，他还拟出许多计划，这种计划提要通常都很简短，仅限于他已经写到的那一部分，并非针对整体。最常见的情况是，他提出的这些计划往往是回顾性的：在结束一章、写好一个情节之后，他上溯、回顾，做一个小结，以便紧扣将要写的下一个部分，目的是把发生的事件固定下来，什么也不要忽略遗漏，对已经布置就绪的部分再加进一点新东西去，例如具有性格特征的一个细节，或者引入一个他认为有必要出现的人物，他想让这个人物在扮演重要角色前先把他介绍出场。这些小小的注脚，他称之为"打木桩"，是用来充作他的作品隐藏在下面的基础的，在这许多木桩上面他能够牢固地构架建筑而无须担心节外生枝、发生差错，这就是他为自己搭起来的脚手架，"用来避免在一些自然季节环境描写的词句中发生矛盾"。但是，他本来是有意让事件发生的顺序含糊不清地留在作品中的。他写道："我写好故事之后才拟订计划提纲，好比是听凭内心的指点，否则，搜索记忆那就把想象给堵塞了（至少在我是如此）。"

记忆与想象之间这种永不止息的斗争迫使他把一切都在手稿上记了下来，以便使成百上千的细节一个也不致被遗漏，从他思想里突然闪过的稍纵即逝的感情的任何细微变化也不致被忽略，因为到了要用的时候他不能肯定他的笔下是否招之即来。因此大量的注解说明出现了，在他写下的正文四周的空白边际，写得满坑满谷。

他的第一稿，下笔十分急切，从某种意义上说，那只是勾勒出一个轮廓，在某些地方勉强突现出几笔鲜明的色彩；这时，他希望人们看出"所有的明暗，所有的光线和阴影都是界限分明而生硬的；我是在白色底子上下笔描画的。现在，底色已经画好，同样的效果就要靠细描精绘烘托出来"。司汤达还常常用另一种类比来说明问题：他首先把骨骼支架起来，在骨架上布置血肉，最后傅上皮肤；"笑就是产生在表皮之上的"。在其他场合，他又借助音乐来做形象的比喻："在胚胎中脊椎骨先长成，其次才循着脊椎骨生长其他部分。这里的情况也是一样：首先是爱情纠葛，接着种种可笑的事情发生在爱情过程中，延缓了欢乐的出现，就像一部海顿的交响乐，乐曲结束的乐句姗姗来迟。"

他始终坚持他的技巧原则：以圆心作为出发点，解决所遇到的各种难题，持续不断地修改润饰，向四面八方生发开去，最后达到圆球体的表面。他并没有忘记另一种方法，即他自己所确认的写《红与黑》所使用的那种方法，不过按照他的意见，《吕西安·勒万》将是一部更易于理解的小说。

他尤其想避免人们对《红与黑》所提出的责备：小说里写一个人物，只是要他扮演一定的角色，起一定的作用而已，因此人们批评他的作品与其说是小说，不如说是回忆录。他很重视这些意见，人们可以看到他写吕西安一到南锡，几乎书中所有人物都一一点到，这是他通过这些交代采取的预防措施。他一度考虑把他的小说第二部分的女主人公葛朗代夫人也引到南锡这个城市去，而德·圣梅格兰公爵夫人只在第三部分才真正扮演她的重要角色（后来取消了）。他甚至想稍稍强调一下仅仅被提到的人物黎格堡中尉，一个省长的儿子，吕西安·勒万后来离开军队，为一次选举担负重要任务时曾和这位省长多次打过交道。

以上所说的这些计划，只是部分地实现了。司汤达对这些计划一度十分珍视，所以不是我们用三言两语就能说得清楚的。

写《红与黑》所采取的方法与他现在竭尽全力所做的工作之间，司汤达认为并不仅仅在表现人物的方法上有所不同。整个小说的布局与小说主人公的性格，在他看来也是全新的。他自己说过:"在《于连》①中,并不凭借各个细节来引导读者的想象。但从另一个角度看来,那是更加宏伟的手法,有如大壁画与小插图相比。"

他不仅将这部正在创作中的作品和他已完成的作品相互比较,而且还和他的前辈比较,到同时代人中去寻找可以直接进行比较的对手,为此他曾经多次将《汤姆·琼斯》的作者②和他相互比较,并提出他们之间的根本区别:"除开天才以外……菲尔丁与多弥尼克之间的重大区别,在于菲尔丁齐头并进地写许多人物的感情和行动,而多弥尼克,只写一个人物。多弥尼克的方法导向何处?我不知道。这是不是一种完善的方法呢?是不是退回到艺术的幼稚时代,或者说,是不是陷入写哲学式人物那种僵死的样式之中呢?"

多弥尼克,他喜欢给自己取这样一个名字,他用下面这样一句话来指明他最怕的一个暗礁:冷冰冰的哲学式的表述,或拉勃吕耶尔式的精巧格言。他几乎在所有的场合都说过这样的话:小说"应当叙述故事,人们对作为一种文学样式的小说所要求的乐趣就在这里",所以,在他看来,凡写得无精打采、令人厌烦、像道德说教那样的东西,他就整页地删掉,另行改写,换成对话形式。按照这样的观点,直至达到他预期的目标,他才感到满意,他说:"在《普莱茂森林》③中,叙述了很多故事,如果把其中的句子同巴尔扎克先生的《乡村医生》或欧仁·苏先生的《卡特旺》④中的句子互

---

① 于连在司汤达的说法中不是指这个人物,而是指《红与黑》这部小说。(马尔蒂诺注)
② 即英国小说家亨利·菲尔丁(1707—1754),所写小说讽刺当时的社会及政治制度,为英国现实主义小说奠基人之一,小说《汤姆·琼斯》是他的代表作。
③ 《吕西安·勒万》暂用的题名之一。详见下文。(马尔蒂诺注)
④ 欧仁·苏(Eugène Sue,1804—1857),法国小说家,此处指他的小说《卡特旺海上瞭望塔》(1833)。

相比较,可以说,这里的每一个句子都在叙述。换句话说,小说的首要品质应该是叙述,用讲故事来引起读者的兴趣,为了使多情明理的人发生兴趣,还要进一步刻画在自然中可能存在的性格。

"在一般情况下,还要理想化,就像拉斐尔在肖像画中为使人物更为逼真而理想化一样。理想化,仅限于女主人公的形象,是为了使她接近于完美的境界。根据是:读者对自己所爱的女人总是予以理想化的。"

他所爱的一个女人的形象,实际上一刻也没有离开过他的思想。所以他总是这样责备自己:"你不过是一个自然主义者,你不去选择你的原型,你总是为了 love(爱)才选中梅谛尔德和多弥尼克。"

吕西安·勒万对德·夏斯特莱夫人的热烈感情,实际上是按照亨利·贝尔一八一八年至一八二一年在米兰对玛谛尔德·邓波夫斯基①的热烈感情描摹下来的。贝尔回到巴黎后,每天都要自问二十次:"她爱我吗?"而吕西安,当他离开南锡回到巴黎,坐在他母亲的客厅里,也是不停地拿同样的问题问自己。作者在其他场合还曾经告诉我们,他是比照一八三二年罗马大奖获得者昂勃鲁瓦兹·托玛先生的生动形象来描写他的年轻的主人公的,除此之外,他还把一种与他的主人公后来作为大使馆随员的风度相反的变化无常的特点加到他的主人公身上去,这一特点人们在一八三五年驻那不勒斯大使馆随员德·欧松维尔伯爵身上曾经见到过。这一切还仅仅是次要特征而已。主要的是:他把他自己的感情、趣味、愿望赋予他笔下的人物。吕西安与司汤达以同样喜悦的心情欣赏意大利音乐,他们的政治信念也完全相同。他们两人都

---

① 玛谛尔德·邓波夫斯基,即上文的梅谛尔德,下文提到的玛谛尔德·维斯孔提尼是同一人,不过用的是本姓。

是独特的共和派,都憎恨卑鄙无耻的恶棍行为,喜欢贵族趣味——这就如同《拉辛与莎士比亚》的作者虽是浪漫派,对他同时代的浪漫派作家却一个也无法容忍。

"我是什么呢?"吕西安在这部作品的第六章和第二十六章这样问自己,而在《亨利·勃吕拉》开头的文字中,完全同样的心境让亨利·贝尔对自己提出同样的问题:"我过去是什么?我现在是什么?的确,回答这个问题,让我感到困惑。"

我刚才讲到德·夏斯特莱夫人,她就是玛谛尔德·维斯孔提尼活生生的画像。贝尔正是因为想起同邓波夫斯基将军妻子的亲密关系中时常乌云密布,才描写了吕西安与巴蒂尔德两人饱受折磨的痛苦的爱情。有一天,他翻开他的手稿,看到这样的句子:"德·夏斯特莱夫人特别喜欢让勒万把他对她的想法告诉她。"他在这句话的旁边怅惘地写下了这样的字句:"With Méthilde, Dominique a trop parlé."("对梅谛尔德,多弥尼克讲得太多了。")

喜欢说贝尔自私而枯燥无味的那些人,当他们发现自己也可能因过于盲目自信、过于多情而痛苦的时候,难道会不感到诧异!但他真正的朋友却从他身上看到这种新发现的特征。

然而写人物肖像并不仅仅根据一个原型。司汤达熟悉的或曾经爱过的其他女人也是他描写的对象,并为他的画幅臻于完美提供了许多不可缺少的线索。他从某一个女人那里借来她说话的方式,从另一个女人那里取来某种姿态,又从第三个女人那里引进抢白争辩的口气或傲慢自负的神态,然后将这些一一嫁接到南锡上流社会贵妇人身上,使之栩栩如生,跃然纸上。

在《吕西安·勒万》中许多扮演一定角色的人物,几乎没有一个不是用这样的方法从贝尔迁徙不定的独特生活经历中遇到的人身上汲取某些特点而写出来的。但所有这些人物又几乎都不是单纯照某一人物复制出来的。这些人物不如说是从不同角度经过多方面观察熔铸而成。某一人物在形体上可能像某一个实有的人,但在精神上却又与另一人相像。葛朗代夫人从某一位名叫古里耶夫的夫人那儿借得长着一头金发的俊美容颜,但她有些庸俗的性格却得之于荷拉斯·维尔内夫人,司汤达在罗马与维尔内夫人经常见面。葛朗代夫人的冷若冰霜来自德·圣奥莱尔夫人,可是她的嫉妒,却大多来自司汤达对他的情人克莱芒丁·居里阿尔伯爵夫人的狂热情绪的观察。马塞尔·普鲁斯特①在他的书信中承认他也是这样做的。我想,对于一位小说家来说,这确是一个好方法。司汤达从原型汲取某些特征加以熔铸的方法是非常成功的,他笔下的人物因此被赋予独特的生命,创造者对人的内心活动的深刻理解是非常突出的。他永远在体态、日常活动、心灵倾向这三方面正确地保持着平衡与统一。

在视觉上他的记忆力也异常清晰,有独到之处,甚至只要靠一个小小的速写就可以把他早年几乎已经淡忘但还留在记忆中的某些地点的情景重新回忆起来,于是事件的视觉形象随即展现在他眼前②。只要他一停笔,暂时放下《吕西安·勒万》,他的记忆就复活了,他的视觉记忆在这里给他提供了一幅又一幅绘声绘色的画面,这就是说,只要依样描摹,就可以把他的故事写得富于个性特征。他曾经写一个省长并让他穿着室内长睡衣摆出舞台姿态可笑地出场,这是由于他在生活中某一特定时期曾经有过这样一种姿势、这样一种派头给他留下了深刻的印象,他的记忆是那样鲜明,因此他在这一段速写旁立即注明:"模特儿:已故的索勒涅先生,

---

① 马塞尔·普鲁斯特(1871—1922),法国小说家,其创作强调生活的真实和人物的内心世界,作品有长篇小说《追忆逝水年华》、文论《驳圣伯夫》等。
② 见《亨利·勃吕拉》,迪旺版,以及编者序言,第XVI—XXI页。(马尔蒂诺注)
译者按:《亨利·勃吕拉》中司汤达画有许多有关某些地点、场景的速写、草图。

波兰,一八一二年。"

贝尔时常用这种方法把他的模特儿的名字在手稿上注明,也经常用或隐或显的字谜方式代表他的模特儿,我在书中也经常加注予以说明。在这里指出书中很有特色的博士杜波列就是那个格勒诺布尔人吕必松的化身,似乎是多此一举了。吕必松其人,在一八三五年一至二月曾经到契维塔韦基亚去过,司汤达就把这个人写进了他的小说,甚至对于他同拉莫奈的关系也记得清清楚楚①。人们可以一连举出许多这样的人物:如费欧图中校,带有居里阿尔将军的某些特征;德·博佐布尔先生,从塞巴斯谛阿尼元帅身上借得某些特点;埃尔奈·戴维鲁瓦的职业生涯与法兰西中学法学教授莱尔米涅先生完全相似;警察总监卡利埃的性情特点,克拉帕尔也都有;戈提埃是一个激进的共和派,一个有名节的人,就很像格勒诺布尔的数学教师格罗,我们读过《亨利·勃吕拉》,对这个人是很熟悉的;贝尔序夫人,与安格尔夫人的庸俗是一脉相承的;而德·毕洛朗侯爵夫人的精神面貌,却又来自居里阿尔伯爵夫人。

司汤达一方面充分利用自己的记忆,另一方面又十分谨慎,指明必须避免损及其人。因为有损于人,"与多弥尼克不相称",那就会犯下往奶油里掺醋的错误,他这样说过。他还说:"我在一八二九、一八三〇年认识的模特儿,在一八三三年有时还可以再看到,《柑橘》(或《电报》)②在一八三八年或一八三九年出版的时候,他们也许都亡故了,或者已经从人世舞台上隐退了。"

按照这样的观点看来,既然这部小说所有这些细节都要到一百年以后才会被我看到,那么他本想亲自动手修改的那些地方没

---

① 见亨利·杜莫拉尔:《杜波列博士真有其人》,《迪旺杂志》,1928 年 7—8 月号、9—10 月号(Henri Dumolard: *Le véritable docteur Du Poirier*, *Le Divan*)。(马尔蒂诺注)

② 都是这部小说的暂定题名。(马尔蒂诺注)

有来得及进行修改,也就无关紧要了。

原稿上究竟什么必须重加考虑斟酌,任何审查者都不及司汤达本人清楚,他早已胸有成竹。原稿上有什么错误,他是一目了然的。他发现笔下的错误、疏忽,就常常毫不容情地嘲笑自己。有一次,在改写一段情节发展特别长的段落后,他就跟自己开玩笑,批上:"二月二十一日,多弥尼克的确很有口才,居然信口开河(a great command de parole)。"另一次,重读他写的德·夏斯特莱夫人和德·贡斯当丹夫人会面的场面时,他记下后者笑了几次:"笑了两次,笑了三次,笑了四次",就写在出了问题那一段文字的上面,同时准备把这个场面和这个人物的性格重新改写。

就像这样,他在他的正文旁边加上大量的批注,说明,有关某些情境的锋芒毕露的想法,对小说人物或对自己的种种判断。在这部小说的这个印本中,这类批注我保留了一大部分,足以说明司汤达对他的创作是怎么想的,他预计在怎样一个方向上加工修改他的作品——如果他能使这部作品最后完成的话。从这样的角度研究司汤达的手稿是十分富有启示的。人们从这里可以看到他对每一种表现手法是怎样推敲的,又怎样小心翼翼、千方百计设法写得生动逼真。他随时都列出必须核实的项目,任何政治事实、真实事件、历史日期、两个城市间的距离、军界的习惯用语、社交礼仪,如果不在原稿上反复多次注明"有待核实",标出注意掌握,写上许多有待于最后确定的字眼,那么,他在小说里是连一点暗示也不肯落笔的。

重复,以及他认为不恰当或无力的用语,他都在一旁标注一个小小的十字。但他决不因此就中断他的工作,他总是马不停蹄地写下去,唯恐灵感受阻以致枯竭。

他所关心的另一个问题是他的风格。他懂得笔调要流畅,文体要优美,他尤其看重民法所用的文字的明朗性。他希望能够做到有这种"合于理性的风格,这种风格一样可以合情合理地描写热情的奔腾变幻",他把这种以不可更改的词句表现的风格与让-雅克·卢梭①的放纵浮艳的文体相对立。他经常修改他的字句,他说:"由于风格的原因修改一个句子,只有在我确有把握使这个句子能保存下来的时候,我才动手修改;首先为表达得充分而进行修改,其次才是为风格而进行修改。"

他写作总是比较仓促迫切的,润色修饰放在最后,或者在校样上改动。因为他不得不生活于其中的那种环境气氛,对他所追求的形式和对感情的精细刻画是很不利的。他写道:"精微细腻之处,只有等到回巴黎住过一个月之后才能最后完成。"在巴黎,确实一切都使他感到兴奋,使他文思如涌,同时也使他得到休息;在罗马,一切都让他感到窒息。至少他认为是这样。一八三五年三月十五日,他曾经用这样的语句来说明这种情形:"我淹没在烦恼中,它不会把我推上来让我做好这个工作。在我所生活的环境中,人们对于精神劳动是视若无睹的。巴黎的气氛造成的效果完全相反。现在缺乏可以推动我去做这个工作的那种力量,回到巴黎以后,只要一提到优美,只要讲到形式的诱人,我就一定马上动手去修改它。倘若这个设想是确实的,那么,在这里我就尽量把各种情况都写进去好了;我希望回到巴黎以后再把它们删掉。"此外,促使贝尔回到巴黎的,还有别的原因。因为,只有回到巴黎,他才能了解在什么环境下讲什么话的种种微妙的区别,他要把这些不同的谈话方式引用到他的人物的谈吐中去,使人物说话更加逼真而生气勃勃。他想德·卡斯泰拉娜夫人一定会告诉他:正统王朝派

---

① 让-雅克·卢梭(1712—1778),法国思想家、文学家,其思想和著作对法国大革命和十九世纪欧洲浪漫主义文学产生巨大的影响;著有《民约论》、小说《爱弥儿》和《忏悔录》等。

或极端保王党人该说是一个有身份的女人呢,还是该说是一位上流社会的女人?其他这类小小的问题在他的思想深处还有上百个,得去找他的朋友和女友,请他们帮助解决,这些朋友可真幸福,始终生活在塞纳河两岸。他打算先去找芒蒂(克莱芒丁·居里阿尔夫人),问她军界有些什么习惯用语,再请她把有关女人修饰化妆方面的资料提供给他。他还得去找另一位向导给他上课,教给他关于服装时式的知识和这些服装的穿着方法。乔治·桑,她的小说他其实一点也不看重,但她对修饰打扮的注意和判断他却总是十分注意,他有一天绝非出于恶意地记下这样一条:"重读桑的几页小说,其中写到时装女商人和穿戴梳妆。"

不仅是他的作品中有关实物细节方面的描写使贝尔煞费踌躇,连小说的题目也一直使他考虑再三、委决不下。根据原稿上的提示和他在写给别人的信件里对他这部小说所加的题名,人们可以发现小说曾经陆续被称为:《勒万》,《马耳他岛的柑橘》,《电报》,《吕西安·勒万》,《殷红与黑》,《普莱茂森林》,《绿色猎人》,《红与白》。

最后这个题名"使人想到《红与黑》,并且给报纸编辑提供了一句话:红是共和派吕西安,白是年轻的女保王党人德·夏斯特莱"。但是一讲到作者在一八三〇年赋予《红与黑》的含义的时候,用词的暧昧的含义就立刻冰消雪解了。

司汤达曾经久久想用《马耳他岛的柑橘》这个题目。他喜欢这几个字的组合,"仅仅因为音调美(巴朗舍先生说:为了 phonie)"。但是当他着手写小说第二部分的时候,他出乎意料地发现他的小说和法布尔·戴格朗丁的《马耳他岛的柑橘》不无关联:"法布尔·戴格朗丁的《马耳他岛的柑橘》(一八一〇年有人在达律伯爵的午餐宴席上谈到过):一位主教劝自己的侄女去做国王的情妇——勒万先生也曾和自己的儿子发生争执,强迫儿子去养一个姑娘。小说的喜剧性场面。"

不过,贝尔担心这个书名是布尔乔亚式的,因此弃而不用,又提出用《电报》作为书名。克洛德·夏普①的新发明在这部小说里确实扮演了一个小小的角色,贝尔原想借此描写他那个时代的政治生活。不过这仅仅是转念之间的想法而已。

《普莱茂森林》,情况也一样。南锡城外三里之遥,有一片林地,绿荫重重,掩映着德·圣梅格兰公爵夫人幽居之地,德·圣梅格兰公爵夫人在这里为一个品德高尚的情人而哭泣,这时,吕西安·勒万的故事刚刚开始,第一次见到她,以后,到小说的第三部分,在罗马,才又遇到她。但是,我们已经知道,小说的第三部分作者不准备写下去,所以,公爵夫人以及这一片森林也就一举而化为乌有。

贝尔开始誊清小说稿期间,一心想用《绿色猎人》这个题目。高隆发表这部小说的开头部分时,唯一经过抄录和改定的若干章,就保留了这个题名,他因此而受到责备当然是他始料所未及的。亨利·朗博先生在博萨尔出版社替这部小说出了一个很好的本子,认为可以用《红与白》作为题名,因为这样似乎表现了司汤达最后的想法。

不过,我还是遵从亨利·德布拉伊先生已有的先例,这部小说自从让·德·弥谛以《吕西安·勒万》为题出版以来,这个书名已经为公众所承认,而且这个题名也是司汤达本人确定的,他不止在一个时期,而且多次用它来指称他这部作品,我以为以保留这个题名为宜。

---

① 克洛德·夏普(Claude Chappe,1763—1805),法国物理学家,工程师,1793年首先架设电报线路。

这部小说尽管经常每一页都在反复修改中,但我们今天所看到的模样仍然不是当初作者所期望的那种模样,那是毫无疑义的。阅读原稿,我们发现,这一情况作者早已预料到了,他先后留下的亲笔写的遗嘱共有五份:一八三四年十二月二十一日,一八三五年二月十七日、三月八日、四月十日和十二日。遗嘱有的是简短的,但五份遗嘱反复讲的都是这件重要的事情。其中至关紧要的内容如下:

(本书赠予保林娜·佩里耶-拉格朗热夫人,高隆先生转,果多-德-莫鲁瓦路35号。)

如果上天在 this novel(这部小说)printed(出版)前就召我去享受给予我的德行的报偿,我担心这几卷书稿会让一位 fair trial(好审判官)给剥夺出版的权利,竟落到某位针线商手中,出于某种情势或由于精神上的原因,把这几卷纸拿去点柴火烧掉。为使这些书稿在傻瓜们的眼中抬高价钱,我在里面还配了几幅铜版插画。这几卷文稿我遗赠保林娜·佩里耶-拉格朗热夫人,她辨认得出我的笔迹,不过,她也可能变成虔诚的教徒,将文稿付之一炬。文稿有必要请几位作家审阅一下,但不要去找醉心于时髦风格和装腔作势的作家,而且他们索价也嫌太高。也不要去麻烦于勒·雅南、巴尔扎克诸位先生,但不妨请菲·夏斯尔先生①修正文体,删繁就简,对于荒诞狂妄之处则请高抬贵手,放过算了。这个世纪实在太醉心于平庸苟且了,一八三五年我们认为是狂悖不逊的,到一八九〇年或许还未必使人觉得有趣。到那个时代,这部小说可能就像《威弗利》②那样(这并不是从才能上做比较),成为旧时代

---

① 于勒·雅南(Jules Janin,1804—1874),法国当时很有名气的作家;菲·夏斯尔(Ph. Chasles,1798—1873),法国学者,法兰西中学教授,马萨兰图书馆馆长。

② 《威弗利》(1814),瓦尔特·司各特的历史小说。

的图画了。对于我们畏缩胆怯的精神现状,这似乎太过分了,而对于我们当前的风俗来说,却又显得不够,只是我们的风俗偏偏相当衰朽腐败罢了(利用电报在证券交易所肆行盗窃不在此列)。

这些人物和事件我是按照自然摹写的,我还一直在使之弱化。倘若有那么一位活见鬼的阉宦似的出版家把这个按照衰朽腐败的风俗复制下来的弱化了的复制品再加以削弱的话,那会怎么样呢?请读一读伍瓦屠尔①的书简;人们简直怀疑那是不是值得去写。谁料这部倒霉的小说的情况,甚至还要糟一百倍;我把它写成小说的乐趣因此全给打消了。我究竟把它交托到谁的手上才好?为了让它去碰碰运气,我已经把它装订成册。(最好的出版家无疑应该是行政法院查案官普罗斯佩·梅里美先生,不过,如果他要写他自己的著作,事情就不大好办了。)

我为了生活不得不为国家财政预算效劳,因此我无力 print it (把它付印),国家财政预算最痛恨的莫过于人们假装有什么思想。每当我看到共和派人士很有头脑,我就更加喜爱当前的状况:从虽不是最体面但也不太愚蠢的人士中选出七八个人来,就由他们去驾驭这部车子吧。(如一八三五年二月四日银行主持的贷款,被接受或被否决的盖巴尔公债,关于斐迪南七世死亡的谣传②,目的都是为了让银行猎取利益。倘若容许这等事,那就真是不知天下有羞耻事了。)

为此,我这部小说,已装订成五或六册,遗赠保林娜·佩里耶-拉格朗热夫人(罗·高隆先生转,果多-德-莫鲁瓦路35号),并请付印出版,还请某一位明理的人士惠予订正。文体及不得体

---

① 伍瓦屠尔(Voiture,1598—1648),法国作家。
② 这一事实如果不确(我以为西班牙国王斐迪南七世死亡的谣传发生在1832年),那么我认为关于1834年终西班牙议会通过或否决盖巴尔公债的谣传却是较为真实可信的。(司汤达原注)

之处均请修改，狂悖背理的地方可听之任之，不必改动。如果保林娜·佩里耶－拉格朗热夫人已成笃信宗教的信女，我请求她将这几卷文稿转交给旺多姆广场出版人勒瓦瓦瑟尔先生，或转送议会图书馆，如果议会图书馆愿意接受这样一部很不体面的作品的话。倘若它真不愿接受，那就请送交格勒诺布尔图书馆。

一八三五年二月十七日，于罗马。

亨·贝尔

我不知给这部书加上怎样一个书名才好；《吕西安·勒万》，或《殷红与黑》，似乎都可以。（迷人的托尔洛尼亚官大舞会之次日）

我们要反复说明：其他几份遗嘱，不论在表达方式或者是在任何一点上，都不比这一份所表现的精神以及文字为弱。贝尔在所有这五份遗嘱中无不写明将这部著作遗留给他的妹妹佩里耶－拉格朗热夫人，其中有三份遗嘱在讲到她之后，还委托他的表弟罗曼·高隆对作品"佶屈聱牙的段落进行修改，但不要磨得太平"，并设法使作品能够得到出版。

面对原稿全部的重抄工作，高隆后退了，他仅限于拿出司汤达让人抄好定稿的那一部分发表。他的使命既给了他权利，同时按照当时通行的见解，也赋予他对他表兄的著作进行精细修订的责任。

高隆终于把《绿色猎人》出版了，当时他是以一八三五年七月二十八日到九月二十三日贝尔口授并仔细校改过的抄录本作为底本的。这个抄录本的一部分（正好是八十四张纸）在格勒诺布尔市图书馆手稿部编号 R.5896 第 13 册（1—83 页）和第 5 册（137 页）中可以找到。人们在这里可以看到，手稿上的原文与我们在《绿色猎人》中所读到的文字有些不同。说这些修改系出自司汤达之手,并且是在我们看到残缺不全的抄录本之后所作的修改,那是不可信的。因为司汤达动手修改通常不限于只改动几个字。他在对文笔做重大改动的同时,总是对人物性格加以明显的发展,并且不停地给人物添上新的特征。如《吕西安·勒万》开头几章,一八三五年抄录本就增加了骑兵梅努埃的新情节,使原来这一部分手稿起了根本性的变化,这就是司汤达如何进行修改的一个例证。反之,在高隆主持出版的《绿色猎人》铅印本上的文字与抄录本保留下来的那几十页文字之间的出入是不大的。删去若干重复之处,对几个标有十字标记的文字即司汤达指明他认为不妥的字眼做了改动,如此而已。司汤达在遗嘱上要求按照指明的方向来改进他的抄录本,高隆是忠于这一意愿的,因此,所有这些改动其实就是高隆所作的改动,这是毫无疑义的。他这样做是合法的;如果高隆所作的这些情有可原的修改都用括号标示出来的话,一八五五年那时的出版者、读者甚至研究者反而要为之哑然失笑了。

  但是在今天,比较起来我们是吹毛求疵、要求更高的,在学术研究方面通常的做法是尊重作者的想法甚至他的失误,审慎精细的态度甚至达到荒谬的地步,所以我主张用抄录本原文取代经过高隆修改过的《绿色猎人》的文字,因为至少这些篇页原封不动地保存在格勒诺布尔图书馆里,总之,这些篇页本身也还含有变文在内。

  如果说《绿色猎人》就是司汤达作品开头若干章的最后一稿,其他可能存在的争论问题暂且不论,那么,作者自己系统的校订不幸就不可能超出约占全部手稿四分之一的这一部分了。因此我们不得不从改定的抄录本结束处设法与原始的文稿衔接贯通起来。原始文稿已装订成五巨册,存放在格勒诺布尔图书馆书库中,列入分类编号 R.301 部分。我们不要忘记,原始文稿写于一八三四年五月五日至一八三五年三月中旬。在这时期以外,贝尔除去删削、修改、增补和加工整理外,没有再写什么。但是,在编号 R.288 卷册内却还保存有一卷相当重要的手稿,按其内容可以称作备用的速写笔记(关于社会、结构、人物肖像的设想)——这些材料并没有全部写到小说的故事情节中去,其中有些片段、对话或关于人物的摘要,作为附录放在本书之后。

在所有这些手稿文字中,都有单词或文句的变文,经常是司汤达预计要改动的,是他时时都在进行选择的。在原则上,我始终采用最后一次写下的字眼、最后一次确定下来的形式,《吕西安·勒万》的其他校订者一般也是遵循这个原则处理的。有时,对于某些犹豫不决的标示,人们不得不进行抉择。当遇到某种列举的情况时,是否应当全部列举出来,或者仅择取其中最为突出的一项?这时,是否应当设想贝尔不过是开列一些同义语,或者仅仅是列出某种层次序列而其中每一字眼各自都有重要意义?又如,在已提出的两种形态中确定其先后,特别是在这些字句所在地位、墨水色泽和字迹不论在写法上或在其他什么标志上都已不能表示出时间先后的时候,遇到这样的情况又该怎样处理呢?这是因人而异的,用的方法不同,结果也不一样,这就是在不同的版本中出现的第一种歧异。

另一些歧异来自贝尔书写不佳,还有他为指出某些他认为带有危险性的字眼和段落所采用的真正的字谜方法的那种癖好。在这些地方,就需要古籍评注家那样的耐心和眼光,如有人认为是 franc-maçon(国际秘密组织共济会会员),别人却看作是 confesseur(听忏悔的神父)。

原稿写得密密麻麻,枝枝节节,复出并见,比比皆是,四边也写满改写的片段,有些地方作者本应删去,把有关段落写清楚,可是前一次写上的文字作者并没有用笔划掉。总之,在这样的稿本上,应当全部保留不动,还是细心剔抉、去芜存菁呢?这也因人而殊,各得其便,也有方法上的不同。以我而言,凡遇到叙述描写上意义不明、难以理解、在原稿上又没有删掉的某些文字,我就毫不犹豫地割弃不要。遇到这样的场合,我一般都加注说明。这些保留下来的片段,如系作者原意没有得到明确表达之处,就在原文上加方括号来表示。

对于司汤达在本书写作过程中一再变更的人物姓名,应该说我在书中已经予以统一了吧?我采取的方法是以最后提出的形式为准,照此确定下来。我这里只举几个例子加以说明,这是很有趣的:如勒万(Leuwen),相继被叫作:Lieven, Laiven, Lawhen;德·夏斯特莱夫人(Madame de Chasteller):Madame de Cérisy;德·彭乐威先生(M. de Pontlevé):M. de Pontcarré;葛朗代夫人(Madame Grandet):Madame Gourandet;德·博佐布尔先生(M. de Beausobre):M. de Beauséant;戴维鲁瓦先生(M. Dévelroy):M. Ducauroy 或 M. Ducluzeau;梅尼埃尔上尉(le capitaine Ménière):le lieutenant Milière;克拉帕尔先生(M. Crapart):M. Crochart 或 M. Camard。

有必要指出,《吕西安·勒万》的原稿,同《亨利·勃吕拉》《拉弥埃》《自我主义回忆录》的手稿一样,充满了字母颠倒错置的字谜或代号,如贝尔用 the K 代替"国王",L 代替路易-菲力浦。

凡遇到 tejé, sseme, tolikeskato, sulkon, mentser, chearvê, 我都恢复为 jésuite(耶稣会教士), messe(弥撒), catholiques(天主教徒), consul(领事), serment(誓言), archevêque(主教);还有 Touls, randtalley, zogui, 1/3, 都恢复为 Soult(苏尔特), Talleyrand(塔列朗), Guizot(基佐), Tiers(梯也尔);同样,less that the king 译为"国王以外",des teriesplaisan sur un p…age,也都恢复为 des plaisanteries sur un personnage(对某一位大人物开的玩笑), quelque prtr prêchant l'év. à la nechi 恢复为 quelque prêtre prêchant l'évangile à la Chine(某传教士中国式地照福音书讲道)①。

在手稿中还存在一些小小的前后矛盾未能排除,这是我力所不能或不愿任意改动的。例如在小说开端我们遇到一位弗莱隆先生,南锡省长。后来他变成专区区长了。这是因为起初贝尔将他的小说背景安排在法国东部一个专区政府所在的小城蒙瓦利埃,后来修改小说的开端部分,改好之后,蒙瓦利埃换成南锡,所以专区政府所在的城市一举而升为省府所在地。小说其他部分,贝尔还没有来得及进行修改。如不对原稿做许多删节或做一些根本性的变动与加工,我是无法处理这个问题的。

反之,对司汤达在原稿上一律写作勒万的地方,在印成书时改为吕西安,这是没有什么困难的。不过司汤达在他的稿本边上也注有意见:"也许对主人公的称谓,正像人们在这里所说的那样,是吕西安,而不是勒万。但在第二卷,写到巴黎的时候,就有些混淆不清了。"所以,遇有混淆不清的场合,我就更换名字,特别是在吕西安和他父亲同时出现的场面中,尽管后者始终被写作勒万先生。在其他场合,作者在原稿上虽有指示,我也避免做任何改动,前面引用的贝尔致高及耶夫人信中说他不能容忍用他的人物的受洗名来称呼他们这一点,我们不应当忘记。

司汤达在他的手稿近结尾处暗示元帅的头衔一律改为将军,至此他一直是把陆军部长的军衔写作元帅的。这主要是担心涉及影射苏尔特元帅②之故。今天,这种影射再没有什么妨碍了。

---

① 以上人名、字句当时在政治上是犯禁的,故须规避。
② 苏尔特元帅(1769—1851),法国资产阶级革命前是国王陆军军官,后来成为共和派;拿破仑帝国时,为元帅;拿破仑垮台后,又成为保王党,任陆军部长;拿破仑百日政变时转而又效忠于拿破仑;七月王朝时期,再任陆军部长、外交部长,又成为一个七月王朝派。

031

我前面说过按照贝尔的指示将蒙瓦利埃一律改为南锡。可是小说家对南锡这个城市所知甚少，他在这个城市仅仅停留过两个小时。因此他对这个城市的描写完全出于虚构。但在本书的描写上，也不大看得出那是在写格勒诺布尔。只有那里的社会风貌是按作者自己往年的记忆来描绘的，何况经过和他的同乡吕必松在契维塔韦基亚几天的谈话，那是记忆犹新，印象很深的。他的故乡格勒诺布尔，他一向都说他不喜欢这个城市，但这个城市终究还是在贝尔心中留下了不可磨灭的印象，小说中有许多地名如商巴尼埃、里塞、伏罗尼埃尔、阿勒瓦尔、布龙、梅朗等，就是从格勒诺布尔附近小村镇名称借用而来的。

小说的第二部分，人们看到吕西安·勒万奉命前往商巴尼埃（歇尔）和冈城去履行使命。手稿在有关这两个地方的问题上，又有互不一致的提示。贝尔起初把他小说中的地名全部作成虚构，后来为了让读者能够更好地确定情节发生的地点，他又采用实有的城市名称。所以南锡被认为比蒙瓦利埃更好。同样，小说上尽管写的是商巴尼埃，而小说作者心目中想的却是布尔日，后来又想把这个地方改在尼奥尔。但是作者也并不坚持这种一时之念，看来好像还是愿意保留商巴尼埃这个虚构的地名，否则，发生在布卢瓦的情节和那个旅行时间表就显得太虚假、太不可信了。至于第二个城市名称，手稿上一次写作朗维尔，一次又写作×或×××，最后才定为冈城。

出于谨慎，贝尔在写他小说最后几行的时候指明吕西安·勒万被任命为驻马德里使馆秘书，但他却称之为卡佩尔。实际上，他心中所想的始终是罗马，他曾经有一个时期计划写罗马的社会和外交界。

关于作品的分章，我在开端部分完全按司汤达自己所留下的指点处理。但在故事后部并没有标出必要的段落划分,我便按照德布拉伊先生卓越的研究成果进行处理,或者遵从贝尔本人的要求来做:"按照事件划分各章,但不照推理和思考过程来区分。"

我们知道,罗曼·高隆曾经把这部小说开头各章包括在米歇尔-莱维版司汤达全集内,并且在一八五五年以《绿色猎人》为书名作为司汤达未发表的遗作出版过单行本。

广大读者要到一八九四年方才看到《吕西安·勒万》的全貌,这就是让·德·弥谛出的当杜版(Dentu)全本。不幸这个版本既不完备,又不可靠。这个本子不如说是司汤达原作的一个改编本。

最后,商皮翁版(Champion)的精装四卷本(1926—1927)问世,多亏这个本子,对于这样一部伟大作品,我们才得以窥其全豹。文本是经亨利·德布拉伊先生审定的,既审慎细致,又熟练周到,不论怎么推崇也不为过分,而且注释丰富,加上解释和对变文的说明,对于贝尔思想研究者(beyliste)来说真是一大幸事。

以后,另一个同样很好的博萨尔版(Bossard)的本子出版(1929),书名题作《红与白》,是亨利·朗博先生精心校订的。

德布拉伊和朗博两先生用力所在不同,各有所长。不待言我现在这个本子对他们的工作都有借重,特别是设法避免在他们的本子里也未可免的某些不大的差错。

有这样两位先行者开拓在前,道路经过两度开辟,循此前进,也就不难了。我在这里谨向他们表示谢意。

亨利·马尔蒂诺[1]

---

[1] 亨利·马尔蒂诺(Henri Martineau,1882—1958),法国批评家,出版家。专门从事司汤达的研究。1922年成立自己的出版社,出版司汤达作品全集,并发表研究论文《司汤达的轨迹》和《司汤达的心灵》。

序 一[*]

　　这部作品不过是老老实实、简简单单地写成的，丝毫没有什么影射，甚至暗示也竭力避免。作者认为，除去主人公的激情以外，小说应当是一面镜子。

　　如警务当局认为本书出版有失慎重的话，那就再等待十年也未始不可。

一八三六年八月二日

---

[*] 这一序言在高隆发表小说时作为第二序言，按时间顺序它应该是第一篇。序言在格勒诺布尔所存原稿中已告散失。（马尔蒂诺注）

序 二[*]

拉辛是一个胆小怕事、阴险狡猾的伪善者,因为他曾经描写过尼禄;理查逊①,这个清教徒,贪心不足的印刷工人,无疑是一个令人称赏的勾引女子的人,因为他写了洛夫莱斯。宽宏善意的读者,您将要读到的这部小说的作者,是一个狂热支持罗伯斯庇尔和库东②的共和派。然而,他同时也热烈盼望王族长系东山再起和路易十九出来统治。我的出版家已经向我保证,人们不会为上述美妙事物而加罪于我,这当然不是什么奸计,实在是以十九世纪法国人给以他们所阅读的作品的那种小剂量的关注为依据的。所谓小剂量的关注,那是报纸搞出来的。

一部小说只要敢于描写当前社会风俗习惯,读者在他还没有对小说人物发生同情之前就要问:"这个人属于哪一党、哪一派?"回答是这样的:"作者是拥护一八三〇年宪章的温和派。"正因为这样,他才敢于甚至在细节上都照搬共和党人的谈话和正统王朝派的谈话,既不需要把这些敌对党派原来所没有的荒谬性强加到它们头上,也不需要搞出一些讽刺画来,也许只有带危险性的党派才会搞得每一个政党都认为作者是反对党的一名狂热党徒。

---

[*] 这篇序言可能写于1836年9月28日,司汤达手稿见原稿 R.5896,卷 XIII 卷首,第1—2页。(马尔蒂诺注)

① 理查逊(Samuel Richardson,1689—1761),英国小说家,幼年时做过印刷工人。洛夫莱斯系其小说《克拉丽莎》(1748)中的典型人物:浪子、色鬼。

② 库东(Couthon,1755—1794),法国资产阶级革命时期国民公会公安委员会成员,和罗伯斯庇尔一样,死于断头台。

在这个世界上,作者无论如何都不愿生活在像美国那样的民主制度下,理由是:他宁愿向内政部长献媚,也不愿讨好马路转角上的那位香料杂货商。

关于某些走极端的政党,向来是弄到最后人们方才看清它们是极端可笑的。此外,在我们这个时代,一部无聊小说的出版者必定要作者写一篇像现在写的这样的序文,这真是一个多么可悲的时代。啊!但愿他出生在两个世纪之前,在亨利四世统治下,在一六〇〇年,那就好了!老年是秩序之友,对一切他都诚惶诚恐,害怕得很。一六〇〇年出生的人,到了老年,很容易适应国王路易十四那种高贵的专制制度,至于德·圣西蒙公爵刚正不阿的天才为我们很好地描述的那种政府,他也是很容易适应的。圣西蒙公爵讲的是真话,人们却说他是坏蛋。

如果这部没有什么价值的小说的作者无意中竟也能触及真实,人们会不会也同样骂他呢?他已经竭尽所能,无论如何也要避免挨骂。他描写了这样一些人物,让自己进入自己艺术的温柔的幻境之中,这样他的灵魂就可以远远避开那种腐蚀人心的仇恨思想了。共和派和正统王朝派是两个极端,在这样两个很有头脑的对立人物之间,作者没有公开出来的倾向是倾向于那个比较可爱的人物方面的。一般说来,正统王朝派风度翩翩,举止动人,还知道大量有趣的秘闻逸事;共和派,他内心如同包着一团烈火,举止仪态十分单纯,年纪也很轻。正像已经申明的那样,作者估量了双方互相冲突的品格以后,他所偏爱的便是他们当中最可爱的那一方;他偏爱的动机,与他们的政治观念是完全不相干的。

序 三[*]

一天,有这么一个人,他在发烧,吞服了一些金鸡纳霜。他手拿着一杯水,因为药苦难咽,不免皱眉挤眼,他对镜子一看,脸色苍白,甚至有点发青。他连忙放下水杯,上去就把镜子砸了个粉碎。

以下几卷文字的命运或许也是这样。活该倒霉,它们不去讲一百年前的故事,偏偏写了当代的人物;我看这些人物都还活着,那不过是两三年前的事。有人是坚定的正统王朝派,有人说起话来像是共和派,这难道是作者的过错?难道作者相信自己是正统王朝派同时又是共和派?

说真话,既然人们迫不得已非把认真的真话说出来不可(因为害怕遇到更糟的情况),那么,作者别无希望,只好到纽约政府统治下去过活了。作者宁愿向基佐先生献媚求宠,也不愿意拉拢讨好他的鞋匠。在十九世纪,民主制度是不可避免地要把平庸的、理智的、目光短浅和索然无味的人物(就文学意义而言)的统治带到文学领域中来的。

一八三六年十月二十一日

---

[*] 这一篇序言,是司汤达亲手笔迹,存手稿编号 R. 5896,卷 XIII,第 4—5 页。(马尔蒂诺注)

第 一 部

> To the happy few.①
>
> 从前巴黎有一家人,这个家庭的家长竭力防止庸俗观念的侵入,他是很有才智的人,而且他更懂得他想要什么。
>
> 拜伦勋爵②

---

① 英文:"献给少数幸福的人。"
② 拜伦勋爵(1788—1824),英国诗人,主要作品有《恰尔德·哈罗尔德游记》《唐璜》等。

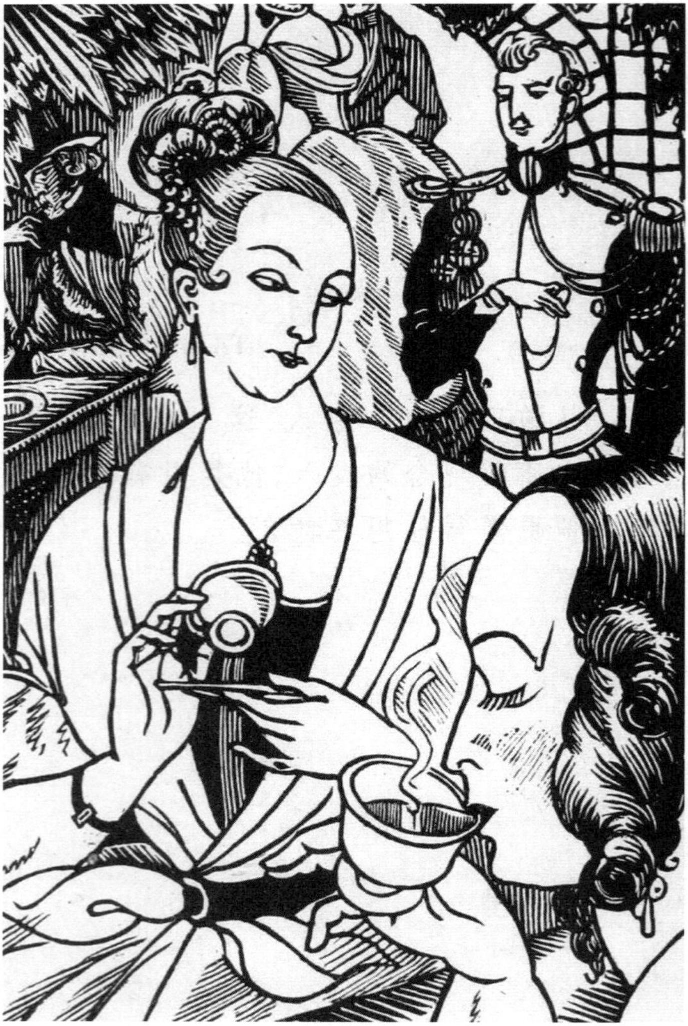

宽宏善意的读者：

　　请听听我奉送给你的这个称号。倘若你真的不是宽宏善意的，不是从好的方面去理解我将展示在你面前的严肃人物的言谈与行动，倘若你不肯宽恕作者缺乏虚饰夸张、道德目的等等等等，那么，我劝你就不要读下去。这个故事所以要写出来，是因为我想到我未曾见面而且将来也未必见面的少数读者，这一点使我很不愉快；如果能和他们一起度过这样一些夜晚时间，该是多么高兴的事！

　　只要怀有能得到读者理解的希望，我就不必强制自己（我承认是这样）去防备那种出自恶劣情绪的批评了。为了要风雅、雄辩、有学院气派等等，缺少那种才情也是办不到的，除此之外，还要写出一百五十页迂回比喻修辞句法的东西才行；不过这一百五十页的文章也只能取悦这类俨乎其然的严肃人士，对于像这里谦卑地站在你面前的这样的作家，他们是非常仇恨的，天命注定他们非仇恨他们不可。这些可敬的人士在现实生活中压在我的命运上压得我喘不过气来,大概他们不会再来破坏我为"蓝皮丛书"①写作的愉快吧。

别了,读者朋友;请牢记:别在仇恨和恐惧中度过你的一生,切切。

一八三七年……于锡蒂奥尔德。②

---

① 十七世纪以来巴黎出版的一种大多改编自中世纪骑士小说的通俗小说丛书,十九世纪初可能还在继续出书。
② 这一篇引言实际上应写于1835年3月。编在手稿编号R.301卷Ⅰ之首。在同一卷结尾处还有这同一引言另一稿,日期在此之前,1835年2月9日和10日。(马尔蒂诺注)

第 一 章

吕西安·勒万被巴黎综合工科学校①开除出校,因为有一天他违禁外出游荡,竟被拘留,他所有的同学也一起被拘留了:事情就发生在一八三二年或一八三四年六月、四月或二月名噪一时的日子那样一个时期。

---

① 巴黎综合工科学校,设在巴黎的工程学校,建于1794年,1802年与国家炮兵学校合并,1804年被拿破仑改成一所军事学校,过去,此校的大多数毕业生在军队里成为技术军官。

有一些青年人,真是十分荒唐,不过也天生胆大气盛,竟敢妄图推翻王位,所以巴黎综合工科学校所属各部门全部被严厉地查封了(巴黎综合工科学校使杜伊勒里宫①主上大为不快是理所当然的)。吕西安外出的第二天就被当作共和派分子从学校赶了出来。从学校开除出来以后,起初他感到很是颓丧,可是两年过去,每天十二小时的读书用功这种不幸再也不需要了,也觉得是可以告慰的。他住在他父亲家里,日子也过得不坏。他父亲是一个达观快活的人,一位富有的银行家。他在巴黎有一所十分舒适的住宅。

父亲勒万先生是著名的凡·彼得斯-勒万银行的股东之一。在这个世界上,他什么也不怕,独怕两样东西:一是厌烦无聊,二是空气潮湿。他这个人一点脾气也没有,同他儿子谈话从来不用严肃的口气。儿子从学校出来后他曾经建议不妨就到银行去工作,一周只需上一天班就行,礼拜四去一去,这一天是荷兰邮件到来的日子。一个礼拜去工作一天,会计处在吕西安名下记上两百法郎,这也不无小补,随时可用来还一还欠下的小小债务。关于这一点,勒万先生说过:

"一个儿子,就是大自然送来的一个债权人。"

有时,他也和这个债权人开开玩笑。

有一天,他对儿子说:"如果我们不幸有一天失去了你,你猜拉雪兹神父公墓你的大理石墓碑上会刻上什么字?'Siste, viator!② 共和派吕西安·勒万长眠于此,他生前曾经与雪茄烟和新皮靴苦战两年之久。'"

---

① 杜伊勒里宫,法国(巴黎)旧王宫,始建于1564年,1871年焚毁,现尚存花园。
② 拉丁文:"人生旅途的旅人啊,请停一停!"
译者按:拉雪兹神父公墓,系巴黎东北部的公墓,因建造在耶稣会士拉雪兹神父花园内故名。

如果我们把这个仇视雪茄烟的敌人抓起来,这时他就不会再去想那个共和国了,共和国确实是来得太迟了①。"其实,"他想,"如果法国人喜欢被迫接受君主政体,那何必去打扰他们,就让他们去好了。大多数人在表面上都是喜欢叫作代议制政府那一套伪善与谎言混合成的甜蜜蜜的货色的。"②

吕西安的父母不想把他管束得太紧,他就在他母亲的客厅里混日子,混得也蛮不错。勒万夫人年纪尚轻,姿容美丽,是很受人敬重、很引人注目的;社交界对她的评价认为她极有才智。不过,一位严厉的审判者也许会责备她精细纤美过甚,她对于那些少年得志的年轻人的高谈阔论和举动疏狂不慎都很鄙视,他们认为这也未免太走极端了。

她的矜持和孤僻甚至使她这种轻蔑之情不屑于表露出来,只要有一点庸俗气、有一点装腔作势的迹象让她看到,她就立刻板起面孔沉默下来,一句话也不说了,任什么也无法使她改变。勒万夫人对一些事情很容易动气,即使是一些无可非议的小事情,她也动不动就不高兴,唯一的理由就是她第一次在闹得满城风雨的人们中间遇到这类事。

勒万先生设宴请客,在全巴黎是很出名的;宴会一向也是十全十美的。有些日子,他专门接待有钱人士和野心勃勃的客人;不过,这些人士绝不是他妻子社交往来时的座上客。所以勒万夫人的交际往来绝不会因为勒万先生的职务关系而蒙受什么损害。金钱在勒万夫人的交际中并不是唯一有价值的东西;甚至金钱在这里根本就不被当作最大的利益,说起来叫人难以置信。勒万夫人客厅里的家具摆设,价值十万法郎,到她这里来的人从来对任何人

---

① 这是小说主人公的意见,他是发疯了,以后他会改正错误的。(司汤达原注)
② 这是一个共和派在说话。(司汤达原注)

也不怀有仇恨（真是奇特的对比！）；人们在这里只是喜欢嘲笑，逢到机会适当，任何装腔作势、矫揉造作，首先从国王和主教开始，都要给他嘲笑一番。

正像你看到的那样，这里的谈话丝毫不是为了追求地位的晋升或是争夺什么好职位。这里出现的这种不合时宜的情况，使有些人敬而远之，但没有人会对此感到遗憾；尽管这样，希望勒万夫人接纳的还是大有人在。如果勒万夫人的社交范围容易让人接近的话，那么它一定会风行一时；可是这里要是能挤进来，的确也需要具备许多条件才行。勒万夫人所以如此，目的不过是为了讨她丈夫欢心。勒万先生比她年长二十岁，他和歌剧院的小姐们混得也蛮不错的。不论勒万夫人的客厅多么可爱，也不管它有这种叫人感到不合时宜的地方，只有看到她丈夫也到她的客厅来，她才真正感到幸福愉快。

人们在勒万夫人的社交界中已经看到吕西安很有①风度，翩翩动人，有那么一种单纯的特色，举动中还有一点与众不同的地方②；不过，对他的赞赏也就到此为止：他还算不上是一个有才智的男人。对学习的专心热情，受的几乎是军事教育，以及巴黎综合工科学校那种直言不讳的作风，使得他一点没有那种装腔作势的习气。一时他高兴做什么，就一门心思去做，别人怎样他想也不去想。

他对于不能再佩带学校学生佩带的剑，很感后悔，因为葛朗代夫人曾经对他说过，他佩上剑很神气。葛朗代夫人是一位非常美丽的妇人，在刚刚登位的国王的宫廷上红极一时。此外，他人长得

---

① 看到吕西安很有（Trouvait que Lucien avait），这样写是否简练或是否常见？今天还不能肯定，1835年11月11日。（司汤达原注）

② 吕西安23岁；他母亲比他大18岁，41岁；勒万先生比她大25岁，相当于66岁。（司汤达原注）

相当高大,骑马骑得极好。他有一头很美的金褐色头发,把他那不怎么端正的面孔衬得十分好看,但是形成他面貌的粗线条却显示着一副坦率而敏捷好动的性格。不过,应当承认,在他的态度上,那种专断的神色是没有的,练兵场上上校的那种派头也一点没有,大使馆年轻随员的那种故意做作出来的傲慢声调和居高临下的气派,也不大看得出。在他的举止作风上,"我父亲有一千万家财"这样的意思也是绝对看不到的。所以,我们这位英雄根本没有所谓时髦人物的那种面孔,这种面孔在巴黎的所谓美上,所占的分量却要达到四分之三。总之,在这个矫揉造作的社会上,最不可原谅的恰恰就是吕西安还有一种无忧无虑、浑浑噩噩的神态。①

有一天,他的表哥埃尔奈·戴维鲁瓦,一位在某某杂志上崭露头角的青年学者,道德科学院已有三人选他进学院,对他说:"你是在怎样糟蹋你的了不起的地位哟!"

埃尔奈这话是坐在吕西安的双轮带篷马车里讲的,当时他正好顺路搭车前去参加某某先生的晚会。某某先生是一八二九年的自由派,他的思想既崇高又富有感情,他眼下身兼数职,收入集中起来有四万法郎之多,他把共和派叫作"人类的耻辱"。

"如果你稍稍严肃一点,如果你不是专门拿那种无聊卑琐的蠢事取乐的话,你在你父亲的客厅里,或者是在其他社交场合,你完全是一名巴黎综合工科学校的高才生嘛,舆论肯定会推重你的。你看你学校的同学科夫先生,他和你一样,也叫学校给开除了,人家可怜巴巴的就像是约伯②一样,你母亲的客厅首先就好意地接待他;可是厕身在这许多百万富翁和贵族院议员当中,他有什么值

---

① 风格。有大量随手乱用的词句,我弃之不用;我想丢开感情,待回到巴黎以后,再整理语言,在校样上修改这个句子;要等五年才行。1835 年 10 月 1 日。(司汤达原注)

② 约伯,《圣经》故事中的人物,备历危难,仍坚信上帝。

得看重的呢?他成功的秘诀很简单,人人都可以向他学习:他的态度严肃庄重,沉默寡言。你在某些场合也应该摆出闷闷不乐的样子。到你这样的年纪,必须把态度放庄重一些;本来要不了一天你就可以做得到的嘛,你的缺点也就不存在了嘛,可怜的孩子!你那个缺点索性就丢掉嘛,你那个内心的愉快就丢掉嘛。人家看到你这种样子,简直要把你当作一个孩子了,更加糟糕的是当一个娃娃还要自鸣得意。我提醒你,人家可是已经开始认真看待你了;不管你父亲有几百万,你都任什么也没有;你的腰杆子还不硬,你不过是一个可爱的小学生。已经二十岁了,还是这样,那就未免太可笑了,你还是赶快把你那一套收起来吧,要花上几个小时,好好把自己打扮起来,这人家都是知道的。"

吕西安说:"为了让你高兴,我就必须扮演一个角色,是不是?扮演一个愁眉苦脸的人!拿我的厌烦做交换,但是社会拿什么回报我?那就是:时时刻刻都要违心逆意,别别扭扭。是不是必须洗耳恭听 D 侯爵先生陈腐不堪、长篇大论的说教,洗耳恭听 R 修道院院长关于民法规定兄弟析产如何如何危险的悲天悯人的呼吁,而且连眉毛也不许皱一皱?这些先生他们自己首先对他们说的是什么说不定也并不了解;其次,他们很可能也是在玩弄那些相信他们的傻瓜。"

"那也好呀,去反驳他们呀,去争论嘛,议会走廊就是给你预备的嘛。谁叫你去投赞成票啦?但是,态度必须严肃;做一个严肃的人。"

"我担心这个严肃的角色不到一个星期就当真变成了事实。选举关我什么事?我对它无所求。我决不想花三个路易去做你的院士;B 先生怎么入选学院的,不久前我们不是都看到了吗?"

"但是,社会对于它许给你的地位,迟早总是要和你算账的。为什么?就因为你父亲有几百万家财。如果你要保持独立,不受约束,社会要是不高兴了,它总能找到借口把你的心刺伤。也许有那么一天,它心血来潮,干脆把你抛到社会的最底层去,把你踩在脚下。你现在处处受到优待,十分愉快,你已经养成了习惯;我看你是要失望的,到那个时候,就来不及了。到那个时候,你就会感到有个什么身份很有必要,参加一个什么团体,需要的时候给你支持,很有必要;可是,你疯疯癫癫地爱玩那个赛马;我嘛,我看做一个院士也不见得是什么蠢事。"

这篇说教,到此为止。因为马车已经到了一身而兼二十个职位的背叛者的府上的大门跟前,埃尔奈下车了。吕西安心里想:"我这位表兄,可真有意思;他和葛朗代夫人一模一样;葛朗代夫人认为去望弥撒,对我来说,至关紧要:对于一个将要拥有一大笔财产而还没有一个名义的人,这是必不可少的,不错!不错!去做这种伤脑筋的事,我真是发疯了!可是在巴黎,谁又会注意到我?"

在埃尔奈·戴维鲁瓦发表过这一番告诫之辞六个星期后,有一天,吕西安正在他自己的房间里踱方步;他小心翼翼地沿着华贵的土耳其地毯上面的条纹走着。这地毯是在他患感冒的那天勒万夫人叫人从她的房间起出来换到她儿子房间里来的。那天吕西安身上穿着一件花色华丽、怪里怪气、金蓝两色的长睡衣,还穿了一条殷红色开司米暖暖的长裤。

这一身装束,使他那神色很是愉快,眉开眼笑。他在房间里每踱一圈,眼睛就不停地跟着一点点地转动;他看着那张躺椅上放着的一套有紫红镶边的绿军装,军装上边挂着少尉肩章。

原来,他的幸福就在这上面。

第 二 章

  著名银行家勒万先生宴客,那酒席是最最出色的,而且几乎是十全十美的;勒万先生本人既非道学家,一点也不让人感到厌烦,也不是那种野心勃勃的人,只是脾气古怪、性格特别,所以他的朋友很多。他在选择朋友上犯了一个严重的错误,因为他的择友之道,既不能增加他在社会上已经享有的声望,也不能为他扩大社会影响。这些朋友首先是一些既有头脑又很会享乐的人,他们也许在上午经营他们的财富,态度十分认真,可是到了晚上,不管什么人他们都可以拿来开玩笑,他们还要到歌剧院去看戏,尤其是对于政权,对它的来龙去脉,他们一点也不挑剔;因为对于这一类事情要是找麻烦的话那就难免要生气骂人、伤神损意了。
  这些朋友已经同当政的部长讲过了,说吕西安不过是一个二十岁的青年,思想和一般人没什么两样,不是什么汉普登①,也不是美国式自由的狂热信徒,更不是因为手头支绌、拒绝纳税的人。所以,三十六小时之后,吕西安就进了骑兵第二十七团,成了一名少尉。这个团的制服镶红绲边,是以英勇善战闻名的。
  "没有能进第九团,九团也有一个空额,我是不是应该懊悔?"吕西安对自己这样说,一边愉快地点着一支小雪茄,这种小雪茄是

---

 ① 汉普登(1594—1643),英国国会领袖之一,税务专家。

用专为他从巴塞罗那①寄来的甘草叶卷成的,"第九团的制服是淡黄镶边……这看起来显得更愉快……是的,那不够高贵,不够严肃,军人味儿不足……军人,算了吧!谁要跟这个众议院出钱的军团去打仗!一套军装,主要看在舞会上够不够漂亮,淡黄色看起来更愉快一些……

"这是多么不同啊!我从前进学校,穿起我那第一套制服,也没有注意它什么颜色;那时我一心只想在普鲁士炮兵阵地的炮火轰鸣下奋起应战……谁知道?我那二十七团将来有一天被指派去做轻骑兵敢死队也说不定,拿破仑在耶拿②战报上就这样说过……但是,要怀着真正的快乐投入战斗,"他又接着说,"那么战斗就必须与祖国的利害相关;如果是为了讨好别人,在烂泥塘里休整③,让外国人那么狂妄无礼④,我的天,那不行,那我不干。"想到这里,出生入死、英勇战斗的喜悦就在眼前萎谢而变得索然无味了。他很喜爱军装,他设想干军人这一行也自有它的好处:晋升、勋章、金钱……"那就干吧,马上就干,为什么不去掠夺德国,或者西班牙,像某某人、某某人……"

他的嘴唇撇开来,显出深深厌恶的样子,不意小雪茄就掉到华丽的地毯上了,这地毯是他母亲送给他的礼物;他急忙把小雪茄拾起来;这时他已变成另一个人了;对战争的反感也就在无形中消失了。

"算了吧!"他想,"俄罗斯,还有其他真正的暴政,是决不会放

---

① 巴塞罗那,西班牙东北部城市,濒地中海,巴塞罗那省首府。
② 耶拿,德国西南部城市,在扎勒河左岸。1806年10月8日,拿破仑耶拿一战大胜,普军全军覆没。
③ 马克西米连·拉马克(Maximilien Lamarque)将军语。(高隆注)
译者按:马克西米连·拉马尔克(1770—1832),法国将军,政治家。
④ 这个年轻人还保留着他以前的那个党派的语言:这是一个共和派在说话。(司汤达原注)

过那'三天'的①。所以,战斗完全是白费了。"

对吃军饷的非职业军人这一行不过是初次接触,他感到很不体面,十分反感,后来也就心境平和了,因此他的眼光又投向躺椅那边,部队的裁缝刚刚把一套少尉军装送来,就放在这张躺椅上。这时他心中按照在樊尚森林大炮演习的场面揣摩着战争的情景。

也许会负伤!他好像是已经被抬到苏阿布②或意大利某地的一间茅屋里;一个美丽动人的少女,他听不懂她说的话,在他身边细心照料,开始那是出于人道的原因,后来……当一个二十岁青年凭他的想象力把爱上一个天真鲜艳的乡下姑娘这样的幸福尽情享受一个够以后,又发现这个女子原来是被无情的丈夫赶到塞济亚河岸来的王族少妇。她起初是差遣仆人给受伤的青年送来纱布团包扎伤口,几天以后,她竟扶着村里的教士亲自光临了。

"不,不,"吕西安突然想到勒万先生昨天晚上对他开的玩笑,不禁蹙起额头,说道,"我只会跟雪茄烟开战;在一个马路崎岖不平的小城里,部队的驻地也是凄凄惨惨的,我只配做一个军人咖啡馆的常客;每天晚上玩上几盘弹子,喝他几瓶啤酒,这就是我人生一大乐趣了;早上呢,有时就只好和白菜头作战,去镇压快要饿死的臭工人……顶多我不过像皮洛士③那样,让一个没牙的老太婆从六层楼上窗口扔下来的尿盆(瓦片)一下给砸死!多么光荣!在另一个世界上,当我去见拿破仑的时候,我的灵魂一定要受到惩罚。

---

① 指巴黎 1830 年 7 月 27 日、28 日、29 日三天。(高隆注)
译者按:即史称"光荣的三日",法国推翻复辟王朝,拥戴路易-菲力浦登上王位的七月革命。
② 苏阿布,德国地区,在多瑙河上游、符腾堡州。
③ 皮洛士(公元前 319—前 272),古希腊伊庇鲁斯国王,曾率兵与罗马交战,在意大利的赫拉克莱亚和奥斯库卢姆付出惨重代价,打败罗马军队,由此即以"皮洛士式的胜利"一语借喻惨重的代价。

"拿破仑会对我说:你一定是因为干你这一行吃不饱饿死的吧?

"不,不,将军,我相信我是在效法你。"这时,吕西安开口大笑起来……"我们的统帅,骑在马鞍上很不行,在真正的战争中他们绝不敢去冒风险。总有一天,有一个像欧什那样的排长站到队伍前面,对士兵说:朋友们,咱们开到巴黎去,咱们要推出第一执政,一位决不准许尼古拉嘲笑他的第一执政。①

"不过,我倒真希望这个排长能成功,"他点着他的雪茄烟,像哲学家那样继续想下去,"一个民族一旦被激怒,一旦爱上荣誉,那么,自由也就算完了。一个新闻记者,如果他使得人们对最后一次战报也发生怀疑,那么他一定要被人家当作奸细,说他是通敌,杀他的头,就像美国共和党曾经做过的那样。那样的话,为了热爱祖国的荣誉,我们就再一次放弃自由……恶性循环……以至于无穷。"

人们可以看到,我们这位少尉至今还没有摆脱掉那种推理太多的病症,这种病症已经把我们这个时代的一代青年搞得四肢五体都残缺不全了,而且还给了他们老太婆那样的气质。"不管它怎样,随它去,"他突然自言自语又说道,同时把军装穿起来,对着镜子看,比试着,"他们都说:必须是个什么人物才行。那么好呀,我就当骑兵好了;等我学通了这一行,我一定要达到我的目标,就等着瞧吧。"

当天晚上,他有生以来第一遭戴上了肩章,走出门去,杜伊勒里宫外站岗的哨兵居然朝他敬礼,他可高兴极了。埃尔奈·戴维鲁瓦,真是一个不折不扣的阴谋家,他什么人都认识,带着他去见骑兵二十七团费欧图中校,他正好路过巴黎。

---

① 有危险性的情节!不过,警官先生,这是一个共和派在说话!(司汤达原注)

吕西安在布卢瓦路一家旅馆三楼的一个房间里,心嘣嘣地跳着,怀着前来拜望一位英雄的心情,看见他面前站着这样一个人物:身材宽厚结实,目光狡黠,蓄着金黄色连鬓胡子,头发披在面颊两侧,梳理得十分细心讲究。他惊呆了。"伟大的上帝!这不是下诺曼底①一位检查官嘛!"他眼睛睁得老大,站在费欧图先生面前一动不动。费欧图先生请他赏光坐下,也没有用。这个曾经在奥斯特利茨和马伦哥②英勇作战的军人在谈话当中还巧妙地插进"我对国王的忠诚"或"消灭叛军实属必要"这样一些词句。

吕西安在这里不过十分钟,就告辞走了。这十分钟对他来说无异于一个世纪啊;他跑得那么快,戴维鲁瓦在后面追也追不上。

"伟大的上帝!这就是英雄?"他突然站住,终于叫出声来,"这就是骑兵队的军官!这是暴君雇来的刺客嘛,是出钱雇来专门杀害自己的同胞的,并且以杀人为光荣。"

未来的院士对事情的看法并不是这样,至少他的眼界要高一些。

"看你这种厌恶的样子,算什么名堂,倒好像斯特拉斯堡馅饼上得太早了似的!你到底想不想在社会上有所作为?"

"上帝呀!一个多么可怕的大坏蛋!"

"这位中校比你有价值一百倍;他本来是一个乡下人,人家出钱雇他,就是叫他拿起马刀去砍杀,所以他的肩章上面有金穗子挂上了。"

"多么粗野,多么令人作呕!……"

"正因为这样,所以才更有价值,如果他的长官比他更有价值,那他就叫他们厌恶,逼迫他们设法去请求给他加官晋级,所以

---

① 下诺曼底,法国西北部地区,今包括卡尔瓦多斯省、芒什省和奥恩省。
② 奥斯特利茨,位于今捷克境内,1805年12月2日拿破仑在此大破奥俄联军。马伦哥,意大利皮埃蒙特区一村庄,1800年6月14日拿破仑在此打败奥军。

他今天才享受到这样的地位。可是你,共和派先生,你一辈子能挣到一个铜板吗?你一出娘胎,生下来就是一位王公的儿子。你的父亲养活你;要不是这样,你会怎么样呀?在你这个年纪,你连买一支雪茄烟的资格也说不上,你不羞耻?"

"这人多么下贱!……"

"下贱不下贱,反正比你强一千倍;人家有所作为,你什么也干不了。一个男人,给比自己强的人的意志效力,就赚他四个铜板,买一支雪茄烟,要么比一个弱者强,他有钱包,那就抢他四个铜板,不管他下贱也好,不下贱也好;这个问题咱们以后再讨论,但首先,他是一个强者,他毕竟是一个男人。别人可以看不起他,蔑视他,但首先,不能不承认他。你呀,你是个娃娃,不算数的,你只会到书本里面找出一些漂亮词句,放到嘴上讲得很好听,跟进入角色的演员一模一样。一说到行动,就什么也没有了,一片空白。一个奥弗涅①的大老粗,尽管面目可憎,终究不是马路上的脚夫,终究接受了巴黎一位体面的青年,百万富翁的儿子,吕西安·勒万先生的拜望,不要小看这么一个奥弗涅大老粗,先想想你自己的价值和人家多么不同。费欧图先生也许还在供养他的父亲,一个老农民;可是你,倒是你父亲在养活你。"

"哎呀!你眼看就要当上学院院士了!"吕西安带着绝望的声调叫道,"可我嘛,我不过是一个糊涂虫。你全有道理,我知道,我明白,可是我真倒霉!我一看见我非进去不可的那扇大门我就害怕,这扇大门下边都是粪土。好了,改日再见吧。"

吕西安溜之大吉。埃尔奈没有追他,他很高兴;他急忙跑回家去,上楼回到自己的房间,把军装往房间里一丢,气坏了。"上帝知道他要把我逼到什么地步!"

---

① 奥弗涅,法国中部历史地区,今包括阿利埃、康塔尔、上卢瓦尔和多姆山四省。

几分钟以后,他下楼来到他父亲的房间,一把抱住他的父亲,满面泪痕。

勒万先生十分诧异,说:"啊!我看这是怎么一回事;你丢了一百路易①,我给你两百;但是用这种方法要钱我可不喜欢;我不愿意看到一个少尉眼泪婆娑的;一个勇敢的军人难道不该首先考虑他的仪表在别人眼里会产生什么后果吗?"

"咱们那个能干的表哥戴维鲁瓦把我教训了一顿;他刚才给我证明说我除了出身好是一个有价值的人的儿子以外什么价值也没有,连赚一根雪茄烟的本领也根本说不上;要是没有您,我非进救济院不可,什么什么的。"

"这么说,你不是想要两百路易了?"勒万先生问。

"您待我真是太好了,超出我应得到的……要是没有您,我会怎么样啊?"

"好了,好了,见你的鬼去吧!"勒万先生坚强有力地说,"莫非你一下子真是成了圣西门②派?那你可要叫人讨厌了!"

吕西安的感情一时平息不下来,反叫他父亲觉得有趣。

到九点钟敲过,勒万先生打断他的话,说道:"我要你现在就坐到歌剧院我的包厢里去。你会见到几位小姐,她们个个都要比你强上三百倍、四百倍;因为第一,她们不为自己是什么人家出身白操心,另一方面,她们跳一天舞,就挣到十五、二十个法郎。我要你用我的名义请她们吃饭,好比是我的代表,听到了吗?你带她们到康卡勒岩岭饭店,至少要花两百法郎请客,不然的话,我就跟你断绝关系;我还要公开宣布你是圣西门派,在六个月内,不许你来见我。这么一个娇生惯养的儿子,是多么可怕

---

① 路易,有路易十三头像的法国古金币,合二十法郎。
② 圣西门(1760—1825),法国空想社会主义者,著有《论实业制度》《新基督教》等。

的苦刑呀!"

吕西安这时对他父亲真是爱得不得了。

"我在您的那些朋友中算不算是一个讨厌的家伙?"他十分通情知趣地回答说,"我向您赌咒,您那两百法郎我一定好好花掉。"

"赞美上帝!千万不要忘记:跟一个可怜的六十五岁老头子有重要的事情要说,就要像刚才那样开门见山有话直说,没有什么不礼貌的。他让你动了感情,可是并没有让你那样发疯似的爱他。见鬼去吧!你真是一个没出息的共和派。我奇怪我怎么没有见你长着一头油腻腻的头发和一把肮脏的胡子。"

吕西安扬扬自得和几位小姐和蔼可亲地坐在他父亲的包厢里。陪她们吃饭的时候,他谈话谈得很多,还开了香槟,优雅得体地请她们喝酒。然后驱车把她们一一送回家去,他一个人坐马车回来,这时已是午夜一点钟了。在回家途中,他惊奇地感到这一晚从一开始便大有感受。他想:"我必须对我这第一次活动采取怀疑的态度,实际上我对我自己一点把握也没有;我的这份情意只怕让我父亲感到意外……这我可一点也没有料到;我需要多活动,多实践。所以还是到骑兵团去吧。"

第二天清早七点钟一过,吕西安穿上军装,单枪匹马一个人来到费欧图中校那间叫人不愉快的房间。他在这里待了有两个小时,勇气十足地向中校献媚;他一丝不苟地竭力使自己习惯于军队那种派头;他想象军队里的弟兄们的言谈举止大概都和费欧图不相上下。这种想法当然是不可信的,但也自有它的用处。他所见到的一切他都受不了,让他觉得讨厌,不过他想:"我要鼓起勇气,闯过这一关,非但不能嘲笑它,反过来我还要照着去做。"

费欧图中校谈话中讲到他自己,讲得很多;他详详细细讲了他怎样在埃及亚历山大①城下首战立功获得肩章;他的故事十分动听,真实不假,深深地打动了吕西安。不过这个行伍出身的老兵的性格经过复辟时期十五年,已被消磨得支离破碎,所以面对眼前巴黎这么一位公子哥儿一步当上军团尉官也丝毫不觉有什么不可容忍的。后来,英雄气概日渐淡薄,老谋深算的世故便钻进他这个脑袋。费欧图当时就在心里盘算从这个年轻人身上可以捞到多少好处;他问他的父亲是不是议员。

费欧图先生没有要去参加勒万夫人的宴会的意思,那请帖吕西安倒是随身带着的。两天以后,费欧图先生收到一支贵重的烟斗,沉甸甸的,镂银的,烟锅是海泡石的;费欧图从吕西安手中接过烟斗就好像是收回一笔欠债似的,一句道谢的话也没有说。

当他送走吕西安,关上房门的时候,他想:"这意思是说,这位公子一旦进了军团就要请假外出,到邻近的城里花钱玩乐……"他一边在手上掂一掂镶在烟斗上银子的分量,一边补充说:"勒万先生,假是可以准给你,你得走我的路子;这样一位主顾我绝不放过:也许每个月要花费五百法郎才行。他老子说不定是前军部的专员,什么军需供应商吧;这钱本来是从穷苦士兵身上刮去的……没收了。"他微笑着说。他把那支烟斗藏在五斗橱里衬衫下面,随手把钥匙拔出来收好。

---

① 指拿破仑1798年率领法军远征埃及的战役。亚历山大,埃及最大的港口城市,亚历山大省首府,在尼罗河口以西,临地中海。1798年7月,拿破仑军队在埃及登陆,在亚历山大首战得胜。

第 三 章

　　费欧图在一七九四年十八岁当上轻骑兵,大革命期间历次战役都经历过;在开头六年,他作战精神抖擞,满怀热情,唱着《马赛曲》①。但是波拿巴任执政②以后,这位精明透顶的未来的中校发现总是那么高唱《马赛曲》很是不智。这样一来他成了军团里第一个提升的尉官,还得了十字勋章。在波旁王朝统治下,他办了他的初领圣体这件大事,不久就取得荣誉军团军官勋级。现在,趁骑兵二十七团从南特③开往洛林的机会,他来巴黎逗留三天,和原来的老部下老朋友叙叙旧好。吕西安如果稍稍懂得一点人情世故的话,他就应当把他父亲与军部建立有信贷关系的事提上一提。可是他对这一类事全然无知。他就像一匹胆小多疑的小马驹一样对本来并不存在的危险也以为险象丛生,不过面对任何灾祸危难他倒也是有胆量迎头而上的。

　　吕西安见费欧图先生明天将要乘驿车上路前去追赶骑兵团与兵团会合,就提出请求,容他一同上路。勒万夫人叫人把她儿子乘

---

① 《马赛曲》,法国国歌。法国大革命期间,1792 年由工兵上尉鲁日·德·李尔一夜之间写成,原名《莱茵军战歌》。马赛志愿兵高唱此歌向巴黎进军,故此歌后来就叫作《马赛曲》。1795 年 7 月 14 日国民公会把它定为国歌。帝国时期,拿破仑禁止唱《马赛曲》。1815 年第二次复辟时期,路易十八禁唱《马赛曲》,因为使人联想到大革命。1879 年此歌才重新批准歌唱。

② 波拿巴,拿破仑的姓。1799 年雾月 18 日拿破仑发动政变,自任第一执政。

③ 南特,法国西部城市,大西洋岸卢瓦尔省首府。洛林,法国东北部地区及旧省名,毗邻德国。

的四轮马车停在窗下，却发现人家把行李都从马车上卸下来，交给驿车运走，因此十分诧异。

他们第一次在饭店吃晚饭，中校见吕西安拿起一份报纸来看，就冷面无情地责备吕西安说：

"在二十七团有一个规定，禁止军官在公共场所阅读报纸；只有军队的报纸不在此限。"

"那就让报纸见鬼去吧！"吕西安高兴地叫道，"等一会儿到了晚上，咱们一边喝潘趣酒①一边玩掷骰子，反正驿车还没有套马。"

吕西安虽说少不更事，可是也有心计，准备连输六盘。所以，上马车的时候，费欧图已经赢了不少。他发现这个公子哥儿不坏，于是给他解释在军团里为了不露出初出茅庐的马脚应该怎样行事才对。这种行为方式与吕西安所习惯的高尚趣味、彬彬有礼的一套完全是背道而驰。因为，在费欧图看来，美妙的礼节和修道士一样无异就是软弱无能；他认为，谈自己，谈自家的优越地位，并且还要夸大，应当是先于一切的。我们的英雄真正在忧心忡忡地洗耳恭听，不想说着说着费欧图沉沉入睡了，这样吕西安总算也可以自由自在地梦想了。总之他今天是有所作为的，也看到了新鲜事物，自己感到很是满意。

第三天清晨六点钟，这两位先生追上了正在向前开拔的军团，距此再向前赶三里路程，南锡②就到了；他们叫马车停下来，驿车把他们带的东西卸在大路上。

中校的骑兵从大皮箱里取出带肩章的制服拿给中校，这时，中校那副宽阔的面孔摆出郁郁寡欢而又粗野的傲慢神态。吕西安全神贯注地看着，简直大吃一惊。费欧图先生叫人给吕西安牵一匹

---

① 潘趣酒，朗姆酒再加柠檬、肉桂等香料配成的甜酒。
② 南锡，法国东北部城市，默尔特-摩泽尔省首府。

马来,两位先生跨上马朝着团队骑去。团队在他们穿制服的时候,正在急驰①前进。有七八个军官排在后卫方位上紧紧跟上,这是对中校表示敬意。吕西安首先被介绍给这几位军官,他发现他们神态都很冷漠。没有什么比这种态度更叫人泄气的了。

"这就是我必须和他们一块儿生活的人!"吕西安心里这么想,如同一个小孩,心也缩紧了。他一向生活在笑面相迎、彬彬多礼、和蔼可亲的环境里,已成习惯,平时他也就是和这样的人交谈往来的。现在,他甚至以为这些先生会对他做出什么可怕的事来。他一向说话过多,说出来的话绝不会被驳回或者纠正,因此,现在,他只有闭口什么也不说了。

吕西安骑马走在他所属的骑兵连上尉的左侧,走了足有一个小时,闷声不响,一句话也没有说。他的表情是冷冷的,至少他希望如此;不过他心里很是激动。只要免掉同那些军官不愉快的谈话,他就可以把他们忘得一干二净。他望着那些骑兵,觉得又是高兴又是惊奇。这才是拿破仑的战友,这才是法兰西的士兵啊!他怀着一种可笑而充满深情的兴趣注意观察所有这种种细枝末节。

当这初次侵入到他心中的热烈情绪稍稍平息下去以后,他开始想到自己的处境。"我总算有了一个地位,一个算得上最高贵、最够味儿的地位。巴黎综合工科学校到底是把我给放在马背上了,我这里还有炮兵,我正在同骑兵走在一起。唯一不同的是,"他微笑着接着想下去,"对骑兵这一行我非但说不上精通,反而是一窍不通。"走在他身旁的那位上尉见他这样有情有意地笑着,不是嘲笑,觉得很不舒服……吕西安继续想道:"好啦好啦!德载和

---

① "已经前进了四分之一里路"。风格:急驰,更有表现力;已经前进,更合法文。待选定。(司汤达原注)

圣西尔就是这样开始的①。这些英雄总算没有玷污公爵的封号②。"

骑兵在谈话,打乱了吕西安的思绪。骑兵讲的话实际上大同小异,彼此都是相似的,无非是关于穷人生计上的那些简单的琐事,什么午餐面包的质量啦,葡萄酒的价钱啦,诸如此类。但说话的人的声调透过每个字眼都流露出真诚和坦率的性格,使他觉得像高山上的清新空气那样沁人心脾。那里面有着某种质朴、纯洁的东西,和他一直生活在其中的那种暖房气氛迥然不同。感到这种区别,对生活的看法发生变化,这是这一刹那的一件大事。而这些人交谈中每一句话的音调都是兴高采烈地讲出口来的,根本不是那种听来可喜其实谨小慎微的社交式的言谈,比如"我才不管他那一套呢,我只信我自己"这样的话。

吕西安想:"这些是最坦率最真诚的人,也许是最幸福的人!为什么他们那个长官和他们不一样?我是诚实的,我没有隐蔽起来的思想,我和他们一样;除去想要他们生活过得好以外,我并没有别的想法;其实,我心里是什么也不在话下的,我计较的只有我的自尊心。至于另一些重要人物,说起话来严厉无比而又沾沾自喜,他们自称是我的同级,我只有肩章同他们一样,除此之外和他们没有任何共同之处。"他斜过眼去睨了右边的上尉一眼,又用眼角看了一下上尉右首的那位中尉③,"这几位先生和骑兵正好是鲜明的对照;他们这一生,好比是在演戏;他们对什么都怕上三分,也许,死倒不怕;这是一些类似我的表兄戴维鲁瓦那样的人。"

---

① 德载(Desaix,1768—1800),法国将军,死于马伦哥战役。圣西尔(Saint-Cyr,1764—1830),法国元帅。
② 这是一个共和派在说话。(司汤达原注)
③ 关于队列中的位置设法问一位军官。现在我忘掉了。从1802年在萨吕斯开始,至1835年。(司汤达原注)

吕西安又回过头来听骑兵们谈话,越听越高兴。他的心灵一下飞升到幻境里面去了;他生气勃勃地享受着他的自由和此时他的宽广胸怀所给予他的喜悦,他在心目中看到的只是一心向往成就的伟大事业和可能遇到的壮烈献身。尔虞我诈的需要和戴维鲁瓦式的生活在他眼中全都烟消雾散了。士兵们讲的无比单纯的语句在他身上发生的效果,和奇妙的音乐产生的作用是没有什么不同的;生活给涂上了一层绯红的光彩。

突然间,从大路两边分两队漫不经心徒步前进的骑兵队伍中间,从大路的当中,一位副官骑马快步跑来。他向下级军官低声传达了命令,吕西安看见骑兵纷纷上马。"这动作使他们多么神气。"他心里想。

他那年轻人的天真的面孔是控制不住这种活跃情绪的,他面孔上现出心满意足和善意好心的神色,或许还带着一点好奇。可是他犯了一个错误;他应该继续保持不动声色的样子,最好是装出与人们想看到的完全相反的神态来才好。走在他右侧的那位上尉立即想到:"这个漂亮小伙子马上就要向我提问了,让我给他来个极妙的答复,好叫他恢复常态。"可是吕西安并没有向这些不像同伴的同伴提出什么问题。他暗自琢磨下达的是什么命令,把骑兵们弄得个个突然警觉紧张起来,从一路走来随随便便的样子一下变成军人优雅的风度。

上尉在等着人家开口向他提问;可是这个年轻巴黎人偏偏一言不发,他最后也忍不住了。

"我们这是在等总监到来,就是伯爵 N. 将军,贵族院议员。"终于他自己开口先说了,口气干巴巴的,神色十分傲慢,也不像是对吕西安说话。

吕西安冷冷看了上尉一眼,仿佛让说话的声音给触动了一下。这位英雄的嘴唇噘起来怪吓人的;他额头上也起了皱纹,更是摆出倨傲的神气；他眼睛虽然是往这边斜过来看一看，可又不是在看他的少尉。

"一个有趣的动物！"吕西安想，"费欧图中校和我说话就用这种军人腔调！为讨好这些先生，粗野生硬的手段万万不好用；我在他们中间，宁可做一个外来人。否则就要惹是生非，挨上几剑；他们若是拿这种腔调来和我打交道，反正我就是给他一个相应不理。"上尉显然在等着吕西安这里说出一句什么话，譬如："来的是不是就是著名的 N. 伯爵？就是陆军公报上那么毕恭毕敬提到的那位将军？"

我们这位英雄戒备森严，始终保持一个好似嗅到什么难闻气味的人那样的神态，不为之所动。上尉经过一分钟难堪的沉默之后，双眉紧蹙，拧成一团，不得已又说了一句：

"是 N. 伯爵，就是奥斯特利茨打头阵的那个 N. 伯爵，他的马车马上就要经过。马莱尔·德·圣梅格兰上校一点也不笨，他早就给前一站的马夫塞了一个埃居①；所以驿站的马夫刚才快马跑来知会过了，骑兵当然不应列成队形，那就无异是说已经得到通知了。想想看，总监对骑兵团会有怎么一个想法；第一次印象，必须想办法把它搞好……就是这样，这些人就像是生在马背上的。"

吕西安只是点一点头表示回答；人家给他骑一匹驽马，他觉得太丢人了，他踢踢马刺，马打了一个前失，他几乎摔下马来。"我就像是没用的杂务工。"他自言自语说。

十分钟以后，人们听到一驾重载的马车到来的声音；N. 伯爵在大路正中两列骑兵中间穿行而过；马车很快到了吕西安和上尉面前。这些先生看不见轿形马车里面坐着的那位著名的将军，因

---

① 法国古钱币，十三世纪以来铸造的以盾为图形的金币和银币，多称埃居；种类很多，价值不一。尤指五法郎银币。

为宽大的车厢被各式各样的箱笼包裹塞得满满的。

"一箱一箱,都是行李箱。"上尉气愤地说,"没有火腿、烤火鸡、鹅肝酱,就不行呀! 而且还要有大量的香槟。"

我们的英雄现在不能不答话了。不过,在他彬彬有礼地以轻蔑对轻蔑对付昂里埃上尉的时候,请允许我们这里暂且追随本年受命担任第三师①总监任务的贵族院议员,少将 N. 伯爵的行踪叙一叙吧。

总监的马车这时已经穿过师团驻地南锡的吊桥,当即鸣炮七响,这是将总监到来的消息作为一件大事告知当地居民百姓。

天空这几声炮响震得吕西安的灵魂兴奋激昂。

总监驻地大门门前已布置有两个守卫岗哨;第三师师长,少将戴朗斯男爵派人前来请示,问是当天接见还是等到次日。

"马上见,当然!"老将军说,"是不是他认为我……?"

N. 伯爵对于这一类小事依旧保持着桑布尔-默兹军团那时的习惯,他从前就是在这个军团开始出名的。对他来说,这种传统习惯此时此刻仍然保持不变,正如同他在最后五六处军职任上一再对这个享有崇高荣誉的军团确认它的重要地位一样。

他虽然也可以说是一个富于想象、耽于幻想的人,不过回想起一七九四年的情景他也禁不住自己感到惊奇。从一七九四年到一八三×年,变化多大,情况多么不同! 但是,伟大的上帝! 在那个时候,我们不是都发誓赌咒说是仇恨王权的吗! 那又是怀着怎样一副心肠呀! 对于这些下级军官,某某某②一再要求我们对他们严加监视,可是,该监视的不正是我们自己吗! ……那时,天天都

---

① "当时(1849)第三师师部所在地为梅斯",高隆对原稿做了订正,并加注说明。按司汤达原稿上写的是 26 师,另一处又写 24 师。(马尔蒂诺注)
 译者按:梅斯距南锡不远。
② 司汤达开始写的是苏尔特,随后又改掉。(马尔蒂诺注)

在作战;干军人这一行,倒也很快活,大家都喜欢打仗。今天怎么样呢,今天必须想方设法去讨好元帅先生,还必须揣测贵族院的旨意①!

将军 N. 伯爵是一位有六十五岁到六十六岁年纪的漂亮人物,人瘦瘦的,顾长笔直,衣着整饬;他的身材非常漂亮,他的头发介于金黄和灰色之间,很细心地梳有几个发卷,几乎秃顶的头部显得优美动人。他的面容表现出坚强勇敢和叫人不得不服从的决断力。不过所有这些特征都显得缺乏思想。

这样的头部,第二次去看它,就不那么讨人欢喜,第三次去看,就显得平平常常,几乎没什么可引人注意的了;这样的头部让人依稀可以看出其间有某种虚伪作假的阴影,人们从中可以看到帝国及其奴性留下的痕迹。

英雄死在一八〇四年之前,那真是有福了!

桑布尔-默兹军团这些老将军的面貌让杜伊勒里宫的前厅和巴黎圣母院大教堂的隆重盛典给消磨成温柔敦厚的了。N. 伯爵本人曾经亲眼目睹戴尔玛将军被放逐,那是在发生下面一席对话以后的事:

"戴尔玛呀,仪式真是漂亮极了!的确壮丽无比!"皇帝从圣母院大教堂走出来时这样说。

"是的,将军,为推翻您建树的这一切,不屠杀两百万人是办不到的。"

第二天戴尔玛就被放逐,命令规定巴黎四十里范围之内永远禁止他进入。

N. 将军穿着正规的军装,在他的客厅里踱步;这时,仆人报告

---

① 确实是这样,不过……(司汤达原注)

戴朗斯男爵来到,将军的头脑里瓦朗谢讷①突围的隆隆炮声还在响着呢。他急忙驱散这些回忆,这可能引出某些很不谨慎的事故来。为读者着想,就好比议会开幕时向国王的演说欢呼的人士所说的那样,我们在这里也要把这两位年迈的将领的谈话摘取几段来写一写。这两位将领原来是互不相识的。

戴朗斯男爵走进门来,拘拘束束地行礼致敬;他人大约身长六尺②,有一副弗朗什-孔泰③地方农民的模样。此外,在哈瑙④战役,拿破仑必须突破他忠诚的联盟巴伐利亚人的队伍以便返回法国,当年戴朗斯上校在这次战役中率领他那一营掩护图鲁奥将军著名的炮兵,被敌人砍了一刀,正好砍在面颊中间把鼻子削掉一块,这伤好歹做过手术修补算补好了;但是伤面太显著,在那惯常布满不满的表情的面部留下一个很大的疤痕,使这位将军从外表上一望可知是一个军人。他在战场上曾经是一员了不起的猛将;可是拿破仑统治一垮⑤,他的靠山崩塌了。他现在南锡这个地方,胆战心惊,什么都怕,害怕报纸更是怕得厉害。他常说:非枪毙几个律师不可。使他坐卧不宁的,是害怕自身成为大众的笑柄。一份只有上百订户的报纸登出一条平平常常的笑话,当真会把这位如此勇猛的军人弄得狂怒难制。他还有另一项苦恼:在南锡谁也不把他的肩章放在眼里。过去,在一八三×年五月骚动事件中,他

---

① 瓦朗谢讷,法国诺尔省城镇,靠近比利时。
② 一法尺合 0.325 米。
③ 弗朗什-孔泰,法国地区名,在法国中东部,包括汝拉省、杜省和上索恩省以及贝尔福地区。
④ 哈瑙,位于今德国黑森州内。1813 年 10 月 16—19 日,拿破仑在莱比锡会战失败后,率 8 万残部向法国撤退,1813 年 10 月 30 日在哈瑙与奥地利和巴伐利亚的 4.5 万联军遭遇,战斗中,联军因主帅弗雷德身受重伤被迫撤军,拿破仑赢得哈瑙战役胜利。
⑤ 1814 年 3 月 30 日,法军马尔蒙元帅投降,反法联军进入巴黎。4 月 6 日拿破仑退位。4 月 20 日拿破仑被放逐至厄尔巴岛,帝国垮台。

曾经将全城的青年坚决镇压下去,他深信人家一定是把他恨之入骨的。

这位在过去曾经是扬扬得意的人物,现在把他的副官叫来了,副官上来把他所要的东西交上,然后退身出去。于是他将本师部队和医院的情况报告图表在桌上展开;有关军事的情况详细地谈了足有一个钟头之久。将军询问男爵士兵私下有些什么议论,下级军官有些什么情况,由此又问到民情舆论。应当承认,这位可敬的第三师师长的回答不免显得冗长,他那优美动人的军人作风且不去说它;这里只限于摘录伯爵从省驻军将领充满不满情绪的言论中所得出的一些结论。

"这个人,他可以说就是荣誉的化身,他不怕死;在这里他却真心诚意抱怨其实并不存在的危险;这人萎靡不振,精神已经崩溃了,倘使面对非把骚乱镇压下去不可这样的局面,他害怕第二天的报纸一定要怕得发了疯。"伯爵心中这样思量。

"整天我都有苦说不出。"男爵不停地这么说。

"我亲爱的将军,这种话不能高声讲;有二十位将级军官,都是你的老战友呀,他们都在请求得到你这个位子还没有得到,元帅只是要求大家知足。作为你的好同志,我有一句话要坦率地报告给你,这话也许听来刺耳。这是一个星期之前,在我向部长辞行的时候,他对我讲的,他说:只有笨蛋才不知道如何在地方上做好自己的窝儿。"

"我真想看看元帅在贵族和资产阶级的夹档中如何自处。"男爵急不可耐地说,"贵族,既富有,又抱成一团,他们公开蔑视我们,每日每时都在嘲弄我们;资产者,他们都听凭精明透顶的耶稣会教士①调弄,所有有点钱的女人也都听从他们指挥。这是一方

---

① 耶稣会教士一词(jésuite)还含有"狡猾虚伪的人""阴谋家"之义。

面。另一方面,城里所有的年轻人,不是贵族,也不是教徒,个个都成了红了眼的共和派。如果我偶然注意看一看他们当中随便一个人,那么好,他就对着我拿出一个'梨子'来①,要不然就拿出什么别的扰乱治安的象征性的东西来。甚至学校里的学童也拿出'梨'来朝我晃来晃去;青年一见我离开我的卫兵两百步,就拼命对着我打呼哨;接着来到的是匿名信,上面把我骂得狗血喷头,如果我不接受……匿名信里还附上一片废纸,上面写着写信人的姓名住址。你们巴黎有没有这种事?一次污辱洗刷以后,第二天,人们还在议论纷纷,或者指桑骂槐。就在前天,卢德维格·罗莱尔先生,一位从前的军官,为人十分正直,他的一个仆人就在四月三日事件中偶然被杀身死,这件事也给我招来了一枪,在师驻地界限之外,用手枪打的。罢罢!这种无理取闹昨天竟成了全城的谈话资料。"

"叫人把那封信呈报给检察官嘛;你们的检察官是不是软弱无能?"

"他叫鬼迷了心窍;他是部长的一个亲戚,他看准审理一项政治案件就能晋升。在骚乱后没有几天,我还收到一封穷凶极恶的匿名信,我送给他看了,这是我的失策;该死呀,我有生以来办的第一件蠢事!他无动于衷地对我这么说:'这么一张烂纸你叫我怎么办?将军,应该是我来请求你保护呀,如果我被污辱成这个样子,莫非案子要我自己来审。'有几次我恨不得拿起马刀对准无法无天的老百姓的脑袋砍过去!"

"那就别想当官儿了!"

---

① 路易-菲力浦登位成了法国国王后不久,《讽刺画报》经理菲力朋(Philippon)先生因报纸违法案被刑事法庭传讯,审判官在讨论本案时,他画了几个梨子以自娱,人们看到这些梨子,认为与法王的面貌和发型十分相像;这个笑话哄传一时。(高隆注)

"哎呀！如果我能轰他们一炮的话！"这位英勇的老将军叹了口长气，两眼朝天那么一翻。

"那可好极了，"贵族院议员回答说，"我的意见一直是这么说；波拿巴在位的时候，天下太平，靠的就是圣罗什①的大炮嘛。再说你们省长弗莱隆先生难道没有把舆情上报给内政部长？"

"他整天动动笔头胡写乱写并不费难；问题是一个二十八岁乳臭未干的后生，一个小娃娃，也在和我玩弄政治；虚荣透顶，胆小怕事，他就像一个女人。我说在这个大好时世，省长和将军不要两不相容，势不两立，而且天天，并且人人，都把你我肆意诋毁污辱，我和他谈也是白费口舌。又比如说主教大人，他来拜访过我们吗？你开舞会，贵族不来光临，他们的舞会，也不请你去。我们很自豪：全省议会上还和他们保持有事务上的关系，按照我们的教养，我们是要向贵族表示敬意的，可是他们只在第一次见面时向我们表示表示敬意，第二次见面，他们就把脑袋一扭。共和派的青年见着你就面对面直着眼看你，嘘你。所有这一切，有目共睹，人所皆知。可是省长不承认；他满脸通红怒气冲冲回答我说：你说的是你，从来没有人嘘我。如果他敢在天黑以后走上大街，不出一个星期，保证有人离他两步当面嘘他。"

"我亲爱的将军，这一切你是不是确有把握？内政部长曾经让我看过弗莱隆先生写去的十封专函，其中说明他已表示与正统派王党言归于好。我前天在 N 省省长 G 先生府上参加晚宴，似乎他也持同样的看法，这是我亲眼看到的。"

---

① 圣罗什，巴黎的教堂。1795 年 10 月 4 日（共和历葡月十三日）保王党分子在巴黎举行暴动。热月党人军队总司令起用拿破仑·波拿巴，命其率军镇压。10 月 5 日在圣罗什教堂附近打死的保王党分子最多，拿破仑在镇压王党暴乱中赢得声誉。

"当然喽,我也相信呀;这是一个能人,一个好得不得了的省长,又是精明的大盗的好朋友,他本人既偷且盗,没有人能抓得住他,一年就是两三万法郎,正因为这样,他那一省都对他毕恭毕敬,服服帖帖。我向你报告了我的省长的情况,这当中我就可能受到人家猜疑;你准许我把 B.上尉叫来吗?你知道吗,他就在前厅等着呢?"

"如果我没有弄错,此人大概就是给一○七师派去的那个监察员吧?是为了查明驻军舆情的?"

"一点也不错;他来到这里才三个月:为避免在骑兵团被'烧死',我在白天从来不接见他。"

B.上尉走进门来。戴朗斯男爵见他进来,一度要避到另一个房间去。上尉举出二十条具体事实,证实倒霉的将军方才讲的一大篇苦经。在这个地方,原来青年一代人都成了共和派,贵族阶级自成一体,笃信宗教。共和派的首领是自由派报纸的主编戈提埃先生,这是一个坚决果断、精明强干的人物。领导贵族阶级的杜波列先生也是一个诡计多端无比狡猾的人,他的活动能力极强,是个第一等的能人。总之,人人侮慢省长,而又看不起将军;省长与将军被排斥在一切之外,虚有其名。主教每过一段时间就向他的信士宣布说不出三个月我们就要倒掉。"伯爵先生,我能够安全地尽到我的职责,我感到十分鼓舞。最糟的是,对于问题如果稍稍明确写信报告元帅,那么元帅总是让人传话说这里办事不力。这样的话,改朝换代的情况一旦发生,那对他来说倒是一切都太平无事了。"

"先生,就说到这里为止吧。"

"将军,请原谅,我把话岔开了。还有,在这个地方,耶稣会教士指挥贵族就像指使仆人一般;总之一句话,这一切根本是谈不上什么共和派的。"

"南锡现在居民有多少?"将军问,他觉得上面说的种种情况都是可信的。

"居民有一万八千人,不包括驻军在内。"

"你有多少共和派?"

"真正得到确证的共和派,三十六人。"

"这么说,是千分之二。在这些人里面真正有头脑的有几个?"

"只有一个,土地测量员戈提埃,《黎明报》的主编,这是一个穷光蛋,不过他是以穷为荣的。"

"另外那三十五个不经世事的青年,你也控制不住,把那个头头关起来你也办不到?"

"将军,首先在贵族中间,虔信宗教已经成风,可是,在所有不信教的人当中学共和派的榜样胡作非为也成了一股风气了。有那么一家蒙托尔咖啡馆,反对派青年在这里聚会,那简直已经成了十足道地的九三年时代的俱乐部啦。如果有四五个士兵在这些先生的面前走过,他们就低声叫喊:'军队万岁!'如果有下级军官出现在他们面前,他们向他们敬礼,和他们谈话,还请他们喝酒。如果是政府所属的军官,譬如说是我,情形就大不相同了,对你的污辱不是直接来的,可是叫人忍受不了。上个星期日,我走过蒙托尔咖啡馆,所有的人突然一下子转过身去背朝着你,整齐得如同士兵上操一样;我真恨不得一脚踢死他们。"

"要想革职,这倒是一个拿得稳的办法。你军饷不多吧?"

"每六个月我就收到一千法郎期票一张。我经过蒙托尔咖啡馆是无心的;通常我宁可绕道多走五百步,避开这家该死的咖啡馆。这意思是说:一个在德累斯顿和滑铁卢①作战负伤的军官现

---

① 德累斯顿,德国城市,在易北河畔,1813年8月27日拿破仑在此与反法联军作战,大获全胜。滑铁卢,比利时中部城镇,1815年6月18日拿破仑军队在此大败。6月22日拿破仑第二次退位,被流放至圣赫勒拿岛,直到1821年去世。

在见了老百姓不得不退避三舍!"

"自从'光荣的三日'①之后,就谈不上什么老百姓了。"伯爵心情沉痛地说道,"说到个人的事情,就到此为止吧。"他叫上尉留下来,同时把戴朗斯男爵也叫了进来,他问:"南锡各个党派的领导人是些什么人?"

"德·彭乐威和德·瓦西尼这两位先生,从表面上看,是查理十世派的首领,查理十世②委派的;实际上这一派真正的领袖是那个该死的阴谋家,叫作杜波列博士的(人家叫他博士,因为他是医生)。他是查理十世派委员会的秘书,正式的秘书。耶稣会教士雷伊,代理主教,全城的妇女从最有地位的夫人直到做小买卖的女商贩,都属他领导,就像是乐谱那样,都规定得清清楚楚。如果省长为你举行宴会,除去领官俸的官员以外,还有没有其他客人,你等着看好了。你可以去问问在政府任职的人,问问经常到省长府上走动的人,德·夏斯特莱夫人、德·欧甘古夫人或德·高麦西夫人府上,他们当中有谁进得去?"

"这些夫人都是些什么人呀?"

"非常富有,又非常神气的贵族。德·欧甘古夫人是本城最漂亮的太太,阔气极了。德·高麦西夫人也许比德·欧甘古夫人更漂亮,不过她是一个疯疯癫癫的女人,德·斯达尔夫人③一流人物,她吹嘘起查理十世来,高谈阔论,讲个不停,就像那位德·斯达尔夫人在日内瓦攻击拿破仑一样。我在日内瓦担任司令官的时候,这个女疯子把我们搞得很伤脑筋。"

---

① 即1830年7月27、28、29日三天,这不过是另一种说法罢了。(高隆注)
② 查理十世(1757—1836),法兰西国王(1824—1830),路易十六、十八之弟,波旁王朝复辟(1815)后的极端保王派领袖,登位后颁布反动法令,加强专制统治。1830年七月革命时出逃,逊位,复辟的波旁王朝被推翻。
③ 德·斯达尔夫人(1766—1817),法国女作家,文艺理论家,浪漫主义文学先驱之一,著有小说《黛尔菲娜》《高丽娜》以及《论文学》《论德国》等书。

"德·夏斯特莱夫人呢?"N.伯爵很感兴趣地问。

"她年纪轻轻,是查理十世宫廷一位准将的未亡人。德·夏斯特莱夫人在她的客厅里鼓吹某种思想;全城的青年人都为她着了魔;有一天,一个思想正派的青年赌钱输掉一大笔钱,德·夏斯特莱夫人居然亲自到他的家里去。是不是呀,上尉?"

"是这样,是这样,将军;恰巧那天我在那个青年家旁边林荫道上。德·夏斯特莱夫人亲手给了他三千金法郎,还有一个镶钻石的纪念品,这件纪念品本来是德·昂古列姆公爵夫人送给她的。这位青年后来到斯特拉斯堡把它抵押出去。我这里有斯特拉斯堡特派员的信件。"

"这样详细已经够了。"伯爵对上尉说,上尉已经把一个很大的文件包打开来。

"此外,"戴朗斯将军继续说下去,"还有德·毕洛朗、德·塞尔庇埃尔、德·马尔希几家,主教阁下在这几家受到的款待如同一位总司令那样,要是我们当中有谁能挤进去的话那才是见鬼了。你猜省长晚上到什么地方去消磨时间?他只好去找食品杂货店老板娘贝尔序太太,她的会客厅就设在她的店堂的后屋。这个他当然不会写信报告内政部部长。至于我,我的地位高,要自重,我不去找人闲谈,什么地方也不去,晚上八点钟我就上床睡觉。"

"你们的军官晚上干些什么?"

"到咖啡馆去,找小姐们去,连微不足道的资产阶级那里也休想进去。我们在这里过的日子和下了地狱一样。作为丈夫的资产者,借口提防自由派作风,他们彼此互相警卫,保障安全;只有炮兵和工兵的军官是走运的。"

"话说到这里,这里的人到底想些什么?"

"那批混账的共和派、思想家,什么东西!上尉可以告诉你,他们订阅《国民报》《喧声报》①,订阅所有这一类坏报纸,他们公开蔑视我发布出去的公告上规定的禁令。离开此地六里路有一个达尔奈镇,他们利用镇上一个资产者的户头,搞来这些报纸。我真是不情愿肯定确有其事:他名曰组织打猎,其实是找戈提埃来约会碰头。"

"这是怎样一个人?"

"共和派的头头,刚才我已经说过;就是他们那个叫作《黎明报》专事煽动的报纸的主编;这份报纸主要宗旨就是专拿我来调侃嘲笑。去年,他们向我提出比剑决斗;可恨他居然也是政府雇员;他是专管地籍测量的几何学家,我没有办法把他开革掉。我说也等于白说,最近一次涉及内伊元帅的罚款问题,他给《国民报》汇去一百七十九法郎……"

"这个不必说了。"N.伯爵满面通红地说道;他想打发掉这位戴朗斯男爵,那是很难办到的,而这位男爵总算一吐为快,心里觉得畅快多了。

---

① 《国民报》,1830—1851年在巴黎出版,资产阶级共和派的机关报。《喧声报》,1832年出版,资产阶级共和派报纸。

第 四 章

　　戴朗斯男爵在这里把南锡城描绘成一幅凄凄惨惨的图画,这时骑兵第二十七团穿越世界上最凄惨的一片平原正向南锡方向进发。这里的土地干燥而多沙砾,什么也长不出来。吕西安正巧注意到离城约有一里路某一处地方,光秃秃的只生长着三株树;其中有一株长在大路边上,高不及两丈①,整个枯萎了。再往靠近这里的远处望去,是一条起伏的冈峦;在一些溪谷入口处,可以看到种植着葡萄,也长得瘦弱零落。在离城约四分之一里的地方,两排凄凄惨惨长得不好的榆树标志出那里是大路经过的地方。人们遇到的农民,神色凄苦,惊慌不安。吕西安想:"这就是所谓美好的法兰西!"骑兵团走近城郊,从许多厂房前面经过,这些巨大厂房设施是不可缺少的,但污秽不堪,这是些屠宰场、炼油厂等等,凄凉地表明这就是完善的文明。从这些地方再往前去,是种着白菜的大菜园,连一处小小灌木丛也看不见。

　　最后,大路突然转了一个急转弯,骑兵团就到了防御工事的第一道栅栏前面,防御工事在朝着巴黎方向的一侧显得异常低矮,仿佛埋进地下似的。骑兵团休息了,守卫的哨兵已经认出他们来了。我们忘记交代:在距此一里路的地方,在一条小河边上骑兵团已经休息过一次,整理军纪,洗得干干净净了。仅有几分钟时间,泥斑污迹都洗刷干净,骑兵的制服和马匹的鞍辔都恢复了光彩。

---

　　① 原文二十尺。

骑兵第二十七团于一八三×年三月二十四日清晨八时半在阴郁寒冷的天气下开进南锡城。一队很壮观的乐队在前面开路,骑兵团在市民和当地年轻女工中间取得很大的成功。乐队有三十二把号,号手都穿着红色制服,跨在白马上,号声吹得震天响。而且有六名号手排在第一排,全是黑人,乐队队长就走在离他们七步远的地方。

城市的优美,特别是穿着镶花边衣服的年轻女工,在所有的窗口上显露无遗。这种引人注目的和谐气象是非常容易感觉到的;真是这样,乐队号手的红制服配上华丽的金色肩章更显得耀人眼目,使得城市更加和谐美丽了。

南锡这座城建筑得十分坚固,是沃邦①的一大杰作②。可是在吕西安看来,却是面目可憎的。污秽、贫困,不论从哪个方面看,无不是如此,居民的面貌也完全说明了建筑物的阴郁荒凉③。吕西安到处都看到放高利贷的人的嘴脸,还有獐头鼠目、尖头缩脑、寻衅斗气那样的面孔。"这些人除了钱之外什么都不想,一心只是想方设法捞钱。"他厌恶地对自己这样说,"毫无疑问,自由派那么卖力地对我们吹嘘美国,它的性格面貌大概也就是这么一个样子。"

这个巴黎的青年把他那个地方文雅可爱的面孔看惯了,现在不免大失所望,很感伤心了。马路狭仄,路面铺得很糟,坑坑洼洼,崎崎岖岖,处处肮脏可厌;马路当中还有一道泥浆水流过,在他看来,这污水如同熬出来的黑灰色药汁一般。

---

① 沃邦(1633—1707),法国元帅,著名军事工程师,著有《论要塞的攻击和防御》。
② 作者对南锡的防御工事、建筑、街道和市容所说的无不是违背事实的。(高隆注)
③ 作者显见从来没有到过南锡;新开的一条巴黎路就很漂亮。(高隆注)

骑兵骑在马上顺着吕西安右侧向前行进,两厢的距离正好把地上黑色的污水都溅到中校给他骑的那匹驽马身上。我们这位英雄发现他这些新同伴正好把这件事都看在眼里,这件小事肯定要成为他们取笑的大目标。他们狡猾地微笑着,吕西安一看到这景象,顿时从梦中猛醒过来:他变得心绪极坏,满怀恶意。

他心里想:"首先,我应该时刻也不要忘记,这里并不是宿营地;四分之一里之内并没有敌人;这些先生,年纪在四十岁以下的,其实还不如我,也都是从来没有见过敌人的。所以,闷得无聊、闲得难受,养成他们很多下流习惯。这里的青年军官并不像人们在操场上看到的那么勇敢,有一股子蛮劲,精神愉快;他们是一些闷得无聊的可怜家伙,绝不会因为拿我来取笑而觉得有什么不高兴的。他们对我没有安下好心,甚至非把我逼得搞起决斗不可,最好现在就跟他们斗一斗,早动手早清静。大块头中校会不会出来担任我的公证人?我怀疑,他的军级不允许他这么做;他应当成为军纪的表率嘛……到哪里去找一位公证人呢?"

吕西安举目向高处望去,看见一座宅邸在眼前,比起骑兵团方才经过的那些房子来不那么讨厌;屋壁是白色的,高高的墙壁中间有一扇漆成鹦鹉绿的百叶窗。"这些外省佬真会挑选鲜艳醒目的色彩!"

正当吕西安对这个有点不敬的想法感到扬扬得意的时候,他忽然看见鹦鹉绿的百叶窗稍稍打开了一点;窗后有一位金发的少妇,头发美极了,可是神态却傲睨自若、目中无人,原来她正在那里眺望骑兵团列队走过。吕西安看到这个美丽的面影,一切愁闷悒郁的思想都烟消云散了;他的心神为之飞扬、振奋。南锡城里斑驳污秽的墙壁,黑色的污水,他的同伴们种种嫉妒贪心,无法避免的决斗,人家给他骑的那匹劣马在讨厌的石板路上不停地颠踬打失,这一切也都不见踪影了。这时,在街道的尽头,在一座拱门下,骑兵团遇阻停了下来。那年轻女人关上了窗,半掩在窗后绣花纱帘下还在往外面张望。她可能有二十四五岁,吕西安从她的眼睛里看到一种奇异的表情;是嘲笑,是怨恨,或者仅仅是青春年少,对什么都感到有趣?

吕西安所属骑兵第二连突然动起来;吕西安眼睛盯着鹦鹉绿百叶窗不动,而脚下马刺不觉踢了一下,马一滑,跌倒了,也把他摔到地上了。

他急忙站起来,拿过马刀的刀鞘狠狠打那匹驽马一下,一跃又跨上马鞍,这的确不过是刹那间的事;可是一阵哄笑异口同声爆发出来,声音很大。吕西安注意到那位有一头金黄略带银灰头发的妇人也笑了。这时他已经在马上了。骑兵团军官还在笑个不停,这显然是有意为之的,而他就像在众议院人们凿凿有据地责难内阁时站在中间的一位内阁成员一样。

"尽管这样,他仍然是一个可爱的娃娃。"一个长着一大把白胡子的骑兵中士说。

"这种驽马本来就不好骑。"一个骑兵这样说。

吕西安羞得面红耳赤,只顾装作若无其事的样子。

骑兵团一在营房里安排就绪,公务一交接完毕,吕西安立刻就跨上那匹驽马大步跑到马站去。

"先生,"他对驿站站长说,"你看,我是一个军官,可是我没有一匹好马。这匹劣马是骑兵团借给我的,说不定有意开我的玩笑,已经把我摔到地上了,你看,你看。"他红着脸看到他制服左臂上面沾满了已经干了的白色泥斑,"一句话,先生,城里有没有过得去的马卖?我马上就要的。"

"当然,当然,先生,这可是一个弄得叫你上当的好机会呀。不过我是不会那么干的。"驿站站长布沙尔先生说。

驿站站长是一个胖子,态度傲慢,面带讥讽,眼光锐利;他一边琢磨着要说的话,一边打量这个漂亮的青年人,判断要卖的那匹马可以提高多少路易的要价。

"先生,你是骑兵军官,对于马不用说你是行家。"

吕西安并没有说假话,于是驿站站长认为可以再补充一句:

"我想请问:你打过仗吗?"

这个问题也可能是一句玩笑话,所以吕西安一听这么说,本来毫无提防的表情立刻为之一变。

"这同我是不是打过仗有什么相干,"他冷冷地回答,"驿站站长,问题是你有没有马要卖。"

布沙尔先生见自己干脆给顶了回来,就想把这个年轻军官丢开不管;不过这样一来,赚十个路易到手的机会也就白白放弃了;特别是甘愿放弃一个小时扯扯谈谈,对驿站站长来说更是难办的事情。他在年轻的时候,也曾侍候过像吕西安这样年纪的军官,他们本来就和礼拜堂前面嬉闹的小孩一样嘛。

于是布沙尔又开口了,声调里像是加了蜜糖似的,就仿佛他们中间刚才什么事情也没有发生一样:"先生,我干过多年骑兵队队长,接下来又是胸甲骑兵第一团中士,就以这样的军级,一八一四年在蒙米拉伊执行任务中负伤;所以我刚才讲到打仗。可是说到马,我现有的都是小马,值十到十二个路易,给一位像你这样军装穿得笔挺的军官骑,不合适,不过骑上去跑起来倒是真好;是真正的鞍马,没说的! 不过,如果你能把一匹马调理得好的话,这我是一点也不怀疑的……(说到这里,布沙尔的眼睛朝着这一身漂亮制服左边袖子让污泥弄上白斑的地方看了一看,由不得又以一种揶揄的口吻说)如果你能调理好一匹马的话,那么我们这位年轻的省长弗莱隆先生倒有你要的那样东西:一匹英国马,是住在本地的一位英国贵族卖出来的,玩马的人都知道,小腿漂亮极了,肩胛也好极了,价值三千法郎。这马不多不少只把弗莱隆先生摔过四次,主要原因是这位省长也只敢骑它四次。最后一次,那是在检阅国民自卫军的时候,这国民自卫军是由一部分老兵组成的,老兵,譬如我,骑兵中士……"

"行了,先生,"吕西安兴致勃勃地说,"现在我就把它买下来!"

吕西安对于买一匹马三千法郎价钱口气这么肯定,以及打断他的话那种斩钉截铁的态度,一下就把这位前下级军官弄得十分兴奋。

"行啊,行啊,我的中尉。"他毕恭毕敬回答说。他站起身立刻跟着吕西安的驽马走。吕西安直到现在一直骑在马上还没有下马。他们需要到省政府走一趟。省政府在城里距住宅区有五分钟路程、靠近火药库的一个荒僻的地方;这里原是一处修道院旧址,帝国①最后几任省长把它修葺整顿得很像个样子了。省长居住的大楼就坐落在英国式花园的中心。这两位先生来到铁门前。他们来到的正是办公室的底楼,人们又让他们走进另一扇装饰有门柱的房门,由此走上华丽的二楼,弗莱隆先生就住在这里。布沙尔先生拉了拉门铃:过了很久,还无应声。最后,一个仆人,那神色忙碌得很,穿着又讲究,出现了,把他们引到一间客厅,客厅里面可是乱糟糟的。确实,现在才一点钟。仆人用一种字斟句酌的严重语气反复讲出一些惯用的语句,表示见省长先生是极为困难的,吕西安眼看要光火了,布沙尔先生这时开口讲出了这样一番神圣的话:

"我们是为一件与省长先生有关的金钱上的事务而来的。"

仆人的傲慢态度不免显得很难堪的样子;但是他依然不为之所动。

"天哪!是为了卖掉你们那个拉拉,把你们省长先生摔下来

---

① 指拿破仑帝国(1804—1814年)。

的那个拉拉。"这位前骑兵中士又说。

仆人一听这话,请两位先生稍候片刻,转身就走了。

十分钟以后,吕西安见有一个身高四尺半的年轻人步态庄严地走上前来。这人的样子,既畏畏怯怯,又显得很是迂腐。他郑重其事地戴着一副很漂亮的假发,金黄色的,看起来就像没有颜色的那种金黄色。头发极其柔细,梳得又太长,在额头上由一条分得又齐又直的缝把头发披在两侧,这就把头顶按德国式的样子从中一分为二。吕西安望着这样一副面貌,一弹一弹地踱了过来,既要做得优美得体,又要显出庄严气派,他的怒气一下都不见了,代之而来的是忍不住地想笑,但是他的重要任务又不许他笑出声来。他想,省长的这个脑袋完全是卢卡斯·科拉纳赫①的基督圣像的翻版。这是自由派报纸每天早晨都要攻击的那类可怕的省长之一!

吕西安等了这么久,现在也不感到有什么不可容忍的了;他仔细研究这个慢条斯理一摇一摆走过来的上过浆的矮小人物;这是一个在本性上毫无感情、超越于尘世上任何感受的人物。吕西安是这么专注地观赏着他,以致这里出现了一个沉默无语的场面。

弗莱隆先生很满意他竟造成这样的效果,而且还是对一个军人!最后他开口说话了,他问吕西安,他能做些什么事来为他效劳;这话是用打嘟噜的喉音讲出来的,那口气无疑是对一句什么失礼的话的回答似的。

吕西安唯恐当着这位大人物的面失声笑出来,一时被弄得手足无措。不幸这时他又想起另一位做议员的弗莱隆先生来,面前这个人很可能是那位弗莱隆先生的可敬的儿子或侄子,此人在谈到我们可敬的各位内阁成员的时候,曾经大动感情,声泪俱下。

一想起这件事,对我们这位英雄来说,那是太刺激了,而且是

---

① 卢卡斯·科拉纳赫(1472—1553),德国画家,雕版画家。

记忆犹新的,他真忍不住哈哈大笑了起来。

"先生,"他终于说话了,一面看着年轻的省长紧紧把自己裹在他那件特别定做的长袍式睡衣里面,"先生,听说你有一匹马要卖掉。我想看一看,试试骑它一刻钟,我付现款。"

尊敬的省长恍惚好像做梦的样子;他还在考虑这个青年军官刚才为什么要笑。在他看来,实际上并没有什么能够引起他发生兴趣的东西。

他终于也开口说话了,仿佛背诵课文那样说道:"有大量紧急而且严重的公务等待我去处理,我十分担心,这使得我大大失礼了,告罪告罪。我有根据推想,也让你等候了很久,告罪告罪。"

他变得浑身上下都充满了善意。这种温煦和蔼的话占去了相当的时间。我们的英雄,因为他说个不停,而且对于如何把话说得得体的名声向来是不加顾忌的,所以他就把他来拜访的目的又说了一遍。

"我应当体谅省长先生公务繁忙;不过,我很想看看那匹要卖的马,我还想请省长先生派马夫看着我骑一骑、试一试。"

"马是一匹英国马,"省长以一种几乎是亲切的口吻回答说,"真正半纯种的,我这是得自林克大人的,他住在此地多年了;这马在行家中间是很知名的。"他又眼睛看着地上补充说,"不过,我应当承认,目下它由一个法国仆役养着;我叫佩澜去侍候你。先生,你以为我不该把这牲口交给这些粗俗人去照料吧,可是我的下人没有一个人靠近过它……"

这位年轻的长官用一种很漂亮的风度对下面人吩咐一番,一边听着别人谈话,一边把他那绣金开司米室内长衣在身上掩起来,把那顶奇特的小帽在眼睛上部戴好,这顶小帽形状类似轻骑兵戴的筒帽,好像随时都要从头上落下来似的。这些小小的动作都不慌不忙一一做好,驿站站长布沙尔在一旁仔细地瞅着他做这些小动作，他那揶揄的神色一下变成了冒冒失失的苦笑了。装模作样做出来的那一套这时一下就全部失去效用，化为乌有。省长先生见到这样的人向来就不习惯，所以他把他的装束打扮整顿好了之后，就向吕西安致意告辞，向布沙尔先生来了个半致意，看也不看一眼，转身走进他的房间里面去。

"我说这个尺寸的小个子咱们下个礼拜还能再看他一次！"布沙尔叫道，"这没有叫他出一身汗吧？"

布沙尔先生见到有些年纪轻轻的人竟比蒙米拉伊的下级军官爬得更高很气愤，不过很快又为另一个题目变得十分高兴了。那匹英国马刚刚牵出马圈，这可怜的牲口因为平时极少被牵出来，立刻就在庭院里奔驰起来，乱蹦乱跳，异乎寻常；它还四脚离地猛跳，头伸在半空中，好像要爬到围在省长府庭院四周的梧桐树上去似的。

"这牲口倒很有些本领呀，"布沙尔走近吕西安，神态狡猾地说，"省长先生和他的仆役佩澜大概有一个礼拜时间没有放它，也许是为了慎重……"

吕西安从驿站站长的小眼睛里看到闪耀着一种控制着的高兴，不禁让他一惊。他想："一天两次跌下马来，是肯定无疑了；我在南锡的这个开端必定也是这样了。"布沙尔走到筛子那里拿起一把燕麦，让那匹马站住不动；可吕西安还是费了大劲才骑上马去，把马控制住。

这马一起步就放开四蹄奔跑，但很快又改成小步跑。拉拉很美，步法强劲有力，吕西安暗暗称奇，让那个好嘲笑人的驿站站长等半天也顾不上了。拉拉跑了一里路，然后回到省长府的院子里来，只用去半个小时。仆役见他迟迟不回害怕了。至于驿站站长，他希望看到一匹马空身回来。他看到吕西安骑在马上回来，走过来察看他的制服：一点没有坠马的迹象。"好啦好啦，这个人一点不比旁人差嘛。"布沙尔对自己这么说。

吕西安做成这笔买卖,一直没有下马。"我不应该让南锡看到我骑那匹驽马。"布沙尔先生当然没有这一类顾忌,他骑上了骑兵团的那匹驽马。省长的仆役佩澜先生陪着这两位先生一直走到总税务官的账房间里,吕西安在这里兑出钱来。

"先生,你看见了,我一天之内只能摔到地上一次。"只剩下他们两个人的时候,吕西安对布沙尔说,"让我觉得懊恼的是,偏偏在有鹦鹉绿百叶窗的窗口下摔倒,就在那边,快到拱门……城门口那个地方,在一处公馆前面。"

"啊!在抽水机路上,"布沙尔说,"那里住着一位美丽的太太,就在最最小的一扇窗户上,肯定是那样。"

"是的,先生,她看着我这桩不幸的事还笑了。在部队驻地,而且是第一个驻地,这样一个开端,这叫人太不愉快了!你过去也是军人,先生,这你是能够理解的;在骑兵团人家对我会怎么说?但是这位太太是谁呀?"

"那是一个二十五六岁的女人,发银白光的金发,长得一直垂到地上,对不对?"

"两个眼睛真漂亮,但又诡计多端。"

"那是德·夏斯特莱夫人,一个寡妇,所有漂亮的贵族先生都向她献殷勤。她到处热烈鼓吹查理十世的事业,如果我是这么一个小个子省长的话,我就把她关到监狱里去;咱们这个地方弄到最后也就成了第二个旺代省①了。那是一个疯了似的极端保王党,她恨不得看到地下深处一百尺,把所有一切一切都拿出来为祖国效力。她是德·彭乐威侯爵的女儿,彭乐威侯爵本人就是咱们这里最有权势的极端保王党之一,而且,"他放低声音说,"他是查理

---

① 旺代,法国西部一省名。大革命时期旺代发生反革命叛乱,故 1793 年时,旺代人被称为法国西部保王党人。

十世派到这个城里来的特派员。这可是你我之间说的;我可不愿意惹上一个告密人的名声。"

"你用不着担心。"

"他们自从七月事件以后来到这里憋了一肚子气。他们说,他们要饿死巴黎的人民,不给他们工作;可是尽管这样,这个侯爵人倒是不坏的。杜波列博士,本地一个第一号的医生,是他的左右手。杜波列先生是一个精明透顶的苍蝇,德·彭乐威先生,查理十世的另一个特派员德·毕洛朗先生,也是一样,都让他牵着鼻子走;因为,在这里,搞阴谋诡计是公开的。还有修道院院长奥利夫,他是一个密探……"

"不过,我亲爱的先生,"吕西安笑着说,"修道院院长奥利夫先生是密探我不反对;有多少人不都是嘛!我请你给我讲讲那个美丽的女人,德·夏斯特莱夫人。"

"啊!那个美丽的女人,就是你从马上跌下来笑你的那个女人?她见到从马上摔下来的人多了!她是查理十世近卫军一个准将,还不只是这样,一个侍从武官或者查理十世的副官的寡妇,是一位大贵族呀。总之一句话,经过那些日子之后,他跑到这里来,人就给吓死了。他总以为老百姓上街了,他给我讲这个不止讲过二十次;不过,不管怎么说,倒也是一个好小伙子,一点不凶,相反,太柔弱了。每次巴黎有信使到他们这里来,他总是要求驿站上永远给他留两匹马备用,是呀,钱给得不少。因为,先生,你想必知道,从这里抄近路走十九里就到了莱茵河。这是一个干巴巴、没有血色的高个子;他总是害怕,怕得出奇。"

"他那个寡妇呢?"吕西安笑着说。

"她在巴黎圣日耳曼区①有一处公馆,就在那条叫巴比伦的路

---

① 圣日耳曼区是巴黎的一个贵族住宅区。

上,巴比伦,什么名字呀①!先生你应该知道这个。她很想回巴黎去;但是父亲反对,千方百计把她和她的朋友的关系搞坏;他想欺骗她,就是嘛!是这么一回事:在耶稣会教士和查理十世的治理下,德·夏斯特莱先生是一个信教的信士,从一笔公债券中赚了几百万家财,钱都在他的寡妇手中放利,所以一旦发生革命,德·彭乐威先生就要伸手把它弄过去。

"德·夏斯特莱先生每天一早就套上马车去教堂望弥撒,教堂离他家不过五十步;那是一部英国马车,至少价值一万法郎,在马路上走起来,一点声响也没有;他说为老百姓着想,他需要这个。在这一方面,他是非常自豪的、很讲究的,去教堂总是穿着礼拜日穿的正规服装,在衣服外面佩戴红绶带,四个跟班也都穿制服,戴黄手套。尽管这样,临死前,他什么也没有留给他手下的人,因为他对来给他送终的教区神父说:他们都是雅各宾党。可是太太怎么说呢,她还要留在这个世界上,她也害怕,所以她说:这在遗嘱上给漏掉了;她给他们分了一点抚恤金,或者留下来继续服侍她,有的等于什么也不给,给那么四十个法郎打发掉。她住在彭乐威公馆整个二楼;你就是在那儿看到她的;可是她的父亲坚持要她付房租。她要付四千法郎的租金,而侯爵从前如果要价超过一百路易就无法租出第二层楼。彭乐威是个发了疯的守财奴;尽管这样,他和所有的人都说话,很客气;他说,共和就要来了,又要有一批人亡命国外;还说又要杀贵族,杀教士了……可是德·彭乐威先生在第一次亡命国外时实在很惨;人家说他在汉堡干装订工的苦活儿;今天有谁当着他的面一提到书,他就会气得脸红脖子粗。事实是在需要的时候,他就靠他女儿的利息过活;所以他不能把她放走;他

---

① 巴比伦有流放地或监禁地之意。巴比伦原为古代两河流域最大的城市,巴比伦王国的首都。

和我一个朋友讲过……"

"可是先生,"吕西安说,"这个老头的笑话跟我有什么关系?给我讲讲德·夏斯特莱夫人吧。"

"每逢星期五在家里招待客人,她也宣讲,和传教士一模一样。听仆人说,她说起话来像天使似的;人人都能理解;她有时甚至说得人家都哭了。我说他们是倒霉的傻瓜。她恨人民;如果她做得到的话,她就要把我们都抓到圣米歇尔山①去。话虽这么说,她还是对他们甜言蜜语的,他们也爱她。

"她父亲因为她的弟弟,梅斯高等法院院长,曾经履行过宣誓,就说这是给他自己身上沾上的污点,从此拒绝见他,她为这件事骂她父亲骂得很厉害,这是仆人讲出来的。这里的上等社会对任何稳健派②一概拒不接待。卖给你马的那位省长,简直是公子哥儿,他逆来顺受,怎么污辱他都能忍受下来;他就不敢去德·夏斯特莱夫人府上,去了,那她就毫不客气地把要说的话都说出来。当他去拜望我们这里太太当中最时髦最漂亮的德·欧甘古夫人的时候,她就站在临街的窗口上,让人去告诉门房,说她不在家……噢,先生你也是稳健派,我把它给忘了,请原谅。"

这最后一句话是带着满意、幸运的意味说出来的;吕西安的答话里,也是如此。

"我亲爱的朋友,你告诉我不少情况,我就像是听取敌占区的报告一样,都听清楚了。那么,咱们再见吧。这里最有名的旅馆是哪一家?"

"三皇旅馆,老耶稣会教士路十三号;这地方不好找,我顺路,

---

① 圣米歇尔山,法国诺曼底海岸外的岩石小岛,系著名圣地,朝圣中心,属芒什省,969年岛顶建造本笃会隐修院,1469年法王路易十一在此制定了圣米歇尔王诏,拿破仑在位期间(1804—1814)成为国家监狱,直到1863年。
② 稳健派,法王路易-菲力浦的中庸政府。

真感到荣幸,我来带你去吧。"驿站站长想:我吹得过头了,不过,给这个公子哥儿介绍介绍我们的太太的情况也是理所当然的。

"德·夏斯特莱夫人是贵族太太里面最疯疯癫癫的一个,"布沙尔又开口讲起来了,他那满不在乎的神态正好是一个企图掩饰自家窘态的普通老百姓的那种神态,"这就是说,德·欧甘古夫人跟她都长得花容月貌,不相上下;不过德·夏斯特莱夫人只有一个情人,托玛·德·毕桑·德·西西里先生,就是现在你们换防替代他的那个轻骑兵中校。德·夏斯特莱夫人总是愁眉不展,性情孤僻,好像除非为了亨利五世①她才会兴奋似的。她的下人说她常常叫人备马驾车,可是过了一个小时,她又命令卸车,不出门了。她那两个眼睛最美,你已经见到了,这一对眼睛把她心里想的都说了出来;德·欧甘古夫人性情愉快,也更聪明;她总有趣闻要讲给你听。德·欧甘古夫人支配她的男人,他是一个老上尉了,在七月事件中负伤,他其实是一个了不起的人,真的!说实在话,在这个地方,他们没有一个不是了不起的。但是她呢,她愿意做什么就做什么,每年换一个情人也没有什么不方便。如今德·昂丹先生正为她不惜倾家荡产。我总是不停地给他预备马,为了到比莱维尔森林去聚会玩乐,比莱维尔森林你看就在那边,平原尽头的地方;只有上帝知道他们在树林里干什么!他们总是把我的车夫灌醉,好叫他们什么也看不见,什么也听不到。见鬼啦,回来以后他们一个字也说不出来。"

"森林在哪里呀?"吕西安望着世界上这个最叫人愁闷的地方问。

"离开这里有一里路,穿过平原走到尽头,就是非常漂亮的黑

---

① 尚博尔伯爵(1820—1883),查理十世的孙子,自封亨利五世,波旁王室长系中的觊觎王位者,但终其一生也没有登上王位。

森林;是一个好地方。在那里,有绿色猎人咖啡馆,是德国人开的,任何时候都有音乐;这是本地的蒂沃利①……"

吕西安让他的马猛然一动,把那个饶舌的人吓了一跳;他好像发现落到自己手掌中的牺牲者要逃走似的,不过这是怎样一个牺牲者啊!一个漂漂亮亮的巴黎小青年,一个初来乍到的外方人,而且又是非听他不可的!

"这美丽的金发女人,就是德·夏斯特莱夫人,她每个礼拜,"他又讨好地热心说了起来,"就是看见你跌下马来的那一位,或者说,当你的马摔倒在地上的时候——这是大不一样的啊——那个笑了一下的人儿;对,把话再说回来:这位夏斯特莱夫人,她每个礼拜,就这么说吧,都要拒绝一次求婚,德·勃朗塞先生,她的表哥,一直和她在一起;德·葛埃洛先生,最大的一个坏蛋,一个真正的伪君子!卢德维格·罗莱尔伯爵,这些贵族当中最凶的一个,都在这件事上碰得鼻青脸肿。不过在外省讨一个老婆也并不是什么蠢事!她为了消愁解闷,我已经跟你说过了,就勇敢地答应再嫁给托玛·德·毕桑·德·西西里先生,轻骑兵第二十团的中校。他真有点叫她给笼络上了;这有什么关系,他动也不敢动一动,他可是法国最大的一个贵族啊,据说。还有德·毕洛朗侯爵夫人,德·圣樊尚夫人,不能忘记她们,她们也是大贵族;但是我们这个省的贵族太太对有失贵族身份的事再恨不过了。她们在这上面真是严格极了。所以我必须告诉你,我亲爱的先生,我对你是非常尊敬的,我不过是一个胸甲骑兵的下级军官(说真话,十年当中参加了十次战役);我怀疑这位准将德·夏斯特莱先生的孤孀刚刚有了一个中校情人没多久,会不会看中一个普通少尉的敬意,不管他多么可爱。因为,"驿站站长摆出一副可怜相又补充说道,"在这个地

---

① 蒂沃利,意大利著名的游览区。

方,人品算不得什么,一个人的地位才作数,贵族身份就是一切。"

"这样的话,那就尴尬了。"吕西安心里想。

"再见吧,先生。"他对布沙尔说,就让马起步跑了起来,"我派一个骑兵来取马,马先牵到你的马棚里。晚安。"

他看见远处挂着一个很大的招牌:三皇旅馆。

布沙尔暗暗一笑,自言自语地说:"不管怎么说,他和他那个稳健派,叫我连诳带哄逗弄了半天。另外,还给了我的马夫四十法郎酒钱:这是要经常给的了!"

第 五 章

　　布沙尔先生这一笑是有道理的,不过其中还有一些道理却是他未曾料到的。当这个有着一副锐利眼光的人物离去以后,吕西安沉湎在自己的思想中,心绪很坏。来到一个外省城市,又在骑兵团里,以跌下马来为开端,对他来说,真是新发生的又一不幸事件。"人们是绝不会把它忘掉的;只要经过这条街,哪怕像一个资格最老的骑兵那样骑在马上走过,人家也会说:哎呀!就是这个巴黎来的年轻人,初来骑兵团的时候,从马上摔了下来,而且摔得很可笑。"

　　我们这位英雄这时体验到他受到的那种教育的后果了,这种教育只会使他的虚荣心不断扩大,这恰恰是富有人家子弟获得的一份可悲的财产。这虚荣心本来得潜伏在军装下面在一个团队里打开一个局面;吕西安本来也准备挨上他几剑;原也是准备采取轻佻玩忽的态度和果断的决心去应付任何情况的;也下了决心把自己武装起来显示一下顽强与勇猛……但是事与愿违,从那个少妇的窗口落到他身上来反而是笑柄和屈辱,而且还是当地一位最高贵的少妇,一个能说会道的狂热的极端保王党女人,她竟会给她的忠仆扣上一顶所谓稳健派帽子,关于他,什么话她不会说?

　　当他身上沾满污泥从地上站起来用刀鞘狠打他那匹马的时候,他看见她嘴唇上荡漾着一丝笑意,这印象牢牢盘踞在他心头,怎么也抹不掉。"拿刀鞘去打那匹驽马,多么愚蠢的念头!居然那么气急败坏地打!正因为这样,才真闹出笑话来了!任何人都可能坠下马来,可是一怒之下竟动手打那匹马!摔下马来,还表现得那么倒霉的样子!本来应该不动声色,随他去好了;人家怎么看,随他去,我应当反其道而行之,不那么看,就像我父亲说过的那样……如果有一天我见到这位德·夏斯特莱夫人,她认出我来,一定会忍不住笑出声来!骑兵团里又会怎么说?这个嘛,哎呀!不怀好意、专好取笑的先生们,我劝你们嬉笑的时候把声音放低一些。"

吕西安在这许多不愉快的念头的骚扰下,在三皇旅馆最漂亮的一套房间里,把他的仆人找来,花了整整两个小时小心细致地刷净他的军装:"万事全靠一个起头,要补救的事情我可真有许多。"

"我的衣服已经很好了嘛,"他望着那两面大镜子——这是他让人这样摆起来的,以便自顶至踵一览无余——他心里这样想,"但是,德·夏斯特莱夫人那笑着的眼睛,闪耀着坏主意的眼睛,总是那么看着我左臂上这块污泥的痕迹。"他心酸地望着他丢在一把椅子上的旅行时穿的那套制服,尽管用刷子刷来刷去,那个偶然事件的遗迹依然如故,明显地留在那里。

他梳洗修饰了很长时间。他自己并没有注意,可是旅馆里的人,借给他活动穿衣镜的旅馆女主人,对他们来说,这无疑也是一个大场面了。吕西安打扮好了之后,走下楼去,来到庭院,用批评的眼光察看拉拉给打整得怎样。他觉得还不错,只是马的左后蹄还不行,他叫人来当面重新给它上蜡。最后他自己动手,亲自上鞍,动作轻快无比,而不是像军队那样郑重其事而准确有度。他是想做给聚拢在庭院里的旅馆仆役们看看他是一个道地的骑手的。他问抽水机路怎么走法,然后骑上马扬长而去。他想:"一位将军的孀妇,德·夏斯特莱夫人,她应当是最好的审判官。这是可庆幸的事。"

但是鹦鹉绿百叶窗密不通风地紧紧关着。吕西安在那里荡来

055

荡去,走了几个来回,毫无反应。他去找费欧图中校,向他致谢,并问一声一个初到骑兵团的少尉第一天应该有些什么礼节要注意。

他到两三个地方去拜见一些人,每到一处大约停留十分钟,仪态冷冷的,这对一个二十岁的青年是适当的,且是受过良好教育的标志,都取得了预期的效果。

事情办过以后,他回转来,又到昨天上午坠马的那个地方去旧地重游。他骑马大步跑到彭乐威公馆前面,恰巧一到这里他就勒住马用潇洒动人的小步转了一圈。他拉了几下马缰,这个动作不是行家是看不出来的,这无礼的动作不意惊动了原属省长的那匹马,那匹马于是也做出一些不耐烦的小动作,这些动作在行家看来,也是漂亮极了。吕西安尽管稳坐在马鞍上一动不动,甚至有点发僵,也仍然是徒劳:绿百叶窗依然关得紧紧的。

他像一个军人那样认出曾经有人躲在后面笑的那一扇窗子;窗口四周是哥特式的框子,比别的窗口来得小些;这扇窗子开在这座大宅邸二楼上面,整个房屋建筑显得十分古旧,不过新近仿照外省的风尚粉饰一新。在二楼墙上开有一些很漂亮的窗户,不过三楼的窗口也是十字方格的。这座房屋整体是半哥特式的,在抽水机路右边转角处到勒波苏瓦尔路那一带装着很好看的现代款式的铁栅栏。大门上面,吕西安看见发黑的大理石上刻着彭乐威寓四个金字。

城内这个地段显得荒凉凄清,而勒波苏瓦尔路那边却是最漂亮的街道,不过也是城内最偏僻的街道;那个地段到处都长着青草。

吕西安想:"如不是有一位年轻女人住在这里面,她笑过我,而且笑得不是没有道理,我才看不上这座荒凉的房子呢!

"这个外省女人真是见鬼!这个蠢透了的城市,散步广场又坐落在什么地方?去找一找。"吕西安凭他身下轻快敏捷的坐骑,不到三刻钟就把南锡城跑遍了,真是一个蹩脚的小城市,还耸立着一些要塞工事。找也没有用,根本找不到散步广场,他只见到一处长形空地,两头穿过臭气熏天的壕沟,城里的垃圾就是从这里运走的;在空地四周可怜巴巴地围着约一千棵长得不好的小菩提树,居然还给细心地修剪成扇形。

"世界上还会有比它更阴郁的城市,简直不可想象。"我们的英雄每有一次新发现,就要重复这句话;他的心也紧缩起来了。

这种厌恶反感情绪含有不知感恩、无情无义的成分在内。因为当他在城墙和街道上往来奔驰的时候,德·欧甘古夫人、德·毕洛朗夫人,甚至还有资产阶级美人儿当中的皇后贝尔序小姐,都在注意着他。贝尔序小姐甚至说:"一个多么漂亮的骑士。"

按照通常情况,吕西安完全可以隐姓埋名地在南锡逛来逛去。可是这一天,当地的人们,不论上等社会、下等和中等社会,无不为之所惊动;一个团队人马到来,这在外省本来就是一件大事;巴黎没有这种风气,很多别的城市也未必是这样。一个团队进驻本地,商人梦想他的买卖兴隆发达,一个家庭的可敬的主妇,则梦想她的几个女儿有一个嫁出去;一切都是为了取悦讨好主顾。贵族想的是:"这个军团有没有出自名门大家的人物?"教士想的另是一样:"所有的士兵是不是都已经办过初领圣体?"一百个信士初领圣体在主教阁下那里是大有影响的。小女工阶层受到的影响当然远不如上帝的传道士那样意义深刻,可是她们受到的冲击可能更是强烈。

吕西安骑在马上为寻找那个散步广场而进行的第一次散步,大胆地驾驭省长先生那匹十分名贵而又十分难弄的马——这个冒险举动,尽管是有点故意的,表明那匹马他已经买下来了,这种大胆敢为同时使他在许多人中间受到重视。他们说:"这是哪里来的一个少尉呀?在我们城里刚一露面,就给自己买了一匹价值一千埃居的好马!"

在所有特别注意这位新到的少尉的可能殷实的人物之中,应该首先请人们注意的就是西尔维亚娜·贝尔序小姐,这样才算是公正。

她一看到省长那匹闻名全城的马,立刻就喊道:"妈妈,妈妈,这是省长先生的拉拉;这一回那个骑马的人可是一点都不怕。"

"这个青年人想必是很有钱的。"贝尔序太太说。这个想法立刻抓住了这母女两个的注意。

就在这一天夜晚,全南锡城的贵族在德·欧甘古先生家中聚会。德·欧甘古先生是一个很有钱的年纪轻轻的人,前面已经荣幸地给读者介绍过了。这里举行的宴会是为了庆祝一位已被放逐的郡主的生日。在筵席上,有十二位蠢家伙在座,他们都是怀恋过去、惧怕未来的人物,在他们旁边,还有七八位旧军官,也都年纪轻轻,火气很大,渴望爆发战争,他们都是根本不能很好地顺应革命带来的大好时机的。"七月事件"以后,他们纷纷退职,赋闲在家,无所事事,他们自以为处境难堪,倒霉得很。他们处在这种不得已的空闲状态下,弄得萎靡不振,一点人生乐趣也没有了;生活过得烦恼,使他们变得对当前军队中青年军官简直不能容忍。许多本来出众的人物也让恶劣情绪给毁了。这种恶劣情绪其实不过是一种故意装出来的自命不凡。

吕西安到处巡行一下,以便认识认识各处地方、各个地点,他三次经过德·索弗-德·欧甘古公馆;他在城墙上经过的地方正好与德·索弗-德·欧甘古公馆的花园交叉,于是在欧甘古府上参加晚宴的客人都离席去张望;吕西安在这里不料竟被彻底地研究了一番,比如出身门第方面,人品道德方面。这些最出色的评论家如中校德·瓦西尼先生、骑兵上尉罗莱尔三昆仲、德·勃朗塞先生、德·昂丹先生,还有德·葛埃洛先生、米尔塞先生、德·朗弗尔先生,他们都发表了意见。这些可怜的年轻的先生这一天和平日相比,不那么烦闷了;上午骑兵团开进城来,就给他们提供了机会谈论战争和养马,只有在这两件事上,再加上水彩画,外省的绅士们才算是具备作为一位优秀绅士所应有的教养。所以这天晚上他们才兴致勃勃地对新到的部队的一位军官就近详加考察并彻底地评论了一番。

"我们可怜的省长这匹马像这样被人不顾一切地摆弄,也一定要感到出乎意料。"德·欧甘古夫人的好友德·昂丹先生说道。

"这位小先生骑马并不是老手,不过也骑得不坏。"德·瓦西尼先生说。此人是一个漂亮人物,有四十岁;仪表不俗,神色看来似乎厌烦得要死似的,在开玩笑的时候也是这副样子。

"他是自命为'七月英雄'的挂毯商或蜡烛制造商的儿子,一看就看得出来。"德·葛埃洛先生说。德·葛埃洛先生是一个金发青年,但面目枯槁而且人发僵,满脸都是由于贪心不足而起的皱纹。

"我可怜的葛埃洛,你看你多么落后!"德·毕洛朗夫人说,她是本地思想界的中心,"可怜的'七月英雄'早已不是什么时髦货色了;我看他是某一位被收买的大腹便便的议员的儿子。"

"是这一类风流人物,他们坐在内阁部长背后右边一排,当谈到什么改善苦役犯的生活待遇问题的时候,他们就按照部长们用脊背给他们发出的信号,发出嘘声,或者故意发出笑声。"这是德·毕洛朗夫人的朋友、漂亮的德·朗弗尔先生在说话,他用悠悠缓缓的声调讲出这么一个漂亮句子,把他那才气横溢的女友的想法发挥得淋漓尽致。

"省长这匹马也许他出高价租用半个月也说不定,反正他爸爸可以到王宫去支钱。"德·桑累阿先生说。

"住口吧!你既然这么说,可见你对这种人有很清楚的了解。"上校德·瓦西尼侯爵说道。

> 蚂蚁从来不喜欢向别人借贷,
> 这是它一个小小错误的所在。

——阴沉的卢德维格·罗莱尔以一种悲剧式的声调高声念出这样两句诗来。

"各位先生,你们的意见是一致的,总归一句话:买这匹马,这笔钱他是从哪里拿到的?"德·索弗-德·欧甘古夫人说,"因为,不管你们各位对这个制造蜡烛的小伙子抱有什么成见,说到最后,总不至于说他现在没有骑在那匹马上吧。"

"钱,钱,"德·昂丹先生说,"那还不容易;只要有一个老子站在议会的讲坛上或者在预算委员会为'吉斯凯枪支'合同①,或者为某一位搞战争交易的人物辩护就行了。"②

"自己活,也要让别人活。"德·瓦西尼先生摆出政治家意味深长的神态这样说道,"这一点,恰恰是我们那些波旁王室的人所不能理解的!所以对于所有叫叫嚷嚷、毫无廉耻的平民青年,即今天人们称为具有才能的人的那些人,有必要把他们喂饱,一直饱到喉咙口。某某某、某某某、某某某,这几位先生,查理十世本来完全可以收买过来,就像他们今天已经投靠过来一样,这一点难道谁还怀疑吗?而且那是最好的一笔交易,因为那样的话他们受到的屈辱原本可以小一些。上流社会本来也可以早一点在客厅接待他们,这本来也是一位资产阶级人士在他吃饭有了保障之后一心追求的目标嘛。"

---

① 吉斯凯(1792—1866),官僚兼佩里埃银行股东,因创办企业,大发横财。曾参与1830年七月革命,后政府派他到英国收购枪支,以镇压共和派;因这笔采购事务付款昂贵,被控有贪污罪行。此人神通广大,反诬控告人是罪犯,控告人最后竟被判了罪。

② 这是一些极端保王党在说话;谁会怀疑交易上的廉洁?(司汤达原注)

"感谢上帝！我们总算上升到高级政治的境界了。"德·毕洛朗夫人说。

"七月的英雄，制造乌木家具的工人，大肚皮老板的儿子，随你怎么说都可以，"德·索弗-德·欧甘古夫人说，"但是，他骑在马上很是优雅高尚。这样一个人，既然他的父亲已经被收买，对政治肯定是避而不谈的，因此他将来也很可能成为瓦西尼最好的伙伴，那没完没了的懊悔过去、警戒未来也就永远不会把他的朋友弄得恓恓惶惶、愁眉不展。长吁短叹应当禁止，至少是吃过晚饭以后。"

"可爱的人物，蜡烛制造商，制造乌木家具的工匠；你喜欢什么就是什么。"清教徒卢德维格·罗莱尔说。卢德维格·罗莱尔是一个身材魁梧的青年，一头平直的黑发，围着一张阴郁的没有血色的脸孔。"我拿眼睛盯着看这位小先生有五分钟之久，我敢说他在军队里干不了多久，我跟你们怎么打赌都可以。"

"那就是说，他不是'七月英雄'了，也不是蜡烛制造商了。"德·欧甘古夫人急切地说，"因为，所谓光荣的三日，已经过去三年，现在他已经站稳脚跟。他很可能是一位大腹便便的议员的儿子，就像德·维勒尔先生那三百名议员那样的一位议员的儿子；同样，他也很可能进过学校，能读会写，他完全可能和别人一样，出入上等人士的客厅，完全可能。"

"他的样子是很不平常。"德·高麦西夫人说。

"不过，夫人，他在马背上并不像你想象的那样脚跟站得很稳。"卢德维格·罗莱尔不高兴地说，"他人发僵，而且装腔作势；如果他的马突然前脚腾空一立，那他就摔到地上了。"

"这可是一天之内第二次了。"德·桑累阿先生如同一个没有人听他讲话、突然有了什么很有意思的话要说出来的笨蛋那样，扬扬自得地叫出声来。这位德·桑累阿先生是本地一位最有钱也最

061

愚蠢的贵族绅士。他看到所有的眼光都转到他这一边来心里很是高兴,这在他是很难得的;他对这一件愉快的称心事品味了很久,然后决定把吕西安怎样从马上跌下来的故事详细讲一讲。这本来是一个很好的故事,他想加进一些聪明的俏皮话,反而说得杂乱无章,因此别人只好打断他的话并专门向他提问题;他硬要把他的故事从头再讲起;他想方设法立意要把故事的主角讲得比实际上更加可笑。

"不论你怎么说都是白费心思。"德·索弗-德·欧甘古夫人大声说。这时吕西安从她公馆十字方格窗口下走过,已是第三次了。"他是一个漂亮动人的人嘛,如果不是我无权任意支使丈夫的话,我一定要请我丈夫下去邀请他到我这里来喝咖啡,就算是和你们搞一次恶作剧也好。"

德·欧甘古先生认为她这个念头是当真的,他那和蔼恭顺的面孔一下被吓得煞白。

"不过,我亲爱的,这是一个不认识的人呀!一个没有身份的人,也许还是一个工人呢!"他向他那漂亮的太太央求说。

"是的嘛,是要你做出牺牲来嘛。"她不买他的账,又这样说。德·欧甘古先生温存地紧紧握住她的手。

"还有你,你这个长得肥壮、很有学问的人,"她转向桑累阿,对他说,"你这些造谣诽谤的话都是什么地方来的?关于那个又瘦又可怜的小青年,什么从马上摔下来,是谁在恶语中伤?"

桑累阿对别人讥笑他身材肥壮很是生气,他回答说:"杜波列博士,除了杜波列博士还有谁,你想象中的英雄笨蛋似的摔倒在地上,正好叫杜波列看到,那时他正巧在德·夏斯特莱夫人家里。"

"英雄也好,不是英雄也好,这个青年军官嫉妒他的大有人在。有这样一个开端,很好,很好。不论怎么说,我宁可让人嫉妒,也不愿意去嫉妒别人。他不是按照征服印度的酒神巴克斯①或他的同伴那种模型成长起来的,难道也是他的过错?再过二十年,到那个时候,他脚跟站稳了,不论谁他都敢去较量较量。从此以后我再也不要听你们说话了。"德·欧甘古夫人一路说话一路走到客厅另一侧,伸手推开了窗户。

开窗的声音惊动了吕西安,他一下转过头来,他的马这时突然一阵兴奋跳动,就在这不期而遇充满情意的眼光下,马和骑在马上的人停了有一两分钟。当她伸手开窗一刹那,他骑在马上也恰好刚刚跨过窗口,这时他身下那匹马仿佛也由不得骑在马上的人迅捷地又向后退退。

"不是上午见到的那个年轻女人。"他不禁失望地想。他催马快走,马这时也十分激动,撒开小步,急驰而去。

"自命不凡!"卢德维格·罗莱尔说,愤愤然离开窗口,"不过是弗朗科尼②马戏团那么一个骑师,七月革命竟把他变成一个英雄了。"

"是不是穿的骑兵二十七团的制服?"桑累阿摆出内行的样子问,"二十七团制服的镶边不是这样的。"

大家一听到这句又有趣又有学问的话就异口同声说开来了;关于制服镶边问题的讨论进行了足有半个小时。几位先生个个都想炫耀一下有关军事学中和缝纫艺术关系极为密切的这个领域自己所有的学问,而服装艺术又是我们当今国王陛下从前所深为爱好的。

从制服镶边问题于是又谈到君主政体原则,几位太太听得厌烦起来,这时,离开了一会儿的德·桑累阿先生气喘吁吁地回

---

① 巴克斯即希腊神话中的酒神。
② 弗朗科尼(1737—1836),法国马戏创始人之一。

063

来了。

"最新的消息！"他一进门就上气不接下气地喊着。君主政体原则丢开不谈了；德·桑累阿先生突然又默不出声了；他从德·欧甘古夫人眼中看出她是那么急切好奇，所以他这一段故事真可说是一字一字讲出来的。原来替省长管马的仆役先是桑累阿的仆人，为查明事实真相，这位很有身份的侯爵热诚满怀亲自驾临省府的马棚；他从前的仆人就在马棚里将卖马交易经过一五一十说给他听。他又从这个仆人口中探听到有种种迹象表明燕麦要涨价。因为主管市场物价的副省长已经下令为省长先生多作储备；而副省长本人原也是最阔气的大地主，已经宣布他的燕麦不再出售。一听到这个话，这位侯爵大人，他的全副精神和全部注意力发生了根本性变化，他为自己亲自到省府走动而不虚此行感到庆幸；他这时很有点像舞台上扮演一个探知自己家中失火那样角色的演员。因为桑累阿自家正有燕麦准备出售，特别是在外省，任何有关金钱利益的事都是压倒一切的，谁还管他什么激烈的争论，早已抛在脑后了，最能吸引人的丑闻逸事也引不起什么兴趣了。回到欧甘古公馆以来，桑累阿更是十分注意燕麦的事，这是一字也不能走漏的。坐在这里的人大多是有钱有势的地主，在这件事上他们都是很会捞油水的，甚至会抢先抛售出来。

南锡上流社会这些人士听说吕西安用掉一百二十路易买一匹马，对他真是又羡慕又眼红，这对吕西安来说倒是很荣幸的事。可是南锡城污秽不堪，吕西安很感讨厌，他无精打采地把马送到省府马厩寄养，弗莱隆先生已经答应他这里的马厩可以暂时供他使用几天。

第二天，骑兵团集合，马莱尔·德·圣梅格兰上校宣布了吕西安的少尉军衔。兵团检阅过后，吕西安前去兵营巡视一遍；等他回到住处，三十六个军号手跑来站在他的窗口下大吹大擂热闹了一番。搞了这么一套仪式,他倒也觉自得,这种仪式与其说有趣好玩,不如说确有必要。

他摆着一副冷冰冰无动于衷的样子,不过也不尽然,有几次不觉在口角上也流露出某种嘲讽的笑意,这是可以看得出来的;比如马莱尔上校在骑兵团队列前面与吕西安相互拥抱举行军中这种例行仪式的时候,没有控制好他的马,与吕西安的马离开稍稍远了一点;可是,马缰轻轻一抖,再加上两腿配合着一动,拉拉非常听话,巧妙地跟上了上校那匹动作失度的坐骑。

军队长官的一举一动,人们向来是用挑剔的眼光来看的,对于一个带少尉衔的巴黎公子哥儿人家就不这样看了,所以吕西安刚才那个巧妙动作立刻就引起骑兵们的注意,由此给我们这位英雄增添了很大的荣誉。

"他们说这种英国马看不出马口来!"骑兵中士拉罗斯说,拉罗斯就是昨天吕西安从马上跌下来对他抱同情态度的那个人。"不懂马的人,当然不懂得看嚼口;这个新手至少是能骑马的;可以看得出来,进骑兵团他是有准备的。"他态度认真地说。

在骑兵二十七团,对吕西安采取这样的尊重态度,中士周围所有的人都是如此。

吕西安掉转他的马,以便尾随上校坐骑,这时他的表情不知不觉有一点蔑视嘲弄的意味流露出来。上校心里想:"你这个倒霉蛋共和派,等着吧,我不会饶过你的。"吕西安给自己树敌,要吃苦头了。

吕西安谢过军官们的祝贺,办完兵营中的公事,还有三十六副喇叭吹打完毕,如此等等,一一应付过去之后,才算解脱出来,他感到十分惆怅,闷闷不乐。他心里只有一个想法:"这一切都无聊透顶;他们谈论打仗、敌人、英雄业绩、荣誉,可是二十多年以来,根本没有看见什么敌人!我的父亲认为历届议会一向吝啬苛刻,战争拨款从来不超出一次战役之用。是呀,这对我们有什么好处?不过是让被收买的议员那种狂热劲儿来一次表演就是了。"

吕西安一面这样沉思默想,一面往躺椅上躺下去,外省制造的躺椅一个靠手经他这一压给压断了。他站起来,气坏了,最后把这个旧家具摔坏了事。

一个外省青年受教育付出的费用当然不会达到十万法郎这么多,可是如果把他换到吕西安的地位上,那他不是要幸福得发狂了吗?所以,所谓文明,徒有其名,是假的!确切地说,我们并没有达到完美的文明的境地!随着这种完美的文明一起来的却是无穷无尽的烦恼,我们只好整天费尽精神去对付这许许多多的烦恼!

第 六 章

第二天清晨,吕西安在城内大广场,经营小麦生意的巨商博纳尔先生家里租下一套房间。就在当天晚上,他从博纳尔先生那里听说费欧图上校已经宣布说他是吕西安的保护人,扬言保护吕西安,对付马莱尔·德·圣梅格兰上校某些隐隐约约的恶意中伤。这个消息是博纳尔先生从给下级军官供应烧酒的随军小卖部老板娘那里听来的。

吕西安真是被搞得心怨意丧;在这里不论什么都弄得他心绪恶劣:城市丑恶不堪,咖啡馆不洁净,面目可憎,里面坐满和他穿同样制服的下级军官;这许多人的面孔上,且不说看到殷勤可喜的面色,就连巴黎到处可以看到的礼貌这里一个也挑不出来。他去看望费欧图先生,如今他也不是以前和他一起从巴黎出来旅行的那个人了。不错,费欧图保护过他,为了让他感觉到这一层,也摆出了傲慢的神气,而且这种保护粗俗无礼,更叫我们这位英雄心绪坏到了极点。

"一个月赚九十九法郎薪饷[①],就必须忍受这一切,"他心里这样说,"赚几百万的人,又当怎样!"他怒气冲冲地想,"保护!叫他保护,叫他做我的仆人我都不愿意!"由于这种可恼的事,他心情实在太坏了。如果吕西安的房东此时也像他这般模样,生硬,痛苦,发脾气,也自以为是当之无愧的巴黎人,那么他们两个人一年

---

① 待核实。(司汤达原注)

中未必能说上十句话。不过胖胖的博纳尔先生只对金钱事务有兴趣,兴趣极深;其次只要对他在小麦生意上赚四分利不加妨碍,他人倒是随和可亲、喜欢交际、很殷勤而且又很能笼络人的。博纳尔先生经营的是谷物生意。他叫人在他的新房客的房间里摆了许多小巧的家具,他预计再过两个小时他们就可以在一起愉快地聊聊了。

博纳尔先生劝吕西安到贝尔序太太商店买一批利口酒①贮存起来。这么简单的一件事如不是这位可敬的小麦商提醒他,他就不会想到一个算是有钱的少尉准备在兵团打开局面必须备有利口酒才算光彩。

"先生,这位贝尔序太太还有一个非常漂亮的女儿,西尔维亚娜小姐;德·毕桑上校也在她这里买酒。她那家漂亮的商店在那边不远,走过几家咖啡馆就到了;在咱们资产者看来,她是我们的美女,"他用一种和他的胖脸不相称的严肃态度说,"从她具备而别的女人缺少的人品贞操来看,她是能够和德·欧甘古夫人、德·夏斯特莱夫人、德·毕洛朗夫人等人相媲美的。"

这位好心的博纳尔是地方上共和派的领袖,戈提埃先生②的娘舅,否则他是不会讲出这样一些恶意的看法来的。《黎明报》是洛林省一份美国式的报纸,它的几个年轻编辑经常到他家里来聊天,喝喝潘趣酒,他们说服他让他相信卖给他小麦的那些贵族地主的某些行为是蓄意对他侮慢。这些年轻人口头上是共和派,或者自命为严肃的共和派,而在内心深处,对于与贵族年轻女人之间阻隔一道铜墙铁壁很为伤心,因此他们只有在散步时或在教堂内才能瞻仰年轻贵族女人的美貌和迷人的风韵;凡是不利于这些贵妇

---

① 利口酒即甜烧酒。
② 格罗先生。(司汤达原注)

人的流言蜚语他们都收集起来,以此作为报复;这些诽谤的出处一直可以追溯到她们的仆人那里,因为在外省敌对阶级之间即使间接联系也都根本不存在了。

现在再说我们这位英雄。他在博纳尔先生的启发下,立刻挎起马刀,戴上科巴克帽①,直奔贝尔序太太商店而来。他买了一箱樱桃酒,又买了一箱科涅克白兰地,还买了一箱标明一八一〇年份的朗姆酒;付钱的时候,现出一副若无其事、无动于衷的神气,意在引动西尔维亚娜小姐。他高兴地看到他的风度确实配得上练兵场上的一位上校,动人的效果是一点不差的。品德极好的西尔维亚娜·贝尔序本来在房间楼板上开的气窗居高临下正好看到店堂,看见这位惊动整个商店的顾客不是别人,正是昨天骑了省长先生那匹名马拉拉的青年军官,就急急忙忙跑了出来。资产阶级美女中的皇后高兴地听着吕西安对她讲话。吕西安想:"她的确很美,但不是我所希望的那种美。这是现代艺术家仿照古代雕像雕出来的朱诺②像:缺少纤细和单纯,轮廓也嫌滞重,但并不缺乏德国女人的那种青春气息;双手粗大,脚也嫌大,面部的线条过于工整,显得娇媚作态,所有这一切掩饰不住过于显著的骄矜傲慢。有些人就因为上等人家女人这种自负而无法容忍!"吕西安特别注意她头部向后一扬的动作,俗气之中带有高贵气派,做出这样一些动作来无非告诉人家陪嫁有两万埃居之多。吕西安想起回到自己的住处反正是烦闷难熬,索性就把拜访商店的时间延长。西尔维亚娜小姐见她已经取得了胜利,于是在他的赞同下婉转地讲了关于军

---

① 待核实。(司汤达原注)德布拉伊先生指出当时骑兵戴沙普斯卡帽。(马尔蒂诺注)
译者按:沙普斯卡帽系法国第二帝国枪骑兵戴的波兰式军帽,而科巴克帽系高顶长毛军帽。

② 朱诺,罗马神话中的天后,主神朱庇特之妻,主司生育婚姻等。

官先生以及他们献殷勤所包含的危险这样一些一般性的看法。吕西安说,危险是双方都有的,他说他此刻就感到有危险,等等,等等。他暗想:"这一点这位小姐应该心知肚明,不必讲出来,虽说讲出来也不足为奇,可是这样的事就把她这一席日常谈话给带上缺陷了。"他在南锡美女西尔维亚娜身上所欣赏的大致如此。等他从这位小姐那里走出来,南锡这个小城更加让他觉得讨厌。他默默地随着那三箱如西尔维亚娜小姐说的含酒精饮料走着,心中想道:"我应该找出一个冠冕堂皇的理由给费欧图中校送两箱去。"

这个青年人这一夜过得真是糟透了,尽管最光辉最愉快的生活由此开始。他的仆人奥伯里,在他父亲家中做事已有多年,这人总是冒充有学问,喜欢出主意、提意见。吕西安叫他明天一早就回巴黎,给他母亲送一箱蜜渍水果去。

第二天吕西安把仆人打发走了以后,就出门去了。天上乌云密布,刮着一阵阵北风,凛冽刺骨。我们的少尉整整齐齐穿着制服去军营巡视,他是应当穿这么一身制服的。此外,他听说许多必须遵守的规则当中有一条:没有得到上校特许,资产者穿的燕尾服不能乱穿。按他的收入,他只能在这个设防的城市肮脏的街道上安步当车,而且每隔两百步还要听到岗哨叫出无礼的呵斥声:"口令?"他雪茄烟抽得不少;这样闲荡了两个小时以后,他想找一家书店去看看,没有找到。这里只有一家什么店铺,他见有一些书陈列在那里,他连忙推门进去,原来这是一家靠近城门卖干酪的商店代售的《基督徒日课》。

他走过许多家咖啡馆;咖啡馆的玻璃窗被室内浊气熏得黯然无光,他下不了决心,一家也没有进去;他想里面的气味一定难以忍受。在这些咖啡馆,他听到里面发出笑声,有生以来第一次感到自己某种又羡又嫉的心情。

这天晚上,他对政府的组织形式、生活中值得追求的利益等问题,深入地思考了很久。"如果这里有剧院,我要设法找一位歌唱演员去谈情说爱;也许我发现她的爱情不像西尔维亚娜小姐那样负担太重,至少她不一定非嫁给我不可。"

他从来没有像现在这样把未来看得这么阴暗。"我只好像现在这样生活下去,至少要一两年,不管能不能搞出什么花样来,目前是这样,日后怕也是这样。"对于这一篇道理他是无法反驳的,这样一来就使他没有可能去设想一些比较不那么阴暗伤神的景象了。

那次出操以后,有一天,费欧图中校路过我们这位英雄的住处,在门前见到他派来替吕西安专管马的那个骑兵尼古拉·弗拉梅。(吕西安那匹英国种的马需要一个骑兵专门洗刷侍候!同样,吕西安每天也要到马圈跑上十次。)

"喂,你看少尉怎么样?"

"很好一个小伙子,很大方,不过,中校,他总是不开心。"

费欧图走上楼去。

"我的好兄弟,你那一部分刚才我已经给你视察过了;因为我现在当上了你的'大叔',人们在贝尔希尼部队都是这么说的,我在那里当过骑兵队长,确实啊,那是在去埃及之前,因为我是在缪拉①指挥下,在阿布基尔才当上骑兵中士的,而且半个月后,我就升了少尉。"

在吕西安看来,这些英雄事迹的详情细节毫无意义;一听到"大叔"二字他就觉得身上一颤;不过,他立刻就恢复了常态。

"哎,好!我亲爱的大叔,"他打起精神来高兴地说,"非常荣

---

① 缪拉(1767—1815),法国元帅,拿破仑的妹夫,那不勒斯国王,拿破仑战争时期曾统帅骑兵屡建战功。

幸,我特别为你带来三位可敬的婶娘,我希望有幸给你介绍介绍。就是这三位:第一箱是黑森林樱桃寡妇①……"

"她嘛,我留下,留下。"费欧图大笑着说。他走近已经打开来的一箱,拿出一瓶装在瓷瓶里的酒来。

吕西安想:"哪里还要找什么托词,根本不需要。"

"中校,这位婶娘已经发了誓,不肯和她妹妹科涅克小姐分离,一八一〇年的科涅克白兰地,听到了吧?"

"真是,你真行,想得真好!你真是一个好小伙子!"费欧图连声叫道,"我的朋友戴维鲁瓦,把你介绍给我,我真该多多谢他。"

这位可敬的中校为人并不小气;花钱买两箱利口酒,在他是不会去想的,这许多好酒从天而降,他自是心花怒放。他尝过樱桃酒,又品一品白兰地,两种好酒互相比较了半天,很受感动。

"咱们还要谈谈正经事:我也是为此而来的。"他装出一副神秘的样子,沉重地靠在躺椅上说,"你花了不少钱:三天买了三匹马,这我没有意见,好!好!很好!不过,你那些只有一匹马的同志会怎么说,何况他们经常又只有三条腿?"他说着,哈哈大笑起来,"你知道他们说了一些什么话吗?他们说你是共和派;所以,马背上驮的重负就把咱们给压伤了。"他狡黠地说,"你知道怎么回答吗?去搞一幅路易-菲力浦肖像,要骑在马上的,再配上贵重的金边镜框,挂在五斗橱上面正中那个突出的地位上;这么办,大家欢喜,表示敬意嘛!"他吃力地从躺椅上站起身来,"明理的人,一句话就解决问题。我看你不笨。敬礼吧!这是校级军官致敬的一种方式嘛。"

---

① 黑森林又名黑林山(德语原文为 Schwarzwald),在德国西南部巴登-符腾堡州,此地产的樱桃酒极为著名。下文提到的 1810 年的科涅克白兰地是法国科涅克产的白兰地酒。

"尼古拉！尼古拉！你给我到街上叫一个没事干的老百姓来；你当心跟他把这两箱酒给我送到我的住处,你知道,梅斯路4号,路上小心,不要跑来说酒瓶碰破了；同志,这可不行！我想起来了,"费欧图回过头来对吕西安说,"这是上帝恩赐的好东西,一瓶酒砸碎就永远没有了；我还是自己走一趟,不是闹着玩的。我亲爱的同志,回头见。"他拿他那戴上手套的拳头对着五斗橱上面的地方说：

"你听好,挂上一幅漂亮的路易-菲力浦像。"

吕西安以为这个人已经走了,不想费欧图又在门口出现：

"还有！你的皮箱里可不能藏着……书,不好的报纸,特别是小册子,一本也不能有啊。任何不良读物一律禁止,马尔坎说过。"说到这里,费欧图往房间里走进四步,低声说,"马尔坎,就是那个大个子麻皮中尉,已经从巴黎来到咱这里。"他又把五个手指并拢再把手放到嘴边上说,"上校本人也怕他；好了,就这样吧。这些小事人家都不注意！对不对？"

吕西安想：这人心还是好的,很像西尔维亚娜·贝尔序小姐。如果不是让我感到心里不舒服,我是能和他处得来的。这一箱樱桃酒对我很有用。他走出门去,准备去买一幅尽可能大的国王路易-菲力浦的挂像。

一刻钟以后,吕西安带着一个工人扛着镶了镜框的巨幅画像回来,这幅画像本来是弗莱隆先生信任的新上任的警察专员定做的。吕西安站在一旁,若有所思地望着工人把钉子钉好,把画像挂上去。

"我父亲常常对我说,可是我到现在才真正懂得他这话的意思,这话讲得确实有见识,他说：人家一定会说,处在这样一群人当中,你并不是在巴黎出生的孩子。因为这些人精明透顶,他们总是要把自己保持在注意实际利益这样一个水准线上。可是你呢,你总以为各种事务和各种人都比实际状况伟大,你把所有同你交谈的人,不管是好是坏,一律把他们看作是英雄。彼俄提亚人修昔底德①说过:'你把你的网张得太高了。'"吕西安接着反复背诵了几句希腊文,反正我听不懂。

"我父亲还说:巴黎公众如果听到有人在谈卑鄙无耻和背信弃义的事,他们反要拍手叫好,说:好极了,塔列朗②式的好手段,好!他们极为赞赏。

"我总算也想出一些奥妙的做法,我总算想出一些精巧的行动,下功夫才办得成的或其他什么手段,目的是把共和主义这一层发光的外表磨去,一定要把这顶命中注定的帽子摘掉:巴黎综合工科学校开除的学生。镜框不过五十四法郎,石版画一张才五法郎,五十几个法郎就把事情办妥了。对待这些人,非这么办不可。费欧图就比我高明得多。天才人物胜过庸人的地方就在这里。琐琐碎碎搞上许多步骤,全不需要,只要干净利索、简单明确、单刀直入,有这样的行动就行,全有了。到我当上中校那一天,恐怕我已是老态龙钟了。"……想到这里,他不禁为之久久叹息。

吕西安正在这里想他处处不如人,街角上号声吹响了,他必须赶快去兵营,他担心长官又要训斥他一顿,他已经变得十分谨慎小心。

晚上回到住处来,博纳尔先生的女仆给他送来两封信。一封是用小学生用的那种粗糙的横格纸写的,封口也是胡乱封上的。吕西安拆开信封,信上写道:

默尔特省南锡市
一八三×年三月×日

---

① 修昔底德(约公元前460—约前404),古希腊最伟大的历史学家,著有《伯罗奔尼撒战争史》。

② 塔列朗(1754—1838),历任法国外交部长、外交大臣、驻英大使;1808年拿破仑称帝后秘密勾结沙皇亚历山大一世反对拿破仑;以权变多诈而闻名。

白嘴少尉先生:

英勇的骑兵,身经二十余次战役,决不能接受巴黎一个公子哥儿的指挥:让倒霉的事去等着你吧;你将处处遇到手持大棍打你的先生;奉劝你尽早卷起铺盖走路,这是为你着想,我们向你提出这样的劝告。发抖去吧!

落款是三个人的花笔签名:

夏斯博代,杜尔拉姆,富马勒冈①

吕西安气得脸血红,直发抖。他打开第二封信看。他想:这封信可能出于女人手笔,字迹写得工整,信笺也很漂亮。

先生:

正直的人不愿采取这种方式来表达思想,对此他们感到惭愧。因此请你给予谅解和同情。我们的姓名在这里秘而不宣不是针对心灵高尚的人的,因为,在骑兵团告密者、密探比比皆是。从事战争这一高尚职业,现在已经降低为训练特务密探的学校了!只要一次背誓叛卖,随之而来的就必然是无数卑劣无耻行径,这是千真万确的事实。先生,我们要求你以你的亲自观察来证实这样一个事实,即 D.,R.,Bl.,V.,还有 Bi. 这五位中尉或少尉先生,他们无不温文尔雅、风度翩翩,表面上看来都出身于上等社会阶级,但我们深感忧虑,他们可能正对你施展诱骗伎俩。先生,他们难道不是到处搜求持共和派观点的密探?这种神圣的观点,我们正在全心全意地宣传贯彻;我们要为它献出我们的鲜血,我们深信:在必要之时和

---

① 白嘴(blanc-bec),意为初出茅庐的青年;夏斯博代(Chassebaudet),意为"赶走蠢驴";杜尔拉姆(Durelame),"刀下无情";富马勒冈(Fousmoilecant),"滚蛋"之意。

需要之地你也会为它献出你的一切。为不幸的法兰西怀有深切悲痛情感的人,他们和你一样,他们是你的朋友,伟大的觉醒之日到来的那一天,先生,你是完全可以信托他们的。

马尔蒂乌斯,布勃里乌斯,朱里乌斯,
马尔库斯,范代克斯——他将杀死马
尔坎——为上述这些先生代签

第一封信激起的情绪是对卑鄙与丑恶的强烈反感,这第二封信把前面这种情绪一扫而光。吕西安想:"把辱骂写在破烂纸头上,这是一七八〇年代的匿名信,那时士兵是从巴黎沿河两岸招募来的劣民和流离失所的奴隶;只有这第二封信才称得上是一八三×年的匿名信。

"布勃里乌斯!范代克斯!不幸的朋友啊!如果你们拥有十万人之众,那么你们就是有理的了;如果你们只有两千人,也许还是散布在法国各地的,只要你们一露头,那么费欧图们、马莱尔们、戴维鲁瓦们就把你们合法地枪毙掉,而且还会得到绝大多数人的拥护。"

吕西安自从到南锡以后,一直闷闷不乐、心绪很坏,所以他对共和派写来的这封信非常注意。"最好是大家一道乘船去美国……我是不是跟着他们一同上船?"吕西安心神极为激动,踱来踱去把这个问题考虑了很久。

最后他说:"不……骗自己有什么用?那是傻瓜!像范代克斯那样,我可没有那么多的美德。在美国,人人都公正、有理性,十全十美,不过也很粗俗,而且念念不忘的就是金元,与这样的人相处,我感到讨厌。他们和我谈什么养了十头母牛,第二年春天生出十条牛犊,但是我只愿意谈德·拉莫奈先生①的演说词,我只喜欢

---

① 德·拉莫奈(1782—1854),法国作家,思想家,著有《论对宗教的漠视》《论革命的进程与反对教会的战争》《一个信徒的话》等。

把马利布兰夫人和帕斯塔夫人①的歌唱才华比较比较;不论他道德是多么高尚,如果对细腻精深的思想不能理会,我也无法和这种人生活在一起;我宁可喜欢腐朽的宫廷文雅动人的风尚。华盛顿只叫我觉得厌烦得要死,我宁可坐在德·塔列朗先生的客厅里,那倒觉得舒服。所以受到尊敬这种感受并不能代替一切。古老文明提供的乐趣在我是不可缺少的,必需的……

"但是可怜的畜生啊,负担起这样一届届腐败的政府吧,这就是古老文明的产物;只有傻子或者小孩才会同意把这互相矛盾的愿望原封不动保持下去。美国人枯燥乏味的良知,我忍受不了。年轻的将军波拿巴的生活趣闻,阿尔科勒桥大捷,使我心驰神往;对我来说,这无疑就是我的荷马,我的塔索②,甚至还不止于此。美国的道德精神我觉得庸俗可厌,阅读他们杰出人物的著作,只会叫我生出一个要求,但愿在这个世界上不要遇到这样的人。这个样板国家仿佛意味着愚蠢自私的平庸的一次胜利,对这样一个国家你还必须不顾一切地去歌颂它。如果我是一个农民,有四百路易的资本,又有五个孩子,我一定到辛辛那提③一带买进两百阿尔邦④土地去耕种。但是,在这个农民和我之间有什么共同之处呢?买一支雪茄烟的钱我现在能赚得来吗?

---

① 马利布兰夫人(1808—1836),西班牙女中音歌剧演唱家,兼有天然的女低音与女高音音域。第一次正式在歌剧中演出是 1825 年在伦敦扮演《塞维利亚理发师》中的罗西娜一角。曾在伦敦、巴黎、纽约和意大利演唱,备受欢迎。帕斯塔夫人(1797—1865),意大利优秀女高音歌唱家,1815 年首次登台,1821 年在巴黎意大利剧院出色地扮演了罗西尼《奥赛罗》中苔丝德蒙娜一角,1824 年以罗西尼的一系列角色征服了伦敦。
② 荷马(约公元前 9—前 8 世纪),古希腊诗人,著有史诗《伊利亚特》和《奥德赛》;塔索(1544—1595),意大利文艺复兴后期诗人,主要作品有反映第一次十字军东征的史诗《被解放的耶路撒冷》。
③ 辛辛那提,美国俄亥俄州西南部城市。
④ 一阿尔邦约合二十至五十公亩。

德·葛拉蒙公爵夫人的狂傲自负并由此开始他的生涯的吗?只怕我们这些不幸的共和派真得了疯病,我可怎么也看不出这个世界上有什么值得看重的东西;我所看到的种种价值,其中没有不带欺骗性的。这些共和派的人可能是疯子:不过至少不卑鄙。"

吕西安这篇推理得出的结论也只能到此止步。一位贤明的人士也许会对他说:"在生活中,向前再走一步,你就会看到事物的另一种面貌;就当前而言,不妨就满足于以不恶意伤人为准的这种庸俗状态,就到此为止吧。对于人生,你看到的的确还太少,对这样一些重大问题你还不能做出判断;要耐心等待,不能心急。"

吕西安缺少的正是这样的规劝。正因为听不到贤明的忠告,所以他在迷雾中徘徊不定。

"……这么说,我的价值以后只有听凭一个女人或一百个正派女人去判断去决定了。再可笑也没有了!一个产生了爱情的男人,就像我的表哥埃德加,我笑过他多少次,我对他多么瞧不起!可是他竟把自己的幸福,甚至对自己的评价,完全寄托在一个年轻女人的意见上;她每天都要到维多林娜①那里去,和她一起研究一件裙衫做什么样式才算有价值,或者同她一起嘲笑一个很有价值的男人,例如蒙热②,仅仅因为他这人平平庸庸!

"另一方面,要我去奉承讨好平民出身的人士,这是我不能胜任的,我办不到,这在美国却是必要的。我感到需要的是风雅时尚,路易十五腐败政府的恶果;怎样一些人可以作为这种社会状况的表征?德·黎塞留公爵、劳赞③这样的人物可以做这样的代表,

---

① 维多林娜是巴黎著名的女裁缝。(高隆注)
② 蒙热(1746—1818),法国数学家,创立画法几何技术,巴黎综合工科学校创始人之一。
③ 德·黎塞留公爵(1766—1822),法国贵族、军人和政治家,1815年继塔列朗任首相。劳赞(1633—1723),法国元帅。

他们留下来的回忆录对那种生活有淋漓尽致的描写。"

吕西安这些思考使他内心极为激动。这是有关他的信仰的问题:道德和荣誉。按照这种信仰,没有道德,也就谈不上幸福。"伟大的上帝啊!我能去找谁请教请教呢?在一个人的真实价值上,我的位置应该摆在哪里?是排在一长串名单的中间,还是放在最后?……尽管我鄙夷费欧图,费欧图可有一个显赫的地位;他在埃及挥舞军刀,大砍大杀,拿破仑给了他奖赏,作为军人他的价值得到了确认。不管费欧图今后怎样,这一点是不会变的,他的光荣地位是夺不走的:'拿破仑在埃及把勇士变成了统帅。'"

这一篇关于谦逊质朴的道德教训,严肃,深刻,也走很深。吕西安也有他的虚荣,这虚荣又不断地受到一种良好教育的激励。

匿名信收到已经几天了,有一天吕西安走过一条僻静的街道,遇到两个下级军官。这两位军官长得身材修长,匀称好看;他们的衣着也十分整洁,引人注目;他们以一种独特的方式向他致意。吕西安远远看他们走过,没有走多远,又看到他们故意转过身来往回走。"是不是我搞错了,否则,这两位先生怕就是朱里乌斯和范代克斯吧。他们对自己所处的地位感到光荣,好像就是为了好在匿名信上签名似的。今天,我深深感到惭愧,因为我居然企图劝说他们迷途知返。他们的意见,我非常尊重,他们的抱负也是高尚无瑕。但是我不能爱美国而不爱法国,我办不到;对我来说,金钱并不是一切,对我的感受方式来说民主也太强烈了。"①

---

① 政府曾经付钱给德·托克维尔先生,让他把这一意见向公众宣布。对政府来说这是可庆幸的事,只要真实地描写出来就行了。多弥尼克。(司汤达原注)

第 七 章

关于共和国问题的这番探讨把吕西安搞得颠三倒四,简直把他的内心生活也给毒化了。这种情况持续了几个星期之久。上等人家子弟受到的教育结出的恶果——虚荣,就是折磨他的刽子手。他年轻,富有,表面上看似乎很幸福,偏偏就是不能意兴热烈地去享受那欢乐,人们也许会说他是一个年轻的新教教徒。对他来说割舍也难,他认为他应当多加小心,必须谨慎。"如果你在一个女人面前俯首投降,她就不会再看重你。"这是他父亲对他讲过的话。总而言之,社会给十九世纪提供的欢乐微乎其微,这个社会时时刻刻都让他感到害怕。就和他那坐在滑稽歌舞剧院[1]楼厅里的大多数同时代的人一样,他作为一个法国青年,在查理十世的统治下,应该为那难以抑制的艺术乐趣所激动,但是实际上,莫名其妙的虚荣心,一种唯恐忽视文明所规定的千百种细小规则的持续不断的极端恐惧心理代替了一切。他是一个富翁的独生子,人人都对他羡慕得不得了,但这种不利的处境在他要经过许多年才会逐渐消失。

我们不能不看到吕西安的这种虚荣心不停地受到挑动。他的生活环境要求他每天有八到十个小时必须在这样一些人中间周旋应付,而他和这些人交谈的只是他们所知道的事,他所知道的事是无从谈起的。吕西安的同级军官时时又以一种圆滑、伤害别人自尊心的方式让他感到他们比他优越,这优越感就在向他进行报复。

---

[1] 即巴黎意大利剧院。

这些先生又怀疑吕西安把他们都看成傻瓜，因此他们也憋着一肚子气。所以，当吕西安把穿马裤或戴军便帽所规定的时间搞错，这时就只有看脸色了，准会看到他们那副傲慢的神态。

吕西安在这故意做出的举动和有礼貌的讽刺嘲笑面前，只有不动声色，冷然相对。他却不知道所有这些表现无非是针对他舍得花钱的一种报复行为罢了。他心里想："不管我怎么说，怎么做，这些先生也不能把我怎么样；克制，是我的口号；我的作战计划，就是尽量少动。"他故意用上了军人惯用的这两个字眼，禁不住自己也笑了起来。因为他下定决心不论对什么人都不讲真心话，所以他不得不笑着自己和自己谈心。

薪饷九十九个法郎，在生活中每天要占去八到十个小时去工作，而且在工作中除去谈这一类事之外，别的是不能谈的。比如兵团采购马匹这样重大的问题，是向养马的人直接去买呢，还是由政府在军马供应站进行初步训练；按照后一种办法购进马匹，付款高达九百零二个法郎，而且马匹死亡概率很大，诸如此类。

费欧图中校给他吕西安指派了一个获得过荣誉军团军官勋位的老中尉，来教他有关作战的学问。这个老军人以为教学生就必须讲出一套文辞不可。但对他的这一套文辞，吕西安实在是无法领教，只好和他一起念一本题目叫作《法军战功记》的叙事诗。后来戈提埃先生又介绍一本顾维雍-圣西尔元帅撰写的出色的回忆录叫他读。吕西安挑选了其中叙述这位英勇的中尉曾经参加过的战役的有关章节来读，老中尉就给他讲自己亲眼看到的一些事迹，每当老中尉听到书上写到他青年时期亲身经历的种种场面，往往感动得老泪纵横、唏嘘不已。那个英雄时代由老中尉讲来，讲得十分朴素，他崇高的精神境界有时也表现得十分清楚。过去那个时代，假仁假义是不存在的！这个老农民讲到一些战斗场面，讲到许许多多很有特点的细节，像我们这些人，真是见所未见，闻所未闻，凭他那真情实感的声调语气讲起来,真使吕西安热爱共和国军队达到狂热的地步。老中尉讲到意料不到的进军等等之后,又讲到革命如何在军团里展开,讲到会心处,眉飞色舞,兴高采烈。

吕西安每次上课听讲回来,总是目光炯炯,胸中有一团火。可是吕西安的同伴觉得这完全是笑话,任意嘲弄。一个二十岁的人,像一个小孩子一样天天跑去认真上课,郑重其事地跟一个字都拼写不出的老兵学习,真是怪事!但吕西安有自己的看法,他态度严肃,冷冷地看着他们,不为之所动。因此使得那些开玩笑的人狼狈不堪。这样,这些人的一般看法在他面前就不敢直接公开讲出来了。

吕西安觉得他的行为是无可非议的,不过也必须承认,要他不再有什么考虑不周的举动也是不可能的。像选定住所这件事就是一个例子,也可以说是一个错误。一个普普通通的少尉,竟住进一处中校住过的寓所!这件事人人都在议论,不能不提一提。博纳尔先生的那套房间,在吕西安之前,托玛·德·毕桑·德·西西里侯爵先生在这里住过,德·西西里侯爵是轻骑兵团的中校,骑兵二十七团调来就是接替轻骑兵团的。

这一类事吕西安一向是注意不到的,他受到冷遇,他认为不讲礼貌的粗人对上流人士一贯如此,总是排斥他们的,不足为奇。他对任何好意的表示也都当作是骗人的诱饵一概拒绝,而且别人看他也一律认为他这个人心怀怨恨,这也使他伤心难受。我们要求读者,千万不要以为他是一个糊涂虫,他的心灵是单纯的,幼稚的。他在巴黎综合工科学校时,勤奋紧张的学习,对科学的热爱,对自由的向往,青年人与生俱来的宽广胸襟,这一切都使怨恨与嫉妒无所施其力。到了骑兵团,情况变了,这里空闲无事、闷得无聊,半年之后,军事训练结束,不知更要怎么样了。

朋友；不过他们对他却总是尽可能敬而远之，或者故意装出要避开他的样子；他只是在几个下级军官中感到态度比较接近，对他殷勤，和他打招呼，不过他们举动也异乎寻常，特别是当他们在偏僻街道相遇时尤其如此。

费欧图中校除了派老中尉儒贝尔给他讲课外，又给他派了一名骑兵中士，专门来给他讲解骑兵排、连、团调动要领的。

费欧图说："你每个月给这个勇敢的军人的钱可不能少于四十法郎。"

吕西安觉得这话是对他的污辱，不过他思量下来，决定尽力和费欧图先生搞好关系，交朋友，不论怎么说费欧图毕竟见到过德载、克莱贝尔①、米绶，是见过桑布尔-默兹战争大场面的人物。吕西安发现：正直的费欧图，过去固然英勇善战、风光得很，如今在中士的四十法郎中也克扣一半塞进自己的腰包。

吕西安叫人定做了一张冷杉木大方桌，还用胡桃木做成一些两个骰子大小的小木块，在方桌上一个木块代表一个骑兵团的骑兵。他每天由中士指导在桌面上演习骑兵操练两个小时；可以说，这是他最愉快的时间。

这样的生活渐渐也就习惯了。一个年轻少尉所有的这样那样的不习惯和感觉逐渐变淡，不论对什么事渐渐也就不再觉得有什么难堪或高兴，除此以外也别无办法可想；可是，吕西安对那些人仍然深感厌恶，对他自己也几乎感到可厌。他的房东小麦商博纳尔先生长时间以来逢到星期日就邀请他一同下乡吃饭，他一直拒而不往。有一次，他接受了房东先生的邀请，后来，他和戈提埃先生结伴一路回到城里。读者已经知道，戈提埃先生是共和派的首领，《黎明报》的主编。这位戈提埃先生也是一个身材高大、体格

---

① 克莱贝尔（1753—1800），法国将军。

强健的青年人,长得像大力士;他的金发很美,但留得未免太长了一些,不过这正是他的喜好所在。戈提埃先生举止落落大方,做起事来精力充沛,坚强有力,他显然是一个有信仰的人,这就使他的俗气的一面得到了一定的补救。这种庸俗气相反在他的同党身上却显得放肆、更加恶俗。他为人是严肃的,从来不讲什么假话;他是一个有顽强信念的人。透过他关于建立一个法国式政府的强烈热情,人们可以看到他胸中怀着优美的心灵。吕西安在回来的路上把这个人同他的敌党的头头弗莱隆先生做了一番比较。吕西安认为戈提埃先生一不偷二不盗,凭一名地籍丈量员的职业谋生。至于他的报纸《黎明报》,他每年还要贴进五六百法郎,甚至为它坐牢几个月,这还没有计算在内。

没有过去几天,这个人在吕西安心目中,就成了他对南锡所持的偏见中的一个例外了。戈提埃和他的舅父博纳尔一样,身材魁梧,有着天才人物那样的脑袋,长着一头美丽好看金黄的卷发。他说起话来有时的确雄辩有力,很有口才,讲到法国未来的幸福和理想时代更是滔滔不绝,他认为到了理想的时代,人们执行任何公共职务都是无偿的,得到的只是荣誉。

他的言论很能打动吕西安,但吕西安对共和国最大的不满——必须谄媚民众这一点戈提埃始终没有办法把他驳倒。

他们交往了六个星期,吕西安不意又发现戈提埃确实是一位第一流的几何测量学家,这个发现使他深深感动:这个地方,和巴黎相比确实有它不相同的地方啊!吕西安对高等数学原是非常喜爱的,自此以后,他常常整个夜晚和戈提埃在一起讨论数学上一些问题,或者讨论傅里叶①关于地热、安培②发现的许多事实,当然

---

① 傅里叶(1768—1830),法国数学家,埃及学家,1822年完成《热的分析理论》,对数学物理的研究和实变函数理论的发展有很大影响。

② 安培(1775—1836),法国物理学家,电动力学奠基人之一,制定安培定律。

也要讨论对事物进行分析这样的习惯是否妨碍考察经验条件这样带根本性的问题,如此等等。

戈提埃对他说:"请你注意,我不仅仅是几何学家,我主要是一个共和派,《黎明报》的一个编者。如果戴朗斯将军,或者你们那位马莱尔·德·圣梅格兰上校发现你和我谈话,他们对我是拿不出什么新花样来了,他们对我所能搞的都已经搞过,但是对于你,他们就可以开除,或者把你作为一个坏分子遣送到阿尔及尔去。"

"说真话,这对我也许倒是一件幸事,"吕西安回答说,"或者,用我们喜欢的精确数学语言来说,对我施加更重的惩罚也不过如此;我相信,我现在就已经厌烦透顶,一点也不夸大。"

戈提埃试图说服吕西安,要他相信美国民主,讲得头头是道;吕西安耐心听他长篇大论讲完,然后直率地对他说:

"我亲爱的朋友,你的确使我感到安慰;不过,我想我如果不是在南锡当这个少尉,而是在美国辛辛那提或匹兹堡①,那我只有更加厌烦更加苦恼,你知道,面临可能遭到的更大的不幸,对我来说,这说不定倒是绝无仅有的安慰。我只为自食其力,每个月赚到九十九个法郎,才离开我本来过得很愉快的大城市的。"

"有什么人强制你吗?"

"我下到这个地狱来完全出自自己的意愿。"

"那好嘛!走出地狱,逃之夭夭。"

"对我来说,巴黎算是完了;即使我回去,也不能恢复到我没有穿上这身命中注定的绿军装之前的那个样子了;那时,我可能还是一个有所作为的青年。从此以后,人们将会看到我是一个一无所能的人,即使当一名少尉,也不是我能胜任的。"

---

① 匹兹堡,美国宾夕法尼亚州西南部城市,钢铁工业中心。

"别人怎么看随他去,既然实质上你不过是为有趣好玩才穿上这身军装。"

"一言难尽啊,我贤明的朋友!我有一种你不能理解的虚荣;我的处境也许是难以忍受的;有一些嘲笑,我也许就对付不了。我已经陷入绝境,难以自拔,我看只有战争爆发,我才能摆脱出来。"

吕西安把这些心事以及交上这位新朋友的经过都写信告诉了他的母亲;他要求母亲看过信以后原封退回给他;他们母子之间一向有默契,互相以最坦率的友情来对待。他在信上写道:"我的不幸这里我就不讲了,我若是成为父亲和我离开就会感到生活黯然无光的人的嘲笑对象,那我就会加倍痛苦。"

那天夜晚在博纳尔先生家中遇到戈提埃先生并和他交了朋友这件事幸好马莱尔上校不知道。这真可说是吕西安的幸运。这位长官的存心不善、心怀恶意在骑兵团早已不是什么秘密。也许这位体面人物早已打定主意要搞出一次决斗来,好把这个年轻的共和派从他这里给搞掉。他认为这个共和派太放肆,有恃无恐,竟敢公然犯上顶撞。

有一天早晨,上校派人来找吕西安,而吕西安整整给拖延了三刻钟才见到这位长官。他被引进一间很脏的接待室,那里正好有三个骑兵在擦二十双皮靴,他只好站在中间等。他想:"这明明是故意制造事端,只当没这一回事,对他这种坏心思只能用这个办法对付。"

上校紧紧咬着嘴唇,拿着酸溜溜的腔调,对他说道:"先生,有人向我报告,报告说你在你的住处大吃大喝,阔气得很,这种事,是不能容忍的。随你多么有钱,你都应该和你的同志各位尉官先生一样吃四十五法郎的伙食。我的话完了,先生,你可以走了。"

吕西安气得心怦怦直跳。从来还没有人用这种腔调和他说话。"照这么说,就是在吃饭时间,我也非得和这些可爱的同志混

087

在一起不可了,这些人唯一的乐趣就是在我面前用他们超人一等的优越感活活把我压垮。博马舍①说过:我的生活就是战斗。我的天,这话应该轮到我说了。"他笑着对自己这样说,"好吧!我顶得住,受得了。戴维鲁瓦以后就没机会反复说我只是费力出生了;我要回答他,我也在费力生活。"吕西安立刻就去缴了一个月的伙食费;当天晚上,就到食堂去吃晚饭,并且摆出一副令人惊奇的鄙夷态度和凛然不可侵犯的神态。

两天后,清晨六点钟,骑兵团士官长之一、上校的心腹和狗腿子跑到他的住处来找他。这个人摆出和颜悦色的样子对他说:

"没有经过上校批准,中尉和少尉先生禁止离开兵团驻地方圆两里的范围。"

吕西安不说话。士官长生气了,板起面孔,傲慢地拿出一份书面的地形标志图留给吕西安。这上面各条不同的道路两里范围的界线都写得清清楚楚一目了然。要知道,沃邦的工程兵团修建南锡城,就是布置在这样一片恶劣而干裂、寸草不生的平原上的。出城三里就进入勉强可以通行的丘陵地带了。吕西安这时真恨不得举起手来把这个士官长从窗口扔出去。

他冷冷地问:"请问,各位少尉先生遛马,是跑呢,还是只许一步一步地走?"

"先生,你的问题,我回去报告给上校。"士官长气得满面通红,回答说。

一刻钟以后,一匹快马给吕西安送来一份书面命令,上面写着:

勒万少尉,无端侮慢上校的命令,着即禁闭二十四小时,

---

① 博马舍(1732—1799),法国剧作家,代表作有喜剧《费加罗的婚礼》《塞维利亚理发师》。

以示惩戒。

此令。

马莱尔·德·圣梅格兰

"天啊！你压不倒我！"吕西安吼叫着。

这次挨整，反而使他精神大为振奋。南锡这个该死的地方，真叫人无法忍受，干军人这一行在他看来早已成了弗勒吕斯①和马伦哥传来的遥远的回声了；但是，吕西安一定要让他父亲、戴维鲁瓦看到：不论什么挫折他都是经受得住的。

就在吕西安关禁闭的那一天，骑兵团的高级军官异想天开居然试图前去拜访德·欧甘古夫人、德·夏斯特莱夫人、德·毕洛朗夫人、德·马尔希夫人、德·高麦西夫人等等。他们来到这几位贵妇人府上，发现轻骑兵二十团有些军官也在座。促成他们搞出这样一次活动的许多理由这里不想多话，以免惹起读者的气愤，他们这次活动实在蠢得令人难以置信，不过那个巴黎最年轻的青年倒是与此无关的。

这些军官，正因为他们属于稳健派掌握的军团，所以在某种程度上受到一次无礼的接待，这一点让我们这位给关了禁闭的英雄非常高兴。在他看来，这些贵妇人即便是在一些细枝末节上也都在精神上增添了不少光彩。

德·马尔希夫人与德·高麦西夫人年事已高，她们看到这些先生光临她们的客厅，就装出惊恐万状的样子，仿佛是看到了一七九三年恐怖时期的巡逻警卫那样。德·毕洛朗夫人和德·欧甘古夫人府上接待这些客人，情况有所不同，她们那里的人显然已经接到命令要嘲弄一下二十七团的高级军官，因为他们走过前厅，迈出

---

① 弗勒吕斯（在比利时），1794年6月，拿破仑与反法盟军在此交战，大败盟军，迫使一些国家退出反法联盟，只有英、奥继续对法作战。

大门,仿佛是发出了信号一样,接着就传来了一阵狂笑。德·欧甘古夫人和德·毕洛朗夫人话也少得出奇,可是她们精心选出的几句话,恰恰使无礼达到粗野的地步,甚至讲这种话的人连一般处世之道也触犯了。在德·夏斯特莱夫人那里,下人处理得更妙,索性大门紧闭,挡驾了。

"哎呀,上校是苦水只好往肚里咽。"费欧图说,他是在夜晚他的活动不被人家注意的时候来看望吕西安,特地为他关禁闭来慰问他的,"上校从那个德·欧甘古夫人家里出来,那个太太望着我们,一味笑个不停,就是上校本人也不愿意叫我们相信我们真是受到好意和愉快的招待,什么像朋友一般,什么不拘礼节地谈了话……活见鬼!回想过去,我们从美因兹到巴荣讷①,穿过整个法国,向西班牙挺进,像这么一个太太,早把她那个玻璃窗砸个稀巴烂!德·马尔希伯爵夫人,该死的老太婆,我相信她至少已经有九十岁,等我们起身要走,她才拿出酒来招待客人,就像对待马车夫一样。"

吕西安关禁闭出来以后,又了解许多其他的细节。我们忘记交代:博纳尔先生已经把吕西安介绍给五六家资产阶级人家。他在这些人家里,就像在西尔维亚娜·贝尔序小姐家里一样,所见所闻仍然是那不变的装腔作势以及故意做出来的和蔼善意。使他最感头痛的是他发现这些做丈夫的资产者跟他们的女人彼此戒备森严,当然不是事先互有约定,而主要是出于嫉妒和坏心肠。他们当中有那么两三位太太,因为自己似乎有话要说,于是美目流盼,若有所语,她们也拿这样的眼风看吕西安;怎么和她们接近呢?在她们四周,甚至就在她们自己身上,又是怎样的矫揉造作、故作多情

---

① 美因兹,德国西部城市,莱茵兰-法耳次州首府,莱茵河西岸港口。巴荣讷,法国西南部城市;大西洋岸港口,临比斯开湾,属比利牛斯-大西洋省。

啊！同这些做丈夫的先生一起玩波士顿①,不知要打多少盘,简直是无休无止,特别是要想赢他们,比登天还难！吕西安缺乏经验,总是一败涂地,大输特输,弄得他很是沮丧,他说他宁可晚上一人坐在家里发闷,也不愿和这些做丈夫的先生一起玩牌,而且每次这些先生总是谨慎地叫他背对着客厅里最漂亮的女人。他情愿坐在牌桌一边当一个看客。而这些可怜的女人的无知也是难以想象的。由于财产有限,这些做丈夫的人喜欢凑在一起看报纸,他们的太太从来不看报。她们扮演的角色就是生孩子,孩子病了,照料孩子,就是这么一回事。只有到了星期天,手挎在丈夫的胳臂上到外面去散步,把她们五彩缤纷的衣裙和披肩拿出来炫耀一番,这些做丈夫的男人适时地评论评论,算是酬谢她们忠实地尽到了做母亲做妻子的职责。

吕西安经常接近西尔维亚娜·贝尔序小姐是因为这样的交往比较方便,只需走进她那家店铺就成,不费什么事。我们这位英雄最后也只好赞同省长先生的主张,因为省长先生本人每天傍晚满面春风地前来敲开这家卖酒的店铺的后门,本省最高首长也不需要在店堂里停留,登堂入室,直接走进里间就成了。他一来到里间,也就到了本省纳税最多的一位业主家里,如同他曾经在写给内政部长的信中所说的情形那样。

吕西安每隔一个星期到西尔维亚娜小姐家去做客一次,而且每次告辞出来总是说他这个月内不想再去了。有一些时候,他天天都去。费欧图讲的故事和他的气愤不满,还有上层军官们在贵族太太方面的失意,他们的态度作风让他感到他与他们之间存在着一条不可逾越的鸿沟,这又使吕西安思想中发生了矛盾。"这里的社会环境对于穿我这身制服的人是拒绝的,但无论如何都要

---

① 波士顿,一种类似惠斯特牌戏的四人玩的纸牌游戏。

打进去才行。他们同许多资产阶级一样,也叫人讨厌;不过应该去看一看;至少战胜这种困难在我也是一件愉快的事;我必须让我父亲给我搞几封介绍信来。"

郑重其事地给这样一位父亲写信也是不容易的。勒万先生除了银行信件外,其他没意思的信件按他的脾气,看也没有看完就丢到字纸篓里去了。吕西安想:"越是容易办的事,反而越容易让人家开玩笑、捉弄我。贵族区公证人彭班先生,贵族党在外省捐款和发往西班牙的货物这类事都是他一手经办的,他在钱的事情上又要靠我父亲帮忙。所以只要彭班先生能在信上写上三言两语,我一定会在洛林省贵族人家受到出色的接待。"吕西安就是按照这个想法给他父亲写了信。

他焦急地等待回音,可是他父亲寄来的并不是什么大邮包,而仅仅是一张小得不能再小的便条。

亲爱的少尉:

你年纪还轻,可以说是很富有的,无疑也自信仪表堂堂,至少你现在已经有了一匹好马,价值一百五十路易之多。在你现在所在的地方,一匹良马等于一个人的一半。南锡地方那些小贵族的领地如果还不能为你门户洞开的话,那么你就连一个普通的圣西门派也够不上了,这是势所必然的事。我敢打赌,连梅力奈(吕西安的一个仆人)也比你强得多,他感到手足无措的只是不知夜晚选择什么消遣才好。我亲爱的吕西安,studiate la matematica(要努力研究数学),还要变得更为深沉一些。你的母亲身体康好,你的忠诚仆人我也一切均好,勿念。

弗朗索瓦·勒万

收到父亲写来的这样一封信,真把吕西安气死了。后来,到了晚上,他骑马在两里限制范围内兜了一圈回来,看见他的仆人梅力奈在一家商店门前的街道上,坐在一圈女人中间,说说笑笑,好不热闹。

他想:"我父亲确实贤明。你看,我是一个大傻瓜。"

几乎就在同时,他发现这里有一家图书阅览室,里面点着一盏很亮的煤油灯;他叫仆人把马送回,走进阅览室,想换换脑筋、散散心。不料第二天一早七点钟,马莱尔上校就打发人来把他叫了去。

这位长官凛然不可侵犯地开口对他说道:"先生,共和派确有人在,这真是法兰西的不幸。不过,在国王陛下委托给我的兵团里面,我可不愿意看到共和派。"

吕西安吃惊地看着他。他又说:

"先生,否认也没有用;你在抽水机路彭乐威公馆对面,在施密特阅览室待了一天。我已经奉到指示:这个地方是无政府党的巢穴,是南锡城最无耻的雅各宾党不良分子经常出入的地方,你真不知羞耻,同每天夜晚到这里来碰头的那些穷光蛋勾勾搭搭。有人看到你在这家铺子前面不停地转来转去,还同那些人交换暗号。人们甚至认为南锡那个匿名给《国民报》捐款的人就是你,内政部已经有指示给将军戴朗斯男爵,说这个捐款人已经汇出了八十法郎作为偿付报纸的罚款……"

吕西安似乎要开口说话,这时上校勃然大怒,大声叫道:"用不着你说话,先生,你要是不幸承认你做出这种蠢事,我就非把你送到梅斯司令部去不可。不过,我不希望一个青年就此毁掉,尽管他已经犯过一次错误。"

吕西安也愤怒到了极点。上校在说话的时候,他不止一次想从这宽大的杉木桌上拿起笔来当场写辞职书不干了。这张杉木桌是很脏的,上面染满了墨水,这个专横粗暴、不怀好意的家伙就坐在这张桌子的后面。可是,一想到他父亲将会怎样取笑他,吕西安就不动了；又过了几分钟，他想作为一个正直的人，他应该让这个上校知道他是受骗了，要么就是他想要欺骗别人。

"上校，"他说，因为生气，声音也在发抖，不过他控制得不错，"是这样，巴黎综合工科学校曾经把我开除，是有这么一回事；有人说我是共和派，其实我不过是一个冒失鬼。除开数学和化学以外，我什么都不知道。我没有研究过政治，那些极端严重的攻击言论，不论对什么形式的政府，我不过是浏览过一下，因此，究竟怎样的政府适合法国情况，我还没有能够形成什么意见……"

"怎么，先生，你居然敢承认你不理解国王的唯一的政府……"

这位可敬的上校把几天前他在政府出钱办的报纸上读到的一篇言论，一口气讲了足足有这里三页篇幅这么长的一篇训斥，这里只好从略了。

"我把这个凶恶的告密者估计得太高了。"吕西安一边听着长篇训话，一边这样想；他暗自琢磨着要讲出一句什么用字少而含义丰富的话来。

最后他高声说道："走进这家阅览室是我有生以来第一次，谁能证明事实不是这样，我就输给他五十个路易。"

上校含着一股酸苦味反驳他说："不关金钱的事，你有钱，大家都知道，好像你比别人知道得更清楚似的。先生，昨天在施密特阅览室，你不看《巴黎日报》，也不看《辩论报》，这两种报纸都是摆在桌子正当中的，可是你偏偏去看《国民报》。"

"那个地方倒真是有一个观察准确的观察员。"吕西安想。接着他就详细讲了他在那个地方做了些什么，鸡毛蒜皮的细节也详详细细说了一通，迫使上校不得不对以下几点表示同意：

第一，他吕西安，在前一天晚上，确实看了一份报纸，这是他到兵团以后第一次在公共场所看报；

第二,他在施密特阅览室仅仅逗留四十分钟;

第三,在这四十分钟时间内,他全部在阅读一份关于莫扎特《唐璜》的六栏文章,他把这篇文章的要点复述了一遍,作为证明。

就像这样,上校盘问了两个小时,吹毛求疵地审查了事实经过,最后,吕西安走出来,气得脸色惨白;上校居心不良,那是显而易见的,不过,我们的这位少尉倒也感到高兴,他把人家对他的控告逐条驳回,弄得上校也是哑口无言。

吕西安走到马车出入的大门口,这才算喘出了一口大气,他自言自语地说:"我宁可和我父亲的那些仆人一起生活。"这一天,他骂"浑蛋!"骂了有二十多次。"我现在是二十岁,我骑的马是全城最漂亮的一匹马,在这个稳健派掌握的军队里,在这个有钱能使鬼推磨的军团里,如果我竟栽了跟头,那样的话,在我朋友眼中,我这一辈子就只好是一个大傻瓜了。我必须干他一下子,因为,我真的被革职的话,人们在巴黎说起我来,至少也会说到我还是采取了行动的,讲出去也好听一些。凡是进了军团,一向是有这样的惯例的;至少,在我们那些客厅里,人家也是这么看的。我的天,如果我为此送了命,那我也一无所失。"

晚饭以后,洗刷马匹的任务做好以后,在军营的院子里,他对几个和他一同走出来的军官说:

"这里到处都是密探,他们到上校那里告我,什么罪过也没有,只抓住一些最最无聊的琐事;他们希望我是一个共和派。好像我在这个世界上还有什么地位财产可以丢掉似的。我很想认识认识这位控告者:第一我想请他证明我有没有犯过什么过错,第二我要请他尝一尝我这条马鞭的味道。"

开始,没有一个人出声,后来他们就岔开讲别的事情了。

这天晚上,吕西安散步回来,在路上,他的仆人交给他一封信,这封信折得很好看;他打开信一看,上面只写了三个字:变节者。

在这一刹那吕西安也许是全军骑兵当中最不幸的一个了。

"你看他们这是在怎样处理他们的事情的!"后来他想道,"这些可怜的青年人,谁对他们说过我是和他们有同样的想法的?难道我知道我在想什么吗?只有变成一个大傻瓜才会想到去治理国家,我连我自己的生活都治理不好。"吕西安想到要自杀,这还是第一次;极度的苦恼,使他变得心情不好,满怀恶意,使他不能按照事物的本来面貌去看待它们。比如说,骑兵团本来也有八到十位很好的军官,他视而不见,一点也看不到他们的优点。

第二天,吕西安又和两三位军官大谈共和主义。他们当中有一个人对他说:

"我亲爱的朋友,你天天总是唱一个调调,听也听腻了;你进过巴黎综合工科学校,叫人开除了,因为有人诽谤你,如此这般,可是这跟我有什么相干?我嘛,我也有倒霉的事,六年前,我也受到过冤屈迫害,可是我决不拿它去叫我的朋友厌烦。"

说他是讨厌的人这种指摘,他也许并不想去反驳。他到军队来,当初曾经跟自己说过:"我到这里来并不是为了给军团某些可能缺乏教养的人进行教育的;他们有谁赏光对我撒野,我当然要抗议。"所以,听到这样对他非难,他沉默了一会儿,才回答说:

"我是担心我使人感到厌烦,很可能是这样,先生,你说的话我相信。不过,诬指我是什么共和主义,这是我坚决不能接受的。这一点我要用我的剑来公开宣布。如果你愿意用你的剑和我较量较量,先生,我将十分感谢你。"

这话一出口,那几个青年人精神立即为之一振;吕西安看到大约有二十几个军官也立刻团团把他围住。这次决斗在全骑兵团成了一次空前的轰动事件。决斗决定在当天晚上举行,地点选在靠近城墙某个荒凉污秽的角落。双方拔剑相击,结果都受了伤,幸好两人都没有丧命,国家没有损失一个人。吕西安右臂上有一处受伤很重。他对这一处伤口无意讲了一句俏皮话,话肯定讲得并不高明,因为没有人听得懂。他的证人很不高兴,问他要不要帮忙送他回去,他说不要,证人就丢下吕西安径自走掉了。

吕西安坐在一块石头上;当他要站起来的时候,只觉浑身无力,人也觉得不好;这时天已经黑下来了。一阵轻轻的响声把吕西安从麻痹状态中惊醒;他张开眼来一看,看到一个骑兵站在他面前,对着他笑。

"瞧,我们的老爷喝得都醉死过去了。"骑兵说,"好呀,说也是白说,我也把钱喝了个精光,可也没有见过醉得像老爷您这样的。该死!比我有钱;拼命地喝,您比骑兵耶罗姆·梅努埃厉害多了。"

吕西安只好看着这个骑兵,就是没有力气说话。

"我的少尉,您走路怕是很困难吧;您是不是愿意让我扶您站起来?"

如不是看到军官真喝醉了,梅努埃是不会这么说的;可是看到老爷(士兵都是这样叫老爷的)醉得站也站不起来了,他打心里觉得好笑,他就像真正的法国人那样,能够这样和长官说话,也确实打心里感到高兴。吕西安望着他,用了很大气力才说出:

"求你帮帮我。"

梅努埃把手伸到少尉的胳膊下面,帮他站起来。梅努埃觉得左手给沾湿了;他抽出手一看,沾满一手血。

"坐下,坐下。"他对吕西安说。

他声音里充满着敬意和热忱。"见鬼!不是喝醉的,"他对自己说,"是中了一剑。"

"少尉,要不要我送您回家?我有力气。不过,最好让我给您脱下衣服来;让我把伤口扎上。"

吕西安没有答话。梅努埃转眼之间就把制服脱了下来,撕开衬衣,用衬衣的一条袖子做成一块垫布敷到靠近腋下的伤口上,然后用他的手帕使劲把伤口扎紧;他跑到邻近一家小酒店端来一杯烧酒,浇在绷带上把它弄湿。烧酒还剩下一点,他让吕西安喝了。

"你等一等。"吕西安对他说。

停了一停,他才讲第二句:

"这是一个秘密。你到我住处走一趟,叫人驾上四轮马车,你跟着来接我。你要帮我的忙,这件事千万不能叫人起疑心,特别是上校。"

"老爷终究不是笨蛋。"梅努埃走去找马车,心里这样想。这位骑兵很感自豪。"我去给那些穿着阔气的号衣的仆役下命令。"梅努埃本来并不把吕西安放在眼里,但是看到他受伤,对这意外事故他倒挺得住,因此正像一刻钟之前他看不起他,既是十分激烈而且自恃有理一样,现在却变得对他佩服得五体投地,同样也是热烈而且有道理的了。

第 八 章

上了四轮马车以后,梅努埃并没有用同情可怜的语气说什么话,而是讲了一些有趣的事,他这么讲用意倒不在其中有什么含义,而在他那种说话的声调。

"我的同志,我要你用名誉保证,看到的事情一句也不能说出去。"

"我完全保证,不过,最好还是先生您自己想一想我会不会想让费欧图中校的便雅悯①不开心。"

梅努埃出去找骑兵团的军医,没有找到;他就留下来自己照料伤员,不过这个伤员现在一点也不觉得有什么痛苦……梅努埃的纯朴自然让吕西安很感动。梅努埃是一个穷汉,不论对什么事,总是一片欢乐愉快的情绪。这一晚,他就住在我们的英雄家里。吕西安一个时期以来,心情总是非常烦闷,而且又处在许多装腔作势的人物的包围之中,梅努埃不过是一个普通士兵,也没有什么使人兴奋的特点,只好听他讲了许多故事,暂且把他那许多阴暗的思想放开。

骑兵团外科军医,自称毕拉尔骑士,其实这位先生是一个类似江湖医生那样的人物,是上阿尔卑斯②人。他第二天一大早赶来了。原来对手刺过来的一剑是从靠近主动脉的地方穿过去的。毕

---

① 便雅悯是雅各最宠爱的幼子,事见《圣经》。此处指吕西安。
② 上阿尔卑斯省,法国东南部地区省份,与意大利交界。

拉尔骑士张大其词,说是很危险,其实并没有什么。一天之内他来了两三次。正如这位骑士所说,少尉书橱里的书籍都是极好的版本,如一八一〇年的樱桃酒、十二年的科涅克白兰地陈酒、玛丽·布里扎尔的波尔多茴香酒、包着金箔的但泽烧酒①,等等,等等。毕拉尔骑士十分爱好"阅读",因此整天留在伤员家里不走,吕西安非常心烦;幸好有梅努埃在,梅努埃对这位英雄的藏书也评价很高,他也在这里安居乐业了。吕西安要求费欧图中校同意把梅努埃派给他做他的护士。

梅努埃给我们这位负伤的英雄讲了他自己一生中某几方面的事迹②,有些地方他有意避而不谈。作为插曲,我们顺便在这里把这样一个普通士兵的生平也讲一讲。如果说骑兵团花名册上登记的往往都是平淡无奇、千篇一律的人物,那么在士兵简单的制服下面有时却也隐藏着一些有自己血泪经历的心灵。

梅努埃的故乡在圣马洛③,原是圣马洛的书籍装订工。有一个四处流荡演戏的剧团到圣马洛来演出,剧团里有一个专演丫鬟角色的女演员,梅努埃一见钟情爱上了她。他就从他老板的装订作坊偷偷逃了出来,也当上了演员。他后来到了巴荣讷。他来到巴荣讷已经有几个月了,那位女演员也爱上了他,他于是另外收学生教剑术,赚了一些钱。有一天,城里一个小伙子跑来逼他还债,他过去凭交情向那小伙子借过一百五十法郎。他的积蓄其实比欠下的这笔债务多不了多少,他不情愿动用存款,或者说,好不容易积攒起来的钱一还债也就搞光了,他不甘心。因此他动起脑筋弄虚作假。也就是说,他搞了一张写有两句话的收据:"今收到壹佰

---

① 波尔多,法国西南部港口城市,纪龙德省首府,酿酒业中心,出口驰名的波尔多酒。但泽即今日的格但斯克,波兰北部港口城市。
② 见耶罗姆·梅努埃事迹。(司汤达原注)
③ 圣马洛,法国西北部港口城市,在伊尔-维兰省。

伍拾法郎,此据。小佩雷。"债权人就是这位佩雷先生,他后来因事去了波城①,他的朋友替佩雷前来找他讨债,这时梅努埃大胆地说他动身前就已经把欠款送还。等佩雷出门回来,又亲自前来索债。梅努埃不意恶语相加,佩雷只好向梅努埃提出挑战,因为梅努埃不管怎么说也算是位剑术教师。

梅努埃已经十分懊恼,有点后悔了,他担心会不会出什么祸事,不要为了骗一百五十法郎又丧了一条人命!他提出他要还钱。佩雷骂他是怕死鬼。这一骂不要紧,反而激起了梅努埃的勇气,让他觉得理直气壮了。尽管吵吵闹闹,他仍然打定主意不能对佩雷胡来,要慎重。梅努埃跟着佩雷往约定的决斗地点走去,在路上他还对他说:

"你只能往后退呀,千万不要挺身劈刺,我不会杀死你的。"

他说这话是认真的,也是以一个剑师身份说的。不幸,佩雷认为他这人性情阴险难测,不听他的,其实梅努埃并不是这样的人。

当两人交手斗了两三个回合之后,佩雷进而采取与他的对手所说的相反的手法;他对准梅努埃,一剑冲刺过来,正在这时,对手反回一剑将他刺中。伤势是危险的。梅努埃非常失望。他被看成是虚伪与卑鄙的,更使他痛苦。全城都在唾骂他,耻笑他,他受到佩雷的父亲的追究,说他伪造证据。这件事在整个巴荣讷地区引起了公愤,按照法国当时的风气,审判官也公开发表了宣言,梅努埃终于被判成终身苦役犯。

梅努埃被关在狱中,让人给他买酒,几乎一直是快活的;但在心里却深深懊悔,认为他这一生算完了,留给他的日子也不多了,他想就快快活活度过这些日子吧。

监狱看守、管牢房钥匙的狱卒,所有的人都喜欢他。有一天,

---

① 波城,法国西南部城市,大西洋比利牛斯省首府。

他见有人抬进八到十捆麻绳,放到守门狱卒的小房间里去,是用来准备给监狱所有百叶窗调换绳子的。他突然起了一个念头;他马上动手偷来一捆麻绳。幸好没有被人看见。当夜翻过两道很高的墙头,居然给他逃掉了。逃出去以后,他先去找佩雷的一个朋友,把他欠的一百五十法郎交到他手中;这个人就是帮助佩雷的父亲判他罪的人当中最出力的一个①。不过这时巴荣讷的风向已经有了变化,人们开始感到梅努埃判刑过重。佩雷的这位朋友见到梅努埃,也很可怜他,立刻带他到一条船上,这条船天明之前就要出海捕鱼的。

第二天夜里海上起了大风,巴荣讷的这条船被大风吹到圣塞瓦斯提安②。梅努埃叫了一条西班牙船,就在夜里在圣塞瓦斯提安上岸,正当他在口岸上徘徊不知怎么办的时候,遇到了一个招募新兵的人,这人劝他去当兵,参加"王位合法继承"派唐卡洛斯的军队③;梅努埃只好去当兵,几天以后他就进了西班牙争夺王位者的军队。他骑马骑得不错,又能说会道;于是派他当了骑兵。

一个月后,梅努埃随骑兵队出发,任务是护送辎重队;遭遇到"克里斯蒂娜"派的攻击,梅努埃怕得不得了。他开了几枪,纵马就朝着山中逃去。马在半山腰陡峭岩石中间实在无法前进;梅努埃用绳子把马的两条前腿捆起来,把马丢在干涸的山涧里,继续徒步逃跑。最后,枪声听不见了。这时,他想到了一些事情。

---

① 证明:克莱芒·德·拉隆西埃尔先生。(司汤达原注)
② 圣塞瓦斯提安在西班牙境内,临比斯开湾,距巴荣讷不远。
③ 西班牙国王斐迪南七世1833年死后,发生波旁王族在西班牙两个宗支争夺王位的纷争。一支是斐迪南七世之弟唐卡洛斯,专制教权派的首领,所谓王位合法继承人,力图保持西班牙封建关系,这就是卡洛斯派。一支是斐迪南七世王后玛丽-克里斯蒂娜,力主立其女伊萨贝尔为女王,由玛丽-克里斯蒂娜摄政,这一派得到资产阶级自由派、资产阶级化的地主以及一部分群众的支持。两派内战持续整个十九世纪三十年代,至1840年以卡洛斯派失败告终。

"这样一来,怎么再回部队呀?难道再搞三次决斗,捞到一个胆大无畏的名誉?

"我真是倒霉呀!"梅努埃心里这么想,"伪造证据的骗子手、苦役犯、怕死鬼,最后竟落个这样的下场!"他真想一死了之,可是一想到该怎么一个死法,不禁又怕起来。这时,天已经黑下来,他饿得要命,他想:也许有哪一个随军卖吃食的女人的驴子受伤或者给杀死,真是这样,那驴子驮着的筐子也许还留在战场上。他蹑手蹑脚、战战兢兢转身折回。走一会儿,他就停下来,停了很久;他趴在地上,把耳朵贴在地皮上听;他什么声音也没有听见,只有夜晚的冷风飕飕吹着,吹得……①荆棘丛和小橡树摇摇摆摆。

最后他来到刚才交火的战场,一看之下,他大吃一惊,交火六个小时,是一场大战,战场上只留下死尸两具。他心里想:"这么说,我真是太倒霉了,那么一点点危险,竟怕得那样厉害!"他非常难受。这时,他找到了一个酒装得半满的羊皮袋,再过去一点,地上还有整整一个面包。为谨慎起见,离开战场两百步远,他才吃这顿饭;后来他又折回来,两只耳朵始终竖起来听个不停。

一个死人,是一个法国青年,名叫梅努埃,还有一个皮包,里面装满了文件,还装着一份清清爽爽的护照。我们这位英雄灵机一动,想出一个了不起的主意:改名换姓。他拿起护照、文件、皮包、衬衣,看看都比自己的东西好,最后,还有这个姓梅努埃,他的姓到此为止一直都是另一个样的。

既然他已经有了这个姓名,"那我为什么不回法国去?"他这样问自己,"我现在既不是判了刑的苦役犯,也不是宪兵缉拿的对象;在巴荣讷,我很不光彩,声名远扬,只要避开它,就没事儿,这个

---

① 手稿上此处空白。(马尔蒂诺注)

可怜的梅努埃出生于蒙彼利埃①,所以我在法国完全是自由的。"天快要亮了;他在两个死人的衣袋里找到大约有一百法郎,他还想再搜下去,这时他看见有两个农民走来。他想说他负伤,要去找他的马,因此遇到他们两人;可是他发现这两个农民以为他伤势很重动弹不得,不想他们也像他对付死人那样准备对他下手。他霍地一下站起身来,一点伤也没有,这才使两个农民恢复常态。一个农民答应送他到比达索阿河,大家都知道,那是法国边界上的一条湍流,要价是上午付一个皮阿斯特,晚上再付一个皮阿斯特。

梅努埃很高兴。一进到法国境内,他就想象(这是一个富有想象力的人)他遇到的宪兵会用怎样奇怪的眼光看他。他骑在马上,一直走到贝济埃;在这地方他把马卖掉,搭上去里昂的驿车;他身上带的钱很快要用尽了。后来又改乘小轮船,又徒步赶路,到达第戎,接着又赶了几天路程,抵达科耳马尔②。到达这个美丽的城市以后,他身上只剩五个法郎。他左思右想该怎么办。他想:"使用武器,我能行,我这个人不怎么喜欢发怒光火,打仗还很行;马我骑得;报纸上都说不会发生战争;其实真正打起仗来,我可以开小差。就进骑兵团③吧,兵站就在科耳马尔。我要把我的护照交给司令官,以后再设法偷回来。要是这个叫人不放心的证件我能毁掉的话,我说我里昂出生也可以,里昂这地方不久前我仔细地研究过;反正我姓梅努埃,有人发现这是一个罪犯,那才见鬼呢!"

这件事在他进兵站六个月后才办成功。梅努埃是一个标准士兵,真是机巧灵活,在募兵站长官办公室里偷出护照亲自烧掉了。他成了一位深受爱戴、十分出名的剑术教师;日子也过得快活如

---

① 蒙彼利埃,法国南部城市,埃罗省首府。
② 贝济埃,法国南部城市,在埃罗省;里昂,法国南部大城市,罗讷省首府;第戎,法国东部城市,科多尔省首府;科耳马尔,法国北部城市,上莱茵省首府。
③ 司汤达原稿上写的是"轻骑兵"。(马尔蒂诺注)

意。他为消愁解闷,忘掉不幸的遭遇,靠他那支教授击剑用的无锋花剑挣到的钱全部在小酒馆里喝光。他给自己规定了两条:一是在骑兵团多交朋友,决不单独喝酒;二是不许喝到十成醉,不要把不该讲的话讲出来。

梅努埃进骑兵团已有两年,他的生活表面上看来是舒心满意的。他那一连的军官见他人干干净净也很满意,加上他又巴结他们,总为他们出力效劳,他如果不是把自己也能写写弄弄一节瞒得很紧,说不定他早已升为队长了。梅努埃可说是全团一个喜爱说说笑笑的有趣人物。他曾经和另外一位剑术教师发生过一次决斗,很幸运这次决斗他胜了,因此他的勇敢,至少他的机智,在整个骑兵团驻地十分出名。可是只要遇到一个宪兵,他就身不由己地吓得发抖。一遇到这号人他的生活就被搞得一团糟。对付这种倒霉事儿,没有别的办法,只好就近一头钻进小酒店。

机缘凑巧,和吕西安结交以后,他的命运发生了变化。他想:"一个人这么有钱,只要他愿意,他就能救我,万一我被识破的话。他花钱就像疯了一样,一千埃居在他也算不得什么,只要机会到来,找主管部门的长官把我赎出来,能行!"

吕西安在毕拉尔骑士这里了解到南锡有一位名医,不仅医道高明罕见,而且在社会上也很有地位;他这人出口成章,很有口才,他的正统主义政治主张极为坚决。人们称他杜波列先生。照毕拉尔骑士所说的情况看来,吕西安认为这位医生对本城任何事务都可以过问,神通广大,总之是一个很值得见一见的大阴谋家。

"我的好医生,明天你无论如何把这位杜波列先生带来;对他说我的伤势危险。"

"但是你并没有什么危险!"

"我和这位阴谋家的关系从一句谎话开始不是非常好吗?只

要他来我这里一次,请你不要不同意我,你让我说嘛,我们会听他谈谈亨利五世、路易十九,说不定我们都会很开心的。"

"你的伤口完全是外科的病,我看不出请一位医学博士来……"

毕拉尔骑士终于同意去找这位杜波列博士,他知道自己不去,吕西安也会自己写信去把他请来的。

大名鼎鼎的医学博士第二天果然来了。"这人一脸狂热分子的晦气。"吕西安一见到他就这样想。这位博士和我们这位英雄见面还不到五分钟,说起话来就亲热得直拍他的肚皮。这位杜波列先生是一个庸俗不堪的人物,他对自己这种亲昵、不拘礼、鄙俗的作风很是扬扬自得,好比猪在人们面前只顾其乐无穷地在污泥中打滚一样。吕西安几乎还没有来得及注意这极其可笑的情况;杜波列对他随随便便表示亲昵,不是出于什么虚套,也不是为了与他平等相待或者把他贬下去,这是显然可见的。吕西安甚至认为他是一个值得尊敬的人,他这人很想热烈地把自己的思想说出来,他的思想太多,又那么富有活力,简直压得他喘不出气来,说出来才舒服。比吕西安年长的人肯定会注意到杜波列的狂热劲头必定要他夸示他的这种不拘形迹、广交朋友的作风,他自己也必然明白这么做好处很多。但是他一旦说话就不是那样兴高采烈了,那么,同任何一个法国人一样,表明他也一样是有那么一点虚荣心的。不过毕拉尔骑士对这些情况是视而不见的,他总觉得杜波列作风恶劣,即使在小咖啡馆里凭这样的作风也难免要被人家赶出来。

吕西安一度把他看作是一个热情的天才人物,这样想过一阵之后,他觉得:"恐怕不对,他是一个伪君子;他多么精明,决不会听人摆布的;不经过深思熟虑,他就什么也不动;尽管那么庸俗,那么恶劣,调子越唱越高的思想,都是有目的的。"吕西安开始警觉起来了。这位博士无所不谈,主要是谈政治,他吹嘘说不论什么事他手里都掌握着秘密证据。

"不过,先生啊,"杜波列博士突然把他关于法兰西幸福问题的长篇大论打断,"你大概把我当成巴黎的一个医生了,你看他只顾和他的病人讲道理,无所不谈,唯独不谈他的病症。"

博士看了看吕西安的臂膀,劝告吕西安一个星期内绝对保持静止不动。

"不论什么外敷药,都不必用,任何药物都不需要,如果没有什么新情况,打针也用不着。"

吕西安注意到杜波列博士检查伤口和察看动脉跳动情况的时候,他那眼睛非常奇妙,令人叹赏。杜波列检查过伤口,马上又谈起那个重大问题:路易-菲力浦政府不可能再维持下去。①

我们的英雄轻松愉快地设想如果利用外省这么个很有才智的人、一个职业吹牛家来消遣倒也不坏;他发现外省的一套逻辑比他的小诗要有价值得多。他并不想愚弄杜波列,他为使自己不致陷到某种可笑的处境之中本来已经非常吃力,可以肯定的是欣赏这么一种奇怪的动物他的烦恼病看来可以治好。杜波列大概有五十岁的年纪;他的面貌是粗线条的,刻画得清清楚楚,在头颅上面深深陷进去的两个灰绿色的小眼睛,总是在不安地激动着,总在活跃地转动,令人感到惊奇,而且像是往外喷射着火焰似的。这一对眼睛使得那个把两眼分隔开来长得惊人的鼻子变得不那么难看了。在多数情况下,这个不幸的鼻子把博士的尊容弄得和惊疑不定的狐狸脸不相上下:对于像他这样的使徒来说,这是很不利的。如果有谁不幸把他注意一看,看到丛丛

---

① 这是一个正统王朝派在说话;前面是共和派在说话。(司汤达原注)
译者按:路易-菲力浦(1773—1850),法国国王,生于波旁王室一支:奥尔良家族。1830年七月革命后登位,建立七月王朝,代表金融资产阶级利益,镇压工人和民主运动,1848年二月革命后逃亡英国。

近似于红棕色、又浓又密的金发竖立在博士的额头和两鬓之上,那么酷似狐狸面貌的那种情景也就完成了。总而言之,他这个脑袋只要见过一次就叫人永远不会忘记;在巴黎,这个脑袋说不定会把傻瓜吓得退避三舍的;在外省,因为人们感到厌烦无聊,任何能够提起兴趣的东西一律欣然接受,因此博士在这里成为十分时髦的人物。

他的举止风度俗不可耐,可是他的面貌毕竟非同一般,而且引人注目。这位博士只要同什么人谈话,那个人就成为他要说服的一个对象,一个有待于争取的同党,当他认为他的对象已被说服,他那两条眉毛就要超过限度地高高挑起,他那灰色的小眼大大地张开,就像鬣狗的眼睛从头上弹出来那样。吕西安想:"即使在巴黎,这副野猪似的嘴脸,这疯狂的热情,这粗俗无礼可又不乏优美和力量的举动,也使他不会成为可笑的人物。是的,这正是一名使徒,一个耶稣会教士,是这样。"他怀着极大的好奇心,注意看着他。

吕西安这么思索着,这时博士的谈论进入最高级的政治领域了;可以看得出他是情不自禁谈起来的。什么一个家庭的父亲死后分家产的制度必须废除呀,什么耶稣会教士必须首先一律召回呀。至于长系继承权问题,他说只有在法国完全恢复原状才符合法统,也就是说,恢复杜伊勒里王室的长系,等等,等等。杜波列所说,用意绝不是要削弱伟大真理的光辉,当然也不是要缓和他这个信徒的偏见。

"怎么!"博士突然说道,"你出身这么好,品行教养这么高尚,又有财产,又有非常体面的社会地位,又受过卓越的教育,居然自甘堕落到这种下贱的稳健派中去!你给它去当兵,你为它去打仗,不是为真正的战争而去作战,对于高贵的心灵,不论真正的战争有多少艰难险阻,那终究是多么高贵、多么壮丽哟!可是保安团马队拿起武器去对付快要饿死的工人,那算是什么战争!特朗斯诺南路上的讨伐①,那大概算是你的马伦哥战役吧……"

军医毕拉尔听了博士这一席话很不高兴,认为应该为稳健派辩护一下;所以吕西安开口对毕拉尔医生说:"我亲爱的骑士,我亲爱的骑士,我无意之间想到这么一个奇怪的念头,和这位博士讲了青年人容易犯的一些小小过失,完全是从医学上联想起来的,改天我把秘密告诉你;有些事情人家只能对一个人讲那么一次……"

尽管吕西安急急忙忙讲了这些话,仍然不能劝住毕拉尔不开口;毕拉尔心痒难熬,也要谈谈政治,吕西安怀疑他是密探,不过是错看他了。

杜波列雄辩的谈锋丝毫不受这位外科医生突然爆发的激动情绪的影响,照旧指手画脚、滔滔不绝、拉大喉咙继续讲下去。

"怎么!下贱无聊的兵营你还要待下去?像你这样的人难道要扮演这么一个角色?赶快离开,越快越好。大炮总有一天要轰起来,不是安特卫普②那种蹩脚大炮,是法国大炮,所有法国人的心都要被震得跳起来;我的心,先生,你的心,都要为它猛跳。这样的一天迟早要来,你只要到某些公署缴出几个路易,就照样是少尉。像你这样的人,打起仗来,管他上尉少尉,有什么相干?让那些傻瓜羡慕什么肩章去吧。像你这样的人,主要是如何崇高地为祖国效命,主要是如何卓有成效地指挥二十五个无比英勇的农民,主要是在这昏暗不明的世纪,你如何能够自尊地表现出你特有的价值而不让别人指责为虚伪。一个面对普鲁士大炮连眉头也不皱一皱的人绝不是假勇士;但是让骑兵举起马刀去屠杀用猎枪自卫

---

① 此处指对巴黎许多地区骚动事件的镇压,特别是指1834年4月13日及14日镇压圣马丁区骚乱一事。(高隆注)
② 安特卫普,比利时西北部港口城市。

的工人,拉出一万人的军队去对付四百个工人,这只能说明这种人灵魂卑下,只想升官发财。请看这对舆论发生了什么影响:在这样一场卑鄙的生死搏斗中,唯独没有枪炮的一方才英勇可敬,例如里昂发生的事件就是这样。让我们像巴莱姆①搞计算表那样仔细算一算;少尉先生,尽管屠杀工人很多,但你要把这倒运的'少'字去掉,就非有六年时间不可②……"

　　吕西安听他这样说,暗自想道:"这个畜生,人家也许会说他跟我交朋友已经交了半年了。"谈这一类事情,按理属于私人性质,这样讲会使对方不快,形诸笔墨,那就可以毁掉一切。真有必要好好看看这个充满狂劲儿的狂热分子这种话如何说得出口,而且讲得头头是道,十分动听,如果需要他甚至不惜对一个出身好的青年的自尊心曲意尊重,确实值得看一看。这位博士真会说话,即使谈到私事,完全个人的私事,未经人家要求他也提出一些建议,甚至最体己的劝告——这在别人可能认为失礼,可是由他讲来却讲得那么委婉动听,那么亲切有趣,简直一点也没有居高临下的口吻,一点也不让你感到有什么不舒服,以致非听他讲完不可。其实他讲这些奇谈怪论时采取的手法是非常可笑的,指手画脚俗不可耐的样子也非常滑稽,吕西安虽说是巴黎人,居然没有勇气叫这位博士恢复到正常状态,别来这一套。杜波列恰恰利用他这一点。我想,就是叫他恢复本来面目,他大概也不会感到怎么难堪,因为这一类冒险家脸皮实在太厚了。

　　吕西安两个月来被烦恼的情绪压得喘不过气来,倒叫外省这么个老医生以意想不到的方式完全解放出来。要让吕西安抛开这样一幅有趣的图画,怕他也没有这个勇气。吕西安心中要笑却不

---

① 巴莱姆(1640—1703),法国数学家。
② 1832年以后,直到1848年2月24日革命,这种言论是接近自由党的言论的。(高隆注)

能笑，憋得流出了眼泪，他对自己说："如果我指出这个鼓吹十字军东征的小丑初次来访就这样表演很不得体，我自己也不免太可笑；再说，吓唬他一下，对我有什么好处？"

吕西安现在能做的事就是让这位耶稣修会和亨利五世的狂热党徒不要再拖延观望。其实他也很想坦白说出来，可是弄到最后还是对吕西安讲了一大堆不得体的废话。吕西安当然不肯打断他的话，也没有反驳他。杜波列不愧是一位热烈的传道士，向来不顾人家答不答话，只顾自己讲，这早已是他的老脾气，对此他是毫无难色的。

吕西安只是在关于他的健康问题上才可以骗得过这位医学专家。他认为博士不会想到他的病无非是由烦恼而来，他说"游走性风湿痛"把他折磨得好苦，其实他父亲有这种病，这种病的种种病症他知道得清清楚楚。博士很仔细地问了他的病情，并且认真提出治疗的意见。

这是杜波列第二次出诊，他看好病站起身来，却站在那里不走；他又含含糊糊讲了好多莫名其妙的讨好的话；这里必须听听吕西安是怎么说的。我们的英雄这时突然鼓起了勇气，一点也没有笑出来，只是想："这次他来看我，要不是我胸有成竹，这个告密者那一套把戏在我面前就玩不成了，这家伙也就毫无趣味了。"接着他说：

"先生，这个嘛，我没有否认的意思。不错，我并没有把我看成是出身'下贱'；不错，我是带着优越条件走进生活的；我发现法国有两三家大公司正在互相争夺社会利益垄断权；我应当参加亨利五世公司呢，还是参加《国民报》公司？在我还没有做出选择之前，我想先参加路易-菲力浦公司捞他一点好处再说，只有这家公司才可以提供现实的、实实在在的货色；我嘛，我坦白对你说，我只相信实实在在的东西；同样，在有关利害得失的问题上，我一向认为与我对话的人不拿出实实在在的东西给我,那他就是企图欺骗我。我有了一个我选中的国王,对于学习我这一行职业,大有裨益。不论共和党多么值得敬重,多么重要,不论亨利五世党或路易十九党怎样不可忽视,但任何一个党都无法教会我指挥一个中队的骑兵在平原上作战。一旦军人这一行的本领我学到手,我也许就能充分赢得人们对我的敬重,不论在精神上还是在优越的社会地位上,就如同我目前所处的地位这样。不过,对我来说,为能达到极好的社会地位这个目标,我决心参加这三家公司中能够提供最有利条件的那一家。仓促决定、草率选择,可能铸成大错,先生,这你一定是同意的;所以暂时我还没有什么打算;如果有什么人想到我,我很荣幸,那也只有等待将来了。"

吕西安一口气激昂慷慨讲了这么一大篇话之后,他担心极了,唯恐笑出声来。医学博士一时语塞,不知说什么好;过了一会儿,才用一种为难的口气和乡村教士的语调回答说:

"先生,看到你对一切应该尊重的事都表示尊重,我非常高兴。"

他方才谈话语气既放肆又穷凶极恶,现在一变而为道貌岸然的长辈口气,这让吕西安高兴得脸都涨得通红。"我对待这个家伙可真够坏的,"他想,"我迫使他不得不放开政治说教,转到感情方面来。"吕西安现在感到自己精力旺盛,占了上风。

"我亲爱的博士,我什么都尊重也好。什么都不尊重也好。"吕西安以一种轻快的语气反驳说。看到博士听了这话现出吃惊的样子,他又说:"凡是我的朋友尊重的,我也就尊重。"接着,仿佛是解释说这话的意思,他又说下去:"不过,究竟谁是我的朋友?谁?"

博士一听提到这么一个尖锐的问题,一下变成了一个蹩脚货,什么本领也没有了,只好讲讲存在于意识中的什么先验的观念,基督徒的内心启示,献身于上帝的信仰等等。

"你讲的这一切,是真是假,在我并不重要,"吕西安从容地继续说,"神学我没有研究过;不过我们现在谈的仅限于实际利益范围之内;什么时候有空,我们可以一起把德国哲学深入研究一下,德国哲学在特权阶级人士看来,是非常令人满意的,也是明白清楚的。我有一位很有学问的朋友,他对我说:德国哲学已经走到极端,走不通了,于是抬出'信仰'来,把一切都解释得头头是道,十全十美。关于这一点,根据简单的理性,又什么都讲不通。先生,我很荣幸,我已经对你说过,究竟到哪一家把'信仰'也作为必要的投资的公司里去任职,我还没有决定。"

"先生,再见吧;我看你要不了多久就是我们的人,"博士满意地说道,"我们的看法完全一致。"他一面拍一拍吕西安的胸脯,一面又说:"现在,你那游走性风湿痛又发作了,我给你治一治,会好一段时候的。"

他开了一个方子,走了。

"他并不比那些小巴黎人糊涂,"博士走出去的时候这样想,"这些小巴黎人每年都要到这里来看看吕内维尔①的营盘,再去看看莱茵河河谷。他把在巴黎某个学院从无神论者那里听来的课程,很聪明地背诵了一遍。幸而他讲的那一套美妙的马基雅弗利主义②不过是嘴巴上吹吹的,他的长篇大论里冷嘲热讽都有,幸好这种冷嘲还没有侵入他的灵魂;我们是要干到底的,走着瞧吧。很有必要让他跟我们的一个女人谈谈恋爱,德·欧甘古夫人看来应

---

① 吕内维尔,法国默尔特-摩泽尔省城市。拿破仑1800年6月14日取得马伦哥战役胜利后,1801年2月9日在吕内维尔签订《法奥和约》,法国的要求几乎全部得到满足。

② 马基雅弗利(1469—1527),意大利政治思想家、历史学家、作家,主张君主专制和意大利统一,著有《君主论》、《佛罗伦萨史》、喜剧《曼陀罗花》等。马基雅弗利主义指为达到政治目的可不择手段。

当下决心甩开那个德·昂丹,那简直是一个废物,这个人已经垮了……"等等,等等。

吕西安感到自己又有了活力,又有了巴黎那种欢快的情绪。自从他在南锡受到可怕的空虚和对任何事物都索然无趣的这种感情袭击以后,现在他又开始向往这些美好事物了。

这天夜里,已经很晚,戈提埃先生上楼来到吕西安的住处。

吕西安对他说:"你看这位博士叫我多么高兴;在这个世界上简直再也找不出一个更有趣的江湖郎中了。"

"远不止一个江湖郎中,"共和派戈提埃答话说,"在他年轻的时候,没有几个病人上门,他搞出一种药剂的配方,到药剂师那里亲自动手配起来,两个小时以后,拿到病家去看看这药吃过以后效果怎样。现在他搞政治,和他以往行医做生意一模一样;他本应当上省长。这人虽然已经有五十岁,他的性格从基本上说还是好动的,并且像小孩子那样生气勃勃,定不下来。总之一句话,一般人感到为难不愿干的事,他偏偏爱得要命,这就是做工作。他感到需要说话,需要去说服人,需要制造出一些事件来,需要去战胜困难,知难而进,他有这个需要。他可以一口气跑上五层楼给一个雨伞制造商的家务事提出什么忠告建议。如果正统派王党在法国有两百个像他这样的人,而且知人善任的话,我们这些共和派的人,政府对付起来就会更加得心应手了。你还不知道,杜波列确实能言善辩;如果不是胆小怕事,像一个小孩那样什么都怕,胆小如鼠,他可真是一个危险人物,即使对于我们,也是很危险的。地方上整个贵族阶级都由他支配,由他玩弄在股掌之间;我们的主教的副手,耶稣会教士雷伊先生的信贷是他在那里操纵;一个星期前,有一宗投机买卖,这我以后再讲给你听,他就从副主教雷伊那里得到不少好处。我给你详细说说他的手法,因为他是我们那份《黎明报》十分凶恶的敌人。对即将到来的选举,这个不知疲倦的人物早就全神贯注在那里准备,他可以让政府提名的候选人有一两个获得通过,只要省长弗莱隆愿意让他搞垮我们的《黎明报》,并且把我投入监狱。因为他知道我厉害,就像我也知道他厉害一样,我们曾经有机会在一起辩论过。他比我多两个有利条件:他有口才,人又有风趣,在他这一行,他算是第一流人物,这是没话说的;他可以说是法国东部地区最高明的医生,这是有根据的,人们常常指斯特拉斯堡、梅斯、里尔这一带是法国东部;他三天前刚刚从布鲁塞尔回来①。"

"这么说,你曾经问过他你病得是否危险啰?"

"我当然不会去问;良药服用不当,也会把《黎明报》仅有的一个主编夺走,何况他说过,这个主编也许真让魔鬼附了身。"

"你是说人人都有勇气?"

"毫无疑问;甚至比我更有才智的人都不知有多少;但是对法兰西的幸福,对共和国满怀着始终如一的热爱之情,却并非人人如此。"

吕西安从善良的戈提埃这里终于也尝到巴黎青年叫作"涂上果酱的面包"的那种味道,也就是关于美国、民主、省长由中央政府从议会成员中挑选这类乏味的说教,如此等等。

吕西安听了这种印在所有出版物上的议论,想道:"杜波列和戈提埃之间,在精神上是多么不同!后者的正直与前者的狡诈,也许恰好旗鼓相当。我虽然深深敬重他,不过我困极了,真想睡觉。从此以后还能说我是共和派吗?对我来说,这正好证明我是不能生活在一个共和国里的人;任何一种平庸,对我也是暴政,即使是最值得尊重的平庸,我也不能态度冷静地去忍受。对我来说,一个

---

① 斯特拉斯堡,法国东北部阿尔萨斯地区城市,下莱茵省首府。梅斯,法国东北部洛林地区城市,摩泽尔省首府。里尔,法国北部边境城市,诺尔省首府。布鲁塞尔,比利时首都。

阴险狡猾而有风趣的首相,如沃尔浦尔①或德·塔列朗先生,是需要的。"

这时,戈提埃讲了下面一句话就结束了他这篇演说:"但我们法国缺少的恰恰是美国人。"

"到鲁昂②或里昂去找一个小商人,贪鄙而且缺乏想象力,那就是你所需要的美国人。"

"啊!你真叫我伤心!"戈提埃叫了起来。他站起来,怏怏而去。这当儿时钟敲了一点。

　　掷弹兵,掷弹兵,你真叫我伤心!③

戈提埃走出去以后,吕西安就这样唱起来,"不过,我还是真心敬重你的。"后来他又想:"博士来访,正好是我父亲来信的注解……既然狼嗥了,就得有狼跟着一起嗥叫。杜波列先生显然想叫我改变信仰。好吧,好吧,就改变信仰,让他们高兴高兴……我刚才已经找到一个简单的办法,可以把这批坏蛋逼到墙角:对他们的神圣教义,对他们向良心发出的伪善的号召,我用这么一句谦逊的话作为回答:请问你用什么来回报我?"

---

① 沃尔浦尔(1676—1745),英国辉格党领袖、财政大臣、英国第一任首相,任内减少税收,鼓励对外贸易。
② 鲁昂,法国北部工业城市,塞纳滨海省首府。
③ 见通俗笑剧《女厨师》,1822年瓦里埃泰剧院上演。(高隆注)

第 九 章

不知疲倦的杜波列博士第二天一大早就跑来敲吕西安的房门；他有意避开毕拉尔赶早来到这里；他准备好了一套说辞要好好同他一个人单独谈；还必须处在主动地位，必要时把说过的一套说法推翻掉。

吕西安看见杜波列到来，心想："一个骗子讲的道理如果我弃而不顾，骗子一定要看不起我。"博士呢，他是想要诱他上钩，抬出南锡好多上等人家的姓氏和美丽女人在这个缺乏社交环境、几乎烦闷得要死的青年面前炫耀吹嘘。

"啊！坏蛋，你的意思我猜到了。"吕西安心里想。

他用一个蚀掉老本的生意人灰溜溜的神色说："我亲爱的先生啊，我最感兴趣、最最感兴趣的是你那些民法改革方案和遗产分配改革计划；这对我的利益是影响深远的；因为我并不是几个阿尔邦阳光照耀下的土地也没有的人（这是吕西安颇为自得地从博士那里借用的外省说法）。你不是主张一家之长死后几个兄弟之间不要遗产平分吗？"

"先生，确实是这样啊；否则我们只好陷入民主制度的恐怖境地毫无办法了。这么一来，在死亡的威胁下，一个有教养的人势必只好去奉承他的邻人火柴制造商。我们高贵的贵族家庭，是法兰西的希望，是唯一可能具有高尚情操和卓越观念的家庭，当前他们都住在乡间，生有很多子女；莫非我们一定要看到他们的产业在这些子女之间分得零零碎碎？这样的话，获得高尚情操、提高思想的悠闲余裕他们就会丧失无遗;他们只好一门心思去弄钱,他们都变成了卑贱的无产者,就像他们的邻居印刷工人的儿子那样。但是,从另一方面看,假使放任那些可诅咒的下级军官去偷去抢,那么我们的那些长子怎么办?又怎么能让他们进入军队去充任少尉?

"不过,这是一个次要问题,我们以后再来讨论。主要是你必须把教会强有力地组织起来,一个神父至少能控制一百个农民——有些农民已被荒谬的法律搞成了无政府主义分子——只有这样做了以后,你才能恢复君主政体。因此我必须把乡下的贵族至少每家一个儿子安排到教会里面去。在这方面英国已经给我们做出了榜样。

"我说:即使在下等人中间,分配也不应该一律均等。坏事你不去制止,不要多久你们所有的农民就都学会了读书识字;好啦,一批煽动性的作家出现,你可不要不相信;这样一来,世界上的一切都成了问题,争论不休,不要多久,任何神圣不可侵犯的原则也都给你搞得不见踪迹。所以为了便于取得良好的土地去耕种,在这样的要求下,就必须规定土地分割绝不许小于一阿尔邦……

"让我们举出我们都知道的情况来看一看。这个方法总应该是可靠的了。我们就仔细看看南锡贵族人家的财产情况吧。"

"啊!你这个坏蛋!"吕西安想。

接下去,博士就反复向他介绍德·索弗-德·欧甘古夫人,说她是本城最有诱惑力的女人;说德·毕洛朗夫人的聪明才智是无与伦比的,过去在巴黎德·杜拉斯夫人的社交界曾经名噪一时。然后博士以更加认真的态度讲到德·夏斯特莱夫人,说她是一个极好的婚姻对象,对她所有的财产也做了详细介绍。

"我亲爱的博士,如果我有意结婚的话,对我来说,我父亲比你说的这些要强得多,因为他在巴黎就是一个婚姻对象,他的财富和所有这些夫人的钱加在一起差不多。"

"但还有一个小小的条件你忘记了,"博士说,同时笑了一笑,这一笑里面含有一种优越感,"这就是——出身。"

"当然,当然,这东西是有它的行情价钱的,"吕西安以一种精于计算的神色反驳说,"一个带有德·蒙莫朗西或德·拉特莱穆伊这样的姓氏的年轻女人,按我所处的地位来估计,价值总相当于十万到二十万法郎。如果我的姓氏也标出贵族门第的话,那么我妻子家族方面的显赫姓氏估计能值到十万埃居。我亲爱的博士,你们外省贵族可惜出了他们居住地区三十里以外就没有人知道。"

"怎么,先生,"博士气愤地说道,"德·高麦西夫人,奥地利皇帝的旁族,来历古远的洛林大贵族的后裔,居然也不为人所知?"

"绝对没有人知道,亲爱的博士,那就像并不存在某一位德·贡特朗先生或德·贝尔瓦勒先生一样。外省的贵族,巴黎都不知道,除非是通过德·维勒尔先生对那三百位议员发表的可笑演说。这结婚的事,我还一点也没有想到,目下我最喜欢的大概是监狱。如果我有什么其他想法的话,我的父亲也许能从什么地方为我发掘出一位荷兰银行家的女儿,这位小姐正着迷地想要过来主持我母亲的客厅,而且为了得到这样的好处,已经急不可待地要出一百万或两百万甚至三百万也心甘情愿。"

吕西安一面说出最后那一句话,一面拿眼睛觑着这位博士,他那神态煞是有趣。

"一百万"这三个字发出的声音,从博士脸上的表情也可看出它发生的效果。"他还不够沉着,算不得一个真正的政治家。"吕西安想。博士还从来没有遇到过一个家资巨万的家庭出身的年轻人,而且还没完全沾染上虚伪的习性。他开始对吕西安刮目相看,而且大为赞赏。

博士是一个很聪明、很有头脑的人,但是巴黎他还没有见识过;换句话说,他只见过矫揉造作,真正的巴黎没有见过;吕西安当然骗不过像他这样高明的骗子,吕西安还不是这样的人;我们这位少尉充其量不过是一个有熟练演技的演员;他掌握的无非是从容不迫和火炽热烈而已。

博士同所有靠耶稣会教士搞那种阴谋、把奸诈当作职业的人一样,讲到巴黎总是言过其实、夸张得过分;他认为巴黎必是充满着狄德罗那样疯狂的无神论者,或者冷嘲热讽的无神论者如伏尔泰之流,要么就是势力强大的耶稣修会神父营建起来的许多比兵营还大的神学院。同样,对于他想象中的吕西安,也是夸张失实的,他认为吕西安绝对冷酷无情、没有人性。"他讲的这种话还没有听说过。"他对我们这位英雄开始敬重起来了,"倘若这个小伙子在骑兵团四年,又到布拉格或维也纳旅行两次,一定会比我们的德·昂丹或罗莱尔一辈人强得多。至少,在我们深交之后,他就不会喜怒无常了。"

吕西安迫不得已三个星期足不出户,在家养病。幸而有博士经常光临,关在家里也不觉怎么烦闷。这天吕西安第一天出门,为了到邮局局长普里沙尔小姐那里去。普里沙尔是一位好小姐,出名的虔诚教徒。来到邮局局长这里,借口人感到疲乏,他就坐了下来,样子老实谦逊,不知不觉就谈到相关话题上,最后,他订了《每日新闻》《公报》《时式》等报纸①。邮局女主人怀着赞赏心情看着这位身穿军装、风度翩翩的青年,一下订了这么多报纸。

吕西安已经懂得,在这个稳健派的骑兵团扮演任何角色都比当一个共和派要好一些,也就是说,无论如何不能做一个为发不出薪饷的政府去打仗的人。许多可敬的议员对于事情荒谬到这种程

---

① 《每日新闻》,保王党的机关报,1792—1847年出版。《公报》,系正统派王党的报纸,1631年创刊的法国第一份报纸,1762年改名为《法兰西报》,1914年停刊。

度还不能正确地理解,居然还认为这是不道德的。①

吕西安对自己说:"我如果继续做一个有理性的人,那么在这里就连找一个可怜的小客厅去消磨晚上这段时间怕也找不到,这是太清楚不过的事。按照博士所说,这里的人我看既狂妄又愚蠢,根本不能理解什么叫理性。他们离不开他们巧辩雄谈里面那一套思辨推理。他们真要做一个稳健派也嫌太平庸乏味,像马莱尔上校那样。他们每天上午等候邮车带来庸俗无聊的消息,好整天拿来吹个不停。作为共和派,我奋斗的目标就在于证明我不是共和派;今后我应当戴上特权与宗教之友的假面具,宗教是支持特权的。

"这是我父亲的财产规定我扮演的角色。一个阔佬不是保守派,哪里找得到?除非他非常有思想,使人震惊的思想,像我父亲那样。人们怪我这资产阶级姓氏光秃秃的。那我就说我有多少匹马、什么质量的马来回答他。事实上,我在这里有一点名气,还不是因为我的那匹马?况且也并不是因为马好,而是因为马卖的价钱贵。马莱尔·德·圣梅格兰上校在我后面追得很紧;好!我试试借助上流社会的力量给他来个迎头痛击。

"这位博士对我也许有用;我看他好像和特权阶级人士关系密切,他的职务是专门为他们思考问题,如同巴黎的某某某先生、某某某先生……这和从前西塞罗②为罗马贵族做的事情并没有什么不同,不过罗马贵族后来作为幸运的贵族阶级过了一百年就衰落下来,而且逐渐削弱。这位很有趣的博士信仰亨利五世,并不那么相信天父上帝——这真是非常有意思。"

戈提埃先生的道德操守是很严肃的,他也许对吕西安高高兴

---

① 有史实为证。(司汤达原注)
② 西塞罗(公元前106—前43),古罗马政治家、演说家和哲学家,著有《论善与恶之定义》《论法律》《论国家》等。

兴下定的决心采取严加反对的立场;不过戈提埃先生也很像专讲女演员坏话的那一类体面女人;他这人总是不苟言笑、道貌岸然,他谈的某些人物其实都是一些令人发噱的可笑人物。

就在吕西安认识普里沙尔小姐的那天傍晚,博士又来到吕西安的住处;这次他以尤维纳利斯①的口气大谈工人问题,他谈到工人的贫穷困苦,雅各宾党小册子上激烈抨击的工人的真实情况,因此他说就凭这一点,推翻路易-菲力浦势在必行。这位博士一句话刚刚讲到一半,正好五点钟敲响,他站起来就要走。

"博士,怎么啦?"吕西安非常奇怪,问他。

博士虔诚地把两个小眼睛向地下俯视着,攻击杜伊勒里宫廷那种尤维纳利斯式的激烈词锋转眼之间一收而尽,心平气和地回答说:"晚祷的时间到了。"

吕西安失声大笑。马上他又懊悔不该如此,连忙请求博士原谅;但忍不住的狂笑直往上涌,他简直无法控制,憋得他眼泪也流出来了;最后,因为笑控制不住,竟哭了起来,一边还絮絮叨叨地对博士说:

"请原谅,请原谅,先生,真对不起!你要到哪里去?我没有听清楚。"

"到苦修会小礼拜堂去参加晚祷。"博士态度严肃,又详详细细地将这种宗教仪式解释给他听,说话中带有虔诚、忏悔的意味,声音也是勉强讲出来的,与他原来那声嘶力竭、肆无忌惮、尖刻刺耳的声调形成奇异的对照。

"这真是天意。"吕西安想。他希望博士继续解释下去,竭力忍住笑,把心里要冲出来的笑强压下去,以致喘不过气来。"他可

---

① 尤维纳利斯(约60—约140),古罗马讽刺诗人,传世讽刺诗有十六首,抨击皇帝的暴政,讽刺贵族的荒淫和道德败坏。

是我的恩人,没有他我就要变得半死不活;我得找出一件什么事来跟他谈谈,不然他就要生气了。"他说:

"亲爱的博士,如果我陪你一起去,人家不会说什么话吧?"

"那只会提高你的声誉呀,"博士平心静气地回答,对他刚才一阵狂笑一点也没有生气,"不过,我从良心上反对你第二次出门,就像反对第一次一样;晚上的冷风也许会引起伤口发炎,不过,咱们要真是伤了动脉,出门走动那就得考虑考虑。"

"你没有其他反对意见?"

"你们骑兵团的先生们会抓住把柄用伏尔泰式①的嘲笑对你挖苦讽刺。"

"管他,我才不怕呢。他们不会的,他们拍马屁还来不及。上校在我们初到这里的第一个星期六就意味深长地正式向我们宣布说他要去望弥撒。"

"不过你们有九位先生上个礼拜日缺席没有去。不过话说回来,嘲笑又能把你怎么样?在南锡人家都知道你能够把那些嘲笑打退,其实你知礼明达的行为早有定评。"

他又说:"甚至就在昨天晚上,在德·彭乐威侯爵大人府上,还有人说你是色鬼施密特阅览室的老主顾,可是德·夏斯特莱夫人为你主持公道,出来替你说话。她有一个女仆,整天无事就趴在窗口上眺望抽水机路,她告诉德·夏斯特莱夫人马莱尔·德·圣梅格兰上校抓这个题目大做文章根本错误;说她从来没有看见你走到这家店里去过;还说,看到你骑在你那匹花了一千埃居买来的马上,你的模样很漂亮,打扮得整整齐齐,你的样子不仅漂亮,而且……请原谅,这是一个女仆说的话嘛……"讲到这里,博士不禁有点迟疑。

---

① 即伏尔泰式怀疑宗教的讽刺。

"说下去,说嘛,亲爱的博士,不论什么伤人的话我都不在意。"

"既然你要我说,那么,她说你那个样子无论如何不像是共和派穷光棍。"

吕西安极其认真地说:"先生,我必须坦率地告诉你:我要看报也根本不需要打定主意跑到一家店铺去看。""店铺"这个字眼用得十分贴切,就是巴黎圣日耳曼区出身的人也未必讲得更好。吕西安继续说:"我到这里还没有几天,我可以把一个体面人士能承认阅读报纸的一个小小数字提供给你。"

"这我知道,这我知道,先生。"博士回答说,脸上现出一个外省人特有的那种满意神情,"局长小姐——她是一个思想正派的女人,今天上午已经告诉我们:我们南锡很快就要有《每日新闻》第五个订户了。"

"太不像话了,"吕西安暗自想,"这个莫名其妙的女人也在开我的玩笑?"《每日新闻》第五个订户",这几个字是故意用某种带有惋惜的调子讲出来的,意在挑动我们的英雄的虚荣心。

吕西安在这种事情上同在其他各种事情上一样是不明世情幼稚无知的,也就是说,是不公正的。他自以为光明磊落,自以为不论什么他都看得一清二楚,其实现实生活中的事他连四分之一也还没有看到。因此他怎么能懂得在外省人的虚伪上面点染这么几笔是不可或缺的,正如这么几笔在巴黎是滑稽可笑的?何况博士又生活在外省,讲他本土的语言自是理所当然的事。

"我马上可以弄清楚这人是不是在嘲弄我。"吕西安想。他叫来仆人,叫他用黑缎带把他上衣右边袖子给扎紧,然后就跟着博士参加晚祷去了。晚祷仪式在苦修会礼拜堂举行,这座小教堂是很美的,白石灰粉刷过,干干净净,除了有几座闪闪发光的胡桃木的告解座①之外，什么装饰也没有。"这地方看起来寒素，格调却纯正。"吕西安想。他看见本地上等阶级的人都在这里。（法国东部地区整个资产阶级都是爱国的。）

吕西安看见教堂仆役拿出一个铜板给一个普通妇女，她的衣着穿得并不怎么差，她见教堂门打开，好像要走进教堂去。

"走吧，阿母，"教堂仆役说，"这里是私家礼拜堂。"

施舍一个铜板显然对她是一种污辱；那位女市民满面涨得通红，不接那个钱，随它掉在地上；教堂仆役四下看一看，看是不是有人看见，然后把钱拾起来放回自己的衣袋里去。

"我周围的这些女人，还有陪着她们的不多几个男人，他们的面貌看起来让人感到舒服。"吕西安对自己这么说，"博士倒是一点没跟我开玩笑；我所希望的正是这样。"吕西安放心了，觉得没有什么会伤害他的自尊心，于是不论对什么事他都感到兴趣浓厚。"这地方有点像巴黎，"他想，"贵族认为宗教可以使人比较容易统治。可是我的父亲说过：正是由于人们仇恨教士，查理十世才垮了台！我要做出虔诚的样子来，这样我就成了贵族了。"

他发现每个人的手上都拿着一册书。"仅仅到这里来还不够，还需要做得和他们一样才行。"他找博士来帮帮他的忙。博士立刻离座跑去向德·高麦西伯爵夫人要来一本，德·高麦西伯爵夫人的伴娘总要在天鹅绒手袋里装着好几本这样的书。博士手里拿着一本精美的四开本的书回来，告诉吕西安在装帧华丽的封面上还印有徽记，使这本书显得更加华贵。这是一个盾形徽记，盾的一角站着哈布斯堡王族②之鹰，德·高麦西伯爵夫人实际上属洛

---

① 告解座是教堂里四周有木栅围起类似今日公用电话间那样的小房间，听忏悔神父在这里听取信徒的忏悔。
② 哈布斯堡王族系欧洲最古老的王室家族，其成员从1273年到1918年当过神圣罗马帝国、西班牙、奥地利、奥匈帝国的皇帝或国王。

林家族,王族的长系,由于至今不明的原因,被非法剥夺了王位继承权,她认为她的血统比奥地利皇帝还要高贵。吕西安听着博士给他讲的这些重要史迹,断定别人这时一定在注意看他,他唯恐控制不住又要发疯似的笑出声来,只好仔仔细细研究打印在书封皮上的"洛林之鹰"。

祈祷仪式接近结束,吕西安觉得他坐的位子与博士坐的椅子几乎连在一起,博士正在那里同五六位年纪不小的太太、小姐交谈,就是让人看到他在一旁听着,也没有什么不妥。这些太太都是找博士来谈话的,她们都叫他好博士;但谈话的内容显然是集中在这个神采奕奕穿军装的人身上,他今晚出现在苦修会礼拜堂竟然成了一件大事了。

"这年轻军官,又是百万富翁,就是半个月前被人打伤的那一位吧,"站在离开博士有三步远的一位太太低声这样说,"看来他思想很正派嘛。"

"人家说他伤得差一点要死了。"她身旁另一个女人反驳说。

"是好博士把他从坟墓门前救出来的。"又一位太太这样说。

"不是说他是共和派吗,他的上校就因为这个缘故要通过决斗的方法将他置于死地?"

"你知道不是那么一回事,"第一个说话的那位太太现出高人一等的神色又说道,"你明明知道不是那么一回事;他是咱们的人。"

刚才第二个开口说话的太太一听,马上尖刻地反驳说:

"我亲爱的,说也是白说;有人十分确定地告诉我:他是罗伯斯庇尔①的亲戚,罗伯斯庇尔是亚眠人,勒万也是北方人的姓氏。"

---

① 罗伯斯庇尔(1758—1794),法国资产阶级革命时期雅各宾派领袖、坚决主张处死国王。他不是亚眠人,而是阿腊斯人。亚眠系法国北部索姆省省会,距巴黎向北125公里。

吕西安知道自己已经成了人们谈论中的英雄人物了；这位英雄对这种幸福是无法抵制的；几个月来，这样的赏心乐事从未曾有过。他想："我让这些外省人对我十分注意了，博士迟早会把我介绍给这些太太，我很荣幸，她把我认作是已故的罗伯斯庇尔一家人了。我将来在某一家的客厅里，听听人家谈论我刚刚在这里听到的这类事情，来消磨我的一些夜晚的时间，我的父亲也肯定要对我另眼相看；这样，我就可以和梅力奈同样是进步的了。和这样一些可敬的人相处，脑子里愿意怎么想就怎么想；在这个地方，大可不必担心会闹出什么笑话；只要是迎合他们的癖好的事情，他们是不会嘲笑的。"如今为大名鼎鼎的戈山先生募捐一事①正在谈论中，这位戈山先生每年都要发表两三次演说，露一露他那第一等的才华，出来拯救那个已成为笑柄的政党。戈山先生和一切胸怀伟大思想的天才人士一样，不得不靠变卖地产度日。

"我真愿意捐出金币，"围着博士许多具有独特面貌的太太中的一位这样说（吕西安后来在走出教堂时了解到这人就是德·马尔希侯爵夫人），"不过这位戈山先生并不是出于名门（不是贵族）。可是我身边带的只有金币，我的好博士，请费心叫女仆在明天早晨八点半弥撒过后到我家来一趟，我叫她把钱带回来②。"

"侯爵夫人，你的大名，"博士又满意又感激地回答说，"正好要写在我那个活页登记簿的第十四页之首，这个登记簿还是我们巴黎的朋友送给我——不如说送给我们的礼物呢。"

"我在这里真像是雅巴娄先生在凡尔赛一样：我也在演我的滑稽剧。"吕西安想，他看到自己很成功，感到兴奋。实际上，所有

---

① 暗示正统派王党为贝里耶（子）募捐一事。（高隆注）
 译者按：贝里耶（Pierre-Antoine Berryer, 1790—1868），法国政客、演说家，复辟时期、七月王朝时期为正统派王党，反对第二帝国。

② 这里的钱，不是金币。

的眼光都集中在他的军装上。为了替我们的英雄说句公道话,应当指出:自从他离开巴黎以来,任何上等人家的客厅,他根本都没有机会去过,倘若生活中缺少了客厅中意趣盎然的谈话,难道还算得上幸福的生活?

"还有我,还有我,"他提高了声音说,"我也请杜波列先生替我写上四十法郎。我也有雄心,要看到我的名字紧紧跟在侯爵夫人名字后边;这一定会带给我幸福啊。"

"好啊,太好了,年轻人。"杜波列以长辈的口吻和预言家的神态高声说道。

吕西安想:"如果我那些同志知道这件事,我可要提防第二场决斗;伪君子这类形容词一定要铺天盖地落到我头上来;他们又怎么能知道,这里这个世界他们看不到;至多,上校从他那些密探的口中听说,至多不过是这样;我的天哪,那就太好了;伪君子也比共和派好得多。"

礼拜就要结束了,吕西安还有一片心愿要奉献。他穿着一条精美洁白的白裤子,这时就在这个苦修会礼拜堂污秽不堪的石板地上双膝跪了下来。

第 十 章

人们很快地离开礼拜堂散去。吕西安见他的裤子已经弄脏,无可挽回,只好朝寓所走去。"这么一件小小的不幸也许立了一功。"他想。在这偏僻无人、青草丛生的长街上,他故意把脚步放慢,不去超过正走在前面的一队圣洁的女士。

"我真想知道,上校知道这件事以后会有什么想法?"吕西安正这么想着,博士赶到他的身边。要让吕西安隐瞒自己的心思那是办不到的,所以他对这位新朋友讲了讲他的这些想法。

"你那位上校不过是一个乏味的稳健派,我们非常清楚。"杜波列以一种权威的神态高声说,"他不过是一个可怜的穷鬼,一直战战兢兢,只怕在《通报》上看到他被免职的消息;不过那个断掉一只胳膊的军官倒要注意,刚才我并没有看到他,就是那个在布里埃纳战役①得过勋章的自由派分子,他是上校手下的一个密探。"

他们已经走到这条街的尽头。吕西安是慢慢地一步一步走过这条街的,非常注意听人家在怎样议论他,唯恐做出什么不慎的举动泄露他心头那份高兴。当她们正好并排走过高声谈话的时候,他竟郑重其事地向三位太太鞠躬敬礼。后来,他和博士热情握手告辞,自己就走了。他骑上马。憋了一个多小时都不敢笑出来,现在尽可以放声大笑了。他在马上从施密特阅览室门前经过,心里想:"在这里做一个学者倒也其乐无穷。"他看见那个独臂的自由

---

① 1814年拿破仑在布里埃纳大胜俄、普、奥联军。

派军官正坐在阅览室发绿的玻璃窗后面,手里拿着一份《论坛报》,吕西安经过的时候,他还睨视着他。第二天,关于一个军人光临苦修会礼拜堂,而且军装右面袖子破裂,还扎着绷带的事就在整个南锡的上等社会里流传开了。这样一个年轻人出现在上帝面前,适逢其会,真是恰到好处。这的确是吕西安一个胜利的日子。他当然不敢去参加上午八点半举行的那种次等的弥撒。"这事会引出某些后果的,"他想,"团里若没有公务,礼拜堂我一定每次都去。"

到十点钟,他大模大样去买了一部祈祷书,十分华丽的缪勒精装本。他不要人家用绸纸给他把这部书包起来,他觉得就那么夹在左臂下才神气。他心里想:"就是在复辟时期人们也没这样做,那么就让我学学我们的陆军部长某某元帅吧。"

他一面笑着一面想:"和外省人在一起,什么都不妨去试一试,因为在这里谁也不肯拿自己的姓氏来开玩笑。"他臂下夹着那部祈祷书,亲自给杜波列先生送来四十法郎,杜波列先生同意让他看看捐款人花名册。那花名册上,每页上面部分写的都是冠有"德"字的姓名①,吕西安·勒万是其中仅有的一个例外,紧靠在德·马尔希夫人一页后面的一页上。

杜波列先生送吕西安出来的时候,意味深长地对他说:

"亲爱的先生,你放心吧,你的那位上校先生如果再找你谈话,就不会让你站着不坐;至少他要客气一些;至于能不能有交情,那是另外一回事。"

预言从来没有这么快就应验的。几个小时之后,吕西安远远看到上校从那边遛马回来,竟示意要他走上前去,还邀请他第二天晚上吃饭。吕西安觉得他那种资产阶级派头,格调实在不高。

---

① 法国冠有"德"字的姓名即表示是贵族姓氏。

"这人尽管穿了一身神气的军装,尽管也十分勇敢,毕竟脱不掉商会监督人请他的邻居大检察官吃饭那种气味。"当吕西安要走开的时候,上校对他说:

"你这匹马肩胛真漂亮,这马的小腿跑两里路简直不算一回事;我批准你今后遛马可以一直到达尔奈去遛。"

达尔奈是距南锡六里路远的一个市镇。

"骗子的本领真大!"吕西安这样想,不禁笑了起来,就朝着达尔奈一侧策马驰去。

这天下午,吕西安还要得到一次更大的胜利。杜波列博士一定要把吕西安介绍给德·高麦西伯爵夫人,就是昨天把祈祷书借给吕西安的那位贵妇人。

高麦西公馆坐落在一处大院落的深处,庭院地上有一部分铺着石板,周围有修剪成围墙形状的菩提树;初初一眼望去,这庭院给人一种荒凉抑郁的印象;但是在庭院的对面,吕西安看到有一座英国式的花园,葱翠悦目,到那里面去散步,一定让人感到心旷神怡。吕西安被引进大客厅,大客厅沿墙镀金的横档上悬挂着红织锦缎帷幕。织锦缎显得有些陈旧,不过这一缺陷让几幅家族先祖挂像给掩饰过去了。这几幅肖像画人物面貌倒是很好看的。画上的人物都戴着敷了粉的假发,穿着钢制的胸甲。一些庞大的扶手靠椅金碧辉煌,雕饰有十分复杂的花纹,使吕西安不禁为之愕然。这时,德·高麦西伯爵夫人对仆人凛然吩咐说:"给先生搬椅子来。"这些看来令人肃然起敬的家具摆设在这个人家通常是从不挪动的,于是仆人另推过一张制作得很好的时式靠椅。

伯爵夫人是一个高大瘦削的女人,尽管年事已高,却站得笔挺。吕西安注意到她身上穿戴的花边一点也没有旧得发黄;他最怕那种黄兮兮的旧花边,至于这位贵妇人的面容,却看不出有什么特点来。"她面孔上的线条并不高贵,却显出高贵的样子。"吕西安心里这样想。

谈话,就像这里的家具一样,也是高贵的,单调的,悠悠缓缓,不过也看不出有什么明显的可笑之处。整个看来,吕西安可能感到就像是在巴黎圣日耳曼区那些上了年纪的人物的家里一样。德·高麦西夫人讲话音调不太高,并不过分地拿腔作势、咬文嚼字,像吕西安在马路上见到上等人家出身的青年那样。吕西安想:"这可以说是贵族时代风尚的残余吧。"

德·高麦西夫人高兴地注意到吕西安用惊羡的眼光直看她那个花园。她告诉他说:她儿子曾经在哈特维尔(路易十八在英国的住宅)住了十二年,这个花园嘛,就是仿照哈特维尔样子营建的,只是规模略小一些,作为个人久居长住的寓所的花园也挺相宜。德·高麦西夫人邀请他有暇就到花园来散散步。

"有很多人经常到这里来的,因此,也无须非来见它的老主人不可:我的门房知道来散步的客人的姓名。"

吕西安对这样的亲切关注很是感动,吕西安自己也是出身很好的,简直可以说是太好了,所以他的回答很好地表达了他的谢意。主人既然用单纯诚挚的方式表示好意,在他来说,对谁嘲弄讥笑的问题也就不存在了;他只觉自己又恢复了信心和力量。吕西安这几个月以来,一直没有能接触这类上流社会的环境和气氛。

当他起身告辞的时候,德·高麦西夫人终于讲出了这样一些话来,当然始终保持着起初谈话时的那种声调:

"先生,我要向你承认,在我的客厅里见到像你所戴的这样的帽徽,这还是第一次;不过,我希望你经常光临。你风度这样高雅,思想又这么高尚正派,虽然还处在青年时期刚刚开始之际,但我能够接待像你这样的客人,在我永远是非常愉快的。"

"这完全是因为去过苦修会礼拜堂的缘故!"吕西安非常想笑,甚至几乎不能控制自己;当他走过前厅,看见仆人排成一道人墙,他真想拿出许多五法郎的钱币赏给他们,他因此费了好大劲才把这个发疯的想法打消掉。

从这一长排仆人他又想到他自己,有一件事是必办的:"像我这样一个开始走在正派思想的道路上的人,居然连一个仆人都没有,真是自相矛盾,荒谬之至。"所以他又请杜波列先生设法替他物色三名仆人,要靠得住的,必须是思想正派的。

吕西安回到寓所,简直有点像国王米达斯的理发师①:不讲一讲他的幸福,真会把他憋死。他给他母亲写了一封长达八到十页的长信,还要他母亲代他去定做五六套考究的仆人号衣。"我父亲替我付款的时候,一定会看到我现在已经不是道地的圣西门派了。"

过了几天,德·高麦西夫人请吕西安赴晚宴;吕西安注意在三点半准时前往;到了以后,他见到德·塞尔庇埃尔先生和夫人,还有他们六个女儿中的一位,又见到了杜波列先生,还有两三位年纪较大的夫人和她们的丈夫,他们大多是圣路易骑士团的骑士。大家显然还在等一位客人;没有多久,仆人通报德·索弗-德·欧甘古先生和夫人到了;吕西安一看,大为惊奇。"真是再美也没有了,"他对自己说,"果然名不虚传,传闻不是假的这还是第一次。"

---

① 见希腊神话。弗里吉亚国王米达斯在国内崇拜酒神,因此酒神赋予他一种法力:任何东西经他手指一碰,就变成黄金。这样,米达斯接触食物,食物变成黄金;在河水里洗澡,河也变成金河。有一次,阿波罗奏竖琴,马尔西斯吹笛,请米达斯作评判,米达斯说马尔西斯笛子吹得好。阿波罗怀恨在心,准备报复;后来阿波罗就惩罚米达斯,让他头上长出两只驴耳朵。米达斯只好戴起小帽,把那两只驴耳朵掩藏起来。这可以瞒过别人,却不能瞒过他的理发师。米达斯叫他的理发师发誓,绝对保守秘密,永不泄露。理发师心里藏着这个秘密,嘴上不讲,实在憋得难受。他想出一个奇妙办法:在地上挖开一个小洞,对着洞口轻声讲米达斯国王长了一对驴耳朵,然后用土把小洞掩埋封闭,自己急忙逃走。不料,他挖洞的地方后来都长出了芦苇,风一吹来,芦苇就窃窃私语,说国王米达斯长了一对驴耳朵……

德·欧甘古夫人的眼睛像天鹅绒那样柔媚,充满了欢乐和天然的神韵,看看这一对眼睛就让人感到幸福欢愉。他经过研究,发现在这妩媚动人的女子身上也存在一点缺陷。她虽然刚刚二十五六岁,日趋丰腴的迹象已经显然可见。她身边走着一位身材高高的金发青年,留着仿佛半透明的小胡子,面色苍白,态度傲岸,沉默寡言,这是她的丈夫。她的情人德·昂丹先生也一起来了。在筵席上,人家把德·昂丹先生的位子安排在她的右首;她常常和他低声说话,还要发笑。吕西安想:"这种坦率、愉快的笑,和周围人们那种郁郁寡欢而古板的神情恰恰成了鲜明的对照。这就是我们在巴黎所说的难得一遇的欢乐。这个美丽的妇人难道会没有仇敌!贤明人士甚至还要责备她对诽谤带来的极其讨厌的麻烦置之不顾,毫不在意。在外省,想必是既有所失又有所得吧!在这么多生来就叫人讨厌的人的包围下,爱情剧中的女主角必须非常可爱恐怕也不一定是至关重要的事;我的天,这不就是美丽动人的一位吗?为了吃这顿晚饭,就是去苦修会礼拜堂二十次我也情愿。"

吕西安是十分谨慎的人,对待德·索弗-德·欧甘古先生他尽力注意不要失礼,因为,他坚持要用这个双重姓氏,这两个姓氏,前面一个在查理九世①在位时是赫赫有名的,后面一个,在路易十四时期也曾经显赫一时。

吕西安一面听着德·欧甘古先生不慌不忙、高雅但索然无味的谈话,一面仔细研究他的女人。德·欧甘古夫人可能有二十四五岁。金发,一对大大的蓝眼睛,在那里面慵倦萎靡的意味是一丝一毫也找不到的,相反,只有蛊惑人的活泼机敏,可是别人要是让她感到厌倦,眼睛有时就显得憔悴无神了;只要她心里有一个愉快

---

① 查理九世(1550—1574),法国国王,1560年即位后由母后卡特琳·德·梅迪奇摄政,1572年在母后怂恿下,制造了屠杀胡格诺教徒的圣巴托罗缪惨案。

的、仅仅是一个什么奇怪的念头刚刚冒头，那眼睛里立刻就现出幸福狂喜的光芒。一张鲜美无比的嘴，嘴唇的轮廓又秀气又高贵，线条分明，使她整个头部都显出惊人的高贵气派。鼻子略略翘起，使那神态高贵的头部更加富有魅力，而且随着德·欧甘古夫人激动的感情的变化，那头部的表情更是瞬息万变。她是不会弄虚作假的；这种品德似乎和这样的容貌配合不上。

德·欧甘古夫人即使在巴黎也称得上是第一等美人；在南锡，当然更是这样，如果人们承认她美的话。首先，她并没有外省人推崇的那种矫揉造作，她举止风度自然随便，亲切愉快，一点也不矜持，就像一位公主随意玩乐那样从容自若，因此惹得所有的女人发狂似的嫌恶她、忌恨她，尤其是那些虔信宗教的女人，不谈则已，谈起来简直怒不可遏。她们到处暗示她长得丑，故意这样气她。德·欧甘古夫人也知道，她不但不生气，反而高兴。吕西安也看出人家忌恨她，从德·塞尔庇埃尔夫人谈到她的话中就不难听出其中消息。他发现笃信宗教的女人对她的仇恨简直是不加掩饰的，同时这位少妇无所谓的态度也是显然可见的。这位年轻的侯爵夫人一点没有架子，娇媚俏皮，有点狂，兴致勃勃，但这一切在她又是自然而然的。所以她的声名不大好，其实她倒也并非如此。德·欧甘古夫人对于哪怕是一点点虚伪也决不曲意相从，这在外省确实难得。这也让吕西安深深感到惊奇。她那一对眼睛明眸巧笑，摄魂动魄，分明是卖弄风情，但又那么自然，所以卖弄也就不成其为卖弄了。她和她的情人、她的丈夫乘坐四轮马车在那条巴黎大道上兜风，这在南锡是时髦的事儿。上等社会某一位青年骑马从车旁经过，总要让他的马做出一些优美奇特的动作来；或者讲出一句什么话，借以引得德·欧甘古夫人开心动容；这时她就转过眼来望着他。德·昂丹先生如果敢在她忘掉骑马经过的人的优美风度之前开口说话,他一定会发现她那美丽的双眼中闪动的神奇光芒立即就被厌烦、反感所代替。吕西安在德·欧甘古夫人身上还发现另一种罕见的品质:昨天说过做过的事今天就忘得无影无踪。她是一个随遇而安无忧无虑的人。吕西安认为她天生就是一位因野心而忧虑、为驾驭无数女宠情妇而烦恼的伟大君主的情人。吕西安一直梦想和这样一位可爱的妇人接近。他说:"到那个时候,我也许就会觉得南锡不那么讨厌了。"但得到一个情妇,却也不是小事。和巴黎比起来,在外省尤其是这样:开始的时候,必须千方百计和对方的丈夫交朋友。倒霉的德·欧甘古先生,又总是凄凄惨惨的,一讲起九三年的历史就讲个不停,而且总是把历史讲得面目全非,他也许是吕西安最讨厌的南锡居民中的一个。

"看嘛,这里的人的主要动机就是这件事情,"他想,"他们展望未来,只看见一个罗伯斯庇尔,对于夺走他们财产地位的人,他们又是恨又是嫉妒。所有这些青年见了我就转身躲开,就因为我每个月夺去他们九十三个法郎。"仇恨资产阶级的情绪,吕西安每天都可以看到;资产阶级在商业上确实在拼命搜刮,大发其财。不过,等宴会快要结束的时候,吕西安真的觉得他已经得到德·昂丹侯爵和他可爱的情妇的好意看待了。至于她的丈夫德·索弗－德·欧甘古先生,也是一个非常和气、非常好的青年,长着一头金发,个子高高的,蓄着几乎是透明的胡髭。

在喝咖啡的时候,杜波列先生谨慎而亲切地回答着吕西安向他提出的许多关于德·欧甘古夫人的问题。

"她倒是真心喜欢她这个朋友的,为他甚至做出很不谨慎的事情来。她的不幸,或者不如说她的光辉所在,就是她欣赏他两三年之后,发现他处处可笑,不久,他也就惹得她非常讨厌他,连补救的办法也没有。当然要付出代价呀。看得出来,一讨厌起来,即使好心也变成了痛苦;因为好心绝对不能容忍自己成为别人的痛苦的原因。最有趣的是,她这最后一位朋友这时偏偏爱她爱到发疯的地步,偏偏又是在这样的时候:他开始让她觉得讨厌;我以后再详细讲给你听;她呢,也很痛苦,怎样才能把他摆脱掉而又不失人情,有半年时间不知怎么办才好。她找我来看病,问我这个问题怎么办,这我是全看到的;她跑来看我,她真是很有头脑的人啊。"

"德·昂丹先生这样持续了多久?"吕西安天真地问,他这个天真总算是很好地报答了博士对他的许多关怀。

"整整两年半;大家也感到奇怪;不过他的个性和她一样,也有一点狂劲儿;正是这东西在支持着他。"

"做丈夫的呢?我见城里资产阶级那些做丈夫的人个个都在疑神疑鬼。"

"贵族阶级的人也完全失去了欢乐,失去了生活的老谱,你没有注意到?"杜波列先生说,他那天真的样子十分滑稽可笑,"德·欧甘古夫人让她的丈夫爱她爱得发疯;她让他爱她爱到不会达到嫉妒的程度。别人给他写匿名信,都是她亲手拆开来看的。"

博士还说:"他抱定决心准备做殉难者。"

"殉什么难?"

"路易-菲力浦一倒台,九三年就要重演。"

"你主张推翻他嘛!真有意思。"

这位未来的殉难者曾经是查理十世近卫军上尉,曾转战西班牙等地,在战争中表现英勇。可是他那没有血色的双颊只有讲到他的家族源远流长时才会现出一点血色,他的家族确实曾经与沃德蒙、夏斯太吕克斯、利勒博纳等家族,以及所有外省豪门世家有过婚姻关系。吕西安还发现这位豪绅有一个奇怪的想法。他认为他的姓氏在巴黎人所尽知,但由于某种发自本能的妒忌,对于因写作而闻名于世的人,他又非常气愤。有人提到贝朗瑞①,竟说他是颠覆查理十世的极有威力的恶魔。

"这人一定非常傲慢。"有人这样说。

"他的祖先如果也跟着圣路易参加十字军东征,他大概就不会那么骄傲了,我这样想。"德·欧甘古先生带着某种力量这么说。

这样的谈话,吕西安听得入迷,他感到双重的乐趣,一方面,知道了一些趣事,另一方面,不会受到讲这些事情的人的愚弄。这时突然有人打断他听人谈话;德·高麦西夫人请他;她郑重其事地把吕西安介绍给德·塞尔庇埃尔夫人。德·塞尔庇埃尔夫人是一个干巴巴的高大的女人,一位女信士,财产有限,又有六个女儿待嫁。坐在她身边的那个女儿,长着金发,不过看起来又不像是金发,身高差不多有五尺四,穿着一身白色的长裙衫,一条六寸阔的绿色腰带把她那又板又瘦的腰身很动人地表现出来。这绿色配上这白色,吕西安觉得不堪入目,很丑。不过,这和政治家不能容忍外国人的恶俗趣味完全不是一回事。

"另外五个姐妹也是这么迷人吧?"后来他回到博士身边时这样问他。

博士一听这话,就把脸一沉;一听到少尉开这样的玩笑,就好似听到一声命令一样,他的脸色突然就变了。可是这位少尉,心里只顾反复念这么两个动作的口令:倒霉的-骗子!

这时,杜波列开始不厌其烦地讲这几位小姐的高贵出身和高尚品德,这当然是令人肃然起敬的,对这一点吕西安并没有什么不同的意见。博士滔滔不绝地讲了许多,最后才接触到一个精明透

---

① 贝朗瑞(1780—1857),法国民主主义诗人,写有大量清新明快的歌谣,讽刺复辟王朝和反动教会,充满爱国热情和反封建精神。

顶的人所要讲的真正的话题：

"讲不漂亮的女人的坏话有什么意思？"

"啊！博士先生！我可抓到你的小辫子了。这句话不妥当；德·塞尔庇埃尔小姐不漂亮可是你说的，是你刚刚讲的，我可以做证。"

接着他又以一种意味深长的严肃口气说：

"如果我果真愿意不论对什么事、不论在什么时候都不说真话，那我完全可以到部长府上去吃饭了；至少他们拿得出钱、拿得出职位让我当一个官儿，不过钱我自己有，什么官职我也不想要，我的野心只是看中了我现在这个地位。一开口就谎话连篇，何况这又是在外省，何况这宴会上又只有这么一个漂亮的女人，我何苦来！对你的仆人——我来说，也未免太过分、太逞能了。"

自此以后，我们这位英雄真正亦步亦趋完全遵照博士的指点行事。他下功夫向德·塞尔庇埃尔夫人和她的女儿献殷勤，对那位明艳动人的德·欧甘古夫人公然置之不顾。

德·塞尔庇埃尔小姐那样的头发虽说是预兆不吉，可是她人倒是单纯而有理智，也没有什么坏心思。这让吕西安感到很奇怪。吕西安陪这母女俩谈话谈了有半小时之久，最后不无遗憾地暂时离开她们，因为德·塞尔庇埃尔夫人给他提出一项忠告，要他照着这意思去做。这样，他来到德·高麦西夫人面前，请求她把他介绍给客厅里其他几位上了年纪的夫人。他一面忍着不耐烦的情绪和这几位夫人谈话，一面远远地张望着德·塞尔庇埃尔小姐，反觉得她很讨人欢喜。他想："太好了，我将要扮演的角色不难；博士随他去，不过，他讲的这一条必须相信：在这个地狱里要想有出头之日，就必须讨好老人，逢迎丑恶，奉承可笑的一切。时不时和德·欧甘古夫人谈话吗？可叹呀！那我就太贪心不足了，因为，我处于这里这样的社交环境，我是一个无名之辈，又不是贵族。今天人家接待我,已是出奇的好意;背后恐怕还有什么计谋。"

随后吕西安就坐在人家玩波士顿的牌桌的一旁。德·塞尔庇埃尔夫人见这位少尉彬彬有礼,感到很满意,她非但看不出他身上有什么雅各宾分子和"七月英雄"的气味(这本来是她对他要说的第一句话),反而说他的仪态礼节都十分出色。

"正确地说他的姓名到底该怎么说呀?"德·塞尔庇埃尔夫人问德·高麦西夫人。当回答说他的姓氏不幸确是布尔乔亚姓氏,她真感到十分伤心。

"为什么不用他出生的那个村庄的名称做他姓氏上封地的标志?像他这样的人不都是这样办的吗?如果希望上流社会接受他们,就应当想到这个呀。"

最后这一句话是说给善良的戴奥德兰特·德·塞尔庇埃尔听的,戴奥德兰特·德·塞尔庇埃尔从宴会一开始就只得忍受吕西安的举动不便,因为他的右臂不能动弹。

又有一位有身份的夫人刚刚才到。德·塞尔庇埃尔夫人对吕西安说等一下她来给他介绍,也不等他回答,就给他讲起伏罗尼埃尔家族古老的来历,刚刚来到的这位夫人就出自这个古老世家;伏罗尼埃尔夫人本人听到别人在谈她,听得清清楚楚。

吕西安心里想:"这真是滑稽;她对我讲这些话,意思非常清楚,我又不是贵族,又是第一次见面,对我竟这么客气!这种事,在巴黎我们说它不成体统;在外省倒显得理所当然,见怪不怪。"

德·高麦西夫人把吕西安介绍给德·伏罗尼埃尔夫人。刚刚介绍完了,她随即叫人请吕西安过去,又把他介绍给另一位刚刚来到的夫人。"来客真不少,"每一次介绍之后,吕西安都要这么想,"我得把这么多的姓氏一个一个记下来,有关的纹章和历史细节也要详细记下来,否则就会忘记,就会搞错,做出可怕的蠢事来。所有这些新认识的人,在和她们谈话时,特别是她们谈到自己的时

140

候,我应该设法多问一问我不知道的有关她们家世的详细情况。"

第二天,吕西安坐着双轮马车,由两名马夫跟着,到前一天晚上有幸认识的夫人的府上,一一递进名片去。出乎意料,所到之处,都受到殷勤的接待;人家都想就近一睹其风貌,其实所有这些夫人都已知道他很有财产,对他受的伤又是同情,又是痛心;在德·塞尔庇埃尔府上,更是优礼有加,不过也让他觉得很厌烦。他想到又可以见到戴奥德兰特小姐,就是昨晚开头觉得很丑的那位大姑娘,这时他不禁感到一点安慰。

一个仆人,穿着一身比通常尺码长出六寸的明绿色号衣,出来把他引进一间大客厅。客厅里家具摆设都很讲究,但光线不明。他一走进去,一家人都站了起来。"这是他们爱摆样子的癖好。"他想;他的身材本来很魁梧,可是一来到这一家人中间,就显得不那么高大了。"现在我才明白为什么需要这么大一间客厅,"他想,"普通的房间,这一家人是容纳不下的。"

一家之主,是一位白发苍苍的老人,一见之下,吕西安觉得惊奇。从衣着和风度来看,这人活像外省剧团放到舞台上的贵族人家老父这样的角色。他佩戴长丝带挂着的圣路易十字勋章,身上还镶着宽宽的白丝绦,一望可知,这是代表白百合花勋级的。他说起话来十分动听,也带有某种优雅的韵味,与七十二岁高龄的贵人身份十分相称。一切都谈得很投机。后来,谈起过去的生活,他告诉吕西安说他在科耳马尔曾经担任过国王的中尉。

吕西安一听这话,简直无法忍受,很可能他单纯善良的面容无意把他这种情绪流露出来了,所以这个老军官连忙表白,而且非常诚恳,仿佛没发生过什么似的说卡隆上校事件①发生时他恰好不

---

① 这位前龙骑兵中校在1822年7月3日落入政府组织的一次无耻的阴谋中,后于10月1日在科耳马尔被处决。庞菲尔-拉克罗瓦将军在这一不名誉事件中扮演了一个相当可憎的角色。(高隆注)

在那里。

吕西安此行本想来打趣一下这几个姐妹,这几个长着红头发、身材如同卫兵那样高大的姐妹的,也想来奚落一下她们的母亲,总是赌气挑眼、生气骂人、脾气那么坏还想嫁出所有女儿的这位母亲。此刻一激动,这些也就忘掉了。

老军官讲的关于科耳马尔事件的正经事,同时也使这一家立刻变得严肃起来。吕西安一看情况变成这样,也就没有什么可以嘲笑的了。

请善意的读者注意,我们这位英雄毕竟年轻,初见世面,处世的经验一点也没有;我们虽然不得不写到他对于政治上的事仍不免轻易发怒动气,但毕竟觉得很过意不去。在这个时期,他的心灵还是单纯的,不了解自己,缺乏自知之明,意志也还没有锻炼得坚强有力,更谈不上是个有思想、有胆识、遇事能够做出明确判断的人。过去在他母亲的客厅里,那是什么顾忌也没有的,什么都可以任意嘲笑,怎么识破虚伪,怎么讥笑虚假,他早已懂得;可是他自己将是怎样一个人,却一点也不知道。

十五岁了,他开始看报,以卡隆上校处死而告终的那场大骗局是当时政府最新采取的一次重大行动;当时所有反对派报纸连篇累牍的文字写的都是这个内容,这件轰动一时的丑闻即便是对一个小孩来说,也是不难理解的,一看就懂,所以吕西安对这件事的细节记得清清楚楚,好比是他曾经做过的一道几何证明题一般。

所以,一提到科耳马尔,这四个字立刻就在吕西安心头引起震动。等他心绪平静下来,他的注意力也就转移了,他注意观察德·塞尔庇埃尔先生。塞尔庇埃尔先生是一个很神气的老头,个头儿有五尺八寸高,站起来挺得笔直;满头白发,也很好看,给他增添了族长的气派。日常居家,他总是穿一身王室军队那种蓝料子的旧衣服,直领的,完全照军服式样裁剪的。"这显然是要把这身衣服穿旧了。"吕西安想。这样一想,他深深觉得受到了感动。巴黎的俏皮老头儿,他看得多了。德·塞尔庇埃尔先生和他们不同,在他身上一点看不到矫揉造作,谈话有情有理,讲的都是事实,这简直把吕西安也给征服了;特别是他在言谈中一点没有装腔作势,在吕西安看来,在外省这简直是不可能的事。

这位正直的军人详详细细把他在国外亡命时期参加的几次战役,奥地利的将军又怎样背信弃义企图消灭王室流亡军团,都讲给吕西安听。吕西安在这次拜访中虽然把大部分时间用在陪这位军人,但他更注意的是坐在他四周的六个高高大大的女儿。"对她们必须多加注意。"他这样想。这几位小姐就着唯一的一盏灯在那儿做针线女红。这一年,油价腾贵。

她们的谈话方式是简单朴素的。吕西安心里想:"也许有人会说,她们因为长得不美自己感到很惭愧了。"

她们说话声调不很高;她们谈话讲到得意时,也并不把头往肩上侧一侧表示得意;可以看得出,她们对在座的人会产生什么印象也并不在意;她们身上穿的裙衫料子怎样珍贵或是什么地方出品,她们也不愿意多谈;讲到一幅画,她们也不说什么伟大历史的一页之类的话;如此等等。总而言之,今晚如果没有看到她们的母亲德·塞尔庇埃尔夫人那副枯槁而带有恶意的面孔的话,吕西安可以说是很幸福很和善可亲的,而且的确很快就把他这些想法忘掉了;特别是和戴奥德兰特小姐谈话,的确是非常愉快的。

第 十 一 章

这次做客本来二十分钟尽够了,实际上却持续了两个小时。除了德·塞尔庇埃尔夫人讲了几句怨愤之词外,吕西安没有听到什么使他不愉快的话。塞尔庇埃尔夫人形容憔悴,表情呆滞,但十分威严。她的两个眼睛很大,黯然无光,冷漠无情,总是盯着吕西安的一举一动看,把吕西安看得森森发冷。"上帝呀!这是怎么一个人呀!"他想。

吕西安出于礼貌,不时丢下围坐在灯下的几位德·塞尔庇埃尔小姐,转身和从前国王的这位中尉谈话。这位军官总是大发议论,说什么法兰西的根基除非再恢复到一七八六年,否则国无宁日,国家也得不到休养生息。

"这是我们没落的开始啊,inde mali labes①。"这位可爱的老人反复这么说。

在吕西安看来,这是再可笑也没有了。他认为法国从野蛮状态挣脱出来恰恰应该从一七八六年算起,而且法国至今还处在半野蛮状态下。

有四五个青年,无疑都是贵族,陆续在客厅里出现。吕西安注意到他们总是摆出某种特殊的姿态来,如用手臂俏皮地支在黑色大理石壁炉架上,或靠在两扇窗口中间顺墙摆着的泥金小方台上。他们从一种漂亮姿势换成另一种同样潇洒的姿势的时候,动作很

---

① 拉丁文:"灾难接踵而至"。

快,几乎是猛烈地那么一动,好像听到哪里发出一声口令立即照口令动作一般。

吕西安心里想:"这样的动作方式大概是取悦于外省小姐所不可少的吧。"他这种分析性的考虑正巧在这个时候被打断了,他发现这几位摆出学院派头的漂亮绅士正在竭力向他表示他们彼此之间有一条鸿沟,有着天差地别,不屑于与他为伍,因此他也不能不对他们表示他与他们更是百倍地疏远。

"你在生气?"正好戴奥德兰特小姐从他身边走过,这样问他。

她这句话问得这样单纯,又这样自然,吕西安不由得也一片诚心地回答说:

"有那么一点,没什么,所以我想请你把这几位先生的大名告诉我,如果我没有弄错,这几位先生是很想讨你喜欢的。也许我不该多看你那美丽的眼睛,远远避开才是,现在他们就是远远地避开我,这就是向我表示敬意嘛。"

"正在和我母亲谈话的那一位,是德·朗弗尔先生。"

"他很好嘛,他那样子是很有教养的;那位靠在壁炉上神气看来那么可怕的先生是谁?"

"那是卢德维格·罗莱尔先生,他是前骑兵军官。在他旁边的两位,是他的弟弟,都是一八三〇年革命以后退役的军官。这三位先生都没有家产;他们靠薪饷过活,薪饷他们是需要的。现在他们三人只有一匹马;另一方面,他们谈起话来也不知怎么回事总是空空洞洞的。什么马具呀,大批的被单和皮鞋呀,还有别的什么有趣的事,别的在军队里服务的先生都要谈的,他们没什么好说的了。当法国元帅,就像拉纳克元帅那样,他们是没指望的了,拉纳克元帅原来还是他们外祖母一辈的一位高祖呢。"

"经你这么一说,我倒觉得他们很可爱了。还有这位,又肥又矮、又厚又实的,时不时总是睥睨我一眼,好像野猪鼓着腮帮子喘

145

气,他是谁?"

"怎么!你不认识他?他就是德·桑累阿侯爵先生,本省最有钱的地主。"

吕西安和戴奥德兰特小姐两人在一起谈得十分高兴,因此戴奥德兰特小姐的话被德·桑累阿先生从中打断;看见吕西安又是那么愉快,他老大地不高兴,走近戴奥德兰特小姐低声对她说了些什么,全不把吕西安看在眼里。

在外省,一个有钱的未婚男人是可以毫无顾忌、任意而为的。

这带有敌意的举动,让吕西安想到待人礼节问题。一架挂在壁上八尺高地方的古老式样的挂钟,钟面是锡制的,上面的刻字叫人看不清钟点,时针指在哪里也看不见;挂钟一敲过,吕西安发现他在塞尔庇埃尔家里已坐了两个钟头了,他就站起来告辞走了。

走出门去,他心里在想:"你看,我认识了这么一些偏见极深的贵族,他们正是我父亲每天嘲笑的对象。"随后,他到了贝尔序太太家里;在这里他遇到省长,省长这时刚好打完一局波士顿牌。

贝尔序先生见吕西安来了,就对他太太——一个五六十岁的大块头妇人说:

"我的小宝贝儿,给勒万先生端一杯茶来。"

贝尔序太太没有听见,这句带有"我的小宝贝儿"的话贝尔序先生重复了两遍。

吕西安不禁心里想:"这些人真是好笑,怎么怪得了我?"喝过茶以后,他转过身来欣赏西尔维亚娜小姐今晚穿的裙衫,的确漂亮。"这是一种阿尔及尔料子,印着栗色的宽条纹,我看是暗黄色的;在强光下,色彩很好看。"

美丽的西尔维亚娜为了回报吕西安的赞美,就把这件有特色的裙衫的来历讲了一讲。这件衣服原来是阿尔及尔货色,西尔维亚娜小姐把它往五斗橱里放了很久一直没有穿过,等等。西尔维亚娜小姐忘了自己身材很高,讲这段故事讲到得意处还不时把头往一边侧一侧。"多么美的姿势!"吕西安心里这么说,只好再耐心听下去,"毫无疑问,西尔维亚娜小姐完全可以自命为一七九三年的理性女神,刚才德·塞尔庇埃尔先生长篇大论给我讲的就是这一段历史,八或十个男子汉把西尔维亚娜小姐抬起来在城里大街上游行,她一直觉得十分自豪。"

关于条子裙衫的故事讲完,吕西安便也没有勇气再说什么了。他就转过来听省长得意地复述他昨天在《辩论报》①上读到的一篇文章。"这些人只知说教,从来不懂得交谈,"吕西安想,"如果我坐下来,我真要睡着了;趁着我还有余力,赶快走吧。"他在客堂间掏出表来看了看;他在贝尔序太太家里待了不过二十分钟。

为了不至于忘记这些新结识的朋友,特别是不要把他们弄得混淆不清,这是有关外省人的自尊心的问题,吕西安决定趁着记忆犹新,赶快写出一份朋友名单。他在名单上按照他们不同的地位分别开列,就像英国报纸为阿尔玛克舞会公布的名单那样。他记下的名次如下:

德·高麦西伯爵夫人,洛林的世家。

德·毕洛朗侯爵先生和侯爵夫人。

德·朗弗尔先生,曾引述伏尔泰②、杜波列关于民法和析产的言论,他也曾经重复讲过。

德·索弗-德·欧甘古侯爵先生和侯爵夫人;德·昂丹

---

① 《辩论报》,十九世纪法国报界最有影响的喉舌之一,创刊于1789年,报道国民议会中的辩论情况,其观点属温和的自由主义,谴责王权复辟与第二帝国而倾向于路易-菲力浦,持续发行到第二次世界大战开始之时。
② 伏尔泰(1694—1778),法国启蒙思想家、作家、哲学家,主要著作有《哲学书简》、哲理小说《老实人》《天真汉》,及历史著作《路易十四时代》等。

先生,侯爵夫人的男友。侯爵是一个了不起的人物,但担惊受怕,习以为常。

德·桑累阿侯爵,矮小,肥肚,自命不凡,简直到了令人难以置信的地步,每年收入十万利弗尔。

德·彭乐威侯爵,他的女儿德·夏斯特莱夫人,本省最理想的婚姻对象,家资数百万,德·勃朗塞、德·葛埃洛等先生追求的目标。有人告诉我:因为我戴了这种帽章,德·夏斯特莱夫人不愿接待我,必须穿资产者正规服装才准许到她府上去。

德·马尔希伯爵夫人,佩戴红绶带的显贵未亡人;曾祖一辈有人曾任法兰西元帅。

三位罗莱尔伯爵:卢德维格,西吉斯蒙,安德烈,均为正直的军官,英勇果敢的轻骑兵,但在目前心怀不满、满腹牢骚。兄弟三人异口同声讲同样的语言。卢德维格神态令人可畏,对我总是侧目而视。

德·瓦西尼伯爵,前中校军官,有见解,有头脑;应设法与此人结交。对于室内陈设,趣味不俗,仆役衣着也都很好。

热内弗雷伯爵,十九岁的小家伙,肥胖,衣着窄小绷紧,黑胡髭,每晚都要重复讲"没有正统王位继承权法兰西就不会幸福"两遍;实际上是一个很能适应环境的人;有很美的头发。

下列一类人,我虽然已经认识了,但应避免和他们个别交谈,与一人交谈一次就难免和其他人交谈二十次,他们谈话就如同隔日报纸一样:

德·卢瓦勒先生和夫人;德·圣西朗夫人;德·伯恩海姆先生,德·儒雷先生,德·沃普瓦先生,德·塞尔当先生,德·普利先生,德·圣樊桑先生,德·佩勒介-吕济先生,德·维纳埃尔先生,德·沙勒蒙先生,等等,等等。

吕西安现在的生活环境就是这样。他几乎每天都和杜波列博士见面。即使在上流社会活动中,这位令人可畏可敬的博士也常常是满腔热情地向他宣讲一大篇一大篇的大道理。

南锡上流社会(年轻人除外)对他另眼看待,给他优异的接待,杜波列又忠心耿耿地栽培他、保护他,对于这一切吕西安虽然是个新手,但并不感到意外。

杜波列这人说起话来尽管热情洋溢而且不免专断,其实却是一个异常胆小的人;他并不了解巴黎,以为巴黎过的都是妖魔鬼怪的生活;他是急切想到巴黎去的。他在巴黎有几个朋友与他有书信往来,关于吕西安父亲勒万先生的许多事情早已写信告诉他了。他考虑:"我在这一家不需什么破费就可以吃上极好的晚餐,会见许多重要人物,我也可以和他们交谈交谈,遇有不如意的事,他们也能给我庇护。靠着勒万一家,我在那个巴比伦不至于孤零零无依无靠。这个小青年什么事都会写信对他父亲讲的;也许他们已经知道我在这里照看他。"

德·马尔希夫人和德·高麦西夫人是两位六十开外的贵妇人,吕西安很聪明,经常应邀到这两位夫人府上去吃晚饭,两位夫人就把他介绍给全城的上等人物。戴奥德兰特小姐也常给他一些劝告,吕西安也一一遵照办理。

他踏进上流社会不到一个星期,就发现这里存在某种尖锐的意见分歧,因而也是四分五裂的。

起初,人们还对这种分裂感到惭愧,总想在外人面前掩饰;还是怨恨和激情占了上风;这确是外省人的幸事:在这里人们居然还有激情。

德·瓦西尼先生以及其他富有理智的人认为在亨利五世统治下也是可以生活下去的;可是桑累阿、卢德维格·罗莱尔以及其他态度激烈的贵族拒不接受朗布依埃宫廷①逊位,要求路易十九继查理十世统治国家。

据人们说,吕西安经常到毕洛朗公馆去。毕洛朗公馆是一处大宅邸,坐落在许多皮革商聚居的近郊城区,附近有一条河,河身宽一丈二尺,这条河的那股气味非常厉害。

一些库房和马厩开着一排小方窗借以引光,在这上面就可以看到这座大宅第的那一排十字形大玻璃窗,每一扇窗口上方都伸出铺瓦的窗檐,这瓦檐是用来保护窗上波希米亚玻璃的。瓦檐可以给这些玻璃挡雨,但二十年来,这玻璃就没有刷洗过也说不定,因此照进室内的光线昏黄暗淡。

就在一间由这肮脏的玻璃窗照明的阴郁的房间里,在一张布勒②手制的老式书桌前面,坐着一个枯槁高大的人,根据政治原则,他头上依旧戴着敷粉的带辫子的假发;不过他也不加隐讳地愉快地说,不敷粉的短发其实更舒适便利。这位为原则而自我牺牲的殉道者如今已到了风烛残年。这就是德·毕洛朗侯爵。亡命国外时期,他曾经是那位至尊人物的忠实伙伴;这位至尊人物在权势极盛之时,竟没有对他的许多宠臣称之为三十年的老友的这样一个人给以提携关注,人们认为这应该是他感到惭愧的事情。经过多次请求,又多次为之受屈忍辱,德·毕洛朗先生最后才被任命为某地一名财政税务官。

为求得一官半职,经过多少难堪的事,一直未能如愿,最后才弄到这么一个财政官儿,德·毕洛朗先生对他毕生为之效忠的王族愤愤不平,从此也就万念俱灰了。但是他对他的原则却一如既

---

① 朗布依埃,法国北部巴黎大区伊夫林省城镇,位于凡尔赛西南;城旁有闻名的别墅和大片森林,别墅建于1375年,查理十世流亡前在别墅里居住过;今为法国总统夏宫。朗布依埃宫廷即指查理十世宫廷。
② 布勒(1642—1732),巴黎著名镂刻、镶嵌、乌木制作工匠。

往,始终坚守不渝,视为他终生都要信守的原则。他常常说:"并非查理十世人好才是我们的国王。不管好不好,他终究是路易十五的儿子法国王储之子:问题就在这里。"在小范围的聚会中他还要说:"王位合法继承人如果是一个傻瓜,难道也是王位合法继承权的错?我是一个笨蛋或者一个坏蛋,难道就是我的佃农不给我缴租子的理由?"德·毕洛朗先生对路易十八深恶痛绝,他常常这样说:"这个头号自私自利者也赋予革命某种合法性。凭他,叛乱似乎也有值得称道的根据了。"他还说,"对于我们来说,叛乱是荒谬可笑的;不过它也能把弱者卷进去。"在吕西安被介绍给他后的第二天,他就对吕西安说:"不错,先生,王冠是一宗财产,是终身享受不尽的幸福,但是不论在位的王位持有人做什么都不能使王位继承人承担义务,即使宣过誓也没有用;因为在他设誓的时候他还是臣民,他这时不能拒绝他的国王。"

就像一般年轻人一样,吕西安非常注意,甚至是满怀敬意地听他讲这类事情以及别的事情,不过他也十分小心不要让他有礼貌的态度逾分以致变成赞成同意。"我嘛,我是平民、自由派,面对这种种虚荣偏见,除非我站出来反抗,或许我能算一个什么,否则我什么都不是。"

这时杜波列走了过来,他就老实不客气地接过侯爵的话头说话,他说:"经过像上面讲过的那些情况,人家就要把某一个聚居区域所有的财产平均分配给每一个居民。这就是所有自由派的最终目标。在目标没有达到之前,民法承担的任务就是把我们的孩子一律造就成小资产所有者。有哪一家贵族在族长死后能经受得了持续不断的析产?这还不是事情的全部。我们的孩子还有出路,因为民法鼓吹财产平等——我呀,我真想说这民法简直像地狱一样叫人活受罪——所以征兵制度就把平等原则也带到军队里面去;在军队里升级也要根据法律;君主政权的恩赐不起作用了,不算数了;何必取悦于国君？所以,先生,这个问题提出之时,也就是君主制度灭亡之日。再从另一个方面看一看,那又怎么样呢？伟大的遗产继承制度被取消,君权从此也就宣告完结。什么也没有给我们留下来,留下来的只有存在于农民中间的宗教;因为,没有宗教,根本谈不上对富人和贵族的尊重,没有宗教,剩下来的只有怀疑一切、重新审查一切那种可怕的精神;丢掉了尊重,嫉妒就代之而起;这样一来,只要有一点不公平,好,那就造反。"德·毕洛朗侯爵这时开口说道:"所以嘛,唯一的出路就是把耶稣会教士召回嘛,再花上四十年工夫根据一项法律把教育垄断权统统交给耶稣会教士去掌管。"

有趣的是这位侯爵一面坚持他这个主张,一面又自命为爱国者;在这一点上,比之于老浑蛋杜波列,他不免逊色多了。杜波列那天从德·毕洛朗先生公馆出来,曾经对吕西安说过这样的话:

"一个人生下来就是公爵,百万富翁,宫廷贵族,他就根本用不着考虑他的地位是不是合乎道德、普遍幸福这一类好听的名目。他的地位、立场永远是好的;所以应该尽力保持他的地位,并不断地改善加强,否则舆论反而看不起他,说他是懦夫或傻瓜。"

用认真而有礼貌的态度去听这一类说教,不论这种说教多么冗长也不许打呵欠,这就是吕西安 sine qua non（唯一的）义务,也是南锡上流社会赏赐给他大恩大德、容许他到他们中间去而必须付出的代价。那天夜晚,在回家的途中,他差一点站在马路上就睡着了,当时他是这样想的:"必须承认这些人比我身价高贵百倍,居然肯赏光用最高贵的讨好方式来同我谈话,这的确是好事,可是这些狠心的家伙,把我真折磨得快死了！真受不了啊！不错,回到我的住处,我可以上到三楼我的房东博纳尔先生家里去坐一坐;说不定我在他家还能见到他的外甥戈提埃。戈提埃是一个正直的人,他一见到你,就要抬上种种无可辩驳的真理来炫耀一番,不过涉及的问题都有点枯燥乏味,讲到激昂慷慨处,问题的单纯性要求的表达方式就不免生硬粗暴。粗暴又能把我怎么样?真理也得允许人家打呵欠呀。

"难道我真是命中注定非在自私却又彬彬有礼的顽固的正统派王党和高尚却又令人生厌的顽固的共和派之间度过我这一生不可?直到现在我才真正懂得我父亲'为什么我不生在一七一〇年,拿五万利弗尔年金?'这句话的含义。"

吕西安每天晚上非得硬着头皮去听的这些言论,只是把南锡和外省贵族阶级根据《每日新闻》《法兰西报》等报纸的言论略加提高再无聊地加以复述,不过如此而已。这在读者当然只听一次也就够了。但吕西安耐心地这样熬过一个月之后,他得到的结论是:贵族大地主社会实在叫人无法忍受,这些人士说起话来没完没了,好像这个世界除他们存在以外别无他人,而且不谈则已,一谈起来就是高级政治问题和燕麦的售价问题。

在这厌烦透顶的环境里唯一的例外是吕西安在毕洛朗公馆只有侯爵夫人出来接待他,这才让他感到愉快。侯爵夫人身材高高大大的,年纪有三十四五岁,或者更大一些,她的眼睛非常漂亮,皮肤光艳,尤其是她那种神情态度,随你什么大道理她都要拿来讥诮一番。什么事经她一说就能让人心动神驰,她的笑话俯拾即是,不管是哪一党派的都有笑话可谈,而且总是击中要害,所以只要她在,那里就笑声不绝。吕西安心里很喜欢她;不过现在还没有他插足的余地,德·毕洛朗夫人现在专心注意的是和一个很可爱的青年人德·朗弗尔先生开玩笑。他们的戏谑谈笑亲密多情;不过谁也没有因此而感到不高兴。"这是外省地方的又一长处。"吕西安想。其实他也很喜欢和德·朗弗尔先生见面,德·朗弗尔先生几乎是本地人中唯一不喜欢高谈阔论的人。

吕西安盯住侯爵夫人不放,半个月过去后,他觉得她美丽动人。在侯爵夫人家中，人们可以发现外省的活泼情绪与巴黎的文雅多礼混合为一，很吸引人。她实际上是在查理十世宫廷熏陶教养出来的，那时她的丈夫正在边远省份总税务官任上。

德·毕洛朗夫人为讨好她的丈夫和他那一党派，每天都要去教堂两三次；可是只要她一走进教堂，天主的圣殿就变成了客厅；吕西安总是把他的椅子尽可能挪近德·毕洛朗夫人，他由此找到了如何以最不讨厌的方式来迎合女友种种要求的窍门儿。

有一天侯爵夫人在教堂里和她近旁的人高声谈笑了十分钟之久，神父于是走过来，不顾一切地试图劝阻一下。

"侯爵夫人，我以为在上帝的处所……"

"这个夫人，可正是冲着我说的呀？我的小教士，我倒觉得你真有趣！你们的本分是拯救我们的灵魂，你们这些人个个能说会道，照理我们要是不来你们这里，你们这里怕连一个人影也看不见。你在讲台上，随你怎么说都行；可是你忘了不成，你的职责是回答我的提问；令尊是我婆母的仆人，他也该好好教一教你才是。"

这一番慈悲为怀的劝告，引起了哄堂大笑，虽然笑声还是克制的。这是很有意思的，吕西安把这个场面点滴不漏地全看在眼里。而且作为补充，他听到她讲这件事至少讲了有一百遍。

后来德·毕洛朗夫人和德·朗弗尔先生之间发生了不和。吕西安更加殷勤了。争执的双方各有一派拥护者，这两派人也争吵不休，可他们又每天见面，再有趣不过了；两派人遇到一起共处的情况往往成为全南锡城的一条新闻。

吕西安和德·朗弗尔先生经常一同从毕洛朗公馆走出来；他们两人之间建立了某种亲密的关系。德·朗弗尔先生可说是得天独厚，出生在上等人家，他是没有什么可抱憾的了。一八三〇年革命，当时他是骑兵上尉军官，有机会摆脱掉这个讨厌的军职他很高兴。

有一天上午他和吕西安一同从毕洛朗公馆出来,刚才在毕洛朗府上,在大庭广众之中他受到十分无礼的对待。

他对吕西安说:"我决不因一点芝麻绿豆的小事就去屠杀纺织工人和制革工人,到那个时候那是你们的事儿。"

吕西安回答说:"拿破仑以后,再干军队这一行真没意思,应当承认,在查理十世治理之下,你不得不去干特务的勾当,就像科耳马尔的卡隆事件一样,要不然就去西班牙,抓里埃戈将军①,好让国王斐迪南把他吊死。应当说,这种好差事对于像你我这样的人都不合适。"

"生活在路易十四②统治时期那就好了;那时人们在路易十四宫廷里日子好过,有最好的朋友和你在一起,比如德·塞维涅夫人、德·维勒鲁瓦公爵、德·圣西蒙公爵③,而且还带兵打仗,如果有仗好打的话,那就带他们上战场,那就是去争取荣誉啊。"

"是的,侯爵先生,那对你非常合适,不过对我嘛,在路易十四统治之下,我或者照旧是一个商人,至多不过是一个小小的萨缪埃尔·贝尔纳④。"

正说着,他们在路上遇到德·桑累阿侯爵,很遗憾,谈话只好

---

① 里埃戈(1785—1823),西班牙将军,政治家。
② 斐迪南(1784—1833),即斐迪南七世,西班牙国王,查理四世之子。路易十四(1638—1715),绰号"太阳王",法国国王,路易十三之子;1661年亲政后,建立绝对君权,推行重商主义政策,保护莫里哀、拉辛,营建凡尔赛宫,形成法国文艺黄金时期。
③ 德·塞维涅夫人(1626—1696),法国女作家,作品有《书简集》,对当时贵族社会、宫廷等有生动记述;德·维勒鲁瓦公爵(1597—1685),法国元帅;德·圣西蒙公爵(1675—1755),法国作家,所著《回忆录》记述1694年至1723年间法国宫廷生活,对后世的法国文学有一定影响。
④ 萨缪埃尔·贝尔纳(1651—1739),法国大银行家,曾向路易十四和路易十五提供大宗贷款。

转换话题。他们谈到天气干旱，牧场灌溉缺水，地主们要遭殃；于是他们就开掘一条从巴卡拉森林中引水的运河的必要性问题展开了争论。

吕西安唯一可以告慰的是可以就近观察一下桑累阿这个人。在吕西安看来，这人可说真正是外省大地主的活标本。桑累阿个子矮小，身强力壮，三十三岁，黑色的头发，显得龌里龌龊。不论什么事他都要加以利用，同时又装模作样，喜欢装出一派善良天真和沉稳冷静的样子，所以他不能不总是玩滑头、耍手腕。由于他很有钱又很自信（他的财富在外省来说确实很不小了），因此他这互相矛盾的意向在他身上混合为一就更加显得突出，把他弄得成了一个很有特色的蠢货。说得确切些，他这人并不是没有思想，只是浅薄空虚，而且狂妄自负，特别是当他有意要表示自己很有才智的时候，更是如此，真恨不得叫你想把他从窗口给丢出去才痛快。

这人和你握手，为了向你表示殷勤好意，他往往狠劲地捏得你手痛得直想叫出来，这他才罢休；他自己无话可说，又要跟你开开玩笑，于是就拼命地大嚷大叫。他还要穿上种种时髦衣裳别出心裁地把自己打扮得奇形怪状，表示他天真可爱而又不修边幅："我是本省最大的地主，所以我应当与众不同。"这话他每天都要重复一百遍。

如果有一个脚夫在街上同他的一个下人找麻烦发生了争吵，他就不顾一切地急忙跑去干预，甚至真会把那个脚夫杀掉才称心。他曾经在波旁王朝通缉密谋叛乱分子时亲手抓住一个不幸的农民，交给官方，那农民就被不问情由地枪毙了。因此他成了有权势、思想正派的一派人的首领，这也成了他最光荣的一个头衔。吕西安了解这些详情当然是很久以后的事。不过，即使德·桑累阿侯爵的保王党也因这一点替他深深感到抱愧，即使德·桑累阿侯爵本人对自己的所作所为不禁也感到惊骇，也不敢相信一个绅士竟去干宪兵干的那种事,更不像话的是,在众目睽睽之下,而且抓住的不过是一个无告的农民,不经审讯程序,仅仅在宪兵处由他出庭,随后就活活把他处决,真是太糟了。

侯爵几乎每天中午或下午一点钟开始就完全沉溺在昏天黑地的醉酒状态之下,在这方面,他们像摄政时期那些可爱的大贵族。所以这天下午两点钟在路上遇到德·朗弗尔先生,正是在这样的情况下,他说话说个不停,而且所讲的许多故事,其中的英雄人物就是他自己。吕西安想:"他这人还是坚强有力的,他大概不会乖乖地把脖子伸到九三年①的斧头下面去,他不像德·欧甘古那些人,他们是一些虔信宗教的绵羊。"

德·桑累阿侯爵很好客,不论晚宴午餐,总是宾朋满座;谈起政治来,高谈阔论,强劲有力,调子从来不肯放低。在他这是有道理的;德·夏多布里昂的名言,他记住有二十来句,能够倒背如流;特别是关于行刑的刽子手以及统治一省必须有六名长官这一句名言,他尤其津津乐道。

为使自己的雄辩口才保持在这样的水准上,他在家里,在常坐的靠背椅一旁总要放上一个桃花心木小茶几,上面摆一瓶科涅克白兰地酒,几封莱茵河彼岸②的来信,一份《法兰西报》,这是一份专门反对一八三○年朗布依埃宫廷逊位的报纸。凡是到桑累阿府上来喝酒的人,没有不为国王陛下的健康、王位合法继承人路易十九殿下的健康干杯的。

桑累阿现在转过身来对吕西安大声说道:"真的,先生,也许总有一天,伟大的正统派王党决心在巴黎推翻律师们③的统治,你我要在一起拿起步枪来大干一场啦。"

---

① 九三年指 1793 年雅各宾派专政时期,史称恐怖时期。
② 莱茵河彼岸指德国。
③ 指资产阶级。

吕西安回答的方法很好,使这位已经不止半醉的侯爵心花怒放。这一天,他们最后又在本城极端保王党的咖啡馆喝了糖烧酒,桑累阿和吕西安从此也就混熟了。

不过,这位好样儿的侯爵仍然有他叫人无法忍受的地方;他听不得路易-菲力浦这几个字,一听谁说出这个名字来他就尖声怪叫,大喊"贼,贼,贼"。这也是他的一个特征。南锡大多数贵族太太每次听到他这样惊呼怪叫都要笑个不止,而且一个晚上常常要笑上十次。吕西安对这种没完没了的大笑和胡闹十分反感。

第十二章

这种带有触电似的效果的机智的谐谑,吕西安观察过几十次之后得出的结论是:"我如果把心里想的如实地讲给这批乡下的喜剧演员听,那就一定要上当;这些人即使笑,也在装腔作势;他们在最开心的时刻,心里想的仍然是九三年。"

这一观察的结果对我们这位英雄的成功来说具有决定性的意义。他开始成了一个红人,但如果讲出几句真心话来,他已取得的成功就会化为乌有。所以他遇到机会就说谎,就好比蝉在枝头唱歌,越是这样人家越是入迷;如果拿出真情实意,恢复自然面貌,快乐就会不翼而飞,就完了。可是不管吕西安怎样谨慎小心,厌恶之感又开始向他袭来,这是一项让人感到伤心的回报。他只要一看到德·高麦西伯爵夫人任何一位高贵的朋友,事先就已经知道他们讲出的话将是怎样,接下去的回答又是怎样。这些先生当中最可爱的人物手头现有的玩笑不过那么八九个,德·桑累阿侯爵可以说是他们当中最愉快最风趣的一位,只消听他一开口,他们的意趣何在也就不难断定是怎么一回事了。

其实即使是外省最最令人生厌的人们自己,他们也感到厌烦,被折磨得十分痛苦。所以南锡这些极爱虚荣的贵族绅士都喜欢找吕西安交谈,在街上遇到他也要停下来扯上一阵。吕西安这个布尔乔亚,思想可以说还是相当不错的,何况他的父亲家资有几百万,所以在这里他一跃而成为一个时兴的人物。另一方面,德·毕洛朗夫人又到处宣扬说他人很有才智,富于思想。这是吕西安初步取得的成功。实际上,他现在已不像当初离开巴黎时那样幼稚不知世事了。

在和他关系比较密切的人当中,他认为上校德·瓦西尼伯爵是最出众、谁都比不上的一位。德·瓦西尼伯爵个子高大,金发,虽然满脸的皱纹,但年纪还不大,他的样子显得明达和善,人也不死板冷漠。他在一八三〇年七月受过伤,但也并不过分利用这件对他很有利的事情。他回到南锡以后,不幸看中娇小的德·维尔贝勒夫人,发生了热烈的爱情,德·维尔贝勒夫人很有才智,这是后天学习得来的,还有一对很美的眼睛,不过眼睛流露出来的热情叫人感到不舒服,她的交往名声也不好。她居然把德·瓦西尼先生抓到手心里,弄得他非常苦恼,不许他去巴黎,巴黎本是他急切想再去看看的,主要的原因是她想让他和吕西安结为亲密的朋友。德·瓦西尼常到吕西安寓所来找他。吕西安心想:"真是不胜荣幸之至,连在家里也得不到安静,在这个地方有没有安静之处啊?"后来吕西安发现这位伯爵甜言蜜语奉承恭维之后向他提出一连串的问题。吕西安因此在他来访时说话总是含糊其词、模棱两可,借以取乐;因为,这些外省人即使是讲究礼节的也没有时间观念,好像时间停止不动了似的,他们来了一坐就是两个小时,一贯是这样。

"杜伊勒里王宫和花园之间那条沟到底有多深?"德·瓦西尼伯爵有一天这样问他。

吕西安回答说:"我也不大清楚,不过我觉得手持武器要跳过去,是很困难的。"

"怎么!难道会有一丈二尺或一丈五尺深?塞纳河的水还不渗透到沟里去?"

"你让我想一想……好像那沟里面一直是湿漉漉的;不过,只有三四尺深也说不定。我从来没有想到去看一看;我曾经听人说起过,那好像是一道军事防线。"

吕西安用了整整二十分钟想方设法讲出这一类含糊不清的话来消磨时间。

有一天,吕西安看见德·欧甘古夫人被德·昂丹先生纠缠得很不耐烦。德·昂丹这个青年人,是一个道地的法国人,总是无忧无虑,从不想到将来,一心只想讨人欢心,无时不在追求欢乐,但在那一天,他爱她简直爱得发了疯,充满了甜蜜的忧郁;那天他确实有点忘乎所以,想要比平日显得更可爱一些。德·欧甘古夫人本来想邀他出去走走散散心,然后再回来,可是他不肯去,只顾在客厅里来来去去踱方步。

吕西安对德·欧甘古夫人说:"夫人,我非常想送给你一件礼物,一幅小小的英国版画,装在一架精美的古式镜框里;请允许我把它挂在你的客厅里,如果有一天我在原来挂画的地方不见它挂出来,那就表示你对我某一次可憎的行为生气了,那么,我从此就再也不到你府上来。"

"你呀,你真是一个聪明人,"她含笑回答说,"你就是真正在恋爱,也绝不会变蠢……伟大的上帝啊!还有什么比爱情更叫人厌烦的呢?……"

但是,就是这样一些话,可怜的吕西安也难得听到;他的生活过得十分暗淡,很是单调。南锡上等人家的客厅他都去过了,他自己也有了穿号衣的仆从;他的双轮轻便马车和敞篷四轮马车是他母亲特地给他从伦敦买来的,簇新,完全可以和德·桑累阿先生以及本地最阔气的财主的马车随从相媲美;他还把南锡豪门巨族有关的趣闻轶事写信告诉他的父亲。尽管这样,他还是和从前一个人在南锡大街上闲逛打发每天傍晚的时间一样,总是感到烦闷无聊,难以排遣。

他常常来到某家门前,一想到又要听那种刺耳的尖叫,又要忍受那样的苦刑,他就在马路上犹豫不决、裹足不前,自问:"我要不要上去?"有几次,他甚至在马路上就听到那种叫声。外省人争论到了紧张的时刻真是吓人,他们没有话可说,只是一味直着喉咙尖叫;他们以此自豪也是有理由的,因为用这种手段往往使对方哑口无言,把他压倒。

"巴黎的极端保王党是平易近人的,"吕西安想,"可是我发现这里的极端保王党还处在原始状态:是非常可怕的一类人,粗声粗气,专好骂人,容不得一点不同的意见,翻来覆去三刻钟老是讲那么一句话。巴黎最叫人忍受不了的极端保王党把葛朗代夫人客厅里的客人都吓跑了,他们到这里来倒可以成为很受欢迎、态度温和、说起话来十分动听的朋友了。"

高声谈话是吕西安最难忍受的事,他简直受不了。"我应当好好研究研究这些人,好比人家研究博物学那样。居维叶先生①告诉我们在植物园中按照一定的方法进行研究,把各种相似的情况和不同的情况都详细记录下来,这是医治蠕虫、昆虫、令人厌恶的海蟹等引起的我们厌恶的感觉的最好方法……"

吕西安交了这些新朋友,在街上遇到其中某一位,就不得不在路上停下来,站在那里,又无话可说,只好彼此对视,说些今天天气热、天气冷之类的话;外省人除报纸以外什么都不阅读,他们只是拿争论来混时间,争的也就是报纸上讲的那些事,可谈的也不过是这些。吕西安想:"确实,在这里,有财产同样是大不幸,有钱人更是无所事事,非常无聊,因此从外表看去,他们更显得恶劣。他们拿着显微镜专门研究他们的邻人,这样度过他们的一生;他们医治烦闷无聊的唯一药方就是彼此侦察,搜寻人家的隐私,由一个陌生

---

① 居维叶(1769—1832),法国动物学家,创建比较解剖学和古生物学,著有《动物界》《地球表面灾变论》等。

的人看来,在开初几个月中,正因为这一点倒把他们的精神空虚给掩盖起来,叫你看不真切。做丈夫的要对一位新到的客人讲一件什么事,而这事又是他老婆、孩子都知道的,你看好了:老婆孩子也要讲这个故事,急不可耐地要开口抢过他们的父亲的话头;往往借口补充一条什么漏掉的新的情节,他们就从头开始把那个故事再讲一遍。"

有时,吕西安骑马回来,人累了,不想梳洗打扮,也不想到贵族人家去做客,那他就留下和他的房东博纳尔先生一起喝一杯啤酒。

有一天,这位正直的工厂主、对当权者颇为不敬的博纳尔先生对吕西安说:"我要送给省长先生一百路易;我送这一百路易,为的是搞一个外国进口两千袋小麦的许可证;他老子的薪水也不过两万法郎。"

博纳尔对本地的贵族不见得比对行政长官更敬重一些。

他对吕西安说:"如果没有这个杜波列博士,这帮人……还不至于这么恶劣;你经常接待杜波列,先生,这个人要提防!这个地方的贵族,"博纳尔又补充说,"见巴黎邮件迟到四个钟头,就吓得心惊肉跳;他们就跑来找我,预售他们即将收割的小麦,他们跪下来求我拿金币付款;可是第二天,邮件收到了,放心了,在马路上见到我,连头也不肯点一点。他们每一次失礼,我嘛,我就都把它记录下来,非叫他们为此付出一个路易的代价不可,我认为这完全是光明正大、合情合理的。这是我和他们派来送交麦子的仆役一起办理的;他们又贪又吝,可是先生,你以为他们会有心思亲自跑来看他们的麦子过秤吗?大胖子德·桑累阿先生等不到量过八斗十斗,就叫嚷灰尘伤了他的肺了。这个家伙真有意思,专门搞出一套劳役制、一批耶稣会的教士,还有旧制度,都是用来对付我们的!"

有一天傍晚,军官在操场上操练完毕,正在散步,马莱尔·德·圣梅格兰上校满腹怨恨,对我们这位英雄发作起来了。

"你叫四五个仆人穿上花花绿绿的号衣,戴着大肩章,在马路上招摇,究竟想干什么?这对军团影响很不好。"

"上校,根本没有哪一条规定不许有钱的人花钱。"

吕西安的朋友费欧图忙把他拉到一旁,低声对他说:"你疯啦,为什么对上校这样讲话?他自有办法对付你。"

"你要他怎么对付我?我看他恨我,恨一个不常见面的人;但是恨得毫无道理,对这样的人,我寸步不让。现在这一刻钟,我的想法就是要那种号衣,为了同样的目的,我还从巴黎买来了二十四把花剑。"

"啊!死脑筋!"

"我的上校,根本不是那么一回事;我凭我的荣誉保证,你找不到比我更规矩、更不自负的军官。我希望人家不要找我的麻烦,我也不找别人的麻烦。对任何人,我都客客气气,以礼相待,有人要找岔子,就请他找我来吧。"

两天后,马莱尔上校派人把吕西安找了去,下令说他的仆人不得超过两个,可是说话的神态又尴尬又虚伪。吕西安反其道而行之,偏偏要他的下人都穿起最新式的资产阶级服装;这样一来,他的那些仆役变得一个个笨头笨脑、俗气无比。为了缝制这些新的服装,他专门雇了本地一个裁缝。出乎意料,他这个玩笑开得非常成功,他在上流社会出了名,德·高麦西夫人大大恭维了他一番。至于德·欧甘古夫人、德·毕洛朗夫人,简直都为他发疯了。

吕西安把这个仆人号衣的事,详详细细地写了封信告诉他母亲。上校那方面也写信向内政部告状,这在吕西安倒是在意料之中的。在这段时间里,他看到南锡上流社会社交界对他的人品价值是十分认真看待的;因为杜波列已经写信给他巴黎的朋友探询凡·彼得斯-勒万银行的资财状况和社会信誉,巴黎的回信他已经拿出去给人们看了。巴黎来信对吕西安是再有利也没有了。有人告诉杜波列:"银行利用某种时机可以向内阁政府收买情报,借此搞投机活动,然后和他们对半平分,这只有少数几家银行才办得到,这少数几家银行里面就包括勒万银行在内。"

吕西安的父亲勒万先生,是专搞这类不光彩的买卖的,搞这种买卖迟早要毁掉,不过可以拉上一些令人满意的重要关系。他和某些部门关系极好,所以马莱尔上校告他儿子状的事他准时得到了消息。

关于儿子的仆人这件事,他觉得十分有趣;这件事他亲自过问了一下;一个月以后马莱尔·德·圣梅格兰上校收到部里关于这件事的专函,弄得他相当难堪。

上校本来很想把吕西安派到另一个工业城市的分遣队去,那地方的工人正在组织互助会。作为部队首长,最后他也必须懂得忍下这一口气,所以上校后来遇到吕西安,就像一个耍手腕的老百姓一样,虚情假意地笑着对他说:

"年轻人,人家已经向我报告,关于仆人的事,你是服从命令的,我表示满意;那么,你想用几个仆人就随你的便吧;不过,爸爸的钱袋还是得注意一点哟。"

"上校,我很荣幸,我向你表示感谢。"吕西安故意慢条斯理地回答,"关于这个问题,我爸爸已经给我来信了;我可以打赌,他见过部长了。"

随着这最后一句话出现在吕西安脸上的笑容,深深刺伤了这位上校。"哎呀!如果我不是上校,不是还想当准将的话,就凭你这最后一句话,就值得给你一剑,该死的傲慢的人!"上校心里这么说;接着,他以一个老兵那种坦率、粗野的派头给少尉敬了一个礼,径自走掉。

就像这样,凭着力量和谨慎这两条,像某些严肃的著作所说的那样,吕西安在骑兵团使得人们对他更加恨之入骨;不过凶言恶语他倒还没有正式听到过。同事中有许多人还是很好的,但他的坏脾气已经养成,他对他的同伴除严格控制在礼貌许可的范围内之外总是尽量少说话,尽量不苟言笑。即使局限于这种循规蹈矩的生活范围内,他也感到厌烦得难以忍受,像他这样年纪的青年军官的玩乐他一律摈弃;这个世纪所有的缺陷,在他已无不具备了。

在这一段时间内,南锡上流社会的新奇特点对我们这位英雄的内心生活并没有发生什么影响。吕西安对南锡各种人物,实在太熟悉了。他不能不经常进行哲学思考。他认为南锡比巴黎更原始一些;不过,南锡的傻瓜更让人讨厌,这是理所当然的。"这些人,即使其中的佼佼者,他们所缺少的也恰恰就是那么一点出乎意料的新奇。"吕西安想。而这种新奇,在杜波列博士和德·毕洛朗夫人身上,吕西安倒是偶尔可以隐约看到一鳞半爪的。

第十三章

　　这位德·夏斯特莱夫人,吕西安在社交场合还一直未曾遇见过。他初到南锡时从马上摔下来,德·夏斯特莱夫人倒是亲眼看见的。他把她已经淡忘了;但是他几乎每一天都要从抽水机路走过,这已是习以为常了。他常常注意看那个自由派军官,也就是专门躲到施密特阅览室的那个密探;相比之下,注意鹦鹉绿百叶窗就少了,这是事实。

　　有一天下午,百叶窗打开了;吕西安看见窗上挂着很好看的绣花纱窗帘;他立即不假思索地在马上显示了一下他的骑术。这天他骑的不是省长那匹英国种马,而是一匹匈牙利小马,搞得很不好。匈牙利小马竟发起脾气来,尥蹶子,以致他有两三次差一点被翻下马来。

　　"怎么搞的,还是在这个地方!"他对自己这样说,气得脸通红;最不幸的是,偏偏在这紧要关头,他看见窗帘在窗棂上稍稍拉开了一点,显然有一个人在里面看他。正是德·夏斯特莱夫人在那里。她心里想:"啊! 我那个青年军官又要摔下马了!"每当他从这里经过,她总在注意看:只见他的衣着打扮潇洒动人,完美无瑕,尤其是一点也不假作正经,不故作姿态。

　　最后,吕西安还是要出乖露丑,他的那匹匈牙利小马又把他摔到地上,离他初到骑兵团摔倒的地方不过十步远。"说起来这真是命中注定!"他气坏了,重新上马时,心里这样想,"我是前生注定非要在这个年轻女人面前出丑不可。"

整个一晚,这件倒霉事害得他得不到一点安慰。"我非去找她不可,"他想,"看她是不是见到我并不笑出声来。"

有一天傍晚,在德·高麦西夫人家中,吕西安讲了他这件倒霉的事,这下可就成了这一天的新闻,每当新来一位客人,人们就把这件新鲜事重说一遍,他倒也觉得有趣。就在这天晚上临到结束的时候,他听到有人报告说德·夏斯特莱夫人来了;他问德·塞尔庇埃尔夫人为什么她不大在交际场中露面。

"她的父亲大人,德·彭乐威侯爵,前不久痛风症发作;做女儿的虽说是在巴黎长大的,毕竟有责任去陪一陪他;再说我们怕是没福,讨不上她的欢喜吧。"

坐在德·塞尔庇埃尔夫人旁边的一位夫人也加进来讲了几句带刺的话,德·塞尔庇埃尔夫人又在这几句话上添油加醋地讲了几句。

吕西安心想:"这纯粹是出于嫉妒;要不就是德·夏斯特莱夫人的行为让她们抓住了什么把柄?"他因此回想起他初到那天驿站站长布沙尔先生对他讲的关于轻骑兵二十团中校德·毕桑·德·西西里先生的话。

第二天上午,在骑兵团操练的时候,吕西安总是在想着昨天发生的倒霉事儿……"不过,也许骑马确是我在这世界上唯一得意的事。跳舞,我不行,在客厅交际中我也不出色;很明显,这是上天要我蒙受屈辱……对!我如果遇到这个年轻女人,我一定上去向她致敬;我已经两次落马,我们已经认识了;倘若她认为我向她致意是非礼,那也好,也是一个纪念,总会在此时此刻和我摔下马来那可笑的事中间留下一些什么。"

过了四五天,吕西安傍晚步行到军营去刷马,他在一条街道拐角的地方看见一位高高的妇人,戴着一顶简朴的帽子从相距十步远的地方走过。他仿佛看到过这样的发式,头发那么密,色调那么美,似乎在熠熠发光,这在三个月前曾经给他留下很深的印象。真的,是德·夏斯特莱夫人。他又看到巴黎人那种正当青春年少的轻盈步态,不禁为之一惊。

"她认出我来,一定禁不住要嗤笑我。"

他看她的眼睛;眼睛表情的单纯和严肃说明它们在做着一个忧郁的梦,一点没有嘲笑的意味。"那眼光肯定丝毫不带讥诮的意思,"他自己这样说,"她这么靠近我走过,不得不这样望一望我。她不能不看我,就像看一看挡在前面的障碍物,就像在街头碰上一件什么东西……多么让人高兴啊!我成了一架双轮大货车了……眼睛甚至还带着胆怯,眼睛多么美……可是她到底有没有认出我这个倒霉的骑兵?"

吕西安在她走过以后很久才想起预计要向她致意的事;她那眼神,谦卑而胆怯,但又显得那么高贵,以致当她折回从吕西安身边走过的时候,他低下眼来不敢再看她了。

这天上午骑兵操练整整占去三个小时,我们的英雄觉得时间过得不像以往那么长;他心里不停地揣摩那种眼神,对着他的目光直接看过的那种眼神和外省人常有的神情是不一样的。"从我到南锡以后,我心里烦恼难过,我只有一个愿望,就是要这个女人忘掉我那件可笑的事……如果连这样一个并没有什么不好的打算都不能实现,那么,我不但是一个苦恼的人,而且简直成了一个大笨蛋了。"

当天晚上,在德·塞尔庇埃尔夫人家里,他在德·塞尔庇埃尔夫人还有和她坐在一起的五六位好友面前加倍地殷勤小心;他激动地张大眼睛听她们尖酸刻薄地骂路易-菲力浦宫廷,这一场谩骂最后由德·索弗-德·欧甘古夫人的尖锐批评收场。经过他的精心准备,一个小时后,吕西安才站起来走到戴奥德兰特小姐靠在那里做针线的小桌旁边。于是,他给戴奥德兰特小姐和她的朋友把他还没有讲过的最近一次坠马的细节讲了一遍。

他最后说:"最糟的是当时有一些看热闹的人在场,其中有一个人,这件事对她已经不能说是什么新鲜事儿了。"

"是什么人?"戴奥德兰特小姐问。

"一个年轻女人,住在彭乐威公馆二层楼上。"

"嘿!那是德·夏斯特莱夫人。"

"这倒给了我一点安慰,人家说了她很多坏话。"

"事情是这样的,她把自己看作是在九重天上;她不喜欢南锡;我们也不了解她,社交活动中她只露了几次面,或者不如说,"好心的戴奥德兰特特意加上了几句话,"我们对她也完全不了解。她总是隔了很久很久才出来拜客。我宁可相信她脾气懒散疏忽,而且她远远离开巴黎,心境也不好。"

德·塞尔庇埃尔小姐的一位年轻女友说:"她常常叫人驾起马车,可是等了一个小时,两个小时,马车又卸下来,不出门了;人家说她怪、孤僻。"

"要是不准备结婚,就不能和男子跳舞,一次也不允许,对一个敏感的人来说,这是十分难堪的事。"戴奥德兰特又说。

"对我们穷人家没有陪嫁的女孩子来说,情况正好相反。"她的女友说,"当然,她是省里最富有的孤孀。"

她们又谈到德·彭乐威先生性格如何专横独断。吕西安一直期望她们讲一讲德·毕桑先生。他后来想:"我未免太糊涂了。"

一个金发青年走进客厅,他那样子看来是很枯燥乏味的。

戴奥德兰特说:"你看,就是这一位,让德·夏斯特莱夫人最心烦的也许就是他;这就是她的表哥,德·勃朗塞先生,他爱她已经有十五年到二十年了,他经常很动情地说起他们青梅竹马时的爱情,在德·夏斯特莱夫人成为非常富有的寡妇以后,这种爱情变得更加强烈。德·勃朗塞先生的心愿有德·彭乐威先生支持祖护,他好像是德·彭乐威先生最谦卑的仆人,德·彭乐威先生每个星期有三天请他来和他亲爱的表妹一起吃晚饭。"

"不过,我父亲认为,"戴奥德兰特小姐的女友说,"德·彭乐威先生什么都不怕,只怕一件事:他女儿的婚姻。他这是在利用德·勃朗塞先生把别的求婚者都推开去;他也知道他自己大概不会成为这笔巨大财产的占有者,这笔财产现在就由德·彭乐威先生亲自经管;因此,他不同意她回巴黎去。"

"德·彭乐威先生曾经跟他女儿大吵过一场,这是几天前的事,"戴奥德兰特小姐说,"那时候他痛风症正要发作,是因为她不想辞退她的马车夫。德·彭乐威先生说:'我晚上出去时间不长,我的车夫可以派给你使唤;留一个一点用场也派不上的人干什么?'这次争执和上一次他要他的女儿同她的知心朋友德·贡斯当丹夫人断绝关系时吵得一样厉害。"

"就是那天德·朗弗尔先生讲的那个口齿十分厉害、很有才气的女人?"

"就是呀。德·彭乐威先生特别吝啬,又胆小怕事,他怕德·贡斯当丹夫人的果断性格产生不好的影响。一旦路易-菲力浦倒台,宣布共和,他就打算出国流亡。第一次亡命国外,他给搞得狼狈不堪、处境很惨。人家说,他地产无数,现款短缺,所以倘使再一次越过莱茵河逃难,那么,他的一切就全寄托在女儿的财产上。"

吕西安、戴奥德兰特和她的女友正谈得高兴,这时德·塞尔庇埃尔夫人觉得她作为母亲过来打断他们三人躲在一旁密谈也没有什么不妥,虽然她见他们这样谈话心里也觉满意。

她眉开眼笑地走来说道:"你们几个在谈什么?看你们谈得这么热闹!"

"我们在谈德·夏斯特莱夫人。"那位女友说。德·塞尔庇埃尔夫人听了这话,脸色一变,样子立刻变得十分严峻。"这位太太

171

的经历，"她说，"姑娘家不应当拿来做谈话资料；她从巴黎带来的那些行为举动对你们未来的幸福很有危险性，姑娘们，特别是对你们在社会上的声名身份。很不幸啊，她的财产和她罩在财产上的一层虚假光彩都可能让人家对她的严重错误产生不切实际的印象；先生，"她转身对吕西安生硬地说，"对我的女儿讲德·夏斯特莱夫人那些奇遇你可要对我负责。"

"讨厌的女人！"吕西安暗想，"我们偶尔谈谈不过觉得有趣，你就跑来捣乱；我在这里听这伤心的故事不是已经耐心听了一个小时了！"

吕西安摆出极其傲慢、极为生硬的架势站起来扬长而去。回到寓所，他见到房主小麦商博纳尔先生，心里这才觉得满意。

由于烦闷，而且从来也没有去想过什么爱情的事，吕西安却不知不觉做起一个普通情人所关心的事情来了，这让他觉得十分有趣。星期日清早，他居然派一个仆人站到彭乐威公馆大门对面去放哨。等这仆人跑回来告诉他说德·夏斯特莱夫人刚刚到名唤传信堂的当地一处小教堂去了，他立刻起身向那个教堂奔去。

这座教堂十分狭小。吕西安不备车马就不出门，这已经成了一条规矩。因此他这许多马匹嘈嘈杂杂，不免招摇过市，他又穿着一身军装，非常触目，连自己也为这种缺乏精巧雅致的势派感到惭愧。他看不清德·夏斯特莱夫人，她坐在小教堂深处，那里光线晦暗。吕西安看见了她，觉得她是那么朴素自然。他想："要么是我弄错了，要么这女人对自己身边什么事都不注意；然而，她的风韵和这极度的虔诚多么和谐一致。"

下一个礼拜日，吕西安步行到传信堂去；虽然是这样，他还是感到不很自在，仍然觉得过于张扬。

他的仪态无论怎样都难以和德·夏斯特莱夫人高洁的气韵相比。但是吕西安所坐的那个位子却能清楚看到她走出去，他注意到她的眼睛并不总是完全向下俯视,这时她的眼睛有一种美,是那样奇异而独特,以致在这样的时刻眼睛究竟如何在感受也不由她做主地一一流露出来。他想:"这两个眼睛大概总让它们的主人生气;任凭她怎样,反正她无法让它们什么也不表示。"

这一天,她的眼睛表示着深深的专心致志和深深的忧郁悲愁。"难道就是这一对深受感动的眼睛向德·毕桑·德·西西里先生表示敬意?"

一想到这个问题,他的快乐心境就一扫而尽。

第十四章

"军队驻地的爱情只会招来无穷的烦恼,这话我不相信。"这个看法不无道理,不过未免庸俗。这个看法却使吕西安有点认真起来了;他想了很多,也想得很深。

他沉默了好半天,接着他对自己说:"是啊,且不管那是不是容易办到,但能和这样一个人很好地谈一谈,终究是诱人的。"他脸上的表情表示"诱人"二字不大妥当,他继续想下去:"一个中校和一个普通的少尉,中间有一条鸿沟相隔,我不能假装看不见;德·毕桑·德·西西里是圣路易①的兄弟查理·德·安茹②的随从的后代,这样一个贵族姓氏和一个小小的资产者姓氏勒万,中间的距离更是可怕……不过从另一方面考虑,我有穿新号衣的仆人和英国种的好马,照外省人的看法,也应当给一个半贵族的头衔吧……也许,"他笑着又说了一句,"一个完全的贵族头衔……

"不,不,"他猛地站起来,又愤愤地说,"卑鄙的思想不可能和这么高贵的面貌并存……她如果有那种思想,那也是她的宗族门阀观念。她有这样的思想也没有什么可笑,并不奇怪,因为她从六岁开始教理学习就已经把那种思想全部接受下来。那已经不是什么思想,而是感情。可是外省贵族只知注意仆人穿的号衣和马车

---

① 圣路易(1214—1270),即法国国王路易九世;改革内政,加强王权,曾率第六次十字军东征,入侵埃及。

② 查理·德·安茹(1226—1285),即查理一世,那不勒斯和西西里国王,法王路易九世之弟。

的漆饰样式。

"但这种种精致美雅的要求又是为什么呢？我很可笑，我应当承认。可我是不是应该弄清楚这种内在的品质？我是多么希望有她在的客厅我也能在那里过几个晚上啊……我父亲来信说南锡上流社会不会接受我，可是他们接受了。好不容易哟；是时候了，是我应该在这些社交场合有所作为的时候了。那些地方确实令人厌烦，确实乏味。太厌烦就会把我搞得心不在焉、粗心大意；这批极爱虚荣的贵族地主巴不得我这样，哪怕他们当中最好的人也决不会放过我的。

"西尔维亚娜小姐说过：要有一个生活目标。为了有一个生活目标，我为什么不想办法和这个年轻女人在晚上见面呢？我真是太老实了，还想到什么爱情，还要自我谴责！这样混混，对一个有价值的人，要为祖国献身，又有什么妨碍呢！

"其实，"他忧郁地笑了，"她那可爱的谈话，我希望见到她、听她谈话时所能得到的快乐，很快就能把我的毛病治好；生活方式、举止风度是高贵的，在生活中又有适用于另一种社会地位的谈吐，这大概就是西尔维亚娜·贝尔序小姐那样的女人的下一步吧。她也可能像德·塞尔庇埃尔夫人那样，又刻薄又虔诚；也可能像德·高麦西夫人，醉心于贵族那一套，总是和我谈她祖先有过的种种头衔，德·高麦西夫人昨天还和我谈了很久，年代也搞得颠三倒四，说她一个老祖宗名叫昂格朗，追随弗朗索瓦一世[①]出征，和阿尔比[②]人打仗，还当上奥弗涅的司令官……这一切都是千真万确的。不过，她很美；和她这样过一两个小时，此外还要我怎么样？反正我和她相隔只有两步，这些无聊的废话咱们就听吧。可笑或卑鄙

[①] 弗朗索瓦一世（1494—1547），法国国王，昂古莱姆伯爵查理·德·瓦卢亚-奥尔良之子。

[②] 阿尔比，法国南部塔尔纳省首府。

的思想为什么竟没有摧毁这么美的面容,从哲学观点考虑一下,这也许是很有意思的事。其实,拉瓦特尔的学说①真是再可笑也没有了。"

在吕西安的头脑中,千头万绪归结到一点,就是:德·夏斯特莱夫人去做客的地方,或者她不出门在自己家里,如果他不能打进这些地方去找她,那就简直是蠢到了极点。"必须小心仔细。很可能这就是对南锡贵族的一场攻坚战。"按照这种哲学推理推下去,命中注定的字眼"爱情"这两个字就可以避开,他也用不着自责自怨了。他不是常常笑自己见到表兄埃德加时那副可怜相吗!一个人当然应当有自己的尊严,但是自己的尊严偏偏要寄托在一个女人的评价上,而她因为自己的祖先追随弗朗索瓦一世屠杀阿尔比人就自高自傲:这有多么复杂,多么可笑! 在这种纠缠不清的矛盾中,男人真比女人更加可笑啊。

想出这一大套美妙的理论也无济于事,德·毕桑·德·西西里先生仍然盘踞在我们的英雄心里,正像德·夏斯特莱夫人也在支配着他的心灵一样。他用非常巧妙的方法转弯抹角地提出关于德·毕桑先生以及能不能见他的问题。可是戈提埃先生,博纳尔先生,还有他们的朋友,以及整个二流社会②,尽管通常他们都是喜欢吹牛的,可是对德·毕桑先生却毫无所知,只知道他是最大的贵族,德·夏斯特莱夫人的情人,在德·高麦西夫人和德·毕洛朗夫人的客厅里,人们讲话一向吞吞吐吐、闪烁其词;吕西安在这里问到德·毕桑先生,人们似乎一下子想起吕西安属于敌对营垒,于是明确的回答他就不要想了。他在和他的女友戴奥德兰特小姐交谈时,也没能接触到这个题目,说实在的,戴奥德兰特小姐是唯一

---

① 拉瓦特尔(1741—1801),瑞士哲学家,曾创立一种所谓面相面术,根据面部特征来研究人的性格和人的才能禀赋,著有《展望永恒》《自省者秘行记》等。
② 上流社会指南锡贵族,二流社会当指资产阶级头面人物及其社交界。

不想骗他的人。德·毕桑先生的真相吕西安始终没能弄清。德·毕桑先生是一位很不错、很严肃的绅士，不过没有头脑、缺乏才智；初到南锡时，人家对他的接待，他自己肥大的身躯，他那普普通通的眼神，以及四十岁的年纪，他自己都没有一个正确的认识，就以德·夏斯特莱夫人的情人自居。所谓德·毕桑先生的真相不过如此。可是德·毕桑先生，却是不停地到她父亲和她的家里去做客，打扰他们，让他们心烦，她一直想方设法让这位频频上门来访的客人来得少一点，可是总没有成功。她的父亲德·彭乐威先生坚持主张与南锡军界搞好关系。他与查理十世有书信往来，虽说无可非议，可是一旦真相败露，受命前来逮捕他的将是谁？能够保他逃命的又是谁？万一巴黎宣布共和，能够庇护他，使他免受当地暴民残害的又是谁？

不幸吕西安对以上种种完全蒙在鼓里，毫无所知。他见到杜波列先生，发现他在听他问起这些问题时也总是巧妙地回避。

在比较有交情的朋友间，人们总是不停地告诉他："这位高级军官是圣路易的亲兄弟、德·安茹公爵的一个副官的后代，他的老祖宗曾经辅佐德·安茹公爵攻克过西西里岛。"

他在德·昂丹先生那里倒是了解到一些情况。德·昂丹先生有一天告诉他说：

"你现在住到他原来住的那个地方，这件事你办得对头，这所房子在城里算是很不错的了。毕桑这个倒霉蛋，人很了不起，一点主张也没有，非常潇洒，常常请太太们到比莱维尔森林或绿色猎人森林去进午餐游玩，那个地方离开此地不过四分之一里路程。他非要到半夜才觉得开心，因为到这个时候他才有了醉意，差不多天天都是如此。"

吕西安现在一心只想在某一社交场合有机会遇到德·夏斯特莱夫人，因此当初想在南锡人面前炫耀自己的企图，现在被怎样才能抓住这个美丽的小玩意儿的念头——如果不是抓住她的心的话——这种强烈的欲望所代替了。这就是促成他现在的行为的动机。现在他也许看不起南锡人了,不过这也未免有点过分。他想:"她是省里一个年轻的极端保王党,圣心修道院①出身,接着进入查理十世的宫廷,一八三〇年七月革命,又从巴黎被赶了出来。这里面总应该有一些什么非同寻常的观念!"德·夏斯特莱夫人的故事实际上也不过如此。

一八一四年第一次复辟②之后,她的父亲德·彭乐威侯爵先生看到自己不仅不能留在宫廷,而且被逼到南锡这地方来,是很灰心的。

他说:"我看我们这些人不同于宫廷贵族这条线已经是划定的了。我的堂兄与我同一个姓氏,因为他属于宫廷,二十二岁就当上上校指挥一个团,可是我在这个团里,谢主隆恩,活到四十岁才爬到一个上尉的位置。"德·彭乐威先生第一件痛心的事就是这个,这一点不论对谁他都毫不隐讳。事隔不久,第二件痛心的事接踵而至。他出面参加一八一六年下院选举,计票结果他才六票,其中还包括他自己投的一票。他只好又躲到巴黎去,扬言受到这种耻辱后再也不回到省城来了。当时他还带着他的女儿,才五六岁。他为在巴黎谋得一个地位,到处请托,想进贵族院。德·毕洛朗先生当时在宫廷里吃得开,就劝他把女儿安排到圣心修会的修道院去;德·彭乐威先生按照这个指点去办了,觉得这个建议意义重

---

① 圣心修道院即耶稣圣心修会,1806 年仿照耶稣会(耶稣修会)创办的女修道院。
② 1792 年 9 月 21 日,国民公会宣布废除君主制,波旁王朝灭亡。1814 年 3 月 30 日反法联军进入巴黎,4 月 6 日拿破仑退位,波旁王朝第一次复辟。1815 年 3—6 月拿破仑"百日"统治,1815 年 6 月 18 日拿破仑滑铁卢一战失败,6 月 22 日第二次退位,波旁王朝第二次复辟,直至 1830 年七月革命,末代君主查理十世被推翻,波旁王朝在法国的统治最终结束。

大。他自己也热心信教,所以到了一八二八年就把他女儿嫁给查理十世宫廷侍卫队的一名准将。这桩婚姻过去被看作是大有进益的。德·夏斯特莱先生家资甚富。他人看起来比他的实际年龄要老得多,因为他已经秃顶;不过人倒是精神抖擞,举止高雅,甚至柔柔软软的。他宫廷上的政敌曾经把大诗人布瓦洛①评论他那个时代的传奇的一句诗奉送给他,那句话是:

  柔情蜜意都说尽,甚至说到"我恨你"。

  德·夏斯特莱夫人在她那位崇拜小手腕、小作态的丈夫的指导下,很受公主们欢迎,因为拿姿作态、耍小手腕在宫廷里是很起作用的。德·夏斯特莱夫人很快得到了称心如意的地位。她在滑稽歌剧院和歌剧院②都包着宫廷的包厢,在夏季,在默东③和朗布依埃两处都有消夏寓所。她很幸运,不必过问政治,也用不着去看报。她所知道的政治就是法兰西学院举行的公开会议,这样的场面她丈夫一定要她去参加,因为他本人也有意进学院当一名院士;他是米勒沃伊的诗章和德·丰塔纳先生④的散文的伟大赞赏者。

  一八三〇年七月枪声一响,所有这些美妙无比的想法就都给打乱了。

  亲眼看到老百姓上街,这是他的话,使他不禁想起大革命开始时富隆和贝尔提埃两位先生⑤被残杀的景象。他认为靠近莱茵河

---

① 布瓦洛(1636—1711),法国诗人、文学理论家;作品有《讽刺诗》,还有用诗体写的文学理论《诗艺》。
② 此歌剧院即巴黎歌剧院。
③ 默东,法国巴黎大区上塞纳省城市,位于巴黎西南,距凡尔赛不远,其森林很著名,十八世纪初建王室城堡,并建有默东天文台,雕塑家罗丹、画家马奈、作曲家瓦格纳曾在此居住,罗丹故居现辟为纪念馆。
④ 米勒沃伊(1782—1816),法国诗人。德·丰塔纳(1757—1821),侯爵,法国诗人、评论家,巴黎大学校长。
⑤ 富隆(1717—1789),法国政客。贝尔提埃(1737 或 1742—1789),法国政客。

的地区应该是安全可靠的去处,于是他就逃到距南锡不远的他妻子一处地产上躲了起来。

德·夏斯特莱先生,人可能有点装腔作势,为人处世一般还让人觉得愉快有趣,不过他从来不是个多谋善断的人。他所景仰的家族三度亡命避祸,这已成了他终生得不到安慰的事了。"上帝的旨意,我是看到了。"他在南锡一些人家客厅里痛哭流涕地这样说。不久之后,他一命呜呼死了,身后留给未亡人一笔每年可以支取两万五千利弗尔①的公债券。这笔财产还是一八一七年贷款时期国王赏赐给他的,南锡上流社会对此十分眼红,无端把它抬高到一百八十万或两百万法郎的数目了。

吕西安费了很大力气才把这东鳞西爪的事实汇集起来。至于德·夏斯特莱夫人的行为,在德·塞尔庇埃尔夫人客厅人们所加给她的憎恶怨恨,以及戴奥德兰特小姐通情达理的见解,这些才使吕西安略微更清楚地了解了真实情况。

德·夏斯特莱夫人在她丈夫过世一年半之后,才敢提出回巴黎去这句话。德·彭乐威老爷一听到这句话,如同阿尔塞斯特②在喜剧里发脾气那样,用同样的腔调、同样的手势,对她说:"怎么,怎么,我的女儿!你们那些王公大人都在布拉格,可是你倒要回巴黎去!德·夏斯特莱先生在天之灵将会怎么说?哎呀哎呀!如果我们真要离开我们祖先的宅邸,那么,马头也不应该朝这个方向转。还是在南锡照看你的老父吧,如果我必须起步出行,那也应该直奔布拉格……"等等。

德·彭乐威先生说起话来就好比路易十六③时代能言善辩的

---

① 利弗尔,法国古代的记账货币,价值相当于一古斤白银。
② 阿尔塞斯特,莫里哀喜剧《愤世嫉俗》中的主人公。
③ 路易十六(1754—1793),法国国王,法国大革命前封建王朝末代君主,与王后玛丽·安托瓦内特同被送上断头台处决。

人士讲得有声有色的长篇大论,在当时也算是很有见解的。

德·夏斯特莱夫人只好放弃去巴黎的想法。从此以后,只要一提起巴黎,她父亲就要尖酸刻薄地对她说上一大套,还要吵闹一场。不过,可以告慰的是德·夏斯特莱夫人有很好的马,有一部精美的四轮敞篷马车,还有不少穿着华美号衣的仆从。这种气派在南锡城内不大容易见到,但到了城外大马路上那就不同了。德·夏斯特莱夫人总是尽可能常常去看一看她在圣心修道院的女友德·贡斯当丹夫人,她住在距南锡只有几里路远的一个小城镇上;而德·彭乐威先生对这件事却恨得要命,想尽一切办法给她们制造纠纷。

吕西安在他远途遛马时曾经有两三次在离南锡几里路的地方遇到德·夏斯特莱夫人乘四轮马车兜风。

有一次,是在午夜,吕西安到抽水机路去散步抽烟,抽他那种用甘草叶卷的小雪茄烟。在这个地方,他穿着很神气的军装,与德·夏斯特莱夫人近在咫尺,他一直为能得到这样的幸运感到欢喜。他拼命把希望寄托在他有俊美的马又有阔气的仆从这上面。他一想到他光秃秃的布尔乔亚姓氏,那就更要为实现自己的希望而奋斗。但是,尽管嘴上这样讲,但心里并不这样想。自从在望弥撒时看到德·夏斯特莱夫人半个多月以来,德·夏斯特莱夫人已经成了他心目中一个理想的存在,可是实际上德·夏斯特莱夫人对他的态度却已换了一番景象,这却是他所未能见到的。

听到关于她的事迹的传闻后,他起初认为"这年轻女人受了父亲一肚子气;她一定为父亲贪图自己的财产感到痛心;外省也叫她烦恼厌倦;她不过为了消愁解闷搞出一点风流事来,这也是光明正大、无可非议的"。后来,即使去向她献殷勤,她那纯洁真诚的容貌也使他产生了一些疑问。

最后,在前文说到的那天晚上,吕西安又产生了另一种想法:"真是活见鬼!我真是一个糊涂虫;喜欢军装,我真该为这个高兴才是。"

他越是强调产生希望的这个动机,心情就越是灰暗烦恼。

过了好半天,他把声音略略提高,说出这样一句话:"难道我蠢到这种地步——竟然产生了爱情不成?"就像受到一声雷击一样,他站在路当中,一动也不动,在那里发呆。幸好是深更半夜,路上不见人影,不会有人看到他的脸色,更不会有人笑他。

怀疑自己爱上了一个女人,他心里只觉无比羞愧,只觉自己被贬低、降了格。"那样的话,我就像埃德加一样,"他想,"我的心该是多么渺小,又是多么脆弱!受到的教育可以把它支持一些时间,但遇到特殊的情况,在意料不到的场合下,它的本来面貌就又暴露出来了。怎么!正当法兰西青年一代抱定决心为伟大事业献身的时刻,我反倒把生命浪费在一对美丽的眼睛上,就像高乃依①笔下那些可笑的英雄那样!这就是我在这里过的这种规矩而有理性的生活所得到的结果啊。

> 他那个年纪的思想他居然一点也没有,
> 他那个年纪所有的不幸他倒样样俱全。

"我也曾经有过这个念头:不如到梅斯搞个小舞女,那反而更好,索性认真追求德·毕洛朗夫人或德·欧甘古夫人反要好得多。同这几位夫人在一起,不过是交际场中一次小小恋爱,用不到担心发生什么逾分难弄的事。

"这件事如果继续发展下去,我真会发疯,真要变得碌碌无为了。这和我父亲加到我头上的圣西门主义②这个罪名可完全不一

---

① 高乃依(1606—1684),法国剧作家,法国古典主义悲剧奠基人,剧作有《熙德》《贺拉斯》《西拿》《波利厄克特》等三十余部。
② 圣西门主义即空想社会主义;圣西门(1760—1825),法国空想社会主义者,认为科学、道德和宗教的进步推动历史发展,主张新社会保留私有制,由知识分子和实业家领导,著作有《论实业制度》《新基督教》等。

样！今天谁还肯为女人烦心费事？除非是那种人，像我母亲的朋友德·某某公爵，在他光荣一生的垂暮之年，战场上欠的债已经一一偿清，贵族院开会投票他竟拒而不往，宁愿捧小舞女玩玩，像人家玩金丝雀一样。

"我怎么样！在我这个年纪！敢说他真心在爱一个女人，这样一个年轻人到哪里去找？如果是玩玩，那没有问题；如果真心相爱，那我就绝对不可原谅了；我真心对待这件事的证据恰恰就是一片真诚而不是单纯为了取乐，我刚刚发现的情况偏偏正是：德·夏斯特莱夫人喜欢我这一身光彩的军服，我非但不高兴，反而觉得悲伤。这就是证据。我对祖国应负的责任我知道。到现在为止，我自己的基本估计就在于：我并不是侥幸中了头彩只图享乐的那么一个自私者；我这样看自己，就因为我知道对祖国的责任高于一切，我应该尊崇伟大人物。我正当有所作为的年纪，我要行动起来，祖国随时可以向我发出召唤，我一定起而响应号召；我要尽心竭力去发现法兰西利益之所在，这正是某些狡猾的骗子企图浑水摸鱼的地方。我们应尽的职责是这样错综复杂，仅仅一颗头颅、一颗心还不足以把它看得透彻。在这样的时刻，我却偏偏心甘情愿做一个外省渺小的极端保王党女人的奴隶！你，还有你住的这抽水机路，你给我见鬼去吧！"吕西安一口气跑回家去；羞愧的感情剧烈地震荡着他，使他一夜不能入睡。天刚刚亮，他就跑到兵营大门前，在那里走来走去，不耐烦地等待点名的时间。点名以后，他陪着他的两位同志走了一段路，有几百步远；这种同志关系，第一次让他感到愉快。

最后又剩下他一个人。他想："撇开美貌不谈，无论如何，我在这一对清澈、贞洁的眼睛里看不出那是一个歌剧院的舞女。"关于德·夏斯特莱夫人的问题，就像这样，他翻来覆去想了一整天，仍然拿不定主意。说她是驻扎在南锡的所有中校的情妇，他无论如何也下不了这个断语。只是他的理智告诉他:"她肯定非常苦恼。她父亲压她,不许她去巴黎;她父亲破坏她和她的知心女友的关系;谈情说爱因此成了这可怜的人唯一的安慰。"

这条理由虽然充分,却使我们这位英雄更加惆怅悲伤。实质上,他自己也隐约看到他的处境实在尴尬可笑:他在爱着,无疑也希望成功,可同时他又感到不幸,还想鄙薄他的情人,他之所以要看不起她,正因为有可能取得成功。

对他来说,这真是残酷难耐的一天啊;不论遇到谁,好像都非要和他谈谈托玛·德·毕桑先生以及他在南锡过的愉快生活不可。人们还把这位先生的生活同费欧图中校及三位骑兵中队队长在小酒馆、咖啡馆过的日子对比一番。

他想知道的事情真可说是纷至沓来,因为一提到德·毕桑先生,德·夏斯特莱夫人的名字就必定脱口而出;这时他的心偏偏要坚持向他证明她是纯洁的,纯洁得像天使一样。

现在,他那些穿着华美号衣的仆从,他那些漂亮的马,他那在南锡街上招摇过市、震得一路木屋哗哗响的四轮马车,他都觉得索然无味。拿别人的贫穷取乐,他甚至感到可耻可鄙;别人的贫穷曾经分散他厌烦无聊的心情,现在连厌烦的心情他都忘得一干二净。

接下去许多天,吕西安心烦意乱,惶惶不安。他不再是一个轻浮得一点小事就把他吸引住的人了。有时,他非常鄙视自己,自怨自艾。但是懊恼归懊恼,抽水机路一天他还要跑上好几回。

吕西安发现自己内心的秘密、深感屈辱懊恼之后过了一个星期,他来到德·高麦西夫人家里,看见德·夏斯特莱夫人恰好也在。一见之下,他一句话也说不出来,他的脸色忽而变红,忽而变白,显得杌陧不安;他明明知道客厅里只有他一个男宾,也想不到走上前去伸出自己的手臂搀扶引导德·夏斯特莱夫人上马车。他从德·高麦西夫人府上出来,更加看不起自己了。

这位共和派,这位行动家,那么热衷于骑马,操练骑术,仿佛要做好战斗准备似的,万万没有料到这就是爱情,他还一向把它比作他鄙视的危险的深渊,深信自己是绝不会失足落水的。另一方面他又认为这种热情是罕见的,不过在舞台上演演罢了。因此,现在眼前发生的一切,他只有吃惊。他好比一只野鸟陷入网罗,被关进鸟笼,又像这只惊慌失措的小鸟,只会在笼中发狂地东扑西撞,碰得头破血流。"怎么搞的!"他对自己说,"一句话也讲不出来;怎么搞的!连最简单的常礼也忘了!我的心竟软弱得见到要犯错误就连忙后退,甚至连犯错误的勇气也没有!"

第二天,吕西安在骑兵团里没有任务,向上校请了假,一人乘机远远躲到比莱维尔森林里去了……快到傍晚才回来,一个农民在途中告诉他去南锡还有七里路。

"应该说,我比我自己想象的更要傻!难道在森林里这么纵马狂奔就能博得南锡社交界对我的好感?就能找到机会遇见德·夏斯特莱夫人?就能补救我做下的蠢事?"

他急忙赶回城里;来到塞尔庇埃尔府上。戴奥德兰特小姐是他的朋友。而他这个人尽管自信那么坚强,这一天可真需要友好的目光的抚慰。他当然不敢对她讲出自己的弱点;不过,在她身旁,他的心可以得到宁静。他对戈提埃先生十分敬重,但他是建立共和国的传道士,凡与法兰西的幸福和法国自治无关的事他一概认为不值得重视,都是幼稚无聊的。杜波列本来是一位极好的顾问;他不仅对南锡的人与事了如指掌,而且每周一次还同吕西安所关心的人一同吃饭。吕西安十分谨慎,总是提防着别让人家有机会把他出卖了。

吕西安正要对戴奥德兰特小姐讲他这次远途骑马漫游的所见所闻,不料门丁通报德·夏斯特莱夫人到了。吕西安一下变得手足失措,不知怎么办好;他想说话,又说不出;他讲了几句,也不知所云。

即使随骑兵团开上火线,没有一马当先,冲向敌阵,反而掉转马头,往后逃跑,他也不会这么惊慌失措。这样的想法,把他整个儿推入极其激烈的慌张惊乱之中,因此,哪怕就是他自己的事,他也答不出来了!这真是谦逊胆怯的一次教训呀!为了能够自我控制,不是按照虚妄的或然性,而是根据确有把握的事实,多么需要行动,多么需要敢于行动啊!

吕西安昏昏然就像在梦中似的,这时一件出乎意料的事突然把他从梦中惊醒:德·塞尔庇埃尔夫人要把他介绍给德·夏斯特莱夫人。德·塞尔庇埃尔夫人介绍过后,还说了许多言过其实的恭维话。吕西安满脸涨得通红,想找一句什么应酬话说一说,一下也不知说什么才好,这时人家又着重夸赞他性情多么可爱,如何健谈,谈得多么好,还谈到他巴黎人的那种风雅动人。弄到最后,德·塞尔庇埃尔夫人也看出他这般光景来了。

德·夏斯特莱夫人找了一个借口,只坐了片刻就要告辞。当她站起来要走的时候,吕西安本想搀扶她的手臂送她上马车。可是他感到自己颤抖得厉害,要离开座椅那简直是太不谨慎了;他唯恐当众出丑。如果他真的付诸行动,恐怕德·夏斯特莱夫人会发话:"先生,还是让我来扶着你走吧。"

第 十 五 章

"我真不相信你怕闹笑话竟怕得这么神经过敏,"德·夏斯特莱夫人走出客厅,戴奥德兰特小姐对他说,"是不是德·夏斯特莱夫人眼中的你,就像圣保罗①当初地位不显时刚见到三重天,她就把你吓成这么一副模样?"

吕西安只好接受这样的解释,他不想争辩,天机不可泄露;后来他估摸这时他抽身引退不会让人觉得奇怪,就溜之大吉了。这是他唯一一次险些儿出洋相,总算没有闹出笑话来,这是聊可自慰的。"难道我染上了时疫热症?"他问自己,"浑身抖得这么厉害,一点也控制不住,这怪不得我!如果我摔断了腿,那当然就不能跟骑兵团开拔。"

塞尔庇埃尔府上宴客,这本来没有什么好说的,因为除了他们不那么富有以外,哪一方面都不比别人差;不过,也还要感谢贵族阶级的偏见,这在外省是非常强烈的,正是凭这种偏见,这位上了年纪的前国王的中尉才有可能把六个女儿嫁出去,所以能到这种人家赴宴的荣誉是小看不得的。加上德·塞尔庇埃尔夫人在决定请吕西安之前实在也颇费踌躇。他这个姓氏的确太布尔乔亚了;权衡得失,到头来还是功利占了上风。这是十九世纪的风气:吕西安毕竟是个未婚男人。

---

① 圣保罗,基督教领袖之一,约生于公元开始时,起初迫害耶稣门徒,据《圣经》记载后来耶稣向他显灵,才信仰耶稣,成为基督教著名大使徒,使基督教在小亚细亚、希腊、罗马等地得以传布。公元67年在罗马被杀害。

单纯善良的戴奥德兰特一点也没有理会这里面包含的政治策略；不过她终究还是必须俯首从命的。吕西安的座位就指定在她一侧，放在餐巾上面的小卡片上已经写明。前国王的中尉亲笔在上面写了"骑士勒万先生"的字样。戴奥德兰特明白，吕西安看到这个异想天开的贵族封号难免会感到意外。

他们也邀请了德·夏斯特莱夫人。因为两个月前曾经请过她，那时正值德·彭乐威先生痛风症发作，那一次她没有能够光临。戴奥德兰特对她母亲这一套高级政治感到难以为情。当客人陆续到来，德·夏斯特莱夫人的座位就在骑士勒万先生的右侧，而她坐在他的左面，这更叫她感到左右为难、难以自处了。

吕西安一到，德·塞尔庇埃尔夫人忙把他拉到一边，把她作为有六个待嫁女儿的母亲搞的这弄虚作假的一套开宗明义——对他讲明：

"我把你的位子安排在漂亮的德·夏斯特莱夫人旁边；这是本省最好的一门亲事的对象，她对穿制服的军人可以说并不讨嫌；所以这实在是一个好机会，你不妨好好下番功夫结识她，这可是我介绍你们认识的。"

吃饭的时候，戴奥德兰特发现吕西安心情不快：他说话很少，确实，他说出来的话也是大可不必说的。

德·夏斯特莱夫人和吕西安谈话，不过谈些南锡当时一般谈话中通常讲到的几个话题。税务总署署长太太葛朗代夫人即将从巴黎光临，无疑会使席上非常兴奋愉快。她的丈夫很有钱，她也算是巴黎最美的女人。吕西安想起有人说他是罗伯斯庇尔的亲戚这样的闲话，他竟勇气十足地说他常见葛朗代夫人到他母亲勒万夫人家中来做客。谈话一转到这个话题，我们的少尉能谈的也可怜得很，又由于他心智一时跟不上来，最后只好胡乱提出一些枯燥乏味的问题问德·夏斯特莱夫人。

晚饭之后,有人提议出去散散步,吕西安荣幸地引着戴奥德兰特小姐和德·夏斯特莱夫人到池塘那边去走走。这池塘有个很好听的名字,叫作采邑湖,湖边有一条小船,他担任驾船的任务,请女士们坐在船上。吕西安曾经和几位塞尔庇埃尔小姐划过这条船,这一回几乎把船给搞翻了,戴奥德兰特小姐和德·夏斯特莱夫人差点儿淹到四尺深的湖里去。

两天后,是一位目前还在国外的尊贵人物的诞辰。

德·马尔希侯爵夫人,佩戴红绶带大人物的未亡人,认为应当举行一次盛大舞会以资庆祝;但在庆祝会的请帖上对举行舞会的缘由讳莫如深,不露痕迹;有七八位思想境界极高的贵妇人认为这样做不妥,是胆小示弱,为了这个缘故,她们不肯赏光前来参加大舞会。

第二十七骑兵团只有上校、吕西安和小黎格堡①受到邀请。可是一走进侯爵夫人的客厅,党派精神就使得哪怕最讲究礼节、讲究到令人疲劳不堪的地步的人也会对最简单的礼节置之不顾。马莱尔·德·圣梅格兰上校在这里被看成僭入者,甚至暗探;吕西安倒好像是这家人家的宠儿;这位英俊潇洒的少尉在这里的确让人迷恋。

来宾已经到齐。大家步入舞厅。舞厅被安排在花园里面。这座花园原是路易十五②的岳丈国王斯坦尼斯拉斯③栽种花木培植起来的,按照当时的趣味园中布置着千回百转的千金榆小径,有一座优美的亭阁矗立在花园中央,可是自从查理十二④的朋友亡故后,这处亭阁年久失修,已经陈旧不堪。为了把破败的陈迹掩饰起

---

① 黎格堡是某省的省长(见后第五十章),此处当指其子。
② 路易十五(1710—1774),法国国王,路易十四的曾孙,勃艮第公爵路易之子。
③ 斯坦尼斯拉斯(一译斯坦尼斯瓦夫一世,1677—1766),波兰国王,路易十五的王后玛丽·莱什琴斯卡之父,著有《以言论自由确保自由》。
④ 查理十二(1682—1718),瑞典国王,瑞典国王查理十一和丹麦公主埃莱诺拉的长子。1702年查理十二入侵波兰,1704年强迫波兰贵族废黜波兰国王奥古斯都二世,把斯坦尼斯拉斯扶上王位。

189

来，主人把它改装成一顶漂亮的大帐篷。本地司令官因为不能参加舞会，不能亲自来庆祝尊贵人物的生日而感到十分遗憾，就从当地仓库借来两顶俗名叫"侯爵夫人"的帐篷①。于是人家就在这地方把帐篷张在亭阁一侧，其间还开了几扇窗，大门互相沟通，而且大门都由以白色为主的印第安人扇形花饰装饰点缀；这样一来，即使在巴黎，场面也不过如此；各个方面的布置装饰统统由三位罗莱尔先生一手包办。

到了晚上，吕西安见到这美丽悦目的帐篷，欢快热闹的舞会，无疑还有使他感到欢欣愉快的接待，他的懊恼与愁闷不禁烟消云散，情绪顿时好了起来。花园的美景和管弦纷奏的舞厅都让他心花怒放，高兴得像个小孩子一般；这种初次感受到的热烈情绪好像使他换了一个人似的。

这位严肃的共和派简直像个小学生那样快乐，从马莱尔上校面前走过，一句话也不跟他说，对他甚至不屑一顾。在这一点上，他是随大流的；上校在这个地方尽管神气活现，可是没有一个人理睬他，他在这里仿佛一只"生了疥疮的绵羊"被孤零零地撇在一旁；生了疥疮的绵羊，这是舞会中表示处境难堪、受到冷遇常说的一句话。可是他又不甘心离开舞会，避开这种到处一律的无礼对待。"在这里，思想不对头的是他了，"吕西安心下想道，"过去借阅览室的题目那样待我，一报还一报。对付这种人，有机会叫他吃瘪，就要叫他吃瘪；因为正直的人鄙视他们，他们还以为那是怕他们。"

吕西安走进舞厅，注意到所有的仕女身上都装饰着绿白两种颜色的缎带，这倒并不使他感到有什么不愉快。这是对当前国家元首的蔑视，对背信弃义的元首的攻击。民族被提高到极高的地

---

① 即营帐门口的挑篷。

位上,以致任何一个家族,即使这个家族出过什么英雄人物,也绝不允许它来污辱民族。

相互连搭的几个大帐篷中有一个帐篷,它里面有一个地方像是一间内室,其中灯火辉煌,可能有四十支蜡烛高高燃烧,那光线吸引着吕西安。"很像是圣体瞻礼游行行列中的神座。"吕西安这样想。在这许多蜡烛中间,在最尊严的地位上,就像一具圣体显供框似的,摆着一幅画像,上面画着一个苏格兰少年①。画家在这个孩子的面容上——毫无疑问,他"想"得比他画得更好——竭力想把青春的笑容都堆砌上去,连极高的天才思想都想拼命画到那额头上去,结果却画成了一幅惊人的讽刺画,画出来的是一个怪物。

所有走进跳舞大厅的女人都要匆匆经过这个地方,还要在这幅苏格兰少年的肖像前停下脚步。人们要在这里静默肃立一下,还要做出一副庄重的神情来。然后转身出去,又恢复为舞会那种欢欢喜喜的表情。接着还要朝前走,到本宅女主人面前表示一下敬意。有两三位夫人在走向肖像之前先来到德·马尔希夫人身旁,因而遭到冷遇,她们中有一位立刻省悟过来,发觉自己做了错事。吕西安对这仪式点滴不漏地把细节都看在眼里。"我们这些贵族阶级的人,"他笑着对自己说,"都团结到一起来了,我们现在是谁也不怕了;对这些蠢事,是只许看,不准笑!"他还想:"查理十世党,路易-菲力浦党,这两派互相仇视,用民族的金钱来赏赐民族的公仆,他们两派都认为是我们欠了他们的债,真有意思。"

舞会的确十分出色,他把舞会的全貌检阅了一番,就坐到玩波士顿牌桌边上来,他的座位在这里被安排在皇帝的表亲德·高麦西伯爵夫人的旁边,这是可感激的。他在这里坐了整整有两个钟

---

① 即亨利五世的画像。1830 年亨利五世(即尚博尔伯爵)的堂兄路易-菲力浦夺得王位,他被迫逃出法国,青年时代大部分时间在奥地利度过。他仇视法国大革命和立宪政体。

头,真够他受的;这期间吕西安听到她谈自己时有五六次提到皇上的称号。

"外省人的虚荣心让他们想出一些简直令人难以置信的怪念头,"他想,"我就像是在国外旅行一样。"

皇帝的表亲对吕西安说:"先生,你真了不起啊,一个多么可爱的骑士,我的的确确不愿和他分开啦。我看这里的小姐们都急着要去跳舞;我再拖住你不放,她们就都要拿那含有敌意的眼光看我了。"

德·高麦西夫人给他指出许多位第一等身份的小姐。

我们的英雄下了决心,一定要勇敢向前,他不仅去跳舞了,而且侃侃而谈;凡外省未经正规教养的贵族少女的才情智慧所能体会的,他以此为准找出一些有意思的话都谈了一谈。他的勇气得到了赞赏,德·高麦西夫人、德·马尔希夫人、德·塞尔庇埃尔夫人对他一致称扬不已;他感到自己很出风头。法国东部其实是一个军事地区,人们对军人一向十分欢喜;在很大程度上又因为他穿着这么一身优雅漂亮的军装,特别是在这样的社交环境里,所以吕西安一跃而成为舞会上最有光彩的人物。

后来他得到机会和德·欧甘古夫人对舞①,他言谈适时,神采飞扬,聪敏机智。德·欧甘古夫人热切地恭维他。

"我看你不论什么时候都让人感到可爱;不过今天晚上,你就像是换了一个人似的。"她对他说。

这话让德·桑累阿先生听见了,吕西安因此引起社交界很多年轻人的不满。

"你的成功使这些先生直生气。"德·欧甘古夫人说,这时

---

① 对舞,一种由两对以上的舞伴面对面跳的舞,十八世纪流行于法国和德国的宫廷舞,舞步动作富于变化。

德·罗莱尔先生、德·昂丹先生走到她身边来,吕西安只好走开,可是德·欧甘古夫人却叫他:

"勒万先生,"她隔得很远对他说,"下一次对舞我要和你一起跳。"

"迷人,"吕西安对自己这样说,"在巴黎是不作兴这样做的。这个怪地方也有它的好处;这些男人也不像我们那么胆怯。"

当他和德·欧甘古夫人跳舞的时候,德·昂丹先生又走到她身边来。德·欧甘古夫人假装忘记他曾要求和她一起跳,向他表示歉意,对他用的词儿是那么有趣,可是又带刺,以致吕西安一面和她跳舞,一面忍不住要笑出声来。德·欧甘古夫人显然想激怒德·昂丹先生,德·昂丹先生徒然强辩说根本没有打算要跳舞。

吕西安心想:"这样对待法儿叫人怎么受得了?爱情会做出多少卑劣的事情来!"德·欧甘古夫人向他讲了一些很亲切的话,几乎都是讲给他一个人听的;吕西安看到可怜的德·昂丹先生处境难堪,不禁也有些愤愤然。他走到大厅的另一侧,找德·毕洛朗夫人跳华尔兹舞去了。他发现德·毕洛朗夫人也很妩媚动人。他是这个舞会的风头人物,舞跳得很糟,这他知道,不过尝到现在这种乐趣还是有生以来第一遭。他和戴奥德兰特·德·塞尔庇埃尔小姐又跳了加洛普舞①。这时,在舞厅一角,他一下看见了德·夏斯特莱夫人。

吕西安了不起的勇气和机智风趣,转眼之间,全不见踪迹了。德·夏斯特莱夫人穿了一身朴素的白裙衫,她这样装束淡雅单纯;在舞会上一些年轻人看来,这也许很可笑,如果她真没有什么财产的话。这个地方荒唐可笑的虚荣心到处可见,舞会无异于战场,见利不取反会被看成故作姿态,假装正经。他们原指望德·夏斯特

---

① 一种四分之二拍的轻快急速的轮舞,流行于十九世纪,尤以德、法为盛。

莱夫人戴上钻石;可是她偏偏挑了一件寒素廉价的裙衫,真是怪癖。德·彭乐威先生就常常摆出深感痛苦的样子咒骂她这种怪癖;胆小怕事的德·勃朗塞先生也总是暗中反对她这个脾气,可是现在他却以一种怪有趣的俨然神态挽着她的手臂参加舞会来了。

这些先生也不能说他们整个儿都错了。德·夏斯特莱夫人性格中确有心不在焉、疏放任意这种重要特征。她外表端庄静穆,她的美更给它增添了几分威严,但她的性格其实是乐观喜人的。她最大的快乐就是梦想。可能有人说她对周围发生的琐事细节全不在意;其实完全相反,细枝末节全都逃不过她的眼光,她看得清清楚楚,这些小事正好是她借以沉思梦想的素材;她的梦有时可以达到极高的境界。生活中任何细小的事情她从不忽视,极小的小事也会使她深深感动,感动她的并不总是那些所谓重大事件。

例如举行舞会这天上午,她收到一封信,信上通知她某个企业已告破产,她居然全不为之所动,德·彭乐威先生就因她这种无动于衷和她吵了一场。过后,她走在街上,遇到一个瘦小的老太婆,见她步履艰难,衣衫褴褛,连撕破了的内衣也看得见,被太阳晒黑的皮肤也露在外面,她看着一阵心酸,顿时流下了眼泪。在南锡,没有人猜得透她的性格;只有知心朋友德·贡斯当丹夫人才偶尔听到她讲知心话,对她讲的往往也并不在意,只是一笑置之。

除此以外,德·夏斯特莱夫人对待所有的人不过作为谈话的一方,尽其本分,适可而止;谈话在她永远是一件苦事。

她只怀念巴黎一件事,那就是意大利的音乐,意大利音乐具有使她的梦幻极度丰富多彩的惊人力量。她很少想到自己。就是这里我们描写的舞会,也不能使她想到该扮演怎样一个角色使自己显得格外风流娇媚,照一般凡夫俗子看来,这正是女人天性中所固有的东西。

吕西安引着戴奥德兰特小姐走到她母亲身边,这时德·塞尔庇埃尔夫人高声问道：

"这么一件白纱裙衫是什么意思？这样一个日子，难道就这样出来亮相？她是陪侍国王身边一位将军的未亡人，享受我们波旁王族赏赐的恩典，得到的财产有三四倍之多。德·夏斯特莱夫人应该明白，在我们这位值得崇拜的亲王夫人的喜庆节日里来到德·马尔希夫人家中，这就和到杜伊勒里宫去没有什么两样。这么神圣的事情，这样对待，那么，共和派看到后会怎么说？当一个民族的一股庸俗卑下的逆流向着神圣不可侵犯的事物冲击过来，每一个人，难道不都应该依据各自的处境勇敢站出来，严格履行自己的职责吗？可是她，"她加重语气说，"作为德·彭乐威先生的独养女儿，不管有理还是无理，总该看到她处于本省贵族的首位，或者至少也要像王上派来的人那样给我做个表率吧！这个小脑袋瓜子居然一点也没有想到！"

德·塞尔庇埃尔夫人是理直气壮的；德·夏斯特莱夫人应当受到谴责；何止是谴责。"共和派会怎么说？"所有贵族太太于是齐声叫了起来；她们想到的是两天后即将出版的一期《黎明报》。

第十六章

　　这里德·塞尔庇埃尔夫人还在高声发表她那君主政体拥护者的批判性意见,那边德·夏斯特莱夫人正朝着她们这一群人款款走来。尖锐的批判突然停止,换成一番平淡无味、没话找话式的阿谀奉承,这也可以说是外省人的处世之道。吕西安发现德·塞尔庇埃尔夫人竟然这么可笑,觉得很高兴。一刻钟之前,他抱着一片好心在笑;现在这恶劣的女人在他心目中一下变得有如山中挡在一条极坏的路上的一块顽石。德·夏斯特莱夫人不得不回答这些好言好语,回报这些周到的礼貌,吕西安这时站在一旁从容地审视着她。德·夏斯特莱夫人的脸色有一种无法模仿的鲜丽光艳,好像表明她的灵魂处于极高的境界,外省一次舞会上任何追求虚荣的无聊琐事和微不足道的嫉妒都不能使它受到惊扰。吕西安心中浮现出来的全部奇想都得归功于她这种表情。他沉浸在赞叹的情绪中。这时,这苍白而美丽的女人转过两眼来看着他;他简直难以承受它们的光彩;那一对眼睛在动的时候竟是那么美,又那么纯真!吕西安不知不觉只顾站在那里不动,离德·夏斯特莱夫人只有三步远,就在她突然看到他的那个地方。

　　对时髦人物的任何入迷和保证,在他身上一下全不见了;至于讨好公众,也不再去想它了,他之所以总是想到公众这可怕的怪物就因为他害怕公众的反应。对他不停地讲到托玛·德·毕桑先生的名字的不就是这在场的公众吗?现在是关键时刻,吕西安应该立刻采取行动,以支持他的勇气,但是,他只是一味地思考,在这里搞这种哲学推理。

就在他眼皮底下,德·夏斯特莱夫人答应和德·昂丹先生跳一次对舞,一刻钟之前吕西安本来也准备请她跳的。他眼睁睁看着德·夏斯特莱夫人被抢走,心里想:"到现在为止,我遇到漂亮女人时可笑的装腔作势一直是我用来抵抗她们的诱惑的盾牌。德·夏斯特莱夫人当她不得不说话、不得不动一动的时候,她的冷若冰霜一下就变成这样一种美,这种美我甚至从来还不曾想到过。"

这里必须指出,吕西安在进行上面这些很值得赞美的分析的时候,他人就那么一动不动像一段木头直挺挺地站在那里,痴痴呆呆活像一个傻瓜。

德·夏斯特莱夫人的手也很好看。吕西安不敢看她的眼睛,所以我们的英雄的眼睛就死盯着她的手看。他这种羞怯,德·夏斯特莱夫人早已注意到了,何况人家在她家里天天都在讲他吕西安。我们这位少尉这时起了一个残酷的念头,心里暗自高兴:不去跳舞也罢,那就让我用敌对的眼光仔细观察观察,找找她身上有什么可笑的地方没有。这样一来,他自己穿的那身军装,还有他那闪光的帽徽,都让他对他自己产生反感,舞会里凡不属于上流社会最高雅的一切都使他厌恨到了极点。极端保王主义,愈是缺乏才智,就愈是狂暴激烈。对吕西安来说,这一条意见怕是陈旧而过时了。

这些谨慎的考虑,很快都被抛到脑后去了,他急切地想猜透德·夏斯特莱夫人究竟有怎样的性格,这使他感到极大的乐趣。

这时,爱情的对立面突然又在他心中说话了:"对于一个热爱责任、热爱祖国的人来说,这是多么可耻啊!他怀有真诚的献身精神,他是能够说这个话的!但他现在所看到的却只是外省一个正统派王党的小女人的美貌,这女人卑鄙地为她家族的私利而放弃了法兰西的利益。照这样下去,毫无疑问我就要把二十万贵族或……的幸福置于三千万法国人民的幸福之上。我唯一的理由就是:这二十万特权阶级有最豪华的沙龙,可以为我提供精致幽雅的享乐,在其他地方这是找不到的;总之,那是我个人幸福所需要的沙龙。路易-菲力浦最坏的宠臣也完全是这么想的。"这一刹那的时间,确实是冷酷而残忍的。可是,面对这可怕的幻象,吕西安还在竭力挣扎、抗拒,不过他脸上的表情仍然带着笑容。这时,他还是站在那里,一动不动,和正在跳舞的德·夏斯特莱夫人相距不远。在他心中,支持他的爱情的一方面催促他赶快去请德·夏斯特莱夫人跳舞。她注视着他;可是这一次吕西安对这目光的含义又无法判断了;因此他好像浑身都着了火似的,立刻燃烧起来了。德·夏斯特莱夫人这样看他其实并没有什么别的含义,无非是怀着好奇的喜悦心情就近细细看一看这个年轻人,这个充满了极为强烈的激情的青年,而且每天都处在矛盾之中,人们讲他已经讲得够多了,他又常常在她的窗口下来来去去。她每次都能看到这位青年军官那匹漂亮的马恰好又变得非常容易受惊。很清楚,马的主人是想要人家知道他骑马走过抽水机路就是为了她,她也并没有因此而生气;她觉得那并没有什么失礼不妥的地方。在塞尔庇埃尔夫人府上的晚宴上,坐在她身边,他确实表现得精神枯竭,缺乏风趣,举动笨拙。在采邑湖上划船他倒十分勇敢,不过这种冷静的勇气却是五十岁的男人才会有的。

因为想到所有这些事,所以德·夏斯特莱夫人在和他跳舞的时候,就不去看他,始终保持一种恰如其分的严肃态度,同时却又非常关心他。没有多久她就发现他很胆怯,甚至到了笨拙的地步。

"这是自尊心在作怪,"她想,"他一定又想到骑兵团来到的那天,我看见他失足落马。"德·夏斯特莱夫人一眼就看出,吕西安的胆怯就是因为她。处在所有这些信心十足、跳舞跳得分寸不差的外省人之中,这个青年的这种缺乏自信,倒显得十分动人。这个青年军官至少骑在马上是丝毫也不胆怯的;他骑在马上是那么勇猛大胆,天天都把她吓得心惊胆战,勇猛大胆偏又总是运气不好,想到这里她几乎都要笑出来了。

吕西安有意不说话,这叫他很难受;最后,他使出猛劲,冒险向德·夏斯特莱夫人讲了一句什么话,费了九牛二虎之力,表达得又不好,表达出来的不过是一个平常的意思,平时不训练自己的记忆力,活该受到惩罚。

德·夏斯特莱夫人在这样的交际场合为避开几个青年的邀请,讲几句什么话最漂亮最得体,那是她早已熟谙在心的;所以过了一会儿,她又和吕西安一起跳对舞了,至于那是通过女人惯用的哪一种手法,待我们不想猜测的时候再去猜测吧。这一场对舞结束后,她断定他精神上并没有什么与众不同的地方,于是这事也就放下来再也不去想他了。"他也许和别人一样不过是一个爱骑马的人;但他骑在马上显得更优美,表情也多。"在她看来,他已经不是那个经常在她窗下走过的活跃、敏捷、无忧无虑而又睥睨一切的青年了。德·夏斯特莱夫人这个新发现让她感到不快,她觉得南锡更加讨厌了。德·夏斯特莱夫人主动开口和他说话,几乎对他有点卖弄风情似的。因为,她看到他从她窗下走过已经有那么多回,虽然正式介绍不过是一个星期前的事,好像他让她感到他们已经是老相识了。

正在和他说话的这个美人,她的表情真是冷若冰霜,吕西安只敢偶尔看上一眼。吕西安当然不怀疑人家对他的这番好意。他在跳舞的时候,动作过多,样子很难看。

"这个漂亮的巴黎人肯定只懂得骑马;一迈出步子,价值就减去一半;果真跳起舞来,那就一文不值了。缺乏才智,实在叫人惋惜。他的模样说明他多么精明聪慧,多么真挚自然!也许是个没有头脑而又真挚自然的人。"她好像得到解脱似的又能自由呼吸了。她不是贪心的人；但是，她爱她的自由，她早就感到有点害怕了。

如何才能取悦吕西安，她已成竹在胸；只是善于骑马这一项长处她并不在意。她心里想："这位十分英俊的青年无非想做一个迷上了我的美貌的男人，和别人并没有什么不同。"她不由得想到她周围其他一些人，同时她又试着和他讲了一些有趣的事。在这样的场合，德·昂丹先生有几次倒是很成功的。德·夏斯特莱夫人待他也很公平，可是她心里很不耐烦，因为吕西安不仅没有话对她说，而且对德·昂丹先生说的话也只是一味地笑。最使人不快的是他总那么睁大眼睛盯着她，表情也有点过分，而且可能引起旁人的注意。

我们这位可怜的英雄，心理负担太重，既为爱情而懊悔，又要搜索枯肠找话讲，可以拿出来讲的话又偏偏找不到，害得自己的眼睛也无暇顾及，不免有失检点。他自从离开巴黎以来，见到的总是精神上的偏狭、枯竭，总是许许多多使他不快的事。为措辞慎重起见，我可以这样说：欲念的平庸浅薄，意愿的荒唐可笑，尤其是外省人笨手笨脚的虚伪，竟把这个看惯巴黎风雅的邪恶的人给弄得什么都厌恶起来了。

这种讽刺性的不幸的局面已经持续有一个小时，吕西安全然不顾，他是有眼也熟视无睹、有心也无法赞赏了。他对爱情的所谓懊悔也被迅速打开缺口，很快被摧毁了。一个青年所有的虚荣心都在提醒他：闷声不响，如醉如痴，只管这么僵在这里，再继续下去对他作为一个可爱的男子的声誉绝不会有什么好处；他是这样震惊，又这样激动，荣誉问题他根本没有勇气去考虑。

长久以来耳闻目睹的都是不堪入目的东西，现在情况恰恰相反，就在六步远的地方，他看见的是一个美貌非凡而令人倾倒的女人。不过，这样的美，在他此刻看来，似乎也没有什么魅力了。塞尔庇埃尔一家,殷勤多礼,可是让人感到不舒服,让人感到处处都是虚情假意,殷勤的背后就是谎言;德·毕洛朗夫人,说起话来拼命卖弄才情,炫耀机智。对比之下,德·夏斯特莱夫人却显得单纯,显得冷静;这单纯正由于她无意掩饰她那因高尚情操而形成的心灵而更加动人心魄,这冷静的态度,正和火焰一样,随时可以变成赤诚的善意,甚至炽烈的热情,只要你能把它点燃。

第十七章

德·夏斯特莱夫人转身走开,想在大厅里走一圈,到处看一看。德·勃朗塞先生于是又回到他的位子上去,以一种早有准备的姿态凑上他的手臂;人们可以看到:他一直梦想着像一个丈夫那样向她凑上胳膊。可是事有凑巧,德·夏斯特莱夫人不知不觉又走到吕西安这边来了。德·夏斯特莱夫人一眼就看到他,她做了一个对自己很不耐烦的动作。怎么回事!一个平平常常的人,他那非凡的价值不过像阿里奥斯托①诗里的英雄,大不了是个骑士,总去看他做什么!可是她又和他说话,她想让他活跃起来,她想让他开口说话。

吕西安听到德·夏斯特莱夫人主动先和他说话,一下就换了一个人似的。她那高贵的目光特别注意他,他认为这表明他已经超出于一般俗见之上了,这种所谓俗见他一直非常讨厌,这种平庸的见解他不屑一谈也不会谈,他在南锡见过十次面的人,他们之间谈话的基本内容就是这种俗见,真是讨厌极了。现在他真正敢开口谈话,而且讲了很多。凡是他认为能够使美貌的女人感兴趣的话,他都谈了。尽管她手挽着她表哥的手臂,可是两只眼睛却惊奇地注意听他讲话。吕西安说话声调既清晰,表达得又清楚,又很有光彩。他的话,意思又明确又有趣,措辞又生动,讲得又有声有色。

---

① 阿里奥斯托(1474—1533),意大利文艺复兴时期诗人,作品有描写中世纪骑士的长篇传奇叙事诗《疯狂的奥兰多》。

他不知不觉中也用德·夏斯特莱夫人惯用的高贵而纯真的语气,对可能触及的最敏感的微妙问题当然还是竭力避开;但对有同样理解力的心灵所要求的细腻的亲切感,特别是这样的心灵竟在这种所谓上流社会的戴假面具的可耻舞会上相遇并相识,他也能把这种心境体贴入微地表达出来。这就好像两个天使,负有特殊使命的两个天使,从上天降临到尘世,偶然在这里相遇,正在互相交谈,互通款曲。

这种高贵的单纯和只有早已相识的人才会有的这种语言上的单纯,彼此不是毫无关联的,情况的确是这样。但是他们现在讲出来的每一句话似乎又是对过去表达过的意思的一次订正,好像在说:"请原谅我,请稍稍等一下;只要你戴起假面具,我们就会变成互不相识的陌生人,真的。在我这方面,请你放心,不要顾虑,不会发生明天再重新来认识的事,你放心好了;现在就请尽情地玩吧,尽情地乐吧,不用担心会有什么严重后果。"

总的说来,女人对这一类谈话还是有点害怕的,但在具体细节上,一谈起来她们就不知道应该谈到哪里适可而止。因为从男方和她们谈话时流露出来的幸福的表情看,仿佛他是说:"只要我们的心有同样的理解力,庸人的顾虑就不用去管,你一定和我一样认为……"

吕西安妙趣横生地谈得非常出色,但又得看到,他经验不足。并不是由于什么天才的力量,转眼之间他竟显示出与他的雄心相称的善于辞令;他这番谈话所表达的内容原是他早已深思熟虑过的;所以他的谈话方式完美无缺,他的技巧固然十分娴熟,不过那目的却也不大光彩。这正是一颗天真的心所产生的幻觉。吕西安对于卑鄙的事物一向就从本能上厌恶,这种厌恶就是把他和实践分隔开来的一堵铜墙铁壁。见到他认为过于丑恶的东西,他就闭上眼睛躲避开去;他人虽然已经二十三岁,其实仍然幼稚无知,仍然保持着巴黎上等人家将从中学毕业的十六岁的人所有的那种说起来丢人的幼稚无知。他现在学着一个老于世故的男人的腔调讲话,是偶然的。支配一个女人的心,掌握一个女人起伏的感情,他永远不是这种艺术的行家。

他说话的语调这么不同寻常,这么迷人而又带有某种危险性,德·勃朗塞先生在一旁听着不禁觉得很别扭,而且有点莫名其妙,不过,有时他也插插嘴,讲一两句。但是吕西安却成了德·夏斯特莱夫人注意的中心。尽管吕西安说出的那些见解她听了觉得非常吃惊,可是又不能不赞同,有时还用相同的口气去回答他;她喜欢听他继续讲下去,后来连她自己也觉得吓了一大跳。

好像为了表示她赞许的微笑有道理,她在心里对自己说:"他讲的都是舞会上出现的事情,又没有谈他自己。"事实并不是这样。吕西安转弯抹角地跟她说的其实就是说他自己,就是要把陪侍在德·夏斯特莱夫人身边这个地位抢过来,对于一个像德·夏斯特莱夫人这样年纪的女人来说,这个地位并不是无足轻重的,何况她又一贯矜持自重,因此,这个地位更是绝无仅有的了。

首先,德·夏斯特莱夫人自己也注意到情况居然发生了这样的变化,她感到又惊又喜;接下去,脸上的笑容渐渐收敛起来,她又不禁感到害怕了。"不说他用什么方式和我谈话,可是我怎么会一点也不感到意外!我怎么一点也不觉得那是冒犯!伟大的上帝啊!这可不是一个简单的青年……我怎么总是想到他,我太傻啦!我接触的是这样一个男子,就是小说里写的那种耍手段、装得正经可爱、其实城府极深的男人。他们只会讨好女人,因为他们不懂得爱。勒万先生就在我面前,神情显得又幸福又愉快,正要给我讲一个什么可爱的人物的故事,一定是这样;他感到得意,因为他以为他讲得很不错……看得出来,他早就安下这个心:先花一个小时,甚至装出一副呆相来把你给骗过去。不要紧,对付这种危险的人物和精明的演员,我有办法:立刻一刀两断。"

她一面这样考虑、拿主意、下决心,一面心里又总是想着他、注意着他;她在爱他。可以断言,对吕西安的特殊的关注眷恋的感情就在这一刻发生了。同时,德·夏斯特莱夫人又感到后悔,不该和他在这里谈话谈这么久。就像这样,她坐在一张椅子上,和别的女人都离得远远的,只有德·勃朗塞先生一个人在旁边,好像一个女伴似的。德·勃朗塞先生在这里听他们谈话很可能一句也没有听懂。为了摆脱这种尴尬处境,德·夏斯特莱夫人接受吕西安的邀请,和他跳起对舞来了。

对舞刚刚跳过,接着又是华尔兹舞①。德·欧甘古夫人叫德·夏斯特莱夫人坐到她身边去,那里通风,空气好,可以避一避舞场上愈来愈厉害的闷热空气。

吕西安和德·欧甘古夫人很接近,他一直就没有离开过这几位夫人。德·夏斯特莱夫人在这里亲眼看到吕西安的确在今晚的舞会上大出风头,这一点她信服了。她心里想:"人们确实有道理,那并不是因为他穿了一身军装,他的确能让他周围的人都感到愉快。"

人们准备到隔壁帐篷里去,那边午夜餐已经准备好了。吕西安张罗了一番,用意是要让德·夏斯特莱夫人挽着他的手臂由他引到隔壁去。她这时的心境同今晚开始时相比有如隔了许多天一样,舞会刚开始的一个小时里她烦得连话也说不出来,现在那烦恼却给忘得干干净净。

已是午夜时分了;午夜餐给安排在一间极漂亮的大厅里,大厅四周就是十二至十五尺高的千金榆形成的围墙。如果深夜繁露下降,那么这绿叶形成的四壁撑起的红白条大帐篷就把用餐的人荫

---

① 华尔兹舞 1830 年开始在法国风行。

蔽在下面。红白二色便是人们今晚用来祝贺那个被放逐的大人物的。透过千金榆枝叶间的空隙可以看到皎洁月光下一片开阔而静谧的景色。这令人陶醉的自然景色和德·夏斯特莱夫人心里所充满的新出现的感情和谐地交融在一起,这感情把理智向她提出的反对意见有力地推开并把它冲淡削弱了。吕西安选了一个位子坐下来,这位子并不在德·夏斯特莱夫人身边,但可以看见她、听到她的声音;对他这位新相识的德·夏斯特莱夫人的一些老朋友,他必须照顾到,安排好,她的眼睛只要看他那么一下,他就明白该这么办,可是这饱含友情的一瞥却是他本来不敢希望的。

他坐下以后,又想出一个办法:他谈话表面上好像是讲给坐在他近旁的太太们听的,而骨子里要表达的却是另一番真意。所以他讲话势必要讲得多,话虽多,可是没有一点乖谬过分之处,说得很成功。他很快就控制住谈话的中心;不久,他把坐在德·夏斯特莱夫人旁边的太太们都逗乐了,个个眉开眼笑;接着他又让那边远远听到他讲的话里另有多情的用意,这么快就使出了这一手连他自己也没有料到。可以肯定,德·夏斯特莱夫人完全可以假装没有听懂他这些转弯抹角的话。吕西安甚至把这些太太身旁的男人也弄得很开心,这当儿他们对他取得的成功还不怎么看重,也不怎么嫉妒。

大家都在聊天;德·夏斯特莱夫人坐的那边,更是谈笑风生。坐在桌子这边的人都静下来细听他们的谈话,预备找个机会也加入到德·夏斯特莱夫人那边十分热闹的谈话中去。德·夏斯特莱夫人应接不暇,她一忽儿听到些什么笑了起来,一忽儿独自在认真地想些什么,当她想心事的时候,就同今晚欢快的气氛恰恰形成十分奇异的对照。

"难道这是一个胆小的人?难道这就是我所想的那个缺乏思想的人?一个多么可怕的人啊!"吕西安这么聪明机智,又这么出色,他有生以来也许这还是第一次。在午夜餐快要结束的时候,他发现自己的成功真是超出了他的希望。他很得意,也很兴奋,特别是没有讲出什么不得体的话,更是奇迹。因为在这些傲慢的洛林人中间,有三四种极为可怕的偏见摆在他的面前,那是绝对不能冒犯的,这就是关于亨利五世、关于贵族阶级、关于不许愚弄人、不许说蠢话,还有关于对下层人民犯下的人道方面的罪行,绝对不能触及。和这里比起来,巴黎那些禁忌就未免逊色多了。这可是几条伟大的真理,也是巴黎圣日耳曼区的"信条"的基础,无论如何冒险不得,否则就要受到惩罚;幸而吕西安今晚的谈笑一丝一毫也没有触犯。

这只因他心地高尚,他对他面前这些可怜的青年的不幸处境是满怀敬意的。这些人四年前因为坚持他们的政治信念和感情,收入被剥夺了,如果不是生存的需要被剥夺的话,虽然在财政预算上那只不过是微不足道的一小部分。他们丧失的还不只是这个:他们在这个世界上唯一关心的事,唯一能把他们从烦恼中解救出来并使他们的贵族身份不致被取消的那件大事,也完了。

太太们一致肯定吕西安非常好。这个带有神圣意味的结论是德·高麦西夫人在大厅里专门为最高地位的贵族们保留的地方正式宣布的。今天这里有七八位这样的贵妇人聚在一起,她们就是对上流社会也是不在话下的,当然上流社会对本城其他人等就更不放在眼里了,这就好像拿破仑的帝国近卫军在叛乱发生时使他一八一〇年的军队也害怕一样,当然法国军队又使整个欧洲都害怕。

南锡所有的公子哥儿一听德·高麦西夫人这话讲得如此斩钉截铁,几乎都要造反了。这些先生一向装扮入时,漂漂亮亮,总是坐在咖啡馆门前的座位上,到了舞会上一般沉默寡言,成为劲头十足、不知疲倦的舞客。他们看到吕西安和他们奉行的准则相反,谈得很多,而且大家居然都听他的,因此他们骂他吵吵闹闹、十分讨厌;他们说只有巴黎的布尔乔亚才盛行这种吵吵嚷嚷献殷勤,只有圣奥诺雷路上商店的后厅才有这种派头,南锡上流社会向来对这种货色是不买账的。

这些先生在那边发表这通宣言,吕西安在这边妙言妙语讲得好不热闹,这就是对他们的一种驳斥。他们也只能自认晦气地自己对自己反复说:"不管怎么说,总得是个布尔乔亚,谁知道他是什么出身,只有少尉的肩章给了他这么一点高贵的气味。"

十九世纪使人们深感悲哀的一次大论战,即关于人的出身反对人的价值的论战,我们洛林这些被革职的军官一句话就把结论给做出来了。

可是贵族太太们对这些可悲的观点并不理会;此时此刻,沉重地压在外省男人脑袋上的文化,她们早把它抛到九霄云外去了。午夜餐以香槟酒收场,真是光辉四溢,热闹极了;人人都有了一点酒意,人人都变得十分欢畅,无拘无束。我们这位英雄,许多使人动情的事引得他很兴奋,他借着酒意,竟敢向那位夫人遥遥致意,表达他心里的感情。他有生以来第一次为自己取得的成功显得这样如醉如狂。

德·夏斯特莱夫人回到舞场,先和德·勃朗塞先生跳华尔兹;吕西安按照德国人的习惯,等他们跳了几圈以后,就去接替德·勃朗塞先生。他一边跟着华尔兹曲调优雅娴熟地跳着,一边用恭敬的语气和她攀谈起来,不过这已经不是建筑在一般关系上的谈话,而是以一种结识已久的关系在谈话了。

德·夏斯特莱夫人和他,他们都不喜欢跳科蒂翁[①],不过他却

[①] 科蒂翁即沙龙舞,是在舞会结束时跳的一种交谊舞,曲调轻松愉快,舞伴随意调换;最早还需化装,做各种有趣的表演;后改为跳舞时传递一些小玩意儿如花束等,以留作纪念。

利用跳科蒂翁的机会,面带笑容,没有怎么改变他的语气,告诉她说:"为了能看到你这对美丽的眼睛,我特地买了一部弥撒书,这部书我费了好大劲才搞到手,我还和杜波列先生交上了朋友。"德·夏斯特莱夫人一听这话脸立刻发了白,她的眼神显出非常吃惊的样子,甚至显得很害怕。她听到杜波列这三个字,的确吓得连话也说不出来了,只是低声说:"这是一个危险人物!"

吕西安听了这话,反而欣喜若狂:原来人家并没有对他吕西安在南锡行为的动机生气。但他对隐约所见的事情难道果真相信?

沉默了两三秒钟,这可是富有表现力的沉默:吕西安的眼睛一直盯着德·夏斯特莱夫人的眼睛看;接着他大胆地回答说:

"我看他很了不起;如果不是他,我根本不可能到这里来……"吕西安很不谨慎,又天真地说,"其实,我也起了个很大的疑心。"

"怀疑什么?为什么?"德·夏斯特莱夫人问。

她立刻意识到她要是急急忙忙直接驳回是极不妥当的;可是一句未加思索的话已经讲出去了。她急得满脸通红,吕西安看见红潮一直漫延到她两肩。吕西安一下也慌了。

不过德·夏斯特莱夫人这个问题吕西安一时也是回答不出的。"她会怎么看我?"他心里想。他的脸色立刻也变了;变得煞白,仿佛什么病痛猝然发作;他脸色的变化只是由于想到德·毕桑·德·西西里先生而引起的剧痛,这个人他已经把他忘掉有几个小时了,现在突然又从心中涌现出来。

怎么!他今天所能得到的就是这么一份一文不值的恩赐!就凭这么一身军装,而且不论是谁穿上都行!他真恨不得把那件事情一口气都倒出来,但是能表达这样一个伤人的思想的词句一时又无法找到,这可真把他难住了。他心里想:"只要一句话,就能把我毁掉。"

209

突如其来的情绪波动好像把他冻成了冰块,瞬息之间,这种情绪也传到德·夏斯特莱夫人的身上。她面无血色,痛苦万分;吕西安刚才那么开朗,那么青春焕发,表情一下发生变化,无疑与她有关;现在,他的面容好像都被打伤,他的眼睛不久前还是光芒四射,现在似乎变得黯然无光,从那里面什么也看不到了。

他们两人只讲了两三句话,都是毫无意义的话。

"是怎么回事?"德·夏斯特莱夫人问。

"我不知道。"吕西安机械地回答。

"先生,你怎么会不知道?"

"不知道,夫人……我对你的尊敬……"

读者也不会相信德·夏斯特莱夫人愈来愈激动,竟会讲出这样的话来:

"这个怀疑会不会和我有关?"

"要不是这样,我注意它干什么,哪怕只注意一会儿工夫?"吕西安愤愤地说,当初强烈意识到的不幸,现在爆发出来了,"如果不是和你有关,如果不是仅仅和你有关,我又为什么要注意?不想到你,我还会想到谁?自从我来到南锡,这怀疑哪天不是无数次刺穿我的心?"

德·夏斯特莱夫人看到自己的名誉被怀疑,她不得不格外注意了。吕西安答话的口气使她震惊,她甚至也不想掩饰她的震惊。他刚才讲话表现出来的热烈情绪,这个青年谈话中极端的真诚,也表现得十分清楚,这一切使她的面色由惨白一下变成通红,甚至连她的眼睛也变得红红的了。但是,在这样一个假正经的世纪,在婚姻都建筑在虚伪欺骗上的这样一个世纪,德·夏斯特莱夫人的脸红是因为幸福,而不是因为怕科蒂翁舞中扮成各种人物、在他们面前来来去去跳舞的人们猜测,我敢下这个结论吗?

对这爱情要不要回答,回答,还是不回答,她可以自己决定;但他是多么真挚诚恳啊！她又被多么热烈地爱慕啊！她想："也许,这热情不会持久;但他这人多么真诚！他完全不需要夸张,更用不着强调！这无疑是真正的激情;无疑,当我被爱的时候,那该是多么温柔。只是,受到他的怀疑,居然到了他的爱情简直会终止的地步！然而,难道真有这么卑鄙无耻的诬陷?"

德·夏斯特莱夫人默默地想着,用她的扇子支着她的头。她不时侧过头去看吕西安;吕西安面色苍白,像一个鬼魂似的,一动不动,对着她,站在那里。吕西安的眼睛那么冒失地看着她,倘若她想到这一点的话,她一定会发抖的。

第 十 八 章

　　这种暧昧不明的情况搅得她心烦意乱。"今晚开始的时候,他一句话也不说,全不像我想的那么简单,又并非因为没有什么想法而无话可说:他不说话也许就因为心里存有怀疑!这怀疑真可怕极了,这怀疑使他看不起我……可是怀疑什么呢?是什么恶毒的中伤在这么年轻、这么好的一个人身上造成这么大的影响?"

　　德·夏斯特莱夫人表面上不动声色,心里却是上下翻腾、十分激动,以致她讲话全然不假思索,听任午夜餐席上欢乐的谈话气氛推动着,竟把那个奇怪的问题讲了出来,让吕西安都听进耳朵里去了:

　　"到底是怎么啦!今天晚会刚开始的时候,你只对我说了几句话……没什么意思的!是不是因为太讲礼貌了?是不是……因为刚认识不久,有点儿拘束,开不了口?那也是自然的(说到这里,她不由得把声音放低了),或者说,是不是因为心里有了怀疑?"她终于把这句话说出来了,但讲到最后那两个字又骤然收住,不过字音还是咬得很清楚的。

　　"是因为胆小的缘故,我没有生活经验,我从来没有爱过;近近地看你的眼睛,也让我感到害怕;在这之前,我都是远远地看你的。"

　　他说话的语气这么真挚,态度这么亲切多情,表示的爱又这么深沉,德·夏斯特莱夫人还没有意识到,眼睛早就做出了回答:"我爱得像你一样。"她的眼神一往情深而又真实。

她仿佛从恍惚出神状态中突然惊醒过来,只局促了一会儿,就连忙把目光移开;但吕西安已经把这具有决定性意义的一瞥尽收眼底了。

他发觉自己竟这么可笑,不禁脸红起来。他几乎不敢相信他的幸福。德·夏斯特莱夫人也觉得自己的双颊一发热得发烫,变得红红的。"伟大的上帝啊!我这处境真吓死人;所有的目光一定都转过来盯着看这个陌生人,我和他谈话竟谈了这么久,偏又是这么关切的样子!"

她连忙叫德·勃朗塞先生,他这时正在跳科蒂翁。

"快带我到花园平台上去;我热得透不过气来,我一直在挣扎着,有五分钟了……刚才喝了半杯香槟;怕真是喝醉了。"

但是对德·夏斯特莱夫人来说,最可怕的是德·勃朗塞子爵先生听了她这篇假话,非但全然无动于衷,反而暗暗冷笑。他见她又亲切又快活地跟吕西安谈了这么久,早就妒火中烧,气得都要发疯了。他从前在兵团里就听人说过:漂亮太太们的小毛小病绝不能相信,都是假的。

他只好伸出胳膊搀着德·夏斯特莱夫人走出舞厅。这时他又有一个新的想法引起他的注意:德·夏斯特莱夫人倚在他胳膊上走出去的时候,好像浑身无力,全靠他扶着,这是很奇怪的。

"我这个美丽的表妹,是不是想让我知道她准备报答我了?换句话说,她对我至少还有几分感情吧?"德·勃朗塞先生心里这样想。他又把今天晚上发生的大大小小事件一一斟酌一遍,觉得没有什么迹象预示会发生这样可喜的变化。是他预见不到呢,还是德·夏斯特莱夫人有意对他隐瞒真情?他把她带到开满了花的平台的另一侧。他看见那里放着一张大理石桌,桌后是一张花园靠背椅,椅上还装着踏脚板。他费力地让德·夏斯特莱夫人在椅子上坐好,她好像果真一动也不能动了。

213

德·勃朗塞子爵也不顾眼前究竟是怎么一种情况,只是莫名其妙地唠叨个不停;德·夏斯特莱夫人难受极了。她心想:"我的行为也真可恨!在众目睽睽之下,当着这些太太,我太不检点,偏偏又在这样的时刻,简直成了众矢之的,什么骂人的话、什么侮辱人的话不会说出来?我那副样子,也不知经过了多少时间,就好像旁边没有人看我,也没有人看勒万先生似的。这些人,是决不会放过我的……那么,勒万先生呢?"

她心里一说出这个名字,身上就一阵阵战栗:"况且我还是当着勒万先生的面做出这种有失检点的事!"

这就是她当时最感痛苦的事,至于其他的一切,早已抛诸脑后了。刚刚发生的事,又在她心头涌现出来,千思百虑,想来想去,这痛苦怎么也摆脱不去。

接着,德·夏斯特莱夫人心上又出现了怀疑,使她不幸中又加上不幸:"这件事勒万先生那么相信,那么我躲在百叶窗后边等他从街上走过,一等就等几个小时,他一定也知道了。"

这里,请读者诸君千万别把德·夏斯特莱夫人看得过于可笑;她在弄虚作假方面确实一点经验也没有,虽然热恋中的心很可能被拖到弄虚作假中去;这天夜晚,这个无比可怕的夜晚在她身上发生的事,确实是她从未经历过的;在她的思想里,既找不出什么理由来给她援助,而且,她也没有任何实际经验可以参考。过去晋见王妃时,她曾一度感到畏怯,对于雅各宾党人试图推翻波旁家族[①]的王位她也曾愤怒过,这些感情她都体验过;但现在使她如此激动的感情,是她从来不曾有过的。有许多学说在她本来也已成为一种感情,虽然也能打动她,但转瞬即逝,过去就完了;现在使她激动

[①] 波旁家族,欧洲昔日最重要的统治家族之一。波旁家族产生过1589—1792、1814—1815和1815—1830年间的法国国王。此处当指法王路易十六。

的并不是这种感情,加上德·夏斯特莱夫人的性格既认真,又多情,所以此刻她的痛苦只能有增无减。日常生活中的琐事是触动不了她的,不幸的事情偏偏就出在对小事的这种粗疏不慎上。可以说,她一直生活在虚假的安全感之中;大多数人都非常注意的这些琐碎小事,一个平时不拘小节的人一旦接触到这类小事,反而会耿耿于怀,怎么也放不下来。①

德·夏斯特莱夫人②天生敏感,心思灵巧,眼光明澈,深沉而不浅薄,但她自己并不认为是这样的。她认为波旁王族很不幸,正是由于这一点,她才一心想为它尽忠效命。她认为自己的一切都来自他们的赐予。对他们感恩图报,是理所当然的,否则,她认为就显得卑鄙了。

她自以为无才无能,也并不认为自己在政治上以至在一些小事上都是受了骗、上了当的。她不认为这是因为听信别人的主张才上了当;不论大事小事,凡是按照自己的想法去做的,她就决不后悔。一位冷静的哲学家倘要判断隐藏在这俊俏容颜后面的灵魂,就会看到那献身的忠诚意向和对虚情假意的伪善的深恶痛绝。自从七月革命使波旁王朝倾覆以来,她唯一的感情就是对波旁王朝那些天神似的人物的无限崇拜。她无时不在想着她要为之效命的目标。她的心胸境界是很高的,一般渺小的事物在她看来无足轻重,也就是说,一个为伟大事业而生的人不值得为这些小事分心。这样的胸襟是不会注意乃至重视琐碎事物的,任何微不足道的事物都不会打动她,所以她几乎总是保持着欢愉欣悦的心境。她的父亲说这是幼稚无知。她这位老父德·彭乐威先生只能在恐

---

① 《吕西安·勒万》手稿第一部,即高隆重抄并修改、以《绿色猎人》为题发表的部分,到此为止。(马尔蒂诺注)

② 这一段关于德·夏斯特莱夫人的性格描写插在此处,见保存在司汤达手稿 R.288 卷中的一篇草稿。(马尔蒂诺注)

惧中度日,总是提心吊胆,唯恐九三年再度出现,所以女儿的财产成了他耿耿于怀的心病,他简直把它看成防止这场灾祸的避雷针。他的女儿虽然富有,但钱财之事她却全然不放在心上,实在太麻痹大意了,这一点尤其害得这个老人心绪不宁,心境也坏透了。他的女儿对一点点不幸的细节向来无动于衷,也无所谓,或者说,女儿的这种哲学,往往把老父逼入绝境,害得他不知如何才好。人们可以认为,与其说他热爱波旁王族,不如说他被九三年吓破了胆。德·夏斯特莱夫人如果兴冲冲地准备在某件小事上试试自己的勇气,那么,她一定会因此受一肚子的窝囊气。

她的父亲经久不变的方针就是千方百计把她从她那个亲密朋友德·贡斯当丹夫人那里一步一步地拉出来,让她的表哥德·勃朗塞先生做她永久的伴侣。德·勃朗塞先生是一位了不起的军官,一个卓越的人物,可是德·夏斯特莱夫人偏偏讨厌他。德·彭乐威先生明明知道她决不会要这个讨厌的德·勃朗塞做她的丈夫,可又忧心忡忡,总怕他女儿再嫁。他对她采取的一切行动没有一个不是从这种忧虑出发的。

德·夏斯特莱夫人谈话的时候,十分自然而又优美动人。她的见解又明确,又很有光彩。听她谈话的人总喜欢听下去,觉得情真意切。即使是一个最自私而又铁石心肠的人或者拥护共和制度倾向最鲜明的思想家,只要在某处客厅里见她两三回,她也能叫他改变信仰,转过来拥护波旁王朝,至少让他对波旁王族少一些仇恨。她对波旁王室热烈拥戴,她这种热情好像从天性中涌现出来的宽厚情操,因此在南锡享有很高的声望。德·彭乐威先生几次三番要求遣散德·夏斯特莱先生原有的仆从,她统统都给留下来,一个也不放。她每逢星期二在家里招待宾客,环境的舒适,气氛的高雅,就是跟巴黎出了名的人家比起来也不相上下。这在外省简直是奇迹。星期六,是她开放小客厅的日子,南锡和南锡方圆三里内门第最高贵又最富有的人士都愿意到这里来聚会。这当然难免招致其他贵妇人的妒忌,可她人这么好,就是跟她作对的夫人们心里也明白,依着她的脾气她早就到乡下找她的朋友德·贡斯当丹夫人去了,她们也知道这豪华场面并不能给她增添什么快乐,只会招来更多的嫉妒。这种情况在外省可以说是一个可喜的例外。

德·夏斯特莱夫人真正恨的只是共和派的某些青年;他们也很清楚:他们是从来也没有可能得到与她谈话的机会的。

德·夏斯特莱夫人曾经在杜伊勒里宫大会客厅里觐见过国王和公主,向王上和公主表示过敬意,还会见了宫廷命妇,和她们周旋交好,她在宫廷里显得仪态万方,风姿绰约;但除开这些大事以外,生活历练她却一点也没有。她只要心里受到了感动,动起了感情,就会失去冷静,冲动起来。遇到这种场合,她若不说话,不乱动,就算是谨慎行事、小心翼翼了。

"要是我一句话也没有和勒万先生说就好了。"今天她又这样说了。从前,在圣心修道院有位修女,曾经笼络她,利用她这孩子般任性的脾气控制她的思想,总是对她说:"为了对我的友情,你一定要这样做。"那修女就用这样简单的一句话,造成她的一种信仰,让她做她该做的事。因为对一个幼女说"你要这样做,因为这样做是合理的",就是亵渎,很容易滑到新教主义的邪道上去。"为了对我的友情,你一定要这样做",这么一句话就够了,不会引起追问是不是合理这样的问题。由于这样的缘故,德·夏斯特莱夫人虽然内心怀着最美好的意愿,但若冲动起来,还是会不知所措,不晓得应该根据怎样的行为准则去采取行动。

德·夏斯特莱夫人来到大理石桌旁,站在靠椅前,只感到自己在勒万面前这么不能自制,总是自怨自艾,真不知逃到什么地方去才能摆脱这可怕的自我责备。她心里感到非常失望,非常丧气。她心中出现的第一个意念就是从此到修道院去躲起来,再也不出来。

"他将来会明白,我立志做修女就是立誓绝不妨碍他的自由。"

那时,人们一定会议论纷纷,争论她这样做是为了什么,猜测她秘而不宣的动机,等等。只有这一点是和她的打算相违背的。

"我才不管他呢!反正我再也见不到他们了……是的,是的,我知道他们不会放过我,而且不怀好意,那真会把我逼疯的。闹得那么沸沸扬扬,我真受不了……啊!"她更加痛苦,不禁叫出声来,"那不是叫勒万先生的那个想法更加确信不移了吗?他的想法也许本来就过分,竟认为我是个大胆放肆的女人,不能严守妇道,洁身自好。"

德·夏斯特莱夫人是这样心慌意乱,加上一向没有冷静思考行动步骤的习惯,因此连使她痛苦、使她感到耻辱的行为的具体情况也顾不上好好分析了。其实,以往她在家每当坐到百叶窗后刺绣架前守望,都事先把女仆支开并把房门紧紧锁起来。

"我在勒万先生面前未免太失检点。"她心里一再对自己重复这句话。德·勃朗塞先生引她走到桌边,她扶着大理石桌,站在那里,浑身都在发抖。"就在命里注定的一刹那,在这青年身旁,我竟把这神圣的……①谨慎自制给忘得一干二净,作为一个女人,没有谨慎自制就得不到社会的尊重,也得不到他的敬重。只要勒万先生稍有一点怀疑(这在他这个年纪上是很可能的,而且他在我窗下走过的时候,我从他的举止中分明看出他有这样的心思),那么,我就已经铸成大错,只怪我一时粗心大意,把他对我的纯洁的想法给全部摧毁了。哎呀!我能有的理由,我的托词,不就是有生以来头一次产生这么叫人心乱如麻的感情冲动。这理由又怎么说

---

① 手稿上此处留有一个字的空白。(马尔蒂诺注)

得出口？又怎么想象得出来？是啊，是啊，廉耻规定的戒条，我都忘了，都忘了。"

她竟想到这么一个可怕的字眼。她眼里充满的热泪，立刻干枯了。

"亲爱的表哥，"她带着某种极其紧张的坚决态度，叫德·勃朗塞子爵（他根本不可能看出这种细微的征象变化，他只知注意别人待他的亲密态度如何），"这真是一次神经性的发作。请看在上帝面上，去给我拿一杯水来，千万不要让舞会上任何人注意到。"等他走远了，她又对他说："要冰水，如果可能的话。"

玩这样一个小手段很有必要，她那可怕的痛苦因此分散了一些；她直瞪瞪地远远盯着子爵的一举一动。等他走远了，肯定听不到她这里的声音了，最激烈的失望和害得她透不过气来的痛哭一下爆发出来了，她哭得气塞声咽，泪痕满面。这是极端的痛苦，特别是因羞愧而流下的灼热的眼泪。

"我真不检点，在勒万先生心里怎么也抹不掉了。我自己的眼睛就把什么都对他讲了：'我发了疯似的爱你。'我眼睛已经说出去了。这残忍的真心话，我竟然讲给一个因优越感而自负、轻浮而不知谨慎的青年人，他第一天和我说话，我就这样告诉他了。简直是发疯，就是相识了六个月，建立了很好的友谊，也不该问那样的问题，可是我偏偏向他问了那些问题。上帝啊！我真发昏了，我的头脑到哪儿去了？

"今天晚会刚开始的时候，当你找不出话来对我讲，也就是说：我等你等了一百年，迫不及待想听到你一句话呀，难道这就是因为胆怯？——胆怯，伟大的上帝啊！（她已经哭得死去活来，两眼发直，不停地摇头，她反复说道）难道就因为胆怯，或者是因为怀疑我，你才说不出话来？听人说女人一生只发一次疯，我的这一天分明来了。"

这时她思想上猛然察觉到怀疑这两个字的含义。

"在他还没有看到我这不妥的举动之前,他早就有了怀疑。难道还要我低三下四地去证实这个怀疑?而且对一个不相识的人?上帝呀,倘若有件事儿让他什么都相信,难道也怪我行为不好?"

第十九章

某种处世之道使住在外省的生活看来也显得可爱。有许多太太尽管与德·夏斯特莱夫人谈不上有什么交情,根据这种处世之道,也朝着平台上的大理石桌旁一拥而去。这真是不幸到了极点。她们中有好多人手上还擎着蜡烛。她们中每一个人都朝着德·夏斯特莱夫人大声地说出一两句表示友好、表示要帮助她的好意的话。德·勃朗塞先生本来心肠就软,既不能把那扇千金榆树丛做成的小门挡住,又无法劝阻这些女人不要从这扇门走。

心境已经坏到极点,人更是痛苦不堪,再加上这一阵讨厌的哄乱,真要害得德·夏斯特莱夫人神经错乱了。

"这个女人因为有钱,骄气十足,对人冷冰冰的,现在病了,看她怎么办。"这些自称朋友的女人心里这样想。

"我可万万不能动,否则就要犯更可怕的错误。"德·夏斯特莱夫人听见这些人走近,对自己这么说。她打定主意,紧闭起眼睛,一句话也不回答。

德·夏斯特莱夫人认为她的所谓错误都是不可挽回的。她痛苦得就像是遭到生活重大变故的人一样。如果说一颗柔弱的心受到的痛苦此时还没有超过它忍受的限度,那是因为行动的需要使它并没有看到全部痛苦。

勒万这时心急如焚地也想跟在这些不知趣的女人身后挤到平台上去;他刚走了几步,就被他自己这个粗野而自私的行动吓住了,他怕再有不良的私念来迷惑自己,就从舞会上退出,拖着慢腾腾的脚步走了出来。这一夜就算过去了,也只好就这样抛开了,他心里觉得十分惆怅。他又感到有些异样,甚至在内心深处感到忐忑不安。他根本就没有看到他今晚取得的胜利有多大。他好像有一种本能的渴望,急想静下心来理智地把刚刚急遽发生的事情一幕幕在脑子里重温一下,好好地权衡估量一番。他需要想一想,他想知道他应该怎样去思考。

他这个人年纪还轻,少不更事,处理重大利害问题粗心莽撞,就像对待一些琐碎小事一样;他不是明察善辨的。处在激战之中,行动的时机稍纵即逝,也不容他多加考虑。现在他才大体看清刚才发生的事件极为重大。他还不敢贸贸然就对隐约看到的幸福的表面现象陶醉起来,经过细细研究他才发现某一句话、某一事实竟造成把他和德·夏斯特莱夫人分隔开来的屏障,这又使他不寒而栗了。事到如今,已经不是什么对爱情后悔不后悔的问题了。

杜波列先生真是一个精明人物,他并没有因为全力注意抓重大利益而忽视小的利害得失,他唯恐哪个在这里跳舞的年轻医生乘机抓住德·夏斯特莱夫人这意外事件不放,便急忙赶到千金榆树下大理石桌那里。这里有这么多热心的好朋友,也幸亏有这张大理石桌,对德·夏斯特莱夫人倒起了保护作用。德·夏斯特莱夫人紧闭着两眼,两只手支着头,一动也不动,一句话也不说,许多人好奇地举着蜡烛在看,有二十支蜡烛前前后后把她围成一圈,德·夏斯特莱夫人简直成了十二至十五位太太围攻的中心,她们七嘴八舌地向她表示友好,又是给她出主意,又是教她吃些什么药治这个昏厥病。

杜波列先生在这里没什么利害关系,他讲了一句真话,说德·夏斯特莱夫人这会儿特别需要安静。

"太太们,请回到舞厅里去跳舞吧。德·夏斯特莱夫人这里只留下大夫和子爵先生就行了。我们马上送她回公馆去。"

饱受折磨的可怜的德·夏斯特莱夫人听到医生这个主张,心里可真是万分感激。

"让我去办。"德·勃朗塞叫道。凡遇到这类需要出力气的重要时刻,他总是马到成功、得胜而归。他拔脚就走,不到五分钟就到了城边彭乐威公馆;他叫人驾车,不如说他亲自动手套车驾马,没多久,他就赶着德·夏斯特莱夫人的马车奔来。事情从来没有办得这么讨人欢喜。

德·夏斯特莱夫人由德·勃朗塞先生搀扶着送到车上,上车的时候她热切地向他道谢。现在车上只剩下她一个人了,那些狠心恶意的人总算摆脱开了,可一想到那些女人的情景就让她格外感到痛苦,但现在总算静下来了,可以静静思索一下自己犯下的过失,对她说来,这也是一种幸福。

德·夏斯特莱夫人是单纯的,不论生活上的事,甚至是关于她自己的事,都是毫无经验的。她在修道院里整整过了十年,在上流社会里只有十六个月的阅历。十七岁结婚,二十岁守寡,在南锡所见所闻,又没有一样叫她喜欢,没有一样让她开心。

勒万对德·夏斯特莱夫人的情况在很长一段时间内是一点也不了解的。别人讲的一鳞半爪,驿站站长布沙尔先生讲的一些坏话,就是他所知道的有关这个微妙主题的全部内容。

关于这段爱情,他心里充满了懊恼,不管热情提出了什么要求,他一律拒绝不顾。另一些时候,他又推测别人从他的眼里已经看出他的爱情,人家只是不敢贸然正面挑明就是了。

德·夏斯特莱夫人回到家里,意志力一恢复过来,就立即遣开她的女仆。这女仆总是问长问短,没完没了地寻根究底。最后只剩下她一个人。她哭了很久。她辛酸地想起她那亲密的女友德·贡斯当丹夫人,她的父亲玩了一套巧妙手法把她们拆开,害得她们不能见面。德·夏斯特莱夫人写信也只能一般地谈一下友情:她认为什么信件她父亲都搞得到手,这她是有根据的。南锡邮政局女局长就是他们一派的人,而德·彭乐威先生又是查理十世建立的洛林、阿尔萨斯①、弗朗什-孔泰地区某特设委员会的第一号人物。

"我只是一个人,在这个世界上我只是孤零零一个人,我有的只是我的耻辱。"德·夏斯特莱夫人想着。

在寂静的黑暗中,对着一扇打开的大窗,她哭了很久;从这个窗口可以望见东西两里之外黑森森一片的比莱维尔森林,森林上面是纯净幽暗的天空,天空上布满了闪烁的群星。神经性发作渐渐平息下来,她这才敢再把女仆叫来,吩咐她去睡觉。就是在这个时候,这样一个人的出现,也似乎残酷地让她更加感到羞辱和痛苦。直到听见女仆回了房,她才放心,于是细心忖度这命中注定的夜晚她犯下的种种过失。

起初她仍然心乱如麻,惊慌不安。好像不论从哪一个方面看,都可以找出一些新的理由使她格外鄙视自己,格外感到屈辱难堪。勒万直接对她说出他的怀疑尤其使她震惊:一个男人,一个年轻人,竟敢对她这样放肆! 勒万表现出那种高人一等的样子,一定是她给了他什么异乎寻常的鼓励。什么鼓励呢? 她一点也想不起来了,只记得这天晚会开始的时候她感到一个可爱的年轻人竟会没头没脑、缺乏思想,她很奇怪,不禁产生某种同情和关切,还有某种失望情绪。"我不过把他当作一个很会骑马的人而已,就像德·勃朗塞先生那一类人。"

但他说的怀疑究竟指的是什么呢? 这正是最使她感到痛苦难堪的问题。她又哭了很久。这眼泪就好比是她为自己挽回名誉而

---

① 洛林、阿尔萨斯,法国东北部地区名,包括现今法国的上、下莱茵省和摩泽尔省。

流的①。

"算啦,爱怎么怀疑就怎么怀疑吧,"她气狠狠地说,"人家对他讲的诽谤,他要相信,那活该;没有头脑,不辨是非,就是那么一回事!反正我是无辜的。"

在感情的起伏中,这骄傲是真诚的。渐渐她也不再去想那究竟可能是什么怀疑了。这样一来,她确实犯过的错误从另一个角度就果真显出它们的分量来了;在她看来,她犯的错误简直是难以计数的。于是她又哭了起来。辛酸痛苦、焦虑不安,把她折磨得死去活来。她认为主要有两件事怪自己不好:第一,不该让那班俗不可耐、居心不良的人看出她的心事,何况她从心底就蔑视他们。她想到,对他们她真是有千百种理由应当提防,他们心狠手辣,她更有千百种理由鄙视他们,这样一想,她就觉得自己实在太不幸了。看见金币就跪倒,见到国王、部长施舍的一点恩惠就匍匐在地的这些绅士,他们对待不把爱钱如命视为原则这种错误是多么冷酷无情啊!她此刻把自己对南锡上流社会的憎恶重新检阅一遍,谁料偏偏在这样一个社会面前,她竟有失检点,害得名誉被玷污,这真叫她心痛欲裂,如果我可以这么说的话,那简直就像是让烧红的铁块灼得她痛彻骨髓。这时,她心中仿佛又看到跳科蒂翁舞时她所厌恶的那些女人一个个向她投来的目光。

德·夏斯特莱夫人亲自把痛苦的每一个侧面都审视一遍,好像这也是一种乐趣似的,接着她又细细地察看另一种深沉的悲痛,转瞬之间这种悲痛就把她的勇气一下给扑灭了。这就是在勒万面前违反女人的自尊这样一条罪状。一个女人丧失了自尊,就不可能得到男人的尊重,如果男人是令人尊重的话。面对这样一条主

---

① 我把这种骄傲赋予德·夏斯特莱夫人。勒万凭他那很有限的本领将怎样战胜这种骄傲呢?偶然的机遇对于他就成了机智灵巧:凭借着怀疑。(司汤达原注)

要罪状,她的痛苦似乎反而给了她一点喘息的工夫。她终于提高了嗓音,开口高声说话,可是声音被胸中的呜咽哽塞住了。

"如果他不蔑视我,我倒要蔑视他。"静了一下,她好像对自己依然十分恼怒,又说道,"怎么!一个男人竟敢当着我的面说对我的行动有怀疑,我不但没有不理睬他,反而去请他来给我证实证实!这么丢脸,还嫌不够,我还当场表演,当众出丑,情愿让这批坏家伙对我的心思妄加猜测,这些人,只要我认真想一想,只要我一想起这件事,活着我都要感到厌恶,几天几夜我都要感到厌恶。我的眼光也不知谨慎,只配让勒万先生把我列在那种一见到喜欢的男人就卖弄风骚的女人队里去①。在他这个年纪上怎么会没有猜疑?证据不是已经有了吗?"

一提出见到男人就卖弄风骚这句话——这句话太可怕了,思念勒万的那种乐趣在想象中就全部化为乌有了。

"不过,勒万先生是有道理的,"她以一种恶狠狠的勇气继续想下去,"我也看得非常清楚,我是一个堕落的女人。在这个不幸的夜晚之前,我并不爱他:那时我想到他,也是很有理智的,我不过把他看成和那些因什么事件偶然和我们相遇的先生一样的一个青年,只是他与他们稍有不同。他不过是和我谈谈话,时间也不长,我发现他很拘谨,有点特别。我猜想里面总有些缘故,真是愚蠢透了,我不过想和他玩一玩,就像和一个偶然相遇的人,我不过是想叫他开口说话,可是突然间不知怎么就只顾想着他,把别的都忘了。很清楚,这是因为我觉得他是个英俊的男人。一个堕落的女人还能比这更糟?"

绝望情绪又一次涌现,比其他情绪波动更要激烈。直到比莱维尔森林那边的天空呈现出一片白色的曙光,德·夏斯特莱夫人

---

① 再把骄傲加于德·夏斯特莱夫人。(司汤达原注)

终于困倦不堪,痛苦和悔恨这才渐渐平息下来。

　　这一夜,吕西安也在不停地想着她。从某种意义上说,他是怀着一种令人欣悦的崇拜感情想念她的。如果她从亲眼见到的这个人的拘谨胆怯中看出一个令人生畏的老练的唐璜①来,那的确太叫人感到安慰了!对于这个带有决定性意义的夜晚所发生的一系列事件应该做出怎样的判断,吕西安一时还没有什么把握。说到"带有决定性意义的夜晚"这句话,他不禁身上一阵颤抖。他坚信从她的眼睛里他已经分明看出:总有一天她会爱他的。

　　"伟大的上帝啊!面对这样一个天使般的女人,我有什么办法呢?只能打破常规;倘若照常规办事,她本来是属于中校那号人的!伟大的上帝!行为的庸俗,不折不扣的庸俗,能和灵魂的高贵统一起来吗?理解女人的心,我知道,上苍并没有赋予我这种才能。戴维鲁瓦说得好:我这一辈子只能是个傻瓜,不要说发生了什么事,就连我自己的这颗心,我也大惑不解,只感到吃惊。这颗心该是最幸福的了,却偏偏感到懊丧。啊!我为什么不能见到她?我要听听她的忠告;她的眼睛把她的心思都告诉我了,她的心了解我的痛苦。我的痛苦在庸俗的灵魂看来,那当然是太可笑了。怎么!我中了头彩,得了十万法郎,反而因为没有得到一百万就又失望了!我实在太喜欢城里绝色女子中这样一位美人,遇到她完全是偶然的。这是最大的一个弱点啊;我想克服这个弱点,可是我失败了,所以我想像巴黎女人主持的沙龙里很多无能而失意的小人物那样,只要能博得她的欢心就行了;我只因有这个要命的弱点才爱上这个女人,我希望过不多久,她就能接受我这片苦心,得愉快地接受,还得撒娇,至少那表现形式能叫人感到快乐;她故作多情,仿佛果真看出我以认真的热情在爱她。幸福我并没有尝到,不过

---

　　① 唐璜,西班牙传奇中一个勾引女人的浪荡子,屡见于西方诗歌与戏剧中。

像这样的幸福也就不错了,就让我堕入那虚假的微妙境界中去吧。痛苦也是我自己虚构出来的,因为宫廷出身的女人的心能体贴另一类人,我偏是例外。啊!伟大的上帝!诱惑一个真正贤德的女人那种本领我有吗?我想找一个与一般微贱的姑娘的那种俗气不同的女人,不是每一次我都可笑地失败了吗?埃尔奈①尽管学究气十足,到底有见识,他不是给我分析过,说我这个人缺乏足够的冷静吗?人家从我这副唱诗班孩子般的面孔上就把我心里想什么都看得清清楚楚……我非但不知乘胜追击,反而像个笨蛋一样,只知陶醉在初步得到的一点点成功之中,站在那里沾沾自喜。对我来说,握一握手,那简直成了占领卡普亚城②;在这难得的快乐中,我受宠若惊,忘乎所以,不再前进了。总之,在这样一场大战中,我什么本领也没有,我只知道吹毛求疵,闹别扭!但是,畜生呀,如果你希望的话,但愿这只是偶然,仅仅出于偶然……"

他在房间里走过来走过去走了有一百圈。然后他高声地对自己说:

"我爱她,我爱她,至少我想讨她欢喜。我想她是爱我的。如果她不是对校官和尉官一样看待,那我怎么能有那不可少的本领在这真正风姿绰约的女人身上取得成功呢?难道我有什么本事使她头脑发狂竟至完全忘记她的本分吗?"

反反复复的推理虽然证明我们的英雄的谦逊是真诚的,可是这对他的幸福并没有什么助益。他内心要求德·夏斯特莱夫人白璧无瑕,他是这样地爱她,因此在他心目中她就必须是超凡入圣

---

① 即埃尔奈·戴维鲁瓦,见第一章。
② 指迦太基统帅汉尼拔(公元前 247—前 183)于公元前 218 年统率大军远征意大利(即第二次布匿战争),在坎尼一战中取得全胜,即率军占领卡普亚城,军队长驻城市,贪图逸乐,流连不去,以致军威衰落,终于失败。史家认为这是汉尼拔的一大错误。

的,但他的理解却对她另有一种看法。他对自己真是气愤到了极点,叫道:

"我到底有没有本领在上流社会的一个女人那里取得成功?我行不行?① 但是,我很不幸。这的确是一个疯子的画像。非常清楚,我既存心勾引她,却又偏偏希望她不要爱我。怎么!怎么!我希望被她爱,真是可悲,因为,那就好像是她选中了我!如果是一个傻瓜,那至少不应该又是一个懦夫。"

想到这里,天已经亮了,他也睡着了。临睡之前,他还有一个未想好的计划,他想去要求马莱尔上校调他到离南锡二十里路的N市上去,骑兵团驻扎在那里的一个分遣队正在监视互助会的工人。

德·夏斯特莱夫人如果亲眼看到自己受到的蔑视,那么可怕的蔑视,竟把她翻来覆去地从各方面审查了一个够,害得这个完全不顾及她同时又那么专注地关心她的男人彻夜不眠,那么,她的痛苦真不知要把她折磨成什么样子了!原来,在这同一时刻,德·夏斯特莱夫人也被折磨得精疲力竭,终于挣扎不下去了。②

---

① 在这一段文字旁,司汤达注有"重复"二字。(马尔蒂诺注)
② 一个在发狂地爱着的年轻人,蔑视他的情人,可是他的心却向他证明她像天使那样纯洁无瑕。一个贤德的女人,同样也在爱着,但又要逃避她的情人,因此他对她讲到怀疑,她急于想知道个究竟,就使她痛苦不堪。这就是关于人的内心世界的真正描绘,关于激情的素描,与瓦伦廷的光辉夺目的衣褶大相异趣。——1834年5月11日,1835年5月14日。(司汤达原注)

第 二 十 章

不论吕西安怎么想,他都控制不了自己的行动。第二天一清早,他制服穿得整整齐齐,就去找马莱尔上校。他远远地看见德·夏斯特莱夫人住宅一排窗口俯临的那条街道。如果马莱尔上校同意他的要求,那么这些窗子他就看不到了,他不禁想到窗下去看一看。可是一走上这条街,他就觉得心扑通扑通直跳,跳得他气也喘不过来:仅仅是有见到德·夏斯特莱夫人的可能,他就不能自持了。但愿她不要在她的窗口出现才好。

他想:"如果批准我离开南锡,我又要发疯似的想回南锡,那我将可能是怎么一个局面?从昨天夜里开始,我给搞得六神无主,不知怎么办才好,倘若生出一个什么念头,我就立刻让它牵着走,一分钟前我还不知道会生出一个什么念头来。"

他这样考虑问题倒是与他作为巴黎综合工科学校的学生的身份相称的,这样想过之后,他骑上马,一口气两个小时跑了五六里路①。他这是自我逃避:生理上迫切需要,恰好他在精神上也更迫切地需要听听人家的意见,以便把自己的理智置于别人的理智之下。他觉得自己应该相信,而且也感觉到他也许快要发疯了;因为,他在这个世界上的幸福完全寄托在他自己究竟是怎样看待德·夏斯特莱夫人这一点上。

他曾经有这么一条规定:同骑兵团军官打交道,谈话不能越出

---

① 本书中用的里均指法国古里,一古法里约合四公里。

严格限定的范围。所以没有人能来帮助他、支持他,哪怕最一般地、空泛地帮他分析分析、出出主意也不可能。戈提埃先生不在南锡,其实他也知道,他这种狂热的爱情戈提埃先生不会理解,只能把他痛骂一顿,劝他及早撒手脱身。

在遛马回来的路上,经过抽水机路,这时他觉得有一阵迷狂袭入心中,使他非常惊讶。他恍惚觉得自己看到了德·夏斯特莱夫人的眼睛,于是第三次坠下马来。他觉得自己没有勇气逃避到别的地方去,便没有去找上校。

这天傍晚,戈提埃先生从乡下回来。勒万想去找他旁敲侧击地谈谈他此刻的处境,就像人们所说:探探口风。戈提埃先生讲了几句开场白之后,说出这样一段话来:

"我也并不是没有痛苦的。N市的工人真叫人痛心啊。军队会怎么样呢?……"

杜波列博士在舞会后第二天,对他这位年轻朋友做了一次长时间的访问。他开场白没有说上几句,就单刀直入地和他谈起德·夏斯特莱夫人。勒万觉得自己满面绯红,连眼白也涨红了。他打开窗子,坐到百叶窗后面去,让这位博士不那么容易察觉。

"这个村学究跑来审问我。咱们走着瞧吧。"

勒万对昨天晚上供人们跳舞的那个华美的大帐篷兴致勃勃地赞不绝口。他从庭院讲到那很有气派的台阶,还讲到装饰台阶的种着外国奇花异草的大花盆;然后又按照数理逻辑的顺序,讲完楼梯又讲前厅,由前厅再进入最前面那两间客厅……

博士时时打断他的话,跟他讲德·夏斯特莱夫人昨夜发了病,又分析可能致病的原因,如此等等。勒万可不想打断他的话;对他来说,真是一字千金:博士是刚刚才从彭乐威公馆出来的。勒万有能力做到自我克制;只要对方一住口,哪怕只是片刻工夫,他也要郑重其事地谈论昨晚那顶红白条纹的帐篷可能值多少钱。与他平时说话的声调不同，他现在讲话的声调使他头脑更加冷静，更能好好地控制自己。这位博士为了让他说话甚至不惜任何代价，竟把有关德·夏斯特莱夫人极其珍贵的消息都吐露给他，这正是他求之不得的，博士说出来的每一个字即使要他用黄金按字论价去收买，他也心甘情愿。他觉得只要巧妙地奉承他一下，这位博士就会把全世界所有的秘密都泄露出来，这情况十分诱人。不过他也很乖巧，聪明得近乎拘谨；德·夏斯特莱夫人的名字他亲口绝对不提，除非为了回答博士的问话；其实这也是很不聪明的做法。勒万拼命在扮演他这个角色，杜波列对于问什么答什么、不问不答的人又很不习惯，所以他并没有看出其中的奥妙。勒万打定主意要在第二天称病；他准备通过这位博士对德·彭乐威先生和德·夏斯特莱夫人的日常生活再进一步做详细了解。

第二天，博士改变了战术。照他说来，德·夏斯特莱夫人是个假正经，骄傲得叫人受不了，也并不像人们所说的那么富有，据"国家债权人总名册"所载，她每年至多不过一万法郎进项。在这篇毫不掩饰的出自恶意的谈话中，一句也没有讲到中校。这么一来，勒万真是心甜意洽，舒服极了，几乎比前天晚上德·夏斯特莱夫人问他怀疑的是不是与她有关，然后又拿眼睛那么望着他的那种甜蜜还要甜。由此可见，在与托玛·德·毕桑先生的关系中，见不得人的事是根本不存在的。

这天晚上，勒万又拜访了好多人家，除了谈谈这次舞会把人累得很厉害、干巴巴地问候人家身体安好之外，他一句话也不多说。

"我的用心，如果让这些无聊的外省人知道了，那就有戏好看了！"

所有的人都对他讲了德·夏斯特莱夫人病倒的事，只有好心的戴奥德兰特是例外。她的确长得很丑，德·夏斯特莱夫人却长得真美。勒万觉得对戴奥德兰特有一份情谊,甚至差不多是一种热情。

"德·夏斯特莱夫人和这些人是玩不到一起去的。单就这一点,人家就不会原谅她。在巴黎,人们才不计较这种区别呢。"

勒万在拜访最后几家人家的时候,肯定德·夏斯特莱夫人在家中生病,不会遇到她,不禁动了念头想去远远地看一看她那映着烛光的绣花窗帘。

"我真是一个懦夫,"他最后自言自语地说,"我的确又怯懦又卑劣。"

> 你若犯了罪被打入地狱,
> 也宁可犯的是可爱的罪才被罚下地狱。①

这差不多可以说是他对爱情的懊悔和对不幸被出卖的祖国的最后的哀叹了。人是不可能同时有两种爱的。

"我是一个懦夫。"他从德·欧甘古夫人的客厅里走出来,也对自己这样说。在南锡,根据市长先生的命令,夜里十点半路灯一律熄灭,除了贵族人家之外,一般人家这时都已上床睡觉了,所以他可以到绿百叶窗下再逗留一个小时,也不致因而感到自己可笑。几乎就在他走到窗下的时候,楼上小房间的灯光忽然熄灭了。勒万听到自己的脚步声,感到有点难为情,他躲在暗影里,正好对着窗口,在一块石头上坐下来,坐了很久,他眼睛一刻也不停地张望着那扇窗子。

他的脚步声并不仅仅惊动了他自己一个人。德·夏斯特莱夫人从黄昏到十点半,一直闷闷不乐、悔恨交加。她出去访友做客,

---

① 查伏尔泰原诗。(司汤达原注)

散散心,愁闷确实排解了一些;但她不愿意遇到他,也不愿意听到别人提起他的名字。到十点半钟,她看见他来到楼外的马路上,愁惨悲苦的情绪就让不停的热烈的心跳给代替了。她急忙吹灭蜡烛,对自己又是告诫,又是规劝,但都没有用,她一直没有离开她那几扇百叶窗。她的眼睛可以看到勒万在黑暗里抽雪茄烟的红火,那红火正吸引着她的眼睛。至于下面的勒万,他最后也战胜了自己的懊恼:

"唉!我爱她,又看不起她,"他在想,"如果她爱我,我就要告诉她:'如果你的心一直是纯洁的,我就始终爱你,至死不渝。'"

第二天清早要上操,勒万五点钟醒来,一醒就强烈地想看到德·夏斯特莱夫人。他对自己的心思再也不能怀疑了。

"只要看一眼,就可以对我说明一切。"他反复对自己这样说,只要良知处在自然状态下,就总要提出反对意见来,"博得她的欢心,但愿也并不那么容易!我还有什么好抱怨的!"

在舞会后的第五天(这五天对勒万来说无异于五个星期),他终于在德·高麦西伯爵夫人家里遇到德·夏斯特莱夫人。当仆人通知说勒万先生到了,德·夏斯特莱夫人喜形于色,脸上原有的苍白顿时消失了。勒万也兴奋得透不过气来。不过德·夏斯特莱夫人戴着首饰,在他眼中显得异常耀眼,喜气洋洋,风韵极其优雅。德·夏斯特莱夫人的确光彩照人,在巴黎要想打动人也非这样打扮不可。

"到一个老女人家里来做客也这样煞费周章,这么打扮起来,总让人觉得你们对中校一类人未免太当回事。"他心里这样想。

这种严格审查态度是带有苦味的。他转念又想:

"是的,我爱她,但不会有什么结果。"

他与她相距不过只有三步远,他一边在做这样的推论,一边又像一片树叶似的瑟瑟发抖,这是因幸福而战栗。

这时,德·夏斯特莱夫人回答勒万对她的一句关于贵体可曾大安之类的问候,态度彬彬有礼,说话的声调完美无缺,保持着一种始终不变的平静神态,就好像什么悲伤痛苦在她心里根本就没有发生过,恰恰相反,她不但态度和悦,而且几乎是喜上眉梢的样子。勒万在这次见面快要结束的时候,经过反复考虑,才明白这种态度所显示的不幸竟达到怎样的程度,以致他一下不知怎么办才好。至于他自己,在德·夏斯特莱夫人面前,却显得很平常,甚至平庸呆板。这一点他自己也感觉到了,不幸的是他还要故意让自己的动作更优雅一些,说话故意让声调更动听一些,究竟有没有取得成功,可想而知。

"我此刻完全倒退到我们在舞会上刚开始谈话时那种拙劣的地步……"他对自己做出这样的判断。他是正确的,他确实缺乏优美的风度,也缺乏机智,他并没有夸大。不过他没有想到,他不愿意在她的心目中变成傻瓜,可是人家对他的窘态自有不同的看法。

德·夏斯特莱夫人认为:"勒万先生指望再看到我在舞会上那意料不到的轻率疏狂继续下去,至少他以为有权期望得到温柔以至多情而友好的对待。现在他能看到的只有这种极端合乎礼数的态度,这态度实质上就把他推到一般泛泛之交以外的地位上去了。"

勒万很想谈点什么,苦于想不出点子,他忽然想到马利布兰夫人,她正在梅斯演出,南锡上流社会都说要去听听她演唱,他想就这位女歌唱家的音乐天才谈论一番。德·夏斯特莱夫人一听很高兴,这样就不要她挖空心思找出合乎礼节却又冷冰冰的话来应付了。她看他怎么讲下去。他还没讲上几句,就讲得语无伦次,渐渐讲不下去了,弄得十分狼狈,非常可笑,以致德·高麦西夫人也看出不对头。

"这些时髦的年轻人,他们的本领总是那么多变。"她低声对德·夏斯特莱夫人说,"这哪里是常常到我家里来的那个漂亮的少尉。"

德·夏斯特莱夫人听她这样说,高兴极了:她真是个有见识的女人,不愧是全城出名的有见识的女人,而且处事又十分冷静,现在证实了她自己几分钟之前的想法,怎么会不高兴!

"我在舞会上看到的这个人,又风趣,又活跃,又热情,又机智,他只因人多眼杂与众目睽睽而发窘,现在怎么判若两人!他这会儿讲一个女歌唱家,连一句像样的话也讲不出来。他天天都看报,报上评论马利布兰夫人的才华的文章不是天天都看的嘛。"

德·夏斯特莱夫人是这样得意,她对自己说:

"我可不能失言,也不能为友谊笑一笑,那就会把我今天晚上的幸福全部断送掉。很好,很好,千万别再让我对自己又懊恼又不满。就此收场吧。"

她站起来,告辞走了。

紧接着,勒万也辞别了德·高麦西夫人,走了出来。他需要静静想一想他做的蠢事,德·夏斯特莱夫人又为什么这么冷冰冰。经过五六个小时痛苦的思索,他得出这样的结论:

他不是中校,只有中校才配得上德·夏斯特莱夫人垂顾。她在舞会上那样对待他不过是一时奇想所致,多情的女人都是如此。说不定他那身军装也起了作用,引得她一时异想天开;她是以一种聊胜于无的心情暂时把他当作一位上校看待的。这样说虽然也聊可自慰,不过也让勒万懊恼得很:

"我真是十足的傻瓜,这女人是戏台上一个骚货,只是美得惊人。我要是再去看她的窗子,就叫魔鬼把我抓了去!"

伟大的决心一经下定,如果有人劝勒万去上吊,他的存在方式也许会因此更好一些、更幸福一些。这会儿时候已经很晚,他还是骑上马跑了出去。刚刚出城,他就觉得连控马的力气也没有了。他索性把马交给仆人,自己下来步行。没过几分钟,午夜的钟声敲响了,尽管他对德·夏斯特莱夫人骂不绝口,可到最后,他还是到了她的窗口下面,正对着窗口,在那块石头上坐了下来。

第二十一章

他到这里来,使她感到欣喜若狂。从德·高麦西①夫人家中告辞出来的时候,她对自己说:

"他一定对他自己、对我都非常不满,让他决心把我忘掉吧;不然我再要见到他不知又得等多少天。"

德·夏斯特莱夫人在伸手不见五指的黑暗中偶尔也能辨认出勒万抽的雪茄烟烟头上的火光。这时她真是发疯似的爱他。勒万在这无边无际的深沉静谧之中如果灵机一动,走到她的窗下,低声对她说句奇妙而新鲜的话,譬如说:

"晚安,夫人,肯告诉我你是不是听见我说的话了吗?"

她就很可能回答说:"别了,勒万先生。"说出这六个字的声调即使对最急切的情人来说也不会留下什么希望。可是,对德·夏斯特莱夫人来说,说出他的姓氏勒万,能够当面和他说话,就是使她心荡神摇的极度的快乐。②

勒万正像他自己说过的那样,蠢事确实已经做了不少,现在他又走入一处肮脏的大院,找到一家弹子房,他料想在这里一定会遇到骑兵团的几个尉官。他确实太可怜了,能在这里碰到骑兵团的几个尉官他就觉得很高兴了。果然遇到几个尉官,他真快活极了;这几个年轻人今晚待他也不错,尽管第二天照例还是要摆出那种

---

① 司汤达在原稿上误写作马尔希。(马尔蒂诺注)
② 所有肌肉我——加以刻画描写,并没有使之软化。"极度的快乐"(Volupté)一词也许太重了。(司汤达原注)

俨乎其然的冷漠无情的神气。

勒万兴高采烈地和他们一起打弹子,他总是输。大家讲定赢了拿破仑金币也不许带走;他们叫了香槟酒,勒万兴致很高,不想就喝醉了,后来还是弹子房的侍者叫了一个邻人送他回家。

在真正的爱情面前,就是放荡生活也要退避三舍。

第二天,勒万的举动简直像个疯子一样。那几个尉官同志又恢复老样子,不怀好意地在背后骂他:

"这个巴黎花花公子,香槟喝不来,昨天他已经喝得摇摇晃晃;应当经常拉他去喝酒。喝酒之前,喝酒当中,喝酒之后,逗弄他,嘲笑他;那才好呢。"

在勒万第一次和那个他自以为有把握弄到手的女人相遇的第二天,他就控制不住自己了。究竟出了什么问题,他心里发生了什么感情,甚至别人针对他采取了什么行动,他都昏昏然不甚了了。他觉得别人好像在暗示他对德·夏斯特莱夫人抱有好感,因此他觉得自己必须保持冷静,千万不能发火,一定要沉住气。

他暗自说:"得过且过,我怎么喜欢就怎么去做。不论对谁我的心事都不能讲出去,我发疯的事决不能告诉任何人,只要做到这一点,人家就不会说'你在发疯'。只要这件心事没有让我失去控制,至少,它就不会叫我感到羞愧。这疯病如能瞒得住,它的副作用就可以去掉一大半。最重要的是,不要叫人家猜出我的心事。"

几天之内,勒万就彻底换了一个样子。他在社交活动中变得兴高采烈、乐观而机智,人们对他大为欣赏。

"他这人心术不正,没有道德,不过他说起话来倒确实说得漂亮。"在德·毕洛朗夫人府上,人们这样说他。

这个很有眼光的女人有一天对勒万说:"我的朋友,你要把你自己毁了。"

他是为谈话而谈话,对这一方,他支持,对另一方,他也同意,他谈起话来不是夸大其词,就是虚张声势,讲得很多,一讲就是一大篇。总之他像外省有才智的人那样喋喋不休,而且很成功:南锡人一贯崇尚的东西他们当然赞不绝口;不过,以前,人们却认为他古怪、做作、莫名其妙。

他战战兢兢,唯恐别人识破他的心事。他疑心杜波列博士在窥伺并监视他,他开始怀疑杜波列暗中在与路易-菲力浦的警务部长、奸诈多智的梯也尔先生做交易。但是勒万与杜波列的关系又不能断掉。他甚至不能不和他谈话,不能敬而远之。杜波列和这里的社会关系很深,他已经把勒万介绍给这个社会,和他断绝往来是十分可笑的,而且处理起来也很棘手。既然不能和这个活跃、善于钻营又易于受刺激的人断绝关系,那就必须把他当作密友乃至父辈来对待。

"同这些人打交道不能只扮演一种角色";所以他一开口就像个演员似的。他时时都在扮演某个角色,扮演他心目中最可笑的一个角色;他在言谈中故意用一些可笑的言辞。他喜欢身边总有一个人陪着他,他无法忍受孤独。他提出的话题越是荒诞不经,他就越是能从生活的严肃一面摆脱出来,但仅仅这一方面的生活他又感到不满足。因此他的精神就成了他的心灵的一出滑稽戏。

他并不是一个唐璜,他还差得远呢。他将来会是怎样,也难以逆料,但就现在而言,和一个女人面对面相处,在他是不习惯的,与他内心感受的习惯不相适应。与女人相处这类素养他往常一直是以极度鄙视的态度来看待的,所以他现在开始为自己缺乏这种素养而感到遗憾。至少,他在这个问题上头脑还是清楚的。

他的表兄、学者埃尔奈说他同女人打交道时缺乏头脑,这话听起来刺耳,却一直在他心上萦回不已,就像驿站站长布沙尔讲过关于中校和德·夏斯特莱夫人的话一直让他耿耿于怀、始终不忘一样。

他的理性告诫他已不下二十次，应当多多接近这个布沙尔，不惜花点钱，不妨和他拉拉交情，以便从那里探听许多详细情况。这事在他很不好办，因为只要在街上远远见到这人，他就会起一身鸡皮疙瘩。

　　他自以为在理智上对德·夏斯特莱夫人的鄙视已经确立，可是他在感情上每一天都发现有新的理由去崇拜她，他简直把她当作最纯洁、最神圣的人来崇拜，跟外省人作为第二宗教的虚荣与金钱比起来，她不知要高出多远多远。

　　感情和理智的冲突几乎使他发疯，使他成为最痛苦最不幸的人。何况事情恰恰又发生在这样一个时期：他的马和马车、他的仆从使他成为骑兵团所有尉级军官和南锡所有年轻人及其周围所有的人羡慕的对象，他们认为他富有，年轻有为，正直勇敢，纷纷把他看成他们从来没有见过的无可怀疑的最幸福的人。他那阴沉的忧郁，他独自一人走在街上时的心不在焉，他那从外表看来似乎带有恶意的暴躁举动，可以说已经形成最尊贵、最高境界的自负。见多识广的人士认为这是对拜伦勋爵的一种很有修养的模仿①，人们在这个时期是经常谈起这位拜伦勋爵的。

　　上次去弹子房并不是仅有的一次。名声已经传扬出去了；就像南锡把勒万夫人从巴黎给她儿子带来仆人的四套号衣夸大成为十二套或十五套一样，现在人人都在说勒万一个月以来每天夜里都醉得不省人事，被人抬回家去。就是漠不关心的人也为之感到惊异，被解职的卡洛斯派的军官对这件事不禁万分高兴。只有一个人觉得自尊心被刺痛了，他说：

　　"这个人，是不是我把他看错了？"为忘掉痛苦而采取这种毁

---

① 此处指吕西安·勒万高傲、愤世嫉俗、不循常规、热情浪漫。

灭理智的做法固然不好,但是这是勒万唯一可以使用的手段,或者说,他也是迫不得已而为之;兵营生活又是那么一种状况,他也只好屈从。为了逃避那些难以排遣的夜晚,不这样办又能怎么样呢?

到现在为止,生活对他来说本来应是工作和欢乐。可是现在,他陷入痛苦而无法自拔,他还是第一次遇到这样的情况。很久以来南锡所有上等人家都对他另眼看待,他取得这种成功的原因把他原有的快乐心境给剥夺掉了。勒万就像一个年老色衰的女人一样,越是装模作样、卖弄风情,越是得不到任何乐趣。

他对自己说:"我在德国,就得讲德国话;我在南锡,就只好讲外省话。"

他对他们讲到天气,如果他说"今天天气很好",他就觉得这简直是在骂人;因此,他不得不皱起眉头,昂起前额,摆出一个大地主的姿态,高声喊叫:"这天气晒干草多么好啊!"

他夜晚在沙邦提埃弹子房暴饮,使他的名声受到影响。不过在他酗酒这桩丑事播扬开去之前,他已经买了一部大型四轮敞篷马车,这种马车坐得下人口多的一家人,人口多的人家在南锡是很不少的,他正是为了这个缘故才买下这部马车。六位塞尔庇埃尔小姐和她们的母亲,就可以像本地人说的那样,"首次乘坐"这部马车,还有许多人口多的人家也找他借马车用,只要人家开口,他总是有求必应。

"这位勒万先生确实是个好小伙子,"大家都这么说,"他确实也破费不了什么:他爸爸和内政部长都拿公债捣鬼,反正由倒霉的公债付款就是了。"

杜波列博士也用这种亲切口吻讲到勒万在痛风症治好后送给他的漂亮礼物这件事。

杜波列博士是南锡的领袖人物,也可以说是个贪婪的人。勒万把他看成地方上最危险的恶棍。他甚至有理由怀疑:亨利五世逐渐失势之后,杜波列就和内政部长暗中有约定,而且每半个月都有报告专送部长。不过目前这个恶棍对他还是有利的。

一切似乎都按照勒万的本意在进行,他父亲对他的开销如此之大也毫无怨言。勒万相信所有的人在德·夏斯特莱夫人面前都讲他的好话;但是彭乐威公馆这时却成了勒万在南锡唯一不得不望而却步的去处。勒万几次试图前去拜访;但德·夏斯特莱夫人偏偏不予接待,总以生病为借口,把大门紧紧地关上。她甚至把杜波列博士也给骗了,杜波列博士告诉勒万说德·夏斯特莱夫人最好是过些时候再出门。有了杜波列博士的话,德·夏斯特莱夫人因此出门拜客也减少到寥寥数次,这样就可以免得南锡的贵妇人又纷纷责备她骄傲孤僻。

勒万在舞会后第二次见到她,那几乎是被当作一个初次相识的人那样对待的,他甚至觉得连他按最简单的礼貌的要求必须对她讲的不多几句话,她都置之不答。自第二次见面以后,勒万就下了决心,要勇敢地行动。最需要采取勇敢行动的时候偏偏缺乏勇气,他因此非常看不起自己。

"伟大的上帝啊!骑兵团向敌人发动进攻的时候,也会发生这种情况吗?"

勒万极其痛苦地责备自己。

第二天,他到德·高麦西夫人家里去,刚刚坐下来,就听人通报说德·夏斯特莱夫人到了。

对待他的冷淡态度实在太过分了,这次拜访快要结束的时候,他真是气极了。这还是第一次,他什么也不管,利用他在这种社交场合所处的地位,径自伸出手去,上前引导德·夏斯特莱夫人,送她上马车,也不顾这种所谓礼节会不会让她不快和反感。

"夫人,如果我有什么不够慎重的地方,请原谅我:因为我是很不幸的!"

"先生，说这个干什么。"德·夏斯特莱夫人回答道，态度自然，从容不迫，连忙朝着她的马车走去。

"我在讨好所有的南锡人，希望他们能对你多讲讲我的好话，为了忘记你，一到了晚上，我就想办法去麻醉自己。"

"先生，我觉得你没有理由……"

说到这里，德·夏斯特莱夫人的仆人走上前去关上车门，那几匹马就把她拉走了，这时她倒在车上，仿佛死去似的。

第二十二章

勒万站在原地,对自己大声叫道:"只因为没有社会地位,就得顽强地苦斗,世上还有比这更不光彩的事吗!只因我的肩章不带穗子,这个恶魔就怎么也不肯饶过我。"

这样的想法实在太叫人灰心丧气了。但是整个拜访过程,尽管像前面所说,以短短一段对话收场,勒万仍然被弄得如醉如痴,巴蒂尔德(这是德·夏斯特莱夫人的另一个名字)神奇无比的白皙和她那双眼睛的惊人的美真使他心醉神迷。

"不管别人在半个小时内可以说出多少事来,她的眼睛总是那么炯炯有神,也不必问这双眼睛为什么缘故那么激动,所以谁也不能责备她态度冷若冰霜。再怎么小心翼翼也不顶用,我从她的眼睛深处总看见有样又神秘又深沉又激动的东西在闪光,就好像她在谛听另一种非同寻常的亲切谈话似的,比我们听到的更私密、更高雅。"

可怜的勒万,什么可笑的事都做得出来,这他自己也不是不知道。这时,在刚才我们看到的那种想法的鼓动下,他竟起了念头要给她写一封信。他拿起笔来就写,写了一封十分出色的信,亲自跑到南锡六里路之外、通往巴黎的大道上的达尔奈,把信送到邮局。后来他又寄出第二封信。这第二封信,和第一封信一样,也像是石沉大海,杳无音信。幸运的是在第三封信中偶然提到"怀疑"二字,我们说这是出于偶然,因为我们决不会怀疑他在故意玩弄诡计。这两个字在爱情的利害得失上是大可珍惜的,而且也正因为这两个字才使得德·夏斯特莱夫人内心斗争一直持续到此刻。这是事实:尽管在锥心刺骨的自责的包围之下,她还是以她整个灵魂的力量深深地爱着勒万①。日子一天天挨过去,对她来说,每一天都毫无价值,每一天都只有几个钟点才有意义,这就是她每天晚上躲在客厅百叶窗旁偷看勒万的那几个小时;勒万尽管每天都到抽水机路来,一待就是几个小时,可是他也没有料到自己的举动竟取得这样的成功。

巴蒂尔德(夫人二字对这里所说的稚气未免嫌重)每天晚上都要躲在百叶窗后面用甘草纸卷成勒万手卷的那种雪茄烟似的小管子,衔在嘴唇中间吸气。抽水机路寂静无声,连白天都冷冷清清,一到晚上十一点钟,就格外静谧,这时,她特别喜欢——这当然谈不上有什么罪——听勒万从小纸簿上撕下一小片甘草纸,再把纸卷起来,卷成一根小雪茄。这种小纸簿是德·勃朗塞子爵先生光荣而幸运地供给德·夏斯特莱夫人的,人们已经知道,这种甘草纸是从巴塞罗那远道而来的。

在舞会后的那些日子里,她对自己作为一个女人而有失检点,深自谴责,这与其说是为了自己的名誉,倒不如说是为了对勒万的尊重,在她,敬重勒万是先于一切的,所以她心甘情愿地不惮其烦,称病在家,深居简出。她采取这样一个聪明步骤之后,人们也就渐渐把舞会上发生的那个意外事件完全淡忘了,这一点她可是做到了。人们确实看到她一听人家提起勒万就满面绯红,但是,整整有两个月,她在自己家里一次也没有接待他,人们估计她在和勒万谈话之前就已有病在身,因为她后来坚持不下去,非回家不可,不过是这么一回事。这桩公案到此也就告一段落。自从那次在舞会上

---

① 女仆讲的这句话我是不是留下?留下吧,以便看起来显著明白。(司汤达原注)

她几乎昏倒以后,她也曾和她认识的两三位夫人讲过这样的心里话:

"往常的健康,我是再也不会有了;就是那杯香槟,把我的健康断送了。"

最近一次相遇,又见到勒万,使她感到惶恐不安;他对她讲的那些话,更让她惊慌失措;由此她更要坚守她的誓愿:杜门不出,孤独自处。

德·夏斯特莱夫人处处谨慎小心,舞会上得病的事,精神方面的原因因此没有人产生过怀疑,但她内心深处却是痛苦万分。她丧失了自尊和自信,一八三〇年革命以来一直保持住的内心的平静也被打破了,全然不见了。精神状态如此,又不得不过起退隐生活来,这当然损害了她的健康。由于这种种情况,无疑再加上由此引起的烦恼,勒万这时写信过来,那意义就更显得重要了。

一个月以来,德·夏斯特莱夫人为了节操道德的问题颇费了一番苦心,做了不少事,至少她总感到违心逆意,快快不乐,那可是最直接的标志。责任心的严厉的呼声,还要求什么呢?干脆直说:勒万对她作为女人缺乏应有的自制究竟有什么想法?姑且不提怀疑这个可怕的字眼从勒万嘴中说出来可能意味着什么,他究竟从她的行为上发现什么问题,使他怀疑得这么厉害?她反复不停地拿这个问题问自己,这几天她索性回答说:根本就没有那么一回事。

"可是他究竟怀疑我什么呢?想必性质很严重……你看,一转眼,他脸色就变了!……"她又涨红着脸说,"这变化对我又意味着提出了一个什么问题呢?"

这时,她又想起早已提出的那个问题,剧烈的悔恨情绪又翻腾而起,打乱了她的思绪,这样持续了很久。

"我真控制不住自己!……他脸色的变化总应该注意到呀!

本来是同心相应、热情相向的,怀疑一起,半当中他就变了,那怀疑总该包含着十分重要的内容吧?"

在这幸运的时刻,正巧勒万的第三封信给送来了。前两封信已经给她带来很大的喜悦,不过她还不想回信。读了这第三封信,巴蒂尔德连忙跑去找文具匣,她把文具匣往桌子上一放,打开来,提起笔来就写回信,连斟酌一下也顾不上了。

"不要说写什么信,单是把信送出去,就足以构成犯罪行为了。"她对自己含含糊糊地这么说。

回信是特意用最倨傲的笔法写成的,那还用说吗?信上三番五次地叮嘱勒万切切不可存什么希望,连"希望"二字德·夏斯特莱夫人都巧妙地避开不用。可叹,可叹!她成了她所受的耶稣修会教育的牺牲品,这她自己还不知道。人家在圣心修道院教会她的一套骗人的诡计,现在她无意间也使出来了,可惜用得不对头,她不过在自欺欺人罢了。反正她"回答"了:一切都包括在这两个字里了,一切都在这两个她连看也不肯去看一看的字里了。

信写了一页半,写好了,德·夏斯特莱夫人在她房间里走来走去,高兴得简直在跳。又经过一个小时的反复考虑,她才叫人去准备马车;当马车走过南锡邮局,她在车里拉了一下铃:

"我说,"她对仆人说,"把这封信丢到邮局里去……快!"

邮局只有三步远,她眼睛盯着那个仆人,仆人连信上的地址也不看,信封上的字迹与她平时写信的笔迹是不同的:

达尔奈

留局自取

皮埃尔·拉丰　先生　启

信封上写的是勒万一个仆人的名字,地址是勒万指定的,既表示谦恭有礼,又表示不抱任何合情合理的希望。

第二天,勒万带着他的仆人拉丰漫不经心地骑马一直到距达尔奈还有四分之一里的地方,他的仆人绕到达尔奈再回来时,他出乎意料地看见他的仆人从衣袋里掏出一封信来,他先是一惊,接着又是一怕,那情况简直无法形容。这时,与其说他是下马,不如说是滚下马来,信也不拆,也不知他要干什么,只见他一头冲进附近那片林子里就不见了。这是一片密密的栗树林,他躲在树林里,四外就都看不到他。他这才放下心来,坐到地上,让自己坐得舒服一点,好像一个人坐好准备挨一斧头被打发到另一个世界去一样。他大概也很想尝尝那个滋味吧。

　　一个上流社会人士的感受,与一个不具备这种惹人心烦的禀赋的人的感受,是多么不同! 这种叫人不舒服的禀赋,是一切可笑行为的根源,人们把它叫作灵魂。富于理性的人,同一个女人恋爱,那无疑是一场愉快的决斗。大哲学家 K[康德①]说过:"爱情所能提供的完美的幸福,只有在完全的同情中或两个人两条心这种感情完全消失的情况下才能获得,在这样的时刻,二重性的感情也就被有力地唤醒了。"

　　一个比勒万更深地受到庸俗教养的巴黎青年也许会说:"哎呀! 德·夏斯特莱夫人来回信了! 她端庄的灵魂终于下了决心。这是首要的一步。其余的都是形式问题;不过是一两个月的事,就看我处理得是否得法,在她那方面,还要看她作为女人对最重要的道德的保卫在思想上究竟强调到怎样的程度,一切都依此而定。"

　　可是勒万,他坐在地上专心读着那信上一行行可怕的文字,他简直分辨不出来信的主旨是什么,那意思是不是说:"德·夏斯特莱夫人回信了!"信上用的严厉的语言和富有说服力的语调把他吓得目瞪口呆,她在信上劝他对这种性质的感情不必再谈,她以荣

---

① 康德(1724—1804),德国哲学家,著有《纯粹理性批判》《实践理性批判》等。

誉的名义,以他们相互关系中高尚人士视为神圣的事物的名义,叮嘱他快快抛开这种荒唐的想法,无疑他正是抱着这样的想法企图去试探她的心(她的心,德·夏斯特莱夫人的心),随后就不顾一切地投身于疯狂的行动,这一切,对于他们彼此的处境,特别是对于他对她所抱的想法来说,都是极大的错误,她敢于断言,这是十分容易理解的。

这封可怕的回信勒万反复看了五六遍,他想:"这是正式的推辞。"他又想道:"我没有办法回信,不论怎么回信;巴黎邮车明天上午到达达尔奈,要是我的信今天晚上不能及时投到邮局,那么,德·夏斯特莱夫人要在四天以后才能看到我的信。"

根据这条理由,他下了决心。就在树林里,碰巧随身找到一支铅笔,他把德·夏斯特莱夫人来信第三页空白纸铺在檐筒状军帽帽盖上,马上动手写回信,回信就是按照他一个小时以来指导他的思想的那种敏锐的直觉下笔写出来的;他感到回信写得不好。他特别不满意的是信中没有显示出任何希望和反攻的力量。在巴黎长大的孩子,心总是那么自负!这封信不论怎么推敲修改,被德·夏斯特莱夫人的无情和傲慢刺伤的一颗心依然历历可见。

他走出树林,回到大路上来,叫仆人到达尔奈去给他买一本白纸簿和写信的其他必需品。他就在路边把信抄好,叫仆人送到邮局去。后来,他三番两次地想纵马追回他的仆人,他觉得那封信写得十分笨拙,不会有什么结果。追回是绝对不可能了,只好停下来,决定另外再写一封。

"哎呀!埃尔奈确实有道理!"他想,"命中注定我不是一个可能有女人的人!我只配和歌剧院的小姐们混一混,她们看重的是我的马,我父亲的财产。此外至多再加上外省某些侯爵夫人,如果和侯爵们交朋友不那么乏味的话。"

勒万一面等他的仆人回来,心里思索着自己的志大才疏,一面顺手在白纸簿上又拟出第二封信的稿子,他觉得这一封比已经送到邮局去的那一封长吁短叹写得更多,更加平庸恶俗。

这天夜晚,沙邦提埃弹子房他没有去;那两封信的那种情调让他感到丢脸,可是信已寄出,作为那两封信的作者的自尊心受到损害,怎么也摆脱不开。他因此又动手写这封信的第三稿,写了一个通宵;等到把信誊清,字迹抄得工工整整,不料信竟有七页之长。他一直写到凌晨三点钟,五点钟他跑去上操,就顺路勇气十足地把信送到达尔奈邮局去。

"巴黎邮车如果到得迟一点,德·夏斯特莱夫人就会在收到这封信的同时收到我在路上胡乱写的那一封,也许她不至于把我看得那么蠢。"

很幸运,他的第二封信送到达尔奈,巴黎邮车已经过去,所以德·夏斯特莱夫人只能收到他的第一封信。

这封信写得混乱不堪,几乎都是孩子气的爽直、热诚、单纯,既没有表现出奋力追求的迹象,也看不到抱有希望的含义,德·夏斯特莱夫人在这封信上感受到的便是如此。在她看来,上述一切同那个时髦的少尉故意装出来的自命不凡恰好形成鲜明的对照,这更使她为之心动神驰。她不禁想起那位驾着四轮敞篷马车狂奔乱跑、把南锡马路都震得山摇地动的神采飞扬的青年,难道这就是他的笔迹?他的感情?对所有这一切,德·夏斯特莱夫人一点也不觉得有什么可怕之处。南锡有才智的人士都说勒万是个自命不凡的家伙,不仅如此,他们看到他大把大把地花钱,自己如果也能像他那样挥金如土,他们首先就要自我炫耀一番,所以对他的自负更是信而不疑了。

勒万与其说是自命不凡,不如说是过于胆小了,其实他有自知之明,他知道除了数学、化学和骑术三项以外自己什么都不行,实在是一无所长。

他的数学、化学和骑术,别人是一致赞赏的;他曾经怀着极大的快乐把这类才能看成他在自己所认识的巴黎贵妇人面前可以博得她们欢心的高超技艺。

"哎呀!如果我能从对这个女人的爱情中解脱出来该有多好,我还要给我自己保留一个前程呢!如果我们骑兵团能派一个年轻中校来该有多好!……我怎么办?难道去拼命不成?……不,不,真的!我要避开,逃走……"

德·夏斯特莱夫人也因为写了回信,一直在懊悔;她居然能收到勒万的回信,不禁觉得害怕。可是她的种种担心又可喜地让她给一一否定了。

这一天可把德·夏斯特莱夫人给忙坏了;她先把房门锁起来,锁了有三四次才放心,然后把勒万这封信反复看了五六遍,接着再对勒万的性格琢磨出一个看法来,以便能够形成一个准确的轮廓。她认为他的性格中存在着矛盾:从表面上看来,他在南锡的行为是一个自命不凡的男子的举动,但他的信却表明他不过是一个小孩。

的确,这封信不是出自一个自负而野心勃勃的男人之手,也不是出自一个轻薄浮躁的人之手。德·夏斯特莱夫人有经验,也有这份才智足以判定信里包含的无非是令人感动的单纯与直率,绝不是一个时髦人物那种藏头露尾的矫揉造作和自命不凡;因为,如果勒万果真存心要在南锡捞取财富,那他倒确实可能成为一个时髦人物了。

第二十三章

勒万写在他信里的唯一的聪明话是要求给他一个回答。

"请原谅我吧,夫人,我向你发誓,我将永远沉默了。"

德·夏斯特莱夫人问自己:"我该不该回答?那不就是相互通信的开始吗?"

一刻钟以后,她又对自己说:

"幸福就在眼前,即使是最清白无辜的幸福,也必须弃绝,生活是多么可悲!摆一副空架子有什么好处?赌气不去巴黎已经两年,烦恼还嫌不够?如果他收到我的那封回信,经得起分析,经得起推敲,不发生什么意外,就是让聚在德·高麦西夫人家里的那些女人去分析检查也不怕,我写那样一封信有什么不对?"

这封回信考虑再三、反复推敲,终于写成了发出去;信里写的是一些中肯的劝告,下笔的口气也是友好的。信里恳切地劝他:要防止或者放弃那些胡思乱想,如果那不是出自军营生活的烦闷无聊、错误地搞出来的胡言乱语,至多也只能把它视为不会取得什么结果的一时奇想。信的笔调并不是悲剧式的;德·夏斯特莱夫人宁可采取一般书信往来常见的那种笔调,道德尊严受到侵犯时所用的分量较重的字眼一概弃而不用。不过,字里行间无意中也混有某些深切、认真的词句,这是一个激动不安的灵魂的某种情感、痛苦和预感的回响,这些细微处勒万倒是感觉到了,但没有给予注意;一封完全出自空虚干枯的心灵的信件也许会使他扫兴而失去勇气。

这封回信德·夏斯特莱夫人刚刚送到邮局,就收到勒万那封精心写成的有七页信纸的长信。一看之下,她非常生气,她后悔自己刚刚写去的信里的一片诚心。勒万这封信完全是按照对付女人的充满着自负和恶劣的策略手腕那种所谓经验之谈写成的,这种含糊不清的所谓经验之谈是二十岁的年轻人从他们不谈政治而专谈女人的那种胡扯中归纳出来的,勒万根据这种胡说去写信也没认真想一想,竟自以为这样写是不错的。

德·夏斯特莱夫人当即写了四行文字,要求勒万先生不要再写这种毫无意思的信;否则,她将迫不得已采取退回原信的办法。她匆匆将这样几句话加上一个信封就送到邮局去,态度之生硬简直到了无以复加的地步。

德·夏斯特莱夫人决定今后勒万再写信来绝对不看、原封退回,而且她已经写信告诉了勒万,她认为已经和他彻底断绝关系了,决心既已下定,德·夏斯特莱夫人反而觉得自己处境难堪。她要人给她备车,想把几次必不可免的拜客应付掉。她先到塞尔庇埃尔家去。不想就在塞尔庇埃尔夫人家里,看到勒万好好地坐在客厅里,同那些太太小姐在一起,就像一个小孩那样,在父母亲面前,和几位小姐玩得可好了。德·夏斯特莱夫人一见此情此景,就像她胸口上靠近心的那一侧遭到猛烈一击。

过了一会儿,戴奥德兰特小姐问勒万:"怎么啦?为什么德·夏斯特莱夫人一来你就发慌?"她不过是把她发现的情况说出来而已,丝毫没有挖苦的意思,"你不再是一个好孩子了。怎么德·夏斯特莱夫人叫你害怕?"

"哎哎,是的,既然我非承认不可。"勒万回答道。

德·夏斯特莱夫人总不能禁止自己说话,而且这一家这会儿闲谈的气氛不知不觉地把她也带到他们的谈话之中去了,她只得随和地谈谈。勒万居然也参加进去,答起话来,在和德·夏斯特莱夫人说话的时候,他思绪不绝,侃侃而谈,表达得也很好,发生这种情况,这是他有生以来第二次。

"在这里只要我对勒万先生一摆出我那应有的严厉的冷面孔,他马上就变得笨头笨脑不知该怎么办了。"德·夏斯特莱夫人亲自证实了这样的情况,心里这样想,"勒万先生还没有收到我的信……其实,也许这是我和他最后一次见面了。如果我不争气,心里实在不能割舍,那么,我就只好离开南锡了。"离开南锡这四个字勾起的一幅景象使德·夏斯特莱夫人一阵阵心酸;这无异于说:

"这个地方,本来还留给我一点幸福,可是偏偏容不得我,害得我非要离开不可。"

按照这样的想法,德·夏斯特莱夫人就好像偶然来到这样好的一家人中间,她应该原谅自己,采取这样亲切愉快的无所谓的态度。正是她这种愉快心情使这里人人都很开心,在一起相处得那么好,以致戴奥德兰特小姐竟想到勒万先生那部很大的四轮马车,就是大家都毫不客气地借用的那部宽敞的马车;她走到母亲面前和她低声讲了一些什么。

接着她就高声说:"大家上绿色猎人去玩吧。"①

这个主意大家都欢呼赞成。德·夏斯特莱夫人在自己家里是那么愁闷,她简直没有勇气说不去。她请两位塞尔庇埃尔小姐和她一起坐她的马车,其他所有的人都一起坐上马车出发,朝着离城有一里半路程、开设在比莱维尔森林里的那家漂亮的咖啡馆驰去。这类开设在郊区树林里的咖啡馆,通常在夜晚都有管乐器演奏,而

---

① 即到"绿色猎人"去游逛。(司汤达原注)

且从城里去也很方便,这种咖啡馆在德国很流行,在法国东部地区许多城市也开始设立。

在绿色猎人森林里,亲切欢乐的气氛和无拘无束、亲密无间的谈话简直是再好也没有了。勒万在德·夏斯特莱夫人面前长久地随意畅谈,并且也和她直接交谈,可以说这还是第一次。她也回答他,有好几次她看着他微笑,随后就伸出手放在他的手臂上。他幸福极了。德·夏斯特莱夫人已经看出塞尔庇埃尔大小姐几乎动了情爱上勒万了。

这天晚上绿色猎人这家咖啡馆有波希米亚圆号演奏,吹的曲子好听极了,曲调简单而悠扬舒缓、柔和动人,萦回在森林的参天大树后面的夕阳下,显得那么轻柔、动人、和谐,真是再好也没有了。落日不时发出一缕缕余晖,从绿叶深处透过来,仿佛把大森林动人的半明半暗的阴影也照得闪闪跳动。这是一个蛊惑人心的夜晚,冷淡无情的心总有不少最可怕的敌人,这个夜晚可以说就是这样一个敌人。也许就因为这个缘故,勒万才不那么胆怯,但也并不那么大胆,他仿佛在什么力量的推动下,居然对德·夏斯特莱夫人说:

"夫人,你怎么能怀疑那使我激动不安的诚意和纯洁的感情呢?我算不了什么,我什么也不是,这是毫无疑问的,但是你怎么竟看不出我正全心全意地爱你?自从我初到这里那一天起,我的马在你窗下失足跌倒,从这个时候起,我心里想的只有你,而且这也由不得我,因为,即使你的好心也没有把我宠坏。尽管你觉得这也许都是幼稚可笑的,但我可以对你发誓,夜里在你窗下度过的时光是我一生中最美好的时刻。"

德·夏斯特莱夫人手扶着他的手臂,让他继续说下去,她几乎是倚在他的身上;她注视着他,如果不说是动情地看着他的话。勒万几乎是在责备她了:

"我们等会儿回南锡,生活的种种虚伪又要把你紧紧抓住,你又会把我看作一个小小的少尉。你又要变得严厉无比,我敢说,又要对我不好了。要让我痛苦也不费事:只要我一担心你就会不高兴,我怎么也平静不下来。"

他说的是真话,说得非常朴素,德·夏斯特莱夫人马上回答说:

"收到我那封信,你可不要当真。"

这句话说得很快。勒万急忙回答说:

"上帝呀!是不是我使你不高兴了?"

"当然;你星期二写来的那封信简直像是另一个人写的:一个存心和我作对、没有心肠的人写的,简直像一个又爱虚荣又自负的小家伙在跟我说话。"

"你看我是不是对你存着坏心!你知道我的命运就攥在你手里,你使我多么不幸。"

"不,你的幸福并不指靠我。"

勒万不觉停下脚步望着她;在舞会上谈话时看到的那一对温柔亲切的眼睛现在又看到了,不过这眼睛里却像满含着哀愁。如果他们不是在森林一片空地上,如果不是和几位塞尔庇埃尔小姐相距才一百步远,看得到他们,勒万一定会抱住她,她也真会让他抱在怀中。真诚、音乐和大森林之所以危险,其原因就在于此。

德·夏斯特莱夫人从勒万的眼睛里看到自己的放任不慎,不禁害怕了。

"看我们这是在哪里……"

这句话刚一说出口,又怕被人听到,她羞极了。

"别再说了,"她严厉而果断地说,"不然我要生气了;好好散步吧。"

勒万只好顺从,但依然看着她;她看到他颇费了一番周折才听从她,闭上嘴不说话了。渐渐她又亲切地靠在他的手臂上。勒万

257

泪水盈眶,这显然是因幸福而流下的眼泪。

"是啊!我相信你是真诚的,我的朋友。"沉默了一刻钟后,她又对他这样说。

"我现在很幸福!但想到等一下不和你在一起,我真怕得要发抖。你让我害怕。你一回到南锡,不论在谁家的客厅里,由于我的缘故,你又要变得好像冷酷无情、严厉无比的天神一样……"

"我怕我自己。在舞会上你向我提出那么一个蠢透了的问题,想到你再也看不起我了,我怕,吓也吓死了……"

说到这里,他们刚好从林中一条小道上折回来,正好和两位塞尔庇埃尔小姐相距只有二十步远,两位塞尔庇埃尔小姐正挽着手散步。勒万唯恐一切就这么结束了,好像上一次舞会上眼睁睁地分手一样;在这紧要关头,他急中生智,赶忙开口说:

"答应我明天到你家去看你。"

"伟大的上帝呀!"她惊慌地回答说。

"求求你!"

"好了好了,明天见你。"

德·夏斯特莱夫人说出这句话,简直不知是死是活了。几位塞尔庇埃尔小姐见她面色煞白,气也透不过来,眼睛也黯然无光。德·夏斯特莱夫人要她们扶着她。

"我的朋友,看是不是夜里受了凉,又发病了?上马车去吧,要是你们愿意的话。"

她们走到马车那里。德·夏斯特莱夫人拉着两位年轻的塞尔庇埃尔小姐上了她的马车,这时天已经黑了下来,她不必担心有人会看见她。

勒万在他那见多识广但浑浑噩噩的生活中,像此刻这样使他激动的感受从来没有经历过。单是为这终生难得一遇的时刻,就值得好好生活下去。

"你真蠢!"戴奥德兰特小姐在马车上对他说。

"我的女儿,注意呀,你怎么不讲礼貌了?"德·塞尔庇埃尔夫人说话了。

"都是他,他今天晚上真叫人受不了。"这位善良的外省姑娘反驳说。

这种天真在外省还没有完全泯灭,还因为这样天真人们有时倒很可能真的爱上她。青年男女中间常常会自然而真诚地产生热情,那是谈不上有什么后果的,即使真动了感情,他们也用不着假装正经。

德·夏斯特莱夫人剩下独自一人,心中不禁思忖起来,后悔刚刚不该答应勒万来看她。她要向谁去讨救兵呢?她要找的这样一个人物,读者是曾经见过的;读者对这类经常跑外省的人也许还记得,对这类人的鄙视也许记忆犹新:他们在外省受到尊敬,但在巴黎他们却总是藏头露尾,因为他们在巴黎到处受奚落,让人看不起。这人就是贝拉尔小姐,我们在苦修会的小礼拜堂——就是勒万当初曾经灵机一动跑去的那个小礼拜堂——一群贵妇人中间曾经见到过她。她身材矮小,形容枯槁,年纪约在四十五到五十之间,尖尖的鼻子,目光虚伪,总是仔仔细细把自己打扮起来,这可是她从英国带回来的习惯;在英国她曾在一位非常富有的信奉天主教的女贵族毕顿夫人身边做陪伴人达二十年之久。贝拉尔小姐仿佛天生就是干这一行的,而英国人又都是非凡的画家,凡是令人不快的角色,英国人一律称为"吞吃癞蛤蟆的人",即马屁精[①],贝拉

[①] 英文 toad-eater,意即马屁精。旧时江湖庸医的下人作伪吞食"有毒的癞蛤蟆",庸医即予解"毒",显示医道高明而行骗。

尔小姐的身份便是如此。一个可怜的陪伴人非得低声下气忍受一个脾气坏透了的阔太太无穷无尽的凌辱和折磨不可,阔太太对她四周的人本来就厌烦透顶①,所以需要折磨别人,欺侮别人,这种美妙的差使于是应运而生。贝拉尔小姐心肠极坏,动不动就发火,喜欢嚼舌头,又没有什么钱,所以也说不上是什么值得重视的宗教信徒,她只指望找个殷实富有的人家做靠山,好抓住一些事由来毒化空气,找到机会拉关系,以便在神圣的大场面上摆出架势来表示自己的身份多么重要。有一件东西,你就是拿世界上的全部财富,甚至圣父教皇属下的各种圣职去换,也休想从贝拉尔小姐那里换到手;这件东西就是:谁有什么倒霉的事儿不幸让她知道,你要是求她保守秘密,哪怕仅仅一个小时,也是绝对办不到的。正为了绝对不能保守秘密这一条,德·夏斯特莱夫人才下决心请她来。她叫人通知贝拉尔小姐,请她来做陪伴人。

"这个人这么坏,很合我意。"德·夏斯特莱夫人心里想。这无异于对自己实行最严厉的惩罚,这样的惩罚可以使她的良心得到安抚:既然德·夏斯特莱夫人轻率地允许会见勒万,那么,这样一来她几乎也就得到宽恕了。

贝拉尔小姐如此声名狼藉,连德·夏斯特莱夫人经常当作中间人差遣的杜波列博士也不能不为之吃惊地叫了起来:

"夫人,看你把一条毒蛇引进你的家门了!"

贝拉尔小姐果然来了;她是怀着极大的好奇心来的,她的好奇心简直把她受到重用这份欢乐也给压下去了,使她那一贯虚伪凶

---

① 受到社会的凌辱,于是找个出气筒,再去凌辱自己的副官或伴娘。(司汤达原注)

狠的斜眼也变成惊慌不定的样子。她随身带来一份开列着价钱和其他条款的单子。德·夏斯特莱夫人看了她的条件,一口应承,并且说:

"我请你来,就安排你在这间客厅里起坐,我就在这里待客。"

"我荣幸地想提请夫人注意:在毕顿夫人府上,我的位子是指定在第二客厅里的,那相当于陪伴夫人们去见公主的客厅,比较起来,这样似乎更适宜一些。我的身世……"

"好吧!可以可以,小姐,就在第二客厅吧。"

德·夏斯特莱夫人转身走出去,连忙回到自己的房间,关上门:看到贝拉尔小姐的眼睛真叫她非常不舒服。

"我昨天的不慎,总算有一部分得到了补救。"她想。即使在叫贝拉尔小姐来之前,平时只要有一点声响也会使德·夏斯特莱夫人心惊胆战。这时,她好像已经听见仆人在通知勒万先生到了。

第二十四章

且说这位可怜的少尉,为他而布置的这次奇异的社交活动,他根本没有料到,完全蒙在鼓里。他倒也用了一番心计,在去见德·夏斯特莱夫人之前,先查询了德·彭乐威侯爵先生的情况,以便确有把握避免和这位老侯爵不期而遇,而且还要弄清侯爵究竟在什么时候离开公馆,这一点也让他给调查清楚了,侯爵每天在下午三点钟左右走出家门,前往亨利五世党俱乐部。

勒万这天看见侯爵穿越阅兵广场而去,他那颗心立刻就怦怦地跳个不停。他来到彭乐威公馆大门前敲门。他是那么心慌意乱,竟毕恭毕敬地对一个瘫痪的女门房说话,而且费力地提高声音才让她听明白自己讲的话。

他走上第二层楼,注意看那镶嵌着浅灰色石板的楼梯,那用漆成黑色的铁条编成图案花纹的楼梯栏杆,图案中攀绕的花果一律又漆成金色,他一边看,一边心里腾起一种恐惧的感觉。最后,他来到德·夏斯特莱夫人住的那套房间。他伸出手去拉英国的黄铜门铃,心里真希望有人告诉他说她出门去了,不在家。勒万有生以来从来没有像此刻这样战战兢兢、惶惶不安。

他拉了拉门铃。铃声在几层楼内都发出了回声,更让他受不了。终于开门了。仆人请他在第二客厅也就是贝拉尔小姐所在的那间客厅等一等,然后去通报。贝拉尔小姐腰上系着一条褪了色的绿丝带做的腰带。他注意到她坐在那里一动也不动,看来并不是做客的。看到这一情景倒让他平静下来,不那么慌张了,他毕恭毕敬地向她致意问好,然后走到客厅另一边仔仔细细地去看壁上挂着的一幅版画。

过了几分钟,德·夏斯特莱夫人走了出来。她脸色非常兴奋,神态显得激动不安;她走到贝拉尔小姐身旁一张长靠椅上坐下。她请勒万也坐下。找一个位子坐下,寒暄一番,照一般礼节行事,这在男人来说再便当也没有了。正当他支支吾吾讲那几句无聊的客套话的时候,德·夏斯特莱夫人脸色变得极其苍白。这么一来,贝拉尔小姐就戴上了她的老花眼镜,准备仔仔细细地观察他们。

勒万把他那飘忽不定的眼光从德·夏斯特莱夫人迷人的面孔上转移到那张小小的黄焦焦的油光光的脸上,脸上还有一个尖鼻子,上面架着一副金边眼镜,这张面孔这时正好朝他转了过来。即便在这令人不快的时刻,即便是这样一次会见,他们两人的会面都是由德·夏斯特莱夫人谨慎谋划、精心安排的,在他们几乎都承认彼此相爱的第二天,德·夏斯特莱夫人的神态依然流露出纯朴而幸福的感情,依然容易动情,热情洋溢。勒万对这种非同寻常的高贵表情一向很敏感,这样,她竟使他几乎把坐在一旁的贝拉尔小姐给忘了。

他从他所爱的女人身上又发现了新的美,他尽情品味着这种强烈的愉悦感。这种感情使他的心开始有了一点生气,他渐渐能喘息了;起初突然见到贝拉尔小姐时产生的难堪感觉,也渐渐从失望的处境中摆脱出来了。

但是,有一个很大的困难等待他去克服:这就是不知说什么才好。可是他又必须说话,当着这么坏的一个女信士的面,一言不发,拖延很久,那就会变成某种不慎。假话勒万又不会说,可又不能让贝拉尔小姐把勒万讲的话拿出去到处播扬。

"夫人,今天天气很好。"最后,他开口说话了。(这句要命的话说过之后,他连气也透不过来了。他鼓足勇气,接着又说)

"……您那边有一幅莫尔甘①的出色的版画。"

"我父亲很喜欢莫尔甘的这幅画,先生;那是他最后一次去巴黎带回来的。"她眼神慌慌张张,竭力不去看勒万的眼睛。

两人见面,竟演成了一幕喜剧,害得勒万心里直感到屈辱、丧气。因为他花了整整一个不眠之夜准备好十二个句子,又动听,又感人,又机智,又能表达他的心情,很值得赞叹。他还特别想到表达方式力求简单而优美,还要注意避免夹杂任何心怀期待的意味。

谈过莫尔甘的版画之后,他心里想:

"时间就这么白白过去,这种毫无意义的没话找话,简直是浪费时间,仿佛这次拜访本来就准备草草收场似的。过一会儿,我又该怎样责备自己呢?"

即使有这么一个老处女在场——她当然是坏透了,不过她也可能并不那么机警,只要冷静一点,找出一些愉快的事情来谈谈,似乎并不难,但根据勒万的脾气,偏偏成了办不到的事情。叫勒万发明一点什么,那是不可能的,就是这么一回事。他怕他自己,更怕德·夏斯特莱夫人,自然也怕贝拉尔小姐。在这个世界上,再没有什么比惧怕对发明的天才更不利了。勒万正为寻找点谈资而大伤脑筋,偏偏这时他又断定自己头脑发僵、精神枯竭、要闹笑话,甚至还把这种想法夸大了,这样一来,更加重了他的困难。最后他脑子里出现了一个可怜巴巴的主意,他说:

"夫人,如果能够成为一个出色的骑兵军官,我也就感到很幸福了,因为,上天好像并没有确定我会成为议会里一个雄辩的演说家。"

他见贝拉尔小姐把她那双小眼睛尽力睁大。他想:"嘀,她以为我要谈政治了,她在想着去打报告啦。"

---

① 莫尔甘(Morghen,1758—1833),意大利版画家。

"我在议会里①是能够为与我血肉相关的事业发言辩护的。不登上讲坛去说话,我一定会为我灵魂里燃烧着的强烈感情而感到痛苦;但是,面对这位至高无上、严厉无比的裁判者开口发言,我担心会使他不高兴,因此我非常害怕,我只能对他说:'请看,我多么惊慌,你完完全全占据了我的心,我哪里还有胆量在你的面前讲我自己。'"

他开头讲的几句话,德·夏斯特莱夫人愉快地听着,等到这篇演说讲到快要结束的那一部分,她也怕起来了,她怕的是贝拉尔小姐;勒万的话对她未免说得太露。她连忙打断他的话。

"先生,实际上你是不是真有希望被选进众议院去呢?"

"我父亲倒是随我的便的,夫人;我父亲可是个了不起的人,他既这么热烈地希望我参加这次选举,我相信他一定是同意的。"

"可是先生,我觉得你年纪还轻。我担心他也许不容回话地反对吧……"

关于他的希望这个问题,勒万在考虑怎样回答才显得谦虚一些,这时他忽然又起了一个念头,于是说:

"所以这次见面我把它看成最大的幸福!"

这个想法一说出口,就把她吓得毛骨悚然。他又讲了几句什么话,讲得俗不可耐,他觉得实在可怜。他突然站起来,急急忙忙告辞就走了。到她的住所来是他梦寐以求的,也是他最大的幸福,现在他就这样匆匆地走了。

他走到街上,自己也感到吃惊,他觉得自己简直愚不可及。

"总算让我解脱出来了。"走了几步之后,他自己这样喊着,"我这颗心不是为爱情而生的。怎么!难道这就是和一个所爱的女人的第一次会晤、第一次约会?我真不该看不起我那些歌剧院的小舞女,错了,错了!和她们搞一些又短暂又可怜的约会,总是

---

① 议会(la Chambre)的另一义为房间,此处勒万话中有话,一语双关。

叫我想到和一个真心所爱的女人在一起该是多么幸福①。这种想法哪怕是在应该快乐的时刻,往往也害得我心灰意懒。我真是疯了!也许我并没有爱……我受骗了……多么可笑!简直不可能!我!爱上了一个极端保王党女人,还有那么一套自私自利、居心不良的观念,还有她那种种特权,只许小心侍候,不准冒犯,一旦冒犯了,她就要一天发二十回脾气!取得人人都要嘲弄的一种特权,这是多美的赏心乐事!"

他一面这么说,一面又想起刚才那位贝拉尔小姐,她头上戴着一顶镶着发黄的花边的小软帽,腰上系着一条褪色的绿饰带,又浮现在他的眼前,这种不干不净、过时的华丽,让他想到一堆不堪入目的断壁残垣。

"这就是我亲眼从近处看到的保王党。"

他已经把德·夏斯特莱夫人忘到九霄云外去了;现在他又回过头来想到她:

"……我不仅相信我爱她,而且我相信我清清楚楚看到她开始为我动情。"

但这时无论想什么也比想德·夏斯特莱夫人都更使他高兴。三个月以来,他有这种异样的感觉,这还是第一次。

"怎么回事!"他惊恐惶惧地问自己,"即使在和德·夏斯特莱夫人谈情说爱的时候,我也不得不说谎,一说就是十分钟!而且还是在绿色猎人森林里,在我遇到那样的情况之后,在得到了极大的幸福之后!从那一刻起,那幸福一直叫我激动,使我平静不下来,今天早晨上操的时候我还为它把步距走错了好多次。居然发生了这样的事!伟大的上帝啊!我到底能不能掌握住自己?昨天有谁

---

① 这部 opus(作品)的特点:精确的化学;别人用空泛的雄辩式的辞藻来说明的东西,我要准确地加以描写。(司汤达原注)

对我讲过呢？我是一个疯子！我是一个孩子！"

他的自责是真诚的，不过他也非常清楚地看到他已经不再爱德·夏斯特莱夫人了。一想到她，他就觉得厌烦。这是一个新情况，这个新发现终于把勒万击垮了。他厌恶自己，看不起自己：

"明天，我很可能去做一个杀人犯，做一个匪徒，做什么都可能。我真是身不由己、自己做不了主啊。"

勒万在街上朝前走着，他发现自己怀着一种新的兴趣在思索着南锡各种各样的细小事物。

在抽水机路附近，有一座哥特式的小礼拜堂，那是早年洛林公爵勒内修建的，近三年来当地居民以艺术家的热情对这座建筑大加赞赏，说它是一件艺术珍品，不过这是他们从巴黎一家杂志上读到的。在此之前，这里有一个铁器商为了支撑加固这座建筑物曾经做成一笔买卖，销出一批铁条。这座其貌不扬的小教堂的灰色屋顶，勒万从来没有注意过，换句话说，就算他曾经眺望过一次，等他一想到德·夏斯特莱夫人，也就把它丢在脑后了。这时，完全是出于偶然，他在这座只有巴黎圣日耳曼-奥克塞鲁瓦教堂中最小的礼拜堂那样大小的哥特式建筑物面前流连忘返。他在这座小教堂前面伫立了很久，细心观赏建筑物上的种种细节，感到很愉快；总之一句话，这是一种令人愉快的消遣。他研究建筑物上圣徒和兽类的头部雕刻，对他此时此地感受到的同时也对那即将不再感受到的一切惊奇不已。

他突然想起有天晚上在沙邦提埃弹子房那次台球循环赛的情景，真是非常高兴。在他现在仿佛置身于荒漠中的心境下，他等着要去弹子房已经等得不耐烦了，他是第一个到的。他玩得十分开心，专心致志，而且出乎意料，这次他打赢了。没有防到竟喝得酩酊大醉：这一天他喝得过量，心情为之一快，他千方百计追求的就是不要只剩下他孤单单一个人。

第二十五章

他一边和同伴开着玩笑,一边心里浮起一些阴郁的哲理式的思想。

他想:"这些可怜的女人,她们把自己的命运当作牺牲品奉献给我们,听凭我们的古怪念头任意处置,她们唯一的指望就是我们的爱情!她们怎么能不把希望寄托在爱情上呢?当我们指着爱情对她们发誓的时候,难道我们不是真诚的?昨天,在绿色猎人森林里,我可能很不谨慎,不过我在男人当中却是真诚的一个。伟大的上帝啊!人生究竟是什么呢?从今以后待人可真得宽厚啊。"

勒万像一个小孩一样,对沙邦提埃弹子房发生的一切都很注意,不论对什么事他都怀着浓厚的兴趣去认真研究。

他的一个同伴对他说:"你是怎么搞的?你今天晚上心情很愉快,你真是很好的一个小伙子嘛。"

"一点也不怪,一点也不骄傲。"另一个朋友说。

又有第三个人说:"我们骑兵团的诗人,你过去好比是一个心怀忌恨的鬼魂,你来到人世只是专门嘲笑活人的欢乐。今天呢,玩儿呀,笑呀,好像什么都跟着你转……"

这几位先生的话,说得相当亲热,又有点带刺,因为他们不注意分寸,但他们并没有让勒万感到不高兴,也没有让他想到生气。

凌晨一点钟,勒万剩下独自一个人的时候,不禁想道:

"难道在这个世界上唯独德·夏斯特莱夫人我不愿意去想?我和她的关系我又怎么摆脱得了呢?我可以要求上校派我去N市和工人去作战,打一场鸡毛蒜皮的战争。从此我就和她不说话,那当然不大有礼貌,但我还是得装作若无其事、满不在乎⋯⋯

"如果我诚心诚意告诉她,我一看到她那个叫人作呕的女信士,我的心就冻成了冰块,她肯定会看不起我,拿我当作一个傻瓜,或者一个说谎家,而且会一辈子也不理我。

"可是怎么!"勒万又想到他那条行为准则,他继续说,"感情这样热烈,这样与众不同,简直充满了我整个的生命,真是日以继夜,夜里连觉也睡不好,这种感情让我把祖国也抛在脑后,似乎已经给我定了罪,痛苦简直把我烧成了灰,化成了烟!⋯⋯伟大的上帝啊!世界上的人是不是都这样呢?难道我比别人痴?谁能给我解决这个问题呢?⋯⋯"

第二天,骑兵团里叫作"狄安娜"①的晨号一清早五点钟就把勒万吵醒,他起身以后,心情沉重地只顾在房间里踱来踱去,走个不停,他想:断了念头不去想德·夏斯特莱夫人,原来就是无边无际的空虚。这使他感到十分震惊。

他说:"怎么!巴蒂尔德对我来说什么也不是了!"这个曾经在他身上发生神奇魔力的迷人的名字现在居然变得和别的名字一样了,没什么不同的了。他心里细细琢磨、细细品味德·夏斯特莱夫人种种优点,只是对她那天神似的美,他还把握不住,他急忙聚精会神,苦苦思索。

"那头发多么美,闪闪发光,好像头等的纯丝,又那么长,那么丰厚!昨天在大树的绿荫下那头发的色泽多么神奇!多么迷人的

---

① 狄安娜,罗马神话中月亮和狩猎女神。

金发！不是奥维德①赞美的那种黄金一样的金发，也不是拉斐尔和卡尔洛·多尔济②在他们最美的女像头上画的那种朱红色的头发。让我说出它的名目，说出来也许嫌不够美雅，正因为她的头发像丝那样熠熠发光，所以我说它是像榛实的壳那样的颜色。前额的轮廓又多么好！在额上，有多少思想啊，也许那里思想太多了！……以前它让我望而生畏！至于那一对眼睛，有谁见到过这样的眼睛呢？即使是无意间被什么东西吸引住，目光里也凝聚着无限。当我们快要到达绿色猎人森林的时候，她多么专心地注视着她的马车驶进森林！美丽的眼睛再配上眼睑的曲线，那曲线多么奇妙！眼睛的轮廓又多么奇妙！特别是当她什么也不去看的时候，她的眼神，她的目光，就像天空那么美。视线仿佛在传达灵魂的声息。她的鼻子稍稍有点像鹰嘴的样子；我不喜欢一个女人有这样的鼻子，就是我爱她，我也永远不爱她的鼻子。……我爱她！伟大的上帝啊！我能躲到哪里去？又会怎么样？又怎么对她说？如果她属于我那又将怎样？……当然，我要做一个正直的人，不论到哪里，永远是这样。我要对她说：'我亲爱的朋友，我疯了。请给我指出，我该往哪里逃、往哪里躲，告诉我，就是千难万险，我也一定飞奔而去。'"

这样的心境使勒万有了一点活力，有了一点生气。

"是的，是的，"他对自己这样说，用这种批判性的分析来排遣压在他心头的忧郁，"就像喜欢夸张的夏克塔斯③说过的那样，长着鹰钩鼻子的人是短命的，鹰钩鼻子使人的相貌过于威严冷峻。

---

① 奥维德（公元前43—17），古罗马诗人，代表作为长诗《变形记》。
② 拉斐尔（1483—1520），意大利文艺复兴盛期画家，代表作有梵蒂冈宫中的壁画《圣礼的争辩》《雅典学派》以及《西斯廷圣母》等。卡尔洛·多尔济（1616—1686），意大利画家，巴洛克佛伦萨画派最后一位代表人物。
③ 夏多布里昂小说《阿达拉》中的人物。

威严冷峻倒也不要紧,但是,当她反驳你,特别是严词拒绝的时候,就使这样的面部特征带上装模作样的学究气了,特别是从侧面看上去更显得是这样。

"再看那张嘴!轮廓刻画得那么精细,轮廓多么好,好得简直不能想象。它就像古代玉雕那样晶莹美丽。线条这么纤细,这么柔美,德·夏斯特莱夫人本人被充分表现出来了。谁要是讲到什么事,触及到她,那有一点噘起来的、好像失去轮廓的上唇常常在不知不觉中现出那么一种样子,真是迷人极了!这嘴唇上一点不带有讥讽嘲笑的意味,带有嘲讽意思的话还没有说出来,那嘴就要责怪自己,可是,只要一听到外省人讲话,稍有一点夸大其词,言过其实,你看她那美丽的嘴唇马上就那么一撇!仅仅因为这个缘故,那些太太都众口一词说她坏,骂她,德·桑累阿先生那天在德·欧甘古夫人家里就是一再这么说她的。她这个人的气质确实迷人又喜人,爱打趣爱玩乐,人家说她一直为此而懊恼后悔。"

但是,她的美,她的优点,这一桩桩、一件件,如今对勒万的爱情来说,都显得毫无意义;爱情已去,不会复活了。他对自己讲到德·夏斯特莱夫人,就好比一位鉴赏家在同自己谈准备买下一具美丽的雕像一样。

"总而言之,她心底里必定是虔信宗教的:发掘出这样一位面目可憎的小姐来陪伴她就是证明。照这样下去,不要多久,我就会看到一个喜欢骂人的、坏心肠的、喋喋不休吵吵闹闹的女人,她就是这样一个女人⋯⋯对了,不是还有那些中校吗[①]?⋯⋯"

勒万在这个问题上想了很久。

最后,他漫不经心地对自己说:"我宁愿她对那些中校先生大

[①] 第一次改变方向:嫉妒。他对于自己的胜利并不那么肯定而有把握。(司汤达原注)

献殷勤,也不希望看到她成为一个虔诚的女信士;照我母亲的说法,那是再糟也没有了。也许,"他用同样的态度继续说下去,"这是一个出身门第的问题。一八三〇年以来,她那个阶级的人都相信他们如果能把天主教信仰复兴起来,那就能让法国人更易于屈服于他们的特权。真正的宗教信徒是容忍一切的……"

很明显,勒万不愿意再去想他对自己讲的这番话了。

这时正好有一个仆人从达尔奈回来,带回一封德·夏斯特莱夫人写来的复信,回答他那封写了七张信纸的信的复信。这复信也就是那封四行字的复信,人们早已知道了。这封信对他是个很大的打击。

"我在这里因为不再爱她给弄得进退两难,懊恼之极;她倒一点也不感到为难。她的真实感情原来是这样。"

德·夏斯特莱夫人在绿色猎人森林里说出的第一句话可以说已经把这封信一笔勾销了,他应当是清楚的。可是这封信写得这么短,又这么强硬!不能不是一个打击,以致弄得他不知所措,完全忘记这不过是一种手腕罢了。这时他的骑兵尼古拉骑马跑来找他。

"哎呀!少尉,快去快去,上校正在指挥操练!"

勒万二话不说跨上马急忙驰去。

在操练进行中,上校经过第七连的后侧,勒万恰好尾随七连殿后。

"这一回要轮到我倒霉了。"勒万心里想。奇怪的是上校并没有骂他。"一定是我父亲叫人给这个畜生写了信。"

不过这天早晨他担心会受到申斥,处处小心谨慎;也许上校有意捉弄人,多次变换队形,后来把第七连调到队伍前面去了。

"把我搞到中心点上,我真要发疯了!"勒万心里这么说,"上校和我一样,也有他的痛苦,他不骂我,那是把我给忘了。"

在整个操练过程中,勒万什么都不去考虑,唯恐思想不集中。等他一回到家里,这才敢放心地省察自己的内心,他发现自己对于德·夏斯特莱夫人完全无所谓、完全淡下来了。这一天,尽管在四点半之前到塞尔庇埃尔家去是不允许的,但他还是第一个早早回到寄宿处来。他在四点钟就叫人把四轮马车备好。他觉得坐立不安、很不自在,就跑去看备车套马,他在马厩里发现不知多少事做得不对头,办得不妥当,便指摘了一通。终于在四点一刻,他高高兴兴地坐在几位塞尔庇埃尔小姐身边了。他们随意闲谈,使他心情舒畅、思想活跃,他词意美雅地和她们倾心而谈。戴奥德兰特小姐一向是属意于他的,她很开心,他也跟她一样,感到十分愉快。

德·夏斯特莱夫人突然来到。人们没有料到她今天会来。他从来没有见过她这样美;她面色苍白,而且有点畏怯不安的样子。

勒万心里想:"尽管畏怯,总归是投到那几个中校的怀抱里去了!"

这话未免粗俗荒唐,似乎反倒煽起了他的热情。勒万毕竟年纪太轻,不谙世事。他自己并没有注意他对待德·夏斯特莱夫人过于粗鲁,也太无情了。他的爱情简直就是一头猛虎①:现在的他已经不是昨天的他了。

几位塞尔庇埃尔小姐兴高采烈,都很开心:勒万的一个仆人刚刚给她们送来几束很漂亮的鲜花,这是让人到达尔奈花圃弄来的,达尔奈的花卉是有名的。他发现德·夏斯特莱夫人没有花;人们于是不得不把最漂亮的一束花分成两半。

"这是一个令人伤心的兆头。"她想。

面对着几位塞尔庇埃尔小姐的欢欣愉快,她很窘。勒万目光中流露出来的那种很不客气的粗暴神色,更叫她感到吃惊。为了

---

① 不错,是猛虎。(司汤达原注)

保持自尊,为了对自己的名誉这种合理的关切不致被忽略,因为一个女人如果丧失名誉,得到一个好挑剔的男人的真正的爱也就不可能了,所以她问自己是不是应该离开这里,或者至少表示自己在这里受到了侮辱。

"不,不,"她对自己说,"因为事实上我并不是那样。即使我现在心乱得很,除非容许我有哪怕半点虚伪,不然,应尽的责任我还是应该尽到。"

德·夏斯特莱夫人有这样的想法,理由是很高尚的,根据这样的理由做出抉择并且坚持做下去,也需要有很大的勇气。有生以来她还从来没有遇到过像现在这样猝不及防的局面。

"说到最后,勒万先生是不是仅仅像人们所说的那样是一个自命不凡的人?他唯一的目的莫非是要从我这里得到我前天说出口的那句不谨慎的话?"

德·夏斯特莱夫人再一次把她亲自看到的一颗真正被打动的心所表现出来的种种迹象在心中一一加以回顾。

"难道是我错了?难道说虚荣心真的把我蒙骗到这种地步?如果勒万先生不是真诚、善良的,那么,在这世界上,我就再也不要想得到什么真心实意。"她突然对自己这样说。

接着,还是犹豫不决、把握不定,把她折磨得好苦;全南锡都把自命不凡这四个字加到勒万头上,要她把这四个字抹去实在很难。

"不,不,我可以对自己讲上一千遍、一万遍,况且眼下正是我头脑十分冷静的时刻,不是一般的冷静,而是我所要的那样的清醒和冷静,我说:那是勒万先生的马车,特别是他那批穿上号衣的仆人让人们说他自命不凡、摆阔,这并不是他真正的性格;他的性格他们是认识不到的。这些资产者觉得他们若是处在他的地位上就一定要神气活现、自命不凡,本来就是这么一回事。在他,在他那样的年纪上,那至多不过是一种天真的好胜心、虚荣心罢了。他喜欢看到他有漂亮的马匹、漂亮的号衣。自命不凡四个字不过说明被解职的军官们对他心怀嫉妒罢了。"

这一篇推理尽管在形式上说得斩钉截铁,而且振振有词、明确得很,可是,自命不凡四个字在德·夏斯特莱夫人心慌意乱时对于她做出的判断仍然是有极大的分量的。

"我有生以来和他谈话不过五次①;我在社交场合认识的人并不多。经过五次交谈就要了解一个男人的心,那得有非凡的自信力才行……而且,"德·夏斯特莱夫人这样说着,不禁越来越感到伤心了,"当我和他说话的时候,我还得提防自己的感情不要外露,注意他的感情倒在其次……认为在评价一个人方面我居然胜过全城的人,对于像我这样年纪的女人来说,应该承认,那真是太自高自大了。"

德·夏斯特莱夫人想到这里,当然心情十分沮丧,愁闷不堪。可是勒万这时却像过去那样,又开始焦灼不安地重新审视着她。他心里想:

"看,看,这是我的军阶和我那窄窄小小的肩章所能有的那么一点价值在发生作用。特别是人们看见你把手臂挎到一位上校的臂上,或者此人还不称意,再另外去找一个中校,或者至少去找一个骑兵队的队长,这已经是人们司空见惯的了。我能引起注意的不过是一个小小的少尉,在南锡上流社会,谁会拿出这样的身份来炫耀?得有带穗子的肩章才顶用啊。"

人们可以看到,我们这位英雄的这篇道理是相当愚蠢的,应当说,他不仅不可能幸福,而且简直目光如豆。他这样想过以后,真恨不得马上钻到地下一百尺外躲起来才好,因为他又开始爱她了。

---

① 待核。(司汤达原注)事实上,此处是第八次见面。(马尔蒂诺注)

德·夏斯特莱夫人的心境也未必佳。他们两个人都为前天在绿色猎人森林里不期而遇的幸福付出了很大的代价。如果小说家还是像从前那样在某些重大关节上有权从中引出什么道德教训的话,那么在这里就应当大书特书曰:"不慎爱上了自家所知甚少的人,受到惩罚也是理所当然的!怎么!仅仅见了五次面,就能让他成为自己幸福的主宰!"如果写小说的人将上面这个思想翻成浮夸华丽的文体,甚至用宗教性的暗示结尾,那么,某些蠢人一定会说:"这是一部道德性的作品,作者肯定是十分可敬的人物。"因为这些蠢货除开法兰西学院推荐的几本书之外,这本书他们并没有读过,所以像下面这样的言论他们是说不出来的:"按照我们现今彬彬有礼的优雅风度,一个女人在一个所谓正经的年轻男人访问过五十次之后,在他身上所能看到的除了他的属于某种等级的才智,和他说漂亮的废话的本领达到什么水平之外,还能看到什么呢?难道她能看到他的内心、他追求幸福的独特的方式?要么一无所见,要么就看到他不是正经人。"

这两个情人反反复复做这种道德方面的考虑,他们的样子都被搞得非常沮丧灰心。在德·夏斯特莱夫人未来之前,勒万为自己今天突然来访找了一个托词,说是要请德·塞尔庇埃尔夫人等人到绿色猎人森林咖啡馆去玩;大家已经接受了邀请。所以这几位小姐先和德·夏斯特莱夫人讲过客气话,接着说明去绿色猎人的建议和大家已经接受建议,于是她们急忙离开花园去取她们的草帽。德·塞尔庇埃尔夫人也跟在她们后面,不过她是稳步走去的。这里因此就草草剩下德·夏斯特莱夫人和勒万两人,他们正走在一条种着两排金合欢树的相当宽阔的林荫路上;他们都不说话,一个走在林荫路的这一边,一个走在那一边,在那里默默地散步。

德·夏斯特莱夫人想:"我该不该跟这几位小姐到绿色猎人森林去呢?要是去的话,那不就是承认和勒万先生的关系比较密切了吗?"

第二十六章

这本来就是转眼之间就可以下定决心的事;爱情在这类混乱情况下向来总是占上风的。德·夏斯特莱夫人不可能总是一言不发、眼睛看着地上、避开勒万的目光一直那么走下去,所以突然把身子转过来对勒万说:

"勒万先生在骑兵团是不是遇到了什么不愉快的事?好像心事重重,不大开心?"

"是的,是这样,夫人,从昨天开始,我就非常痛苦。究竟发生了什么事,我也弄不清。"

他眼睛直直地望着德·夏斯特莱夫人,他的眼神那么深切认真,仿佛表示他说的话都是真的。德·夏斯特莱夫人看他这个样子不禁吃了一惊,她站在那里一动不动,就好像固定在地上一样,连再向前迈一步也不可能了。

"夫人,我真为我要说的话感到难为情,"勒万又说,"不过作为一个正直的人,我应该把它讲出来。"

德·夏斯特莱夫人一听这么严重的开场白,眼睛都发红了。

"我讲话的方式,我不得不使用的字眼,都是可笑的,我不得不讲的事情的内容,也是奇怪的,甚至是愚蠢的。"

讲到这里,沉默了片刻。德·夏斯特莱夫人焦急不安地看着勒万;看他那样子的确很痛苦。后来,好像费了九牛二虎之力才把他那羞愧情绪压下去,这样他才迟迟疑疑、有气无力、含糊不清地说下去:

"夫人,你能相信吗?你听完我说过之后不会笑我,不会认为我是一个最没出息的人吧?昨天在你家里看到的那个人,我简直无法把她摆脱掉,不能把她从我的思想里赶出去。她那副凶恶的面孔,架着眼镜的尖鼻子,好像把我的灵魂都给毒化了。"

德·夏斯特莱夫人听他这么说,只是想笑。

"不,不,夫人,我来到南锡以后,我还从未有过看到这个妖怪之后给我留下的这种感觉,我的心好像都冻成冰块了。我常常整整一个小时不去想你,这勉强还可以过得去,最最叫我吃惊的是:好像爱情也没有了。"

说到这里,德·夏斯特莱夫人神情变得非常认真;在她的脸上,任何嘲弄意味、任何笑意也看不到。

"的确,我以为我疯了。"他又说,他惯常有的那种天真语调又出来了,在德·夏斯特莱夫人看来,在这里面任何谎言、任何夸张都是没有的,"对我来说,南锡是我从来没有见过的一个新城市,因为在此之前,我什么也看不见,我看见的只是你一个人;一看到晴明美好的天空,我就会说:'她的灵魂是最纯洁明媚的。'①一看到叫人愁闷的房屋,我就会说:'如果巴蒂尔德住在里面,我一定会喜欢它!'请原谅我把话说得太倾心,太亲切。"

德·夏斯特莱夫人做出一个不耐烦的手势,似乎在说:"说下去,说下去;就是这些无聊的话我也要听。"

"当然,"勒万看着德·夏斯特莱夫人的眼睛,好像在研究他说的话在她那里会产生什么效果,他继续说下去,"今天早晨,那座看了叫人愁闷的房子,还是那座叫人愁闷的房子,美好的天空不过是我觉得它美好,不过使我不会再去想到另一种美,总之一句

---

① 他认为他比不上那些中校,自愧弗如。这是和他的这种信念相矛盾的。(司汤达原注)

话,我很不幸,我不再爱了。写了四行的那封非常严厉的回信突然送到我的手中,算是对我写去的一封信的回答,我的信无疑写得太长,写了四行的回信似乎把毒性冲淡了。我看到,我很幸福,可怕的不幸也给冲淡了不少,我又戴上我的镣铐锁链,不过我仍然感到毒性把我的血冻住了……夫人,我对你这样说不免有些夸大,但是自从看到陪伴你的那位小姐之后,用其他的措辞无法表达我的心情,我真不知道怎样才能给你讲清楚。因此,只要和你稍稍谈起爱情,我就非用力控制自己不行。这是命中注定的一种征象啊。"

勒万说出这一篇真诚的告白之后,在他的胸口上真有如至少有二百公斤重的负担沉甸甸地压下来。他太缺乏生活经验了,对于这样的幸福他是意料不到的。

德·夏斯特莱夫人相反,她被吓得目瞪口呆。"他是一个自命不凡的人,非常清楚。难道,"她想,"对他讲的这一大套,可以认真对待?难道我就该相信他讲的这些傻话是出自一颗真情相爱的心?"

当勒万对德·夏斯特莱夫人讲话的时候,他惯常有的说话方式一向是简单朴素的,她也是倾向于这么看的。不过她也常常看到勒万不是和她而是和别人谈话时,往往讲一些有趣可笑的事;想到他总是弄虚作假,这就让她感到不舒服。另一方面,勒万平时举止言谈、说话的声调如今变得这么不同,眼下又讲了这么许多,其目的看来是真诚无伪的,她不能不相信。像他这样的年纪,难道竟是一个无懈可击的演员?如果他讲的这一篇奇怪的知心话她真心相信,相信它是真诚的,那么首先她就不应该不高兴,也不应该不伤心,但是,又怎么能又不高兴又不伤心呢?

德·夏斯特莱夫人听到几位塞尔庇埃尔小姐匆匆往花园跑来。塞尔庇埃尔先生和夫人已坐在勒万那部敞篷四轮马车上等着了。德·夏斯特莱夫人这时无心再耽搁,且先思考一下。

"倘若我不去绿色猎人森林,两个怪可怜的小姑娘就失去这次愉快远游的机会了。"

于是她就带着那两个小姑娘上了马车。

她想:"反正我有时间仔细考虑一下。"

她的考虑是含情脉脉的。

"勒万先生是一个正派人,他说的话从表面上看来很怪,使人难以置信,不过都是真实的。他的表现,他整个生活方式,在他没有说话之前,就已经把一切都说得一清二楚了。"

到了比莱维尔森林入口处,大家下了马车。勒万现在完全变成了另一个人;这情况德·夏斯特莱夫人一眼就看出来了。他的前额又恢复了他这种年纪应有的明澈静穆,他的举动也变得自然舒畅。

"他心里装着的就是诚实正直,"她心恬意洽,愉快地这么想着,"这个世界还没有把他糟蹋成一个矫揉造作、弄虚作假的人;二十三岁,这真了不起!他是在上流社会里长大的!"

在这个问题上,德·夏斯特莱夫人可是大错特错了:勒万十八岁以后,根本就没有在宫廷和圣日耳曼区的社会里生活过,他的生活只是和化学课程上的曲颈瓶和蒸馏器打交道。

他们下车后没有多久,勒万就把自己的手臂伸给德·夏斯特莱夫人让她挽着,塞尔庇埃尔两位年幼的小姐在他们身旁走着;塞尔庇埃尔一家人与他们相隔有十步远。勒万说话的口气十分轻松愉快,这几位小姐当然不会不注意到。

"我对我在这个世界最敬重的人讲出真心话之后,就变成另一个人了。我刚才说的那些话,就是讲到关于我见到、简直要把我毒死的那位小姐的那些话,我知道是很可笑的。我觉得这地方,今天和前天一样好。不过,夫人,在我得到我向往已久的幸福之前,我很想知道你对我刚才讲的一大堆可笑的话有什么意见,就是刚才讲到锁链啦、毒药啦,还有其他一些不幸的字眼的这些话。"

"先生,我要对你直说,明确的意见我还没有。不过,一般地说,"她停顿一下,并且以一种严厉的神态继续说,"我认为,那种真诚,我是看得到的;如果有谁受了骗,那么至少,人家也并不是有意要去骗人。一切都让真实给勾销了,锁链镣铐也罢,毒药也罢,还有别的什么也罢,都给勾销了。"

德·夏斯特莱夫人讲出后面这些字眼的时候,心里直想笑。

"怎么一回事!"她又这样对自己说,一下她又感到苦恼不堪,"和勒万先生谈话,我为什么总是不能保持适当的语气!和他谈话对我难道竟是这么大的幸福!谁能告诉我:他总不会是存心玩弄像我这样一个外省可怜女人的自命不凡的家伙吧?也许还不能说他就是一个名誉不好的男人,他对我不过有那么一点感情,很普通的感情,这种所谓爱情不过是因为军营生活无聊才产生的。"

德·夏斯特莱夫人心里有一个反对这种爱情的辩护士,上面这些话就是这位严厉的律师讲出来的,不过这位辩护律师的威力今天已经惊人地减弱了。这时她感到什么也不要去想,只要随心所欲地梦想才是最愉快的事,所以非必要时她就闭口不说话,免得让周围的塞尔庇埃尔一家人把注意力集中到她身上来。后来德国号手来了,吹起了莫扎特的圆舞曲,接着又奏了《唐璜》和《费加罗的婚礼》中的几段二重奏①,对勒万来说,这真是非常喜人的。德·夏斯特莱夫人变得态度更加严肃,不过,渐渐地,她也感到非常幸福,十分愉快。勒万在他这一段生活插曲中,欣喜欢悦,幸福的希望在他似乎已经确定无疑。在和这几位小姐散步的过程中,只要能抓住片刻的时机,他就大胆地对德·夏斯特莱夫人说:

---

① 莫扎特(1756—1791),奥地利作曲家。《唐璜》和《费加罗的婚礼》系莫扎特所作的两部歌剧。

"对于人所崇拜的上帝,确实不该欺骗。我是真心的,这也就是我所能表达的最大的敬意;难道仅仅因为这一点就要惩罚我?"

"你真是一个奇怪的人!"

"向你承认一切,才是合礼的。但是,我真不知道我是怎样一个人,谁要是能告诉我,我就要好好报答他。自从我在百叶窗下从马上摔下来那一天起,我才开始生活,我才开始想要认识我自己。"

这几句话就好比一个人一边在说一边想到有这些话要说才这样说出来的。德·夏斯特莱夫人不禁深深被这既诚恳又高贵的态度所感动;无所掩饰地讲出自己的爱情在勒万不免感到有点儿难为情,可是对方却报以亲切的微笑。

"我明天来行吗?"他又问,"不过我还要请求你答应我另一件事,这件事好像也很重要,就是千万不要再让那位小姐坐在那里。"

"那可办不到,"德·夏斯特莱夫人忧心忡忡地回答说,"面对面听你说,听你跟我讲那唯一的话题,那我可受不了。好了,好了,如果你真是正直的人,就请答应我,和我谈别的话题吧。"

勒万只好同意。这天下午他们所能谈的不外就是这么一些。而且很幸运,他们两人身边一直都有人在,使他们不能多谈。他们本来并没有受到什么约束,但他们也没有多谈,也没有怎么亲近,所以并没有感到有什么不便,勒万尤其是这样。如果他们都不说话,他们的目光表示他们之间并没有什么争执。他们就这样相爱着,那光景与前天那种情况相比当然是大不相同的。为毫无芥蒂的青春幸福而享受那欢欣喜悦,现在是谈不上了,但不如说他们现在所感受到的是热烈的激情,亲密无间的默契,以及彼此热切期望得到信任。

"我多么相信你,我是属于你的。"德·夏斯特莱夫人的眼睛好像在这样说。要是她看到她的眼神,她真会羞死。掩饰她的感情,她也不能够,这就是她非凡的美的一种不幸。但是真正准确无误地理解这样表达出来的语言,也只有处在无动于衷的冷眼旁观地位上才办得到。勒万霎时间自以为理解了这种语言,过了一刻之后,不免又疑惑不解了。

他们两人在一起,这种幸福是亲切的,也是深沉的。勒万眼中几乎涌出了泪水。德·夏斯特莱夫人在散步时几次想不让他搀她的手臂,但终于没有这样做,一则是在塞尔庇埃尔一家人面前故作矫情没有必要,再则也不愿让勒万感到生硬无情。

最后,天黑下来了,大家离开了咖啡馆,朝森林入口走去,马车就停在那里。德·夏斯特莱夫人对他说:

"勒万先生,请让我搀着你的手臂。"

勒万紧紧夹住伸来的手臂,她的臂膀紧紧靠着他。

波希米亚号声从远处听来音调悠扬。林中是一片深沉的静寂。

当他们来到马车之前,幸好一位塞尔庇埃尔小姐把一块手绢遗忘在绿色猎人森林中的花园里了;大家先说差一个仆人去取回,接着又说坐上马车一起到森林里去找。

勒万恍惚间不知在想什么,这时他才想到应当讲讲话才是,他请德·塞尔庇埃尔夫人看看这里的黄昏是多么美;一阵刚刚可以感觉到的暖风吹拂人面,扰动了这一片安谧宁静;他还说到塞尔庇埃尔小姐比前一天来跑的路要少得多,他说可以让马车跟在后面,大家走一走,等等,等等。他讲了种种理由,他最后的结论是:如果夫人们不觉得太吃力的话,一路信步走回去更有意思。德·塞尔庇埃尔夫人就请德·夏斯特莱夫人决定怎么办。

她说:"那当然好,不过,那就不要让马车跟在后面;你一停下来,车轮停下来的声音难听死了。"

勒万想起乐师钱已经付过,就要离开花园走了;他马上叫一个仆人去通知乐师,叫他们把那几段《唐璜》和《费加罗的婚礼》再奏一遍。他又回到夫人们身边来,没有遇到什么困难,又搀扶起德·夏斯特莱夫人。几位塞尔庇埃尔小姐为这额外增加出来的散步高兴得心花怒放。大家一起往前走着,随意闲谈,谈得很亲切,也很愉快。勒万不时说几句,使谈话不致中断,这样,人家也不会注意到他沉默不语。德·夏斯特莱夫人和他一样,都不想说话:他们的确感到无比幸福。

号声很快又响了。他们走进花园,勒万认为德·塞尔庇埃尔先生和他都很想喝一点潘趣酒,另为夫人们调了一份很淡的潘趣酒。因为大家都在一起,所以这个建议大家一致欢迎,只有德·塞尔庇埃尔夫人表示反对,她认为姑娘们喝得满脸通红对于肤色最为有害。戴奥德兰特小姐支持这个主张,她是倾心于勒万的,这时说不定已经有一点醋意了。

德·夏斯特莱夫人兴致勃勃而友好地对勒万说:"你快去向戴奥德兰特小姐为你的理由辩护呀。"

他们回到南锡已是夜里九点半钟。

第二十七章

勒万在兵营里缺勤一次：晚点名他没有到场，恰巧又轮到他值星。他急忙跑去找副官，副官劝他找上校去报告。这位上校原是一八三四年人们叫作顽固的稳健派那样的人物，因此他对勒万在贵族当中很受欢迎一事怀恨在心。如同英国人所说，在这个方面不得志就很有可能使得这样一位忠于职守的上校晋升为将军或国王陛下左右手之类的大好机会给耽误了。所以他对前来活动的这位少尉只是冷冷应付了几句话，就下令给他关禁闭二十四小时。

这是这位少尉最害怕的一着。他急忙回到住处写信给德·夏斯特莱夫人；写这样一封正规的书信给她，不啻一桩苦刑！把他敢于对她讲的事写信和盘托出，那该是多么不谨慎！这种想法把他整整纠缠了一夜。

勒万犹豫再三，最后只好差遣仆人拿着一封任何人都可以拆阅的信件送到彭乐威公馆去。他当然不敢在信上如实地告诉德·夏斯特莱夫人说他的爱情之火又燃烧起来，因而她使他极度惶恐不安。

第三天清晨四点钟，勒万被叫醒，下达了命令，叫他立刻上马。他急忙赶到兵营。一名炮兵士官正在那里向骑兵分发弹药，忙得不可开交。据说，距此八至十里路程的一个城镇的工人已经组织起来，并且结成了同盟。

马莱尔上校巡视军营，正在与军官们谈话，他们的谈话骑兵们也能听得十分清楚：

"让骑兵去好好教训教训他们。对畜……不能讲怜悯。等着争取十字勋章吧。"

勒万骑马经过德·夏斯特莱夫人的窗下,他左顾右盼,看来看去,在那紧紧闭着的挂着绣花窗帘的窗口后面什么也没有看到。这勒万可怪不得德·夏斯特莱夫人,因为有任何一点表示都会被人发现,兵团所有的军官就要飞短流长、评头品足。

"德·欧甘古夫人倒没有忘记站在她的窗前。德·欧甘古夫人我喜欢吗?"

如果德·夏斯特莱夫人真的在她的窗前出现,勒万确实会觉得这一关切的表示太可爱了。事实是全城所有的贵妇人都在抽水机路以及接下去的路上各扇窗前出现了,因为这几条路是骑兵团出城的必经之路。

勒万所属骑兵团第七连走在大摇大摆的炮兵连的前面。炮车和辎重车的铁轮把南锡城的木头房屋震得轰轰响,使得这些太太又害怕,又开心。勒万向德·欧甘古夫人、德·毕洛朗夫人、德·塞尔庇埃尔夫人、德·马尔希夫人招手致意。

勒万心里想:"我真想知道她们最恨的是路易-菲力浦呢,还是工人……德·夏斯特莱夫人倒没有和这些太太一道分享这种好奇,也没能向我表示关切之意!看,我这一去,就要挥舞马刀去砍杀纺织工人,就像德·瓦西尼先生曾经神气十足地说过的那样。事情如果得手的话,上校将要得到荣誉军团指挥勋级,我嘛,我得到的恐怕只有懊恼悔恨。"

第二十七骑兵团从南锡开到 N 市八里路程走了六个小时。骑兵团因为炮兵连的缘故在路上耽搁了。马莱尔上校在途中三次接见传令兵,每一次都下令给炮车更换马匹;有人下令骑兵下马步行,似乎用骑兵骑的马去拖炮车是很合适的。

在行军途中,专区区长弗莱隆先生骑马追上了骑兵团;他沿着队伍从后面跑到队伍头里,去找上校谈话;骑兵就朝他起哄喊叫,他只有欣然表示接受。他挎着一柄马刀,因为刀身很窄,所以刀显得很长。队伍中起头是低声谈话,后来就变成哄然笑闹。他催马快跑,避之而去。这时笑声更大了,还有人大声叫喊:"他摔下马来啦!他摔不下来呀!"

可是这位专区区长不要过多久就算是得到报复了;骑兵刚一走上 N 市狭窄污秽的街道,工人的老婆孩子们就在那窳陋房屋的窗口上对着他们起哄笑骂,甚至在最小的巷口走出一些工人也对着他们叫闹,嘲弄他们。人们这时可以到处听到店铺匆忙关店上门的响声。

骑兵团最后走到这个小城一条商业大街上;所有的商店一律关闭,窗口一个人也看不见,一片死寂。骑兵团来到一处狭长而不成形的广场,广场上有五六株长得很不像样的桑树点缀着,还有一条浮满了城市垃圾的臭水沟从广场上贯穿流过;水沟里的水蓝幽幽的,因为这条水沟是好几家染坊排放污水的通道。

窗外晾着被单内衣之类,那贫穷破败、肮脏褴褛的景象非常可怕。窗上的玻璃既小又脏,有很多窗子没有玻璃,糊着写过字的油迹斑斑的脏纸。到处都是刺目的贫困景象,看了叫人心都抽紧了;到这个贫穷小城市来切望挥动马刀砍杀以换取十字勋章的人见了这一切当然不会动心。

上校将骑兵团沿着这条水沟布成阵势。倒霉的骑兵在这个地方又渴又累,就这样过了七个小时,上有八月天的骄阳暴晒,肚子里面一口水一口面包也没进。前面已经讲到,骑兵团开到这里,所有的店铺都关门打烊,小酒馆更是把门关得比谁都快。

"真凉快呀。"一个骑兵叫喊着。

"咱们这里气味真好啊。"另一个声音应道。

"不要叫喊,静下来!"骑兵当中有那么一个稳健派中尉尖声吆喝道。

勒万注意到所有的军官都很自重,沉默不语,神色十分严肃。
"真是如临大敌。"勒万想道。

他自己认真反省了一下,觉得自己还算镇定冷静,就和在巴黎综合工科学校做化学试验差不多。这种利己主义情绪倒使他面对这一类勤务所感到的惊惶恐惧分散了不少。

费欧图中校过去曾经给他介绍过的那个高个子麻脸中尉,现在走过来跟他谈话,还不停地咒骂工人。勒万也不答腔,只是以一种没有表达出来的轻蔑瞅着他。这个中尉一走开,就有四五个人高声骂他:"密探!密探!"

这里的人被搞得苦不堪言,有两三个军人不得不下了马。有人打发勤务兵到喷泉那里去取水;在喷泉大水池里,发现有三四只刚刚被弄死的猫泡在水里;水已经给血染红了。从"凯旋"喷泉口流下细细一条清水,水也是温温的;接满一瓶水要好几分钟,可是骑兵团兵员却有三百八十人之多。

专区区长已经和市长取得联系,他总在广场上来来去去,据队伍里的人说,他正在设法去买酒。

"我如果把酒卖给你的话,"业主说,"我的铺子就要被抢劫一空,还要被砸烂。"

这时骑兵团每隔半小时就要听到一阵越来越厉害的哄叫笑骂。

当那个密探中尉离开的时候,勒万转起念头派几个仆人到两里路外的一个村子里去,那里想必平静无事,因为那里既没有纺织工场,也没有工人。几个仆人于是受命不惜任何代价到那里采购一百来个面包和三四捆草料。这几个仆人事情办得很成功,到四点钟的时候,只见四匹马驮着面包、两匹马驮着干草来到广场上。这里此刻一片寂静,没有人声。几个跟着来的乡下人走过来和勒万说话,勒万付了钱,然后愉快地给他这一连每个人分发了面包。

"这个共和派开始搞他的阴谋诡计了。"许多不喜欢勒万的军官都这么说。

费欧图走过来,爽快地要两三个面包,这是给自己的,又要了干草,这是给他的马吃的。

"我担心的是我这几匹马。"中校从他部下面前走过的时候很有见识地这么说。

过了一会儿,勒万听到专区区长对上校说:

"怎么!对付这批无赖不许使用马刀?"

勒万心里想:"他比上校还凶恶。马莱尔不杀他十二个十五个织工就升不了将军,弗莱隆先生倒很可能被任命为省长,只要两三年时间,这个位子他就稳拿到手。"

勒万分发面包干草这件事引起一个聪明巧妙的想法,让人意识到这个小城镇附近有一些村庄。到五点钟的时候,这才给每一个骑兵正式发下半公斤黑面包,给军官发了一点肉。

天黑以后,有人放了一枪,但没有伤人。

勒万心下想:"我不知道这是什么道理,但是我可以打赌:这一枪,是专区区长下令打的。"

到晚上十点钟,人们发现工人早已不见踪影。十一点,开来了步兵,随着步兵还部署了几门大炮和一门榴弹炮;到午夜后一点钟,骑兵团人饥马饿,实在熬不下去了,于是,动身返回南锡。到六点钟,这队人马来到一个很安静的村子,停了下来,队伍一到,半公斤面包八个苏,葡萄酒五法郎一瓶,很快就卖光了;那位好战的专区区长竟忘记派人把粮草供应集中到这里来。至于有关这一重大事件的军事、策略、政治等方面的细节,可参阅当时的报纸,此处就不详加叙述了。骑兵团当然是满载荣誉而归,工人则成了一次著名的卑怯恶劣行径的见证,不在话下。

这就是勒万参加的第一次战役。

"回到南锡以后,"他想,"假定是白天到,那么我要不要去彭乐威公馆呢?"

他去了,不过在公馆通马车的大门前叫门的时候,他怕得要死。当他在德·夏斯特莱夫人住房的门前拉门铃的时候,心跳得太厉害了,以致他对自己说:

"我的上帝呀!是不是我又要不再爱她了?"

她单独一个人,贝拉尔小姐没有露面。勒万激动而热情地抓住她的手。两分钟过去以后,他发现他爱她爱得比以前更加厉害,这真是了不起。如果稍稍有点经验的话,他一定会让自己说他爱她。要是胆子更大一些,他完全可以投入德·夏斯特莱夫人的怀抱,那是不会遭到拒绝的。至少完全可以达成对他的爱情十分有利的和平协议。可是他没有这么办,他的事业一点也没有向前推进,他只是幸福得无以复加,如此而已。

在南锡,人们都说 N 市工人开了枪,打死骑兵团一名年轻军官,并且对此深信不疑。德·夏斯特莱夫人一听到这个消息,就惊慌得不得了,对这种处境她很清楚,她只觉得自己又可怜又软弱。

"我应该让你走了。"她面带愁容对他说,又想做出严厉的样子。

勒万唯恐惹她生气,只好顺从。

"我希望在德·欧甘古夫人家里再见到你,行吗?她今天招待客人。"

"也许,好吧,你自己可不要忘记;那么漂亮的年轻女人,我知道你并不是不喜欢见到她的。"

一小时后,勒万来到德·欧甘古夫人家中,不过,德·夏斯特莱夫人到得很迟。

对我们这位英雄来说,时间实在过得太快了。但是,两个情人在一起是那么幸福喜悦,读者对这种幸福场面却不抱同情态度,反而心怀嫉妒,通常还要报复一下,说什么:"好心的上帝啊!这本书写得多么乏味!"①

---

① 这是在人们有所感受、获得印象时一种多少带点机智并且颇为风行的遁词,因为机智的生命至多不过一千年:吕西安便是一例。莫里哀的鼎盛时期已告消失。理性根据也有它的鼎盛时期,它并不是那么快就消失的。这种理性根据其实就是:时间的推移,或者是托词。但是,两个情人在一起是那么幸福喜悦,而读者对这种幸福场面却不抱同情态度,反而心怀嫉妒。(这种情况在友中也可以看到:不论这友情多么亲密无间,无所不谈,但爱情的完满幸福却不在此列。)(司汤达原注)

第二十八章

在这里,两个月的时间我们就一笔带过了。在我们这是易如反掌的,在勒万也并没有什么困难,因为两个月已经过去,他并没有前进一步,依然停留在最初的一天未动。完全可以肯定地说,他缺乏使一个女人有所企求的才能,尤其是对于他倾心所爱的女人,他能够做的只限于每天努力去做那一时使她最高兴的事,其他就不行了。他在当前这一刻钟决不肯找一次麻烦、费一点事、采取一次慎重行动,以便把他对德·夏斯特莱夫人的爱情企图在下一刻钟往前推进一步。他只知把他心中的真情实意尽其所有都讲给她听。譬如有一天晚上,德·夏斯特莱夫人就曾经对他说过这样的话:

"我觉得你对德·塞尔庇埃尔先生讲的和你心里所想的、你对我讲的,完全不一样,而且绝对相反。你是不是有点作假?要是这样,关心你、对你好的人就很不幸了。"

第二客厅已被贝拉尔小姐霸占,因此德·夏斯特莱夫人就改在大书房或图书室接待勒万,图书室直通客厅,一扇房门总是开着不关的。晚上,贝拉尔小姐走了,德·夏斯特莱夫人的女仆就待在这间客厅里。前面提到的那天晚上,他们全部都敞开来谈过了,任何事情都直言无讳地说过了;那天贝拉尔小姐出门做客,代替她的是德·夏斯特莱夫人的女仆,一个耳聋的女人。

"夫人,"勒万怀着某种道德义愤激动地对她说,"我已经跌到汪洋大海里了。我为了不被淹死,在水里拼命地游,可是你责备我说:'先生,我觉得你胳臂总是划来划去!'你以为我的肺活量大得不得了,以为我可以重新开导全体南锡居民?难道你希望我弄得让所有的大门都对我关上,只到你家里来见你?不要多久,就是你接见我,也会有人出来羞辱你,就像你要回巴黎人家让你蒙羞受辱一样。一点也不假,不论关于什么事,甚至关于当前的事,我相信,我的想法和这个地方的人都是相反的,不相容的。莫不是你要我永远闭上嘴不说话?

"夫人,不论对什么事,我说出我的想法,只是对你才这样说,在政治上我们是敌对的,但我只是对你一个人才讲出我的想法;仅仅为了你,为了接近你,我才养成这个说谎的习惯,我决心要把我那个共和派的名声搞掉,从下决心这一天起我就有了这个说谎的习惯,由正人君子杜波列博士引导,我不是到苦修会礼拜堂去了嘛!难道你要我从明天起把心里想的都说出来,和所有的人闹翻?那我就再也不要想去苦修会礼拜堂了,再也不要想去德·马尔希夫人家瞻仰亨利五世的画像了,同样,再也不要想在德·高麦西夫人府上恭听教士雷伊先生荒谬绝顶的讲道了;不出一个礼拜,我也就休想再见到你。"

"不,不,我不是要这样,"她忧心忡忡地回答说,"不过,从昨天晚上起,我心里非常难过。昨天我请你去跟戴奥德兰特小姐和德·毕洛朗夫人谈谈,你和德·塞尔庇埃尔先生讲的话我都听见了,可是你跟他讲的和你跟我说的正好相反。"

"德·塞尔庇埃尔先生是半路上拖住我谈起来的。你应该诅咒这个该死的外省人,在这里不论在什么事情上你不虚伪就活不下去;要不然你就诅咒我受到的教育吧,这种教育让我把人类四分之三的愚蠢都看到了。你有时责备我,说巴黎的教育妨碍人们去真正地感受;这是可能的,不过,有一弊也有一利,它教会我看事头脑清醒。我在这方面毫无价值可言,不过指责我卖弄学问,那可错怪我了;过错应该归到我母亲的沙龙招待的那些有才智的人士头上去。只要清醒地去看一看,你就不能不为德·毕洛朗、桑累阿、塞尔庇埃尔、德·欧甘古这些先生的荒谬狂悖感到吃惊,只要清醒地去看一看,你就完全可以明白杜波列博士、专区区长弗莱隆、马莱尔上校这些先生的虚伪奸诈,这一批坏蛋比前面提到的那些人更可憎可厌,德·毕洛朗、桑累阿、塞尔庇埃尔、德·欧甘古这批人与其说自私,不如说愚蠢,他们天真地只顾死抱住他们那二十万人的特权所享受到的福利,根本不管三千两百万法国人的福利。我在这里竟搞起宣传来了,在你这里,我的时间这样使用也太笨了。昨天,德·塞尔庇埃尔先生讲的那些道理我并没有驳他,你看,是德·塞尔庇埃尔先生还是我(我的真实思想你是知道的),我们谁有道理?"

"哎呀!你们两个都有理。你把我给改变啦,也许把我给变坏了。当我只是一个人的时候,我自己也奇怪,我居然会相信圣心修道院拿荒唐的谎话当正经来教我。有一次,我和将军(就是德·夏斯特莱先生)发生了分歧,他不客气地直截了当地骂了我,后来,他好像又后悔了。"

"那是他损害了他做丈夫的利益了。一个女人遵守妇道,没有才智固然会使她丈夫感到厌烦,但这样毕竟比什么都好。在这件事上如此,在别的事上也一样,宗教就是专制权力的有力支柱。我嘛,我不怕损害我作为情人的利益,"勒万以一种高贵的骄傲心情这样说,"经过这样的考验,不论遇到什么情况,我对我自己也就放心了。"

选定一个情人是一个年轻女人所能采取的最有决定意义的行动之一。如果不找一个情人,那只有在苦恼厌烦中死去,或者活到四十岁,做一个蠢女人;她爱她养的一条狗,或者有一位忏悔师专门来照顾她,因为一个女人的心需要有一个男人来同情体贴,就像我们总需要有一个伙伴谈话一样。如果她选中一个不正派的男人作为情人,那么,这个女人很快就会陷于最可怕的灾难中而无法自拔……诸如此类。不过,德·夏斯特莱夫人讲出她不同的看法、反对的意见,那声调和语气真是再天真也没有了,有时简直是无比的温存多情。

经过几次这类谈话以后,在勒万看来,德·夏斯特莱夫人与轻骑兵二十团的那位中校不可能有什么瓜葛。

"伟大的上帝啊!我要是有我父亲的眼光和经验,哪怕只是那么一天,我死也甘心!"

这是他第一次在爱一个女人。[①] 德·夏斯特莱夫人性格单纯,这和真正高贵的出身非常相称。对她所爱的人,哪怕有一点虚假、有一丝一毫的矫揉造作,她都当作不可挽救的罪恶,自责不已。除开她认定勒万热烈偏爱的事情以外,不论什么事,她都自自然然、不加掩饰地如实说出她的看法,对于一个二十二岁的女人,这是十分难得的。

勒万对自己说:"我不想爱她而又在她身边度过的那些夜晚,一定是我一生中最有趣的了。"

她从来没有明确对他说过爱他,不过,在他经过冷静分析以后,他确信她是爱他的,不过,就这一点来说,说真的,在他也确乎是难能可贵的。德·夏斯特莱夫人心地纯洁,这对她是一种补偿;只要她没有看到或想到她受到恶意对待,她就始终保持着她那疯魔似的青春欢快的心境。每当勒万来访快要结束的时候,他在三刻钟或一个小时中,尽管没有明确地和她谈到爱情的事,和他在一起她总是高兴得像疯了似的。让我怎么说呢?有几次,她简直拿

---

① 这一大段文字,司汤达在1834年9月29日认为冗长沉闷。他决定"用行动"来代替"这种很坏的拉布吕耶尔"。但这几页并没有用笔划掉,所以应当予以保留。(马尔蒂诺注)

他当一个小学生那样逗弄他,比如说,把他的军帽藏起来,这在巴黎可能是很不得体的。可是勒万和她一起找那顶帽子竟轻率地拉住她的手不放,这时德·夏斯特莱夫人竭力挺身直立和他比高低。她已经不是一个冒冒失失的糊涂的小姑娘了,也许应该说,她是一个严肃的三十岁的女人了。正是因为懊恼悔恨,她的面貌才成了这个样子。

勒万经常要做出这一类不知谨慎的事来;巴黎的教养在他身上占上风的时候实在难得看到,我们说,这应当是他的耻辱。他握住德·夏斯特莱夫人的手居然不是为了紧紧握住自己所爱的女人的手这种幸福,说来非常可笑,他和一个女人在一起一坐就是两个小时,她的眼睛分明流露出一片深情好意,可是他竟一次也不去握一握她的手,我真不知道他这是怎么一回事。

一个人十岁以后久居巴黎,也不是没有恶果的。不论你生活在怎样的沙龙环境中,不论你在那里保持单纯自然因而享有怎样的声誉,也不论你对虚伪怎样蔑视排斥,当地所特有的矫揉造作和虚荣连同它的意图总归还是要浸透到你自以为纯洁无瑕的心灵里去的。

所以勒万的种种粗心大意、不知谨慎,特别是同一个女人相处时他那一贯待人处事的真率坦白、对她决不隐瞒任何秘密、认为她聪明而有识见,弄到最后,仍然事与愿违,大胆的企图反而使得他的一般行为都带上了暗影和污点。

德·夏斯特莱夫人对他这种所谓热烈的爱情就认为是按照既定计划的行动。所以,每到这样的时刻,她总是惊恐不安地注意到勒万的表情态度对她发生了某种预兆不祥的变化。德·夏斯特莱夫人由这种奇怪的表情态度转而又想到那最可怕的猜疑,就是早先勒万对一个像她这样性格的女人所怀抱的希望也曾由于这种猜疑而后退、逃避。

勒万这些可笑的做法把她亲切安宁的幸福给搅乱了,由此许许多多令人气恼的想法纷至沓来,使得德·夏斯特莱夫人心神不宁、坐立不安。她的生活能不能幸福就看勒万是不是正直无私。她看重他的精神气质,觉得他风度动人;但是他表现在外面的,真是他内心的感受吗?或者说,是不是他把那精明的演员的品质也都掺和到他其他的品质里面去了呢?

"他又年轻,又富有,又是一个引人注目的军人,他是从巴黎来的,说到最后,他不过是一个自命不凡的人?在南锡,人人都这么说他。南锡的这些先生,他总是望而却步、敬而远之,并不信任他们,因此他认为我的性格严肃认真;可是我呢,竟单纯地无边无际地信任他!我要是迫不得已也看不起他,那我会变成怎样一个人呢?"

她所爱的人也可能是虚伪欺人的,一想到这种可能,有时会让她对自己狂怒,这是她从来也没有遇到过的情况。当她被这一类猜疑纠缠住的时候,可以说,她简直生了一场大病,这种意念反映在她的面容上,那真是瞬息万变,微妙而又深刻。她突然脸色大变,就是最自信的情人看到也会丧失任何勇气,可是勒万远不是这样有自信心的情人。他甚至根本没有注意到他的粗疏不慎多么强烈地刺激了德·夏斯特莱夫人。

勒万,总的来说,人家待他还是很好的,在他比较冷静的时候,他也相信自己被人爱着。但是勒万一接近德·夏斯特莱夫人,就总是战战兢兢,心里很怕。每一次在她的门前拉门铃,他总是心慌意乱,手足无措,这个毛病一直治不好。他会受到怎样的对待,他总是没把握。只要走到离彭乐威公馆一百步远的地方,眼睛一看到彭乐威公馆,他就控制不住自己了。当地一个暴发户向他打招呼,他也慌慌张张,回礼不迭。彭乐威公馆那个看门人更是他的一个煞星,每次和他说话,他都慌乱得上气不接下气。

他和德·夏斯特莱夫人谈话也常常语无伦次,和别人谈话从来不是这样。他就是这样一个人,所以德·夏斯特莱夫人怀疑他小人得志,见到他,她心里也怕。因为在她心目中,他就是她的幸福的绝对主宰啊。

有一天晚上,德·夏斯特莱夫人有一封急信要写。

"给你一份报纸看看玩儿。"她笑着说,把一份《辩论报》拿给勒万,接着她一跳一跳地去取小写字台①,拿来放在桌上,摆在勒万和她之间。

她俯下身去,把挂在她的表链上的钥匙取出来,把小写字台打开,这时勒万身子向桌面俯下去,吻了她的手。

德·夏斯特莱夫人猛地抬起头来,一下面色大变。

她心下想:"他简直还要吻我的前额呢。"羞耻心受到损伤,可把她气坏了。

"我就是一点也不能相信你?"她的眼神充满了愤怒,"怎么!我很愿意接待你,我真该关上门不许你进来,就像拒绝任何人来一样;容许和你接近,对我的名誉本来就很危险,你也应该尊重规矩呀(说到这里,她的脸色和声调都非常傲慢);我拿你当弟弟看待,我请你看一会儿报,我在写一封信,趁我没有提防竟做出这么侮辱人的举动,真要好好注意,为你自己,也为我!先生,好啦,我在家里接待你,是我错了。"

她说话的声调,她的态度,完全显得冷漠无情,还表现出她的骄傲自尊所希望表现出来的决心。这一切,勒万看得清清楚楚,简直给吓呆了。

他这里一示弱,德·夏斯特莱夫人那里勇气就加强了。他本来应该马上站出来,态度冷冷地向德·夏斯特莱夫人致意,对

---

① 小写字台,形同大木匣,斜面,内有文房四宝,放在桌上用来写信。

299

她说：

"你过分了,夫人。小小的不慎,也没有什么大不了的。就算是我做了蠢事,可是你竟把它当成了弥天大罪。我爱的是一个在精神上和在美的方面同样卓越的女人,可是事实上,我此刻发现你仅仅是漂亮而已。"

他应该一面讲这些漂亮的词句,一面就不动声色地系上马刀,拂袖而去。这就好了。

可是勒万做不到。他根本想不到这个。他只是感到这样对待他未免太忍心、太伤人,他只是情绪懊丧地等着被人家赶走。他人是站起来了,可是他不走;显然他在找一个什么借口,以便能留下来。

"那么,先生,我让开好了。"德·夏斯特莱夫人彬彬有礼地说,礼貌中透露出傲慢无礼,好像对他赖着不走十分轻蔑。

正当她关上她的小写字台,准备把小写字台挪开去,勒万突然发了火,对她说：

"对不起,夫人,我疏忽了。"

又是恨自己,又是怨她,这句话说过,他转身就走出去了。

他讲那句话最后几个字的口气,按他的言谈举止来衡量,可以说是很不错了,不过,这也不是因为他有这样的才能,只不过是偶然而已。

等他走出公馆,仆人们奇怪他怎么在这个时候就走了,都好奇地看着他;等他摆脱掉这种好奇的眼光之后,他想：

"应当承认,我真是一个小孩,让人家那样对待自己! 活该活该,罪有应得。在她身边,我不是设法为自己找一个适当的地位,偏偏像个小孩一心只顾去看她。我从 N 市执行任务回来以后,巩固我的优势地位本来不乏机会。我本来可以让她来对我说她爱我,去的时候和走的时候我本来应该抱吻她。可是吻一吻她的手都不准许！哎呀，大傻瓜呀！"

　　勒万在南锡主要一条大街上匆匆逃走的时候，对自己这样说。还有其他方面，他也不停地责备自己。

　　他很看不起自己，可是他毕竟不错，还想道：

　　"要采取措施，想想办法。"

　　晚上到哪里去，他相当为难，不知怎么办才好。因为这一天是德·马尔希夫人家里招待客人的日子，马尔希夫人一家，德高望重，本地头面人物都要到她那里去，在亨利五世胸像前聚会，谈论《每日新闻》报，还要玩三十个苏①输赢的惠斯特②牌戏。

　　勒万自己知道这天再去装模作样地演戏，实在力不从心。他有一个很好的想法，就是去看德·欧甘古夫人。在所有外省女人当中，她可算是最不作假的一个。她使得人们对外省也可以宽容对待了；她有一种连巴黎也不可能有的自然大方的风情气派，这种气派使得巴黎的行情也跌落了。

---

① 苏，法国辅币，一法郎合二十苏。
② 类似桥牌的一种纸牌游戏。

第二十九章

"啊！先生！你可让我下了决心啦！"见他走进门来,她高声叫了起来,"看到你真是高兴！德·马尔希夫人家我不去啦。"

她喊来仆人,让他去叫人把马车卸下来,她不出门了。

"你是怎么搞的,了不起的夏斯特莱你真舍得丢开？要不就是两个人吵了架？"

德·欧甘古夫人好像不怀好意似的微笑着,上上下下打量着勒万。

"啊！很清楚,"她笑着大声说,"一脸的悔恨气色,我都明白了。我的不幸在这脸上也都写得明明白白,难看的皱纹,发僵的笑容;我不过是那么一个代用品吧。好啦好啦,说给我听听吧,既然我是你谦卑的知心人,你就把你的痛苦讲给我听听吧。人家究竟凭什么把你赶出来？为了一个更可爱的人就把你一脚踢开,要不就是你只配叫人家赶出大门？不过,你要是想得到安慰,首先就得忠诚老实。"

德·欧甘古夫人提出这一连串问题,勒万很难回避。她这个人可是工于心计,每时每刻都有坚强的意志、强烈的情欲前来效力,所以动脑筋用心计已经成了自然而近于本能的习惯了。开头勒万还是一肚皮的火气,一下他还不能玩手腕骗人。在和德·欧甘古夫人谈话当中,不知不觉他想起和德·夏斯特莱夫人发生的事情,无意中又对这个年轻女人讲了几句俏皮话儿,而且讲的都是一些亲切的、体己的话,他自己也不免有点吃惊。这位少妇娇慵不胜的样子,意趣盎然的神态,就那么斜靠在长靠椅上,和他近在咫尺。

由勒万嘴里讲出的这些话,德·欧甘古夫人听来尤其觉得新奇有味。勒万注意到德·欧甘古夫人拿眼望着邻近衣橱的大穿衣镜,很注意她那迷人的身姿会产生怎样的效果,这时,她已经不再提德·夏斯特莱夫人,不再用这些话来折磨他了。不幸得很,勒万此时已经变成马基雅弗利式的权术家,他心里想:

"同一位少妇密谈,讲一些甜言蜜语,她竟肯赏光,几乎以认真的态度在倾听,那么,献殷勤的语言就不能不使用坚决、热情的语调。"

应当指出,勒万一面进行这样的分析推理,一面又感到不论对谁他都不再是一个小孩子了,所以他很高兴。与此同时,德·欧甘古夫人也一步紧一步地对他进行深入的考察。她开始觉得他是南锡最可爱的男人。这很危险,尤其是考虑到德·昂丹先生博得她的垂青维持了不止一年半之久这一点,他的确得宠太久了,人人都感到诧异。

幸好这种亲切的谈话为时不久,德·米尔塞先生就到了,谈话也就中断了。德·米尔塞先生是一个又高又瘦的青年人,他很自负地长着那么一个小脑袋,顶上长着很黑的头发。他出门做客,开始时总是沉默寡言,他的长处就在于他有一种愉快的天性,而且他那种天真劲儿也非常有趣,不过这种天真一定得和愉快的人过上两个小时之后才能发挥出来。他是一个道地的外省人,不过也十分可爱。他那轻狂欢畅的言语在巴黎是没有人讲的,不过他谈得非常有趣,和他这个人很相称,实在一如其人。

不久又有一位常客来了,这就是德·葛埃洛先生。德·葛埃洛先生是一个面色苍白、满头金发的胖子,他书读得不少,可是才智就那么一点点,别人谈话他总是一旁静听,但他每天至少要讲一

303

次他年纪还不到四十岁之类的话,这倒也是实情:他三十九岁刚过。其实他是一个谨慎小心的人,只有对一个最简单的问题,他才肯做出肯定的回答,比如在某种场合,将一把椅子推到某人身边请他坐,这可是需要考虑一刻钟才能做出决定的一个题目。等问题考虑好,需要去做了,这时他就装出一副非常幼稚可笑的老好人的糊里糊涂的样子来。他钟情于德·欧甘古夫人已有五六年之久,他始终抱着希望,希望有朝一日能够轮到他;有几次,她想方设法告诉新来的人要人家相信他的机会不是没有来到,只是被蹉跎放过了。

有一次,在餐馆里,德·欧甘古夫人见他又在扮演这样的角色,就对他说:

"我可怜的葛埃洛,你是将来要轮到的一个,你可以让你自己成为过去,但是绝不是现在。"因为德·欧甘古夫人一旦兴致来了,她就对她的男朋友你我相称,谁也不觉得有失体统;可以看得出,这是很有交情的表示,但与温存多情却是不相干的。

德·葛埃洛先生每隔不久总是有四五个青年追随左右不离开他。

"这倒是本城最好又最叫人开心的事。"勒万见几个追随德·葛埃洛先生的青年来到,心里这样想。

"我从德·马尔希夫人家里出来,"其中一个青年说,"他们那里都是愁眉苦脸的,而且装得比他们实际上更愁苦的样子。"

"因为N市出了事,所以他们才变得这么讨人欢喜。"

"我嘛,"另一个青年说,他见德·欧甘古夫人盯着勒万看的那种样子觉得很别扭,"一见德·欧甘古夫人、德·毕洛朗夫人、德·夏斯特莱夫人都不在,我就想,我没有别的办法,只好把今宵良夜埋葬在香槟酒瓶里了;不过,德·欧甘古夫人也给平民吃了闭门羹,看来我得下决心非这么办不可了。"

"我可怜的泰朗,"德·欧甘古夫人一听就知道这是恶意影射勒万的,所以接口说,"只有自我陶醉,可没有拿自我陶醉来威胁人的。这里头有区别,懂得这种区别还得有点智力。"

"其实懂得喝酒也是最难最难的事啊。"迂夫子葛埃洛插言说(大家担心他又要引经据典了)。

"我们怎么办?我们怎么办哪?"米尔塞和三位罗莱尔伯爵中的一位同声叫了起来。

这是所有在场的人都要提出来的问题,不过没有一个人能找到答案。正说着,德·昂丹先生到了。他那眉开眼笑的样子使得大家都开朗起来了。德·昂丹先生是一个身材高大的金发青年,叫他认真严肃,板起面孔那是不可能的事。即使他跑来通知说街上发生了火灾,他也不会皱眉头。他是一个长得很好看的男子,不过他那迷人的脸蛋有时人们会责怪它总是带着一个喝醉了酒的人的那么一副不阴不阳的蠢相。不过跟他混熟了,也就觉得他风度翩翩很好看了。事实是:他这个人常识贫乏,但心地不坏,本性上却是愉快的,愉快得简直叫人难以置信。他的老父十分吝啬刻薄,给他留下一大笔财产,三四年的工夫,叫他吃光喝尽。他在巴黎曾经任意取笑一位尊贵人物,被追逼得无路可走,只有离开巴黎了事。组织什么游戏玩乐,他是独一无二的,只要有他在场,那就绝不会让人感到沉闷无聊。德·欧甘古夫人虽然看重他这种种好处,但是她的幸福愉快的基本因素,那是要求出乎意料的新奇,对于这一点他却是无能为力的。葛埃洛曾经在德·欧甘古夫人面前听到她讲过这一类话,所以他这时就拿德·昂丹先生搞不出新鲜玩意儿这一点来大开玩笑。正当这时,德·瓦西尼伯爵推门进来了。

瓦西尼就对他说:"你要想维持下去,办法只有一条,我亲爱的德·昂丹,你可非得有点理性才成。"

"我苦闷死了。我呀,我可没有你那样的勇气。只有到我完蛋的那一天,我才会有工夫成为严肃认真的人;到那个时候,既要自寻烦恼,又要有所效用,我准备去搞政治,为了亨利五世的光荣,我参加秘密结社,亨利五世是我的国王。将来你会分配给我一个地位吗?至于现在嘛,各位先生,你们都是严肃认真的君子,而且马尔希公馆又可爱得叫人头脑发麻、昏昏欲睡,咱们还是玩'法老'①吧。这种意大利赌法那天我不是已经教给你们了吗?德·瓦西尼先生不会玩,你就发牌洗牌好了;葛埃洛这就不好说我讲了规矩我总是赢。'法老'这里谁还会?"

"我会。"勒万说。

"好呀!就请你监视德·瓦西尼先生吧,你要让他照着规矩玩,罗莱尔,你来做庄家。"

罗莱尔冷冷地说:"我什么也不来,我要走了。"

这位罗莱尔伯爵在德·欧甘古夫人府上一向未曾遇见勒万,他以为勒万今晚大概是一个得意的角色,这可叫他受不了,所以走了。事实就是这样。

南锡上流社会有一部分人,特别是年轻人,对勒万不能容忍。不幸勒万偏偏对他顶撞过两三回,不过,在他们看来,勒万的回敬也算很机智巧妙,所以这就使他成了与他们势不两立的仇敌。

德·昂丹说:"半夜打完牌,当你们输得精光,服服帖帖,咱们就到'大茅屋'去大嚼一顿。"("大茅屋"是南锡最好一家餐馆,设在前夏特勒修道院的花园内。)

"我赞成,如果是野餐的话。"德·欧甘古夫人说。

"那当然,"德·昂丹答道,"拉费托先生那里有极好的香槟,皮埃博先生是这里唯一一家卖冰的,他们可能已经睡觉了,就是

---

① "法老",一种纸牌赌博,一人坐庄,压牌下赌的人不限。

说;要野餐,由我去办,我去搞酒,叫人把酒冰镇好。我会送到'大茅屋'去的。现在,勒万先生,一百法郎交给你;请赏光替我打牌;请注意,不许勾引德·欧甘古夫人,否则,我是要报复的,我就上彭乐威公馆去告发你。"

德·昂丹的决定,大家同意照办,就是政治家瓦西尼也同意了。于是大家坐下来打牌,一刻钟之后,打牌就进入十分激烈的局面了。德·昂丹在德·马尔希夫人家起先呵欠连天、无精打采,有意这么一来,睡意全消,竟变得精神十足了。

"有谁再下注超过五个法郎,我就把牌扔到窗户外头去。"德·欧甘古夫人说,"你们是不是要把我变成一个女赌棍?"

德·昂丹回来了;大家在十二点半,一起动身,直奔大茅屋餐馆的大花园。南锡唯一的一株正在开花的小橘树给摆到餐桌的中央。酒在冰里镇得很好。这顿夜餐吃得非常开心,没有人醉酒,在凌晨三点钟,大家愉快地分手,彼此都成了最好的朋友。

一个女人在外省就这样给搞得声名狼藉;德·欧甘古夫人对此毫不在意,不管他那一套。第二天上午,她起床后去见她的丈夫,她丈夫抱吻她,对她说:

"我可怜的小宝贝儿,你勇气十足,玩得开心,干得不坏。你知道某某某出了事了吗?这位君王我们恨透了,他可完蛋了,接着来的便是共和政体,共和政体要砍掉他的脑袋,也要砍掉我们的脑袋。"

"砍掉他的脑袋,没有的事;他太聪明了。至于说你,我就把你抢救到莱茵河彼岸去好了。"①

勒万尽量拖延,留在欧甘古公馆不走;他是和这天夜里最后一

---

① 法国大革命后,波旁王室以及大贵族等逃亡到德国莱茵河科布伦茨一带,在那里组成他们的反革命巢穴。

批朋友一道走的,他和这些人走在一起,一路上人越走越少,转过一条街,就有人顺路折回家去;最后,他陪着这些先生当中住得最远的一位走去。他一路上说了很多话,对剩下他单独一人已经产生了那种不堪忍受的厌恶之感。不过,在欧甘古公馆,他一面听这些先生讲故事,接受他们的殷勤好意,同时也尽力把话说得得体,以便保持德·欧甘古夫人似乎有意为他安排的这么一种地位,她可不是一个小孩,对第二天该怎么办他这时已经打定了主意。

问题是彭乐威公馆再也不能去了。他感到痛苦不安。

他对自己说:"必须注意不要妨害她的名誉,如果我糊里糊涂任意胡来,那么,她对我的偏爱(这我是清楚知道的),就会给葬送在蔑视之中。再说,如果我明天就上她家去,上帝知道她会用什么新的方法侮辱我!"

这先后出现的两个想法,对他来说,不管哪一个都是地狱。

一转眼就是第二天,追求幸福的强烈感情也随着出现,可是彭乐威公馆不能去,幸福由此也就被剥夺了。他想到她那间小图书室,她坐在桃花心木小桌前,正在对面写信,一面听着他谈话,与他那时所感受到的又甜又美的阵阵心跳相比,他觉得此时一切都平淡乏味,黯然无光,叫人讨厌。只有下决心到她家去才改变得了他这种困境。

勒万又想:"其实,我今晚不去,明天我又怎么能去?(他真是为难至极,只好乞灵于老生常谈了。)归结起来,我难道愿意让这一家从此对我把大门关死?不过因为那么一件蠢事,这当中也许我真有错误。我去找上校请假去,到梅斯去过上三天……我自己来惩罚自己,让我到那儿在痛苦中死去吧。"

其实,德·夏斯特莱夫人按照她女人所特有的那种过分精细的心思是想让他明白他不该来得那么勤,比如说一个星期拜访她一趟也就罢了,她这种意思难道不是十分清楚吗?现在叫人家名正言顺地从公馆里轰了出来,如果又过早地跑去,会不会让德·夏斯特莱夫人更加生气呢?会不会使得人家更有理由怨天怨地地抱怨他呢?对于所谓女人不得不防的那种事她是非常敏感的,这他知道。所以,德·夏斯特莱夫人拼命抵抗她对勒万所产生的那种感情,抵抗也没有用,她灰心失望,几次下决心也没有用,自己又没有多大信心,因此非常烦恼,往往自己生自己的气。这就弄得她常常跟他争吵。这一切都是真的。

生气争吵,在女人这方面说,是没有什么道理的,尽管她是很有见识、很有思想的女人,尽管她谦虚恭谨、正直而又朴素,绝不会一见到别人一点过失就抓住不放,无理取闹;只要勒万稍有一点生活经验,这些吵闹就会让他懂得:她的心在他的围攻之下已经成为矛盾斗争的舞台了。何况这颗心是有政治信仰的,它一向瞧不起所谓爱情,也不懂爱的艺术,可是这爱的艺术却偏偏是缺少不得的。不仅如此,勒万甚至认为他见到德·夏斯特莱夫人不过是出于偶然,他认为本地最美的一位女人侮慢他可能也有正当理由,产生这种不愉快的想法他甚至认为是虚荣心在作怪,所以他对自己说:

"面对一次维苏威火山①大爆发,一个人最好是专心致志只管玩'比博凯'②,对于这么一个人,人家还会怎么想呢?"

这个很有气魄的比喻,很好地概括了他的性格,也概括了像他这样年纪的年轻人身上所有的优点。爱情在这样一个具有古罗马人气质的青年心中取代了其他某种严肃的感情,这时,原有的责任感也就变成被误解的荣誉感了。

---

① 维苏威火山,欧洲大陆唯一的活火山,在意大利南部,那不勒斯东南。
② "比博凯"(bilboquet),一种玩具。木柄一端有一个尖锥,柄上另用细绳系一木球,球上有一小孔,手持木柄将球抛起,使球上小孔恰好落在木柄的尖锥之上,以此为戏。

一个年纪比他小的十八岁的年轻人如果也处在勒万当前的处境中,只要他是一个心灵冷漠的人,对女人有一点鄙夷看不起,就像当今十分流行的这种情况,那么,他就会这样想:事情再简单也没有了,只管到德·夏斯特莱夫人家里去看她就是,昨天发生的事就当它无事,就当它不过是发了一次小小的脾气,就像什么都给忘掉了一样,算了,没事,不过也要准备对过去那桩事赔礼道歉,如果德·夏斯特莱夫人对吻她的手这事依然当作一桩大罪看得那么严重的话,那就把话题赶紧转到别的事情上去,这样也就行了。

但是勒万并不这样想。须知:我们当今所具有的良知和精神方面的衰老已经达到这样的地步,体会我们这位英雄内心发生的激烈斗争,并对它不加讥笑,我料定,不做一番努力是办不到的。

所以这天傍晚,勒万无论如何也坐不住了,他惶恐不安地拖着脚步跑到阒无一人的一处城墙上去散步。这个地方离彭乐威公馆只有三百步远。他也像唐克雷蒂①那样,在同鬼魂战斗,需要很大的勇气。他现在更是犹豫不决,不知怎么办才好。这时,在很近的地方,有一架大自鸣钟打过七点半钟,这种钟声他在德·夏斯特莱夫人小房间里也曾听到过,接着法国东部地区几乎到处都有的那种德国自鸣钟就先后错落地都敲起一刻钟、半刻钟的报时钟声了。

是这钟声让勒万下了决心。他又回想起和德·夏斯特莱夫人在一起听一刻钟、半刻钟报时钟声那幸福的情景;可是从昨天开始,种种愁闷、冷酷、自私的情绪紧紧抓住他不放,使他非常厌恶,简直忍受不了。他在这荒凉的城垛上来回徜徉,他看所有的人个个都卑鄙恶劣。他觉得生活变得索然无味,一点乐趣也没有,简直

---

① 唐克雷蒂(Tancrède,约1078—1112),安条克公国摄政,第一次十字军东征首领之一,1098年攻占安条克,1099年攻占耶路撒冷。意大利诗人塔索(1544—1595)的叙事长诗《被解放的耶路撒冷》、伏尔泰的同名悲剧《唐克雷蒂》均以他为主人公。

不值得再活下去。可是钟声一响,好似电流接通,有共同感情的两颗心立刻互相感应,互相沟通了。他拔脚就向彭乐威公馆奔去。

他没理会看门女人,急匆匆往里走。

"先生,到哪里去?"看门的女人从她面前的纺车上站起身来,好像要从他身后追上去似的,"夫人出门了。"

"怎么!出门了?真的吗?"吕西安说。他站在那里,人也僵了,好像变成了化石一样。

看门女人见他僵在那里不动,以为他不相信。

她很喜欢勒万,真心实意地说:"已经出去快半个小时了;您看,车房门开着,马车不在那里。"

勒万一听这话,转身就走,两分钟以后,他又跑到城墙上。他漫不经心地看着满是泥泞的护城河,护城河外是一片荒芜凄凉的平原。

"应该说,我做了一次很出色的远征!她蔑视我……偏偏在她每天接待我的时候提前一个小时出去。对懦弱的惩罚,应该!这应当是前事不忘的我的后事之师。如果我没有勇气反抗,就该请假躲到梅斯去。我要忍受痛苦,谁也看不出我内心究竟如何,还是远远躲开吧,免得再犯这类有失荣誉的错误。忘掉这个骄傲的女人吧……总而言之,我不是上校;我疯得太厉害了,没有军阶,也不知道该去顽强奋斗,真是麻木不仁。"

他立即奔回家去,自己动手去套马车,一边还怪他的车夫手脚太慢,套好车,立刻赶到德·塞尔庇埃尔夫人家。德·塞尔庇埃尔夫人也出门去了,大门关得紧紧的。

"很清楚,所有的大门今天都对我紧紧关上了。"

他跳上马车,立即向绿色猎人森林驰去;德·塞尔庇埃尔夫人小姐根本不在那里。他坐在马车上就在森林中那个美丽的花园的路上狂奔。德国乐师正在邻近的酒店里喝酒;他们看到他,跑上来

追他:

"先生,先生,要不要听莫扎特的二重奏?"

"要,要。"

他付过钱,又跳上马车,直回南锡去了。

他来到德·高麦西夫人家里。他在这里,仪态庄重,无懈可击。他和南锡大主教区的代理主教雷伊先生玩了两盘惠斯特,即便这位极好挑剔的上了年纪的对手,也决计看不出勒万有什么轻率失当之处。

第 三 十 章

这两盘惠斯特勒万觉得慢吞吞的总也打不完。惠斯特打完了,他又陪着坐在那里听人家讲今天上午城里一位本堂神父拒绝一个鞋匠葬入教堂墓地的故事。

这个令人作呕的故事勒万假装在听,其实心里早想到别处去了。这时代理主教提高喉咙叫道:

"如果要请一位法官的话,我就请勒万先生,尽管他在军界服务。"

勒万沉不住气了:

"我本来就在军界服务嘛,根本不必说什么'尽管'呀,所以我很荣幸,请代理主教先生千万不要说出什么话来逼得我没有办法,只能说出令人不快的答话。"

"先生呀,这样一位人士是集四大身份于一身的:国有财产①的获得者,已亡故的……什么的……持有者,市政当局证婚的已婚男子,死在床上就拒不另行缔结新的婚约的人。"

"先生,你忘了还有第五种身份:纳税者。这就是发给你也发给我的薪俸。"

他告辞走了。

这类话说得多了,就可能把吕西安享有的好名声给断送掉,这

---

① 法国资产阶级大革命后没收大贵族财产、教会产业为"国有财产"。1814年复辟后,路易十八大宪章认可资产者有购买这种"国有财产"的权利。

里所涉及的恰恰就是关于他的好名声的问题。

不过，这么一句话终究还是会把他给毁掉的，至少他在南锡所受到的尊重就可能被毁掉一半，如果他准备在这个城市里长住下去的话。

他在德·高麦西夫人家里还遇到了他的朋友杜波列博士。杜波列博士抓住他制服上的纽扣，不容分说，拉起就走，一直把他拖到阅兵场，在阅兵场上两个人就那么荡来荡去，杜波列博士一定要把自己关于法国王政复辟的主张从头讲到尾。讲到民法问题，他说一家之长死去以后，随着便是分家产，这样，土地就无止境地分下去；人口增加，但是增加出来的人口却很不幸，没有面包吃。他认为在法国应当恢复各大教团；各个教团应该占有广大的地产，那它们就会使耕种广大土地所必需的为数不多的农民生活幸福。

"请相信我，先生，世界上再也没有比居民人口数量过多、受教育过多更糟糕更不幸的了……"

勒万控制着自己，控制得很好。

他回答说："这是很值得欢迎的……要说的话很多……不过，谈这类高深的问题我可不大够资格……"

他也谈了一些不同意见，不过对于博士的那些重大原则他看上去似乎也是接受的。

他一面听他谈，一面心里想："这个浑蛋，他嘴上讲的这些话自己果真相信吗？（他注意观察着这个额上刻有这么深的皱纹的大脑袋。）从这些话里面，一个下诺曼底诉讼代理人全部的刁钻狡诈和阴谋诡计我都看得清清楚楚，要相信这派虚言伪词，我可没有那种少不得的好心肠。这个人头脑灵活，说起话来又热情又笼络人，连最没有道理的推论、最没有根据的虚构他都能从里面榨出油水来，捞到好处，他是精于此道的——他这一套，是谁也不能否认的。表现形式尽管粗野得很,不过,作为一个有头脑的人,又老于世故,又看透这个时代,所以他非但不想纠正这种粗野恶俗的外表,反而把这种粗野恶俗演得极为充分;这就是他的本色,他的使命,也是他的力量;甚至可以说,他还要故意把这一套加以强调。这也是取得成功的一种手段。本地的乡绅地主虽然傲慢自负,但也用不着担心人家会把他同他们混为一谈。只有最愚蠢的人才会说这种话:'这个人和我多么不相同!'但是他仍然情愿接受博士的胡说八道。如果这些乡绅地主在一八三〇年取得胜利的话,那么,他们一定会让他当内阁部长,做他们的科尔比埃尔①的。"

"……九点钟敲过了,"勒万突然对杜波列博士说,"再见吧,亲爱的博士,我不得不走了,你讲的这一篇意义崇高的大道理将来一定要带到议会上去,并且一定要让它风行一时啊。你真不愧是雄辩家,确实是这样,很有说服力,非常杰出,不过,我想我应该走了,我还要向德·欧甘古夫人献殷勤去呢。"

"这就是说:德·夏斯特莱夫人。啊!年轻人的脑袋瓜啊!你存心要骗我,是要骗我吗?"

杜波列博士每天在上床睡觉之前总要到五六处人家去走一走,了解了解情况,指导指导,帮助他们弄清一些最简单的事情,同时还要抚慰一下他们无往不在的虚荣心,对他们每一个人都至少每个礼拜一次讲一讲他们的先祖,当他实在没有什么更好的话题,或者在热情的鼓舞之下,那他就把几个大修道院的教理宣讲鼓吹一番。

他决定在通常家庭洗衣物的那一天去这一家,另一天再去另一家……他定的这个办法很好,因为他是有心机的人,很有眼光,

---

① 科尔比埃尔(1767—1853),1821年出任法国内政部长,极端保王党的重要人物,以穷凶极恶著称;1828年进入贵族院;1830年查理十世倒台后引退。

对金钱极为看重,至于家庭中洗濯衣物以及诸如此类的琐事……他当然是一点也不热心的。

当博士大谈洗衣服被单的时候,勒万扬着头,脚步走得坚定有力,表现出一派甘心忍耐、真正勇敢的不屈不挠的气度。勒万对自己履行义务的方式感到满意。这时他已经走上德·欧甘古夫人公馆门前的台阶。德·欧甘古夫人的南锡朋友都亲切地叫她德·欧甘夫人。

勒万在德·欧甘古夫人家里遇到德·塞尔庇埃尔先生和德·瓦西尼伯爵。这里,人们正谈得起劲的仍然是那个永恒的政治问题:德·塞尔庇埃尔先生冗长地,不幸还举出种种例证,说明为什么大革命之前梅斯的郡国总监德·卡洛纳①先生把事情都治理得井井有条,自此以后,德·卡洛纳先生就成了闻名于世的部长了。

"这位很有气魄的大臣,"德·塞尔庇埃尔先生说,"懂得那个倒霉蛋拉夏洛泰、雅各宾党人的第一号大头目必须予以追捕。那是在一七七九年……"②

勒万对着德·欧甘古夫人俯下身去,郑重其事地给她念了一行诗:

夫人,对于你和我,这究竟是什么话!

德·欧甘古夫人听后一阵咯咯大笑。德·塞尔庇埃尔先生已经看到了。

"先生,你知不知道……"他老大不高兴地对着勒万说……

勒万心下想:"糟糕!我的上帝!我被当场抓住了!没有落到杜波列手中,这下倒落到塞尔庇埃尔手里,真是命中注定。"

---

① 德·卡洛纳(1734—1802),法国国务活动家,他对财政和行政的改革加速导致了1789年法国大革命时期的政府危机。
② 见拉夏洛泰案。(司汤达原注)

"先生,你知不知道,"德·塞尔庇埃尔先生吼声如雷地说,"凡是有名分的绅士或者有名分人士的亲戚过去都曾经设法减轻他们庇护下老百姓的人丁税、人头税,当然也减轻了他们自家需缴纳的进项二十分之一的赋税,这你知道不知道?以往,我到梅斯去,不必住旅馆,我这是对你说嘛,我只要住在郡国总监德·卡洛纳先生府上就行了,那才符合洛林那个地方的礼节规矩,这个你知不知道?郡国总监府上的宴席辉煌夺目,女人个个都美妙迷人,驻军军官的首脑也都光临,单是牌桌就是好几桌,无处不是议论风生,谈吐高雅,样样都是十全十美。啊呀呀!那真是盛世!如今怎么样,你就那么一个小小的省长,惨惨淡淡,悾悾惶惶,身穿一套磨得发光的礼服,孤单单一个人用膳,吃得糟透了,想想看,这也叫作吃饭!"

勒万心里想:"伟大的上帝啊!这家伙真比杜波列更讨厌。"

为使他的答辞尽快结束,他搞了一套精彩的哑剧表演,作为对德·塞尔庇埃尔先生的长篇大论的回答;他只要稍稍注意听一听,注意一下怎么做就行了,就可以让他自由自在地继续去想那温柔多情的事了。

"非常明显,不做一个末流人物,你就休想再见到德·夏斯特莱夫人。"他想,"我和她之间,算是完了。我至多只能在适当的时候难得去拜访她几次。用这一行的行话来说,我是被甩掉了。三位罗莱尔伯爵,是我的仇人,那位表哥勃朗塞,是我的对头,他一个星期有五天在彭乐威公馆吃晚饭,每天晚上都到那里去和那位父亲还有女儿一起喝茶;不要很久,我的失宠倒霉就会尽人皆知,于是我就成为笑柄,成为一个饱受嘲笑的角色。有着身穿漂亮的黄色号衣的仆人和矫健的马匹的先生呀,你可要当心,你是要受到蔑视、遭人白眼的!你的马车从马路上跑过去震得人家玻璃窗哗哗直响,人家都迫不及待地等着庆祝你可笑的失败呢。我的朋友,你这一跤跌得可不轻!你那么瞧不起南锡,说不定给你喝倒彩的声音最后还是把你赶出南锡去。南锡自有妙法让它深深留在你的记忆里,叫你永远忘不了!"

勒万尽管心里想着这些有趣的事,眼睛却紧盯着德·欧甘古夫人美丽的双肩,她身上穿的是昨天才从巴黎送来的一件迷人的夏季短衫,这种短衫使她上身袒露得很厉害。他突然间起了一个念头:

"对,这就是我抵制别人的嘲笑的盾牌。进攻!"

他向德·欧甘古夫人侧过身去,轻声对她说:

"他那么怀念德·卡洛纳先生自有他的想法,我呢,对我们那天亲密的谈话也有我的想法。我实在太笨,我从你眼里看到认真的关切,也没有好好想一想是不是你想要我做你的知心朋友。"

"想尽法儿叫我发疯就行,我并不反对。"德·欧甘古夫人又冷淡又简单地说。她沉默着,很注意地看着他,富有哲理意味地把嘴那么迷人地一撇。在这一刻,她那煞有介事的不偏不倚的动人神态使她显得更美了。

这种神态显示出效果以后,她又说道:"不过,正因为你要求于我的丝毫不需要承担义务,那么反过来,我要是不被你那漂亮的眼睛迷住,仅仅为了结交结交而着迷,那你就给我死了心吧。"

他们以下的谈话是悄悄的、低声的,和谈话刚开始时谈得同样泼辣。

德·塞尔庇埃尔先生总是想把勒万拖过来跟他讨论问题。因为吕西安在他家当德·夏斯特莱夫人不在场的时候和他在一起已经让他习惯了勒万的奉承讨好。弄到最后,德·塞尔庇埃尔先生从德·欧甘古夫人的笑容上看出勒万对于他的尊重不过是勉强做出来的礼节性应酬。因此这位可敬的老人只好屈就德·瓦西尼先生,两位先生于是就在客厅里面踱起方步来了。

勒万这时非常冷静镇定;他只想为这新鲜白嫩的皮肤和如此迷人的模样好好沉醉一下,何况与他相距才两步远。正当他对此大加赞赏的时候,他听到瓦西尼回答他的对谈者的话,瓦西尼居然也是用杜波列先生关于教团以及关于土地分散、人口过多的危害等主张竭力向他这位朋友灌输。

这两位先生在客厅里政治性的踱方步和勒万柔情蜜意的谈话,就像这样持续了一刻钟之久,勒万发现他搜索枯肠讲出去的多情的话德·欧甘古夫人听来并不是不感兴趣。转眼之间,这就让他又产生了一些新的想法,又讲出一些同样美妙的话来。这些话倒是很好地表达了他的感受。

"她听我讲话的时候,笑容满面,彬彬有礼,充满尊重,和我在别处遇到的情况相比多么不同!这双臂多么丰腴,衬在透明的轻纱下闪闪烁烁!美丽的双肩荡漾着柔细的白色,真是好看!换上另一个人,哪里有这些!有的只是:态度高傲,目光严厉,衣服一直裹到脖子底下。除此之外,眼睛里只有高级军官。我不是贵族,不过是一个少尉,可是在这里人家让我明白我至少和大家地位平等。"

被伤了自尊心的勒万在这里取得成功,心里很高兴。德·塞尔庇埃尔先生和德·瓦西尼先生讨论到热烈的时候,他们常常在客厅另一头停下来。勒万大可利用这些机会无拘无束地倾谈,何况人家又以亲切多情、十分赞赏的态度在用心倾听。①

两位先生在客厅那一头站了有好几分钟,他们停下来显然因为德·瓦西尼先生阐述关于保持大面积土地进行大规模耕种对贵族阶级最为有利的理论,不禁十分得意。正好在这时候,德·夏斯特莱夫人突然来到,三步两步就走到德·欧甘古夫人面前。德·

---

① 这是不是使人认为勒万敢做许多事?(司汤达原注)

德·夏斯特莱夫人步子轻快,跟在仆人后面,不过是前脚后脚,仆人通报过,可是大家都没有听见。

谁也没有料到她来,从德·欧甘古夫人的眼光甚至勒万的眼光中她是不会看不出来的。她于是兴致勃勃地、声音很高地把她今晚出来做客的事讲了一大堆。如此这般,对德·欧甘古夫人来说,并不感到为难。德·夏斯特莱夫人喋喋不休地讲出这么一套话来,在勒万倒是从未见到的事儿。

他心下想:"如果她摆出一副道貌岸然的样子,让可怜的小欧甘古难堪,那我是一辈子也不会原谅她的。这当中,我能打动女人的才能,开始引起情绪的激烈变化,这她分明是看到的。"

勒万心里对自己讲这句话有一半是认真的。

德·夏斯特莱夫人,仪态娴雅,毫无拘束地和他谈话,就和平时一样。任何引人注目的话她一概避开,正因为这样,谈话谈得很活跃,甚至有声有色,因为什么也不比谈得投机的闲谈更有趣。①

德·瓦西尼和德·塞尔庇埃尔两位先生也丢开他们的政治不谈了,背后讲人家的坏话讲得这么风雅,把他们都吸引过来了。勒万也常常开口说话。

"不要让她以为被她关在门外就变得灰心失望。"

但是他说着说着,并努力做出潇洒可爱的样子,可就把德·欧甘古夫人给抛在脑后。他笑容可掬,若无其事,尽管这样,他总拿眼角窥探他的漂亮话在德·夏斯特莱夫人那里是不是取得成功,这可是他最操心的大事。

勒万心里想:"真是奇迹啊,在这么一场谈话中,话是对着这个人讲的,却要叫另一个人听进去,可惜我父亲没有可能处在我的地位上!他也许还有妙法能把话说得叫第三者听起来话中带刺,

---

① 这小小一行拉布吕耶尔式的文字可否?(司汤达原注)

或者是话中包含着恭维奉承。我应该继续讨好德·欧甘古夫人,让同一个字眼同时在德·夏斯特莱夫人身上起作用。"

想到德·欧甘古夫人,这是仅有的一次,而且还是在对他父亲的才智衷心钦佩之下顺便想到的。

德·夏斯特莱夫人所关心的,在她这方面来说,是要看看勒万是不是看出她发现他和德·欧甘古夫人两人这种亲密关系后所感到的剧烈的痛苦。①

"必须弄清楚他到这里来之前是不是到我家去过。"她想。

客人越来越多,德·米尔塞、德·桑累阿、罗莱尔、德·朗弗尔等先生,还有其他一些读者不认识的人,其实这些人也不值得向读者介绍。这些客人一到,一边说话,一边指手画脚,活像是一群演员。过不多久,德·毕洛朗夫人、德·圣西朗夫人来了;最后,德·昂丹先生本人也到了。

德·夏斯特莱夫人总是不由自主地看她那位光彩照人的情敌,总是看她那一对眼睛。她的情敌向所有的客人致意答礼,匆匆在客厅里转了一圈,这天晚上她眼睛里闪耀着情火,总是不停地转到勒万身上去,似乎带着某种强烈的好奇心不停地向他凝神注视。

"不如说是他们要他去给她开开心。"德·夏斯特莱夫人忖度着,"勒万先生比德·昂丹先生更能引动她的好奇心,就是这么一回事。他的感情不会持久,不会超过今天;不过在一个像这种性格的女人身上,犹豫不决也不会持续很久。"②

德·夏斯特莱夫人看事难得这么敏锐,这么有远见。这天晚

---

① 这在形式上也许过于对称了。是否优美?(司汤达原注)
② 文笔。——长久的?或者持续长久的?表现力与文笔优美、高雅,两者之间存在着矛盾。后者不表现作家掌握的优美才力,而表现能唤起读者某些细腻感受的精细特性,只有在这样的场合下,文笔才可以说是有意义的。(司汤达原注)

上,嫉妒之心不禁油然而生,使她变老了。

谈话一热烈展开,德·夏斯特莱夫人就可以收住不说,也就不致有什么不妥,这时,她的面色变得相当晦暗;紧接着,她一下恍然大悟,心里明白了。

她想:"勒万先生并没有使用和自己所爱的人说话时的那种声音去和德·欧甘古夫人谈话。"

德·夏斯特莱夫人为避开所有到这里来的客人说一些客气话,走到一张桌子跟前,这桌上乱放着一堆嘲笑现行制度的讽刺画。勒万很快也闭住口不说话了;这她注意到了,她心里感到欣慰。

"会是真的吗?"她想,"我的严肃认真,也许有点假吧,弄得我的性格过于古板,人家德·欧甘古夫人,性情乐观,随随便便,总是那么新鲜优雅,那么自自然然,对比起来,是多么不同!她有那么多情人,可是在他看来这算不算一种错处?一个年纪才二十三岁的少尉,何况又有那么多古怪念头。再说,这一切他究竟知道不知道?"

勒万在客厅里总是变换位置,总是这么动来动去,这样也就变得大胆一些。他见所有的人非常注意刚刚传开的一条新闻,说吕内维尔将要建立一处骑兵营,这个出乎意料的消息使得大家都把勒万给忘了,德·欧甘古夫人今晚对他的关注大家也不去注意了。勒万也把这里所有的人给抛在脑后了。他只是在他们注意他的时候,才想到他们。他现在心急火燎的是要接近那张放着好多画片的桌子,不过,他以为,他如果也挨近去,对他来说,未免缺乏自尊,这可是他自己也不能原谅的事。

"也许对德·夏斯特莱夫人,同样也欠尊重。"他痛苦地这样想,"她在她家里存心要避开我,在这个客厅里我就不该硬逼着人家听我说话!"

勒万心里这么盘算着,自己也没有什么不同的意见,这样过了几分钟,他发现自己越来越靠近德·夏斯特莱夫人俯身在看画片的那张桌子,到了这一步,再一句话也不说,反倒会引起别人的注意。

"真可恨,"勒万对自己说,"这是行不得的。"

他脸涨得通红。这个可怜的孩子在这一刹那连社交礼节规矩也把握不住,把它都给抛到九霄云外去了。

德·夏斯特莱夫人挪开一张讽刺画,又拿起另一张来,刚抬起眼来一看,见他满脸涨得绯红,这对她不会不发生影响。德·欧甘古夫人这时从远处把这张绿色台面的桌上发生的一切全部收入眼底。德·昂丹先生一直想讨她欢心,正在给她讲一个有趣的故事,在她面前德·昂丹先生好像已经成了一个有无限发展前途的故事家了。

勒万抬起眼来看德·夏斯特莱夫人,但在遇到她的目光的时候,他身子直发抖,这就逼得他非立刻开口说话不可。他发现她正在看一幅版画,而且神色傲慢,几乎怒气冲冲。这个可怜的女人生出一个倒霉的念头来,竟想去拉勒万扶在桌上的手,他一只手扶在桌上,另一只手正拿着一幅画,而且把画送到他的嘴唇上去。这个意念让她害怕,她真要对自己发怒了。

"有时我真想骂德·欧甘古夫人一顿!"她心里对自己这样说,"同时还要看不起她。我敢发誓:她天天晚上都要遇上这种可耻的诱惑;上帝! 这种可怕的事怎么也降临到我的头上来了![1]"

勒万对这种傲慢态度有点生气,心里想:"算了,算了,到此为止吧,不要多去想它了。"

他说:"怎么! 夫人,我多么不幸,我又让你生气了? 如果是

---

[1] 我的孩子,就因为那个子宫啊!(司汤达原注)

这样,我立刻走开就是。"

她抬起眼来,不能不对他微微一笑,极其柔情地笑了一笑。

"没事,没事,先生,"只有在她能够这么说话的时候,她才这样对他说,"我在和我自己生气,为了我的一个傻念头。"

她想:"上帝啊!我这是扯到哪里去了?有什么办法,只好对他实说!"

她羞得满面绯红。那边德·欧甘古夫人两眼一直没有从他们这边挪开,她想:

"你看,他们言归于好,更加要好了。千真万确,他们讲和了,简直要拥抱起来了。"

勒万要走开。德·夏斯特莱夫人看到了。

"留在我这儿,就留在这儿,"她对他说,"不过,这一刻,我不能跟你说话。"

她眼里一下涌满了泪水。她只管把头埋下去,好像在专心看一张画片。

"哎呀!咱们都哭起来了!"德·欧甘古夫人在心里对自己这么说。

勒万怔怔地发呆,他心里想:

"这就是爱?这就是恨?我觉得没有什么两样。要让我弄明白,需要更多的理智,那就到此为止吧。"

"你让我害怕,我不敢说话。"他对她说,神色确实十分慌张。

"你能和我说什么?"她又是态度傲慢地说。

"我的天使,说你爱我。对我说呀,我是从来不乱来的。"

德·夏斯特莱夫人正要说"是啊!当然!但是可怜可怜我吧",这时德·欧甘古夫人急匆匆地走了过来,她那浆得很挺的英国麻布衣衫的下摆从桌边一擦而过,一听到这个声音,德·夏斯特莱夫人就看见她已经来到自己面前。只差十分之一秒的时间,差一点就在德·欧甘古夫人面前把回答勒万的话说出口来。

"上帝呀！真吓死人！"她暗自想道，"我今天晚上还要怎么丢丑呢？只要我抬起眼睛来，德·欧甘古夫人，他，所有的人，都会看得清清楚楚：我确实爱他。啊！我今天晚上到这里来，实在太不谨慎，真是大错特错！现在我只有下定决心，留下来，不动，不说话，哪怕死在这里也罢。也许只有这样才不至于再做出什么叫人脸红的事。"

德·夏斯特莱夫人果然目不斜视，只顾埋头看那幅画片，而且头对着桌子俯得低低的。

德·欧甘古夫人等了一会儿，等着德·夏斯特莱夫人把眼睛抬起来，但是，她的坏心思没有能达到目的。她居然没有想到说一句什么尖刻的话，把她搞乱，逼她抬起头来，让她当众出丑。她把德·夏斯特莱夫人撂在一边，只是死盯着勒万看。她觉得他这时十分诱人：眼睛含情脉脉，而且模样又有点倔强。当她在一个男人身上面对此情此景不能无动于衷的时候，这种倔强的模样也就把胜败定下来了。

第三十一章①

吕西安在南锡近郊遛马的时候,曾经注意到一匹很漂亮的英国马。

"这匹马值一万、一万二、一万五千法郎,谁知道?"他想,"不过,马也许有点什么毛病……我看肩胛就嫌窄了一点。"

骑马的人是骑得很好的,那架势是一个在奥地利维也纳赛马赚过大钱的骑师的架势。

"这马卖不卖?"吕西安想,"太贵了,我可不敢买。"

吕西安后来又第二次、第三次看到这匹马,离得很近,他看清了骑手的面貌,那是经过异常细心修饰过的一张面孔,他觉得很做作,正因为那张面孔竭力要保持一个人单独在房间里修饰胡须时所有的那种表情,所以显得装腔作势。

吕西安想:"我的母亲是很有道理的。这些英国人,个个都是装模作样大王。"他什么也不去想,只想那匹马;那匹马他越看越喜欢。

德·欧甘古夫人有一天对他自己骑的那匹马大大恭维了一番。吕西安说:

"马是不错,我确实喜欢它。有一次,我发现它动作轻快,非常出色,除非它还有什么毛病隐藏着没有暴露出来。这马跑起来好像

---

① 这一章文字见格勒诺布尔所存手稿,编号 R.288 卷,现放在此处自成一章,恐有使故事发展迂缓之弊。这段文字司汤达本来想日后重新改写,以便按照他亲自对格勒诺布尔的观察来描写南锡上流社会。(马尔蒂诺注)

蹄不点地,或者说,让你觉得地面有弹性,特别是在快速动作中,比如说在快步急跑的时候,地面就好像把它弹到半空中悬着似的。"

"你自己也脱离地面腾空了,我亲爱的少尉。看你多么激动!一讲到你心爱的玩意儿,你这双眼睛真美!你简直都换了一个人了。其实,单纯出于卖弄风情,你也应该去爱,应该做一个不知趣的情人,应该多讲讲你心目中的对象。"

"我现在所爱的,辖治不了我。如果事实上我真是在爱,我怕我会发疯:一发疯就有可能把人家对我的爱情给毁了,接着来的便是痛苦。你们女人对人家一片真心、连续不断地呈献给你们的东西也并不怎么看重。"

德·欧甘古夫人显出一个很使吕西安喜欢的模样儿,问道:

"那么,骑着你喜欢的那匹马的人是一个身材高大、金发、中年、下巴往前翘、有一张孩儿脸的男人,是吧?"

"他骑马骑得很好,就是两个胳膊摆动得太厉害。"

"在他,他还认为法国人骑在马上死板板地直发僵呢。我认识他,是一个英国贵族,他那姓氏拼写起来很特别,念起来有点像林克二字。"

"他在这里干什么?"

"骑马呗。有人说他是从英国流亡出来的。我们很荣幸,他在我们这里已经住了三四年了。你怎么不去参加他礼拜六的舞会?"

"我荣幸地被南锡社会接纳才有多少时间!"

"那么,我就要有这个荣幸带你去参加舞会喽。他这个舞会不论冬夏每月第一个礼拜六都按期举行。舞会已经拖了半个月了,那是因为正好逢到将临期①,雷伊先生不赞成。"

---

① 将临期(l'Avent),圣诞节前的四星期。

327

"你们的雷伊先生倒是一个很有趣的人物,他对你们影响真大!"

"哎呀!我的上帝!为什么你不去对你那么喜欢的德·塞尔庇埃尔夫人讲这个话呢?倒要看你又有什么好说的了!"

"这位雷伊先生,可是你一切的主宰!"

"那有什么办法呢?他反复不停地对我们说,我们这点可怜巴巴的特权只有等到耶稣会教士回来才能恢复到老早那样的好光景。想起来也真愁人的,总而言之,那毕竟是不可缺少的呀;共和可万万不能再来,那就像九三年一样,把我们都要送上断头台。其实,雷伊先生,就他本人看,一点也不讨厌;他一直让我觉得很有趣,至少在二十分钟之内是很有趣的。叫人受不了的是他手下那些代理人;他本人倒是一个有价值的人,甚至是很有意思的人;至少,他说话的时候,人家并不觉得厌烦。他旅行过,见多识广:他被派到俄国去过,在那边待了四年,去过美洲,有两三次。人家总是把他派到困难多的地方去。他是在所谓'光荣的三日'之后才到咱们这里来的。"

"我就觉得他有点美国味道。"

"他是一个图卢兹①的美国人。"

"你把我介绍给雷伊先生好不好?"

"那可不行,真的不行!他会觉得这种介绍根本不妥。他这个人我们必须妥妥当当对付才行。这种事对那些做丈夫的人很有影响。我把你介绍给英国绅士林克先生吧,他家的晚餐是很出名的。"

"我早就知道他从不招待外客。"

"晚餐是给他自己预备的。人家说他每天吃晚餐时都要在南

---

① 图卢兹,法国南部城市,上加龙省首府。

锡城里和近郊乡下预备下三四桌;什么时候有胃口,他就到附近的一处去吃。"

"这个发明倒不坏。"

"德·瓦西尼先生是有学问的人,他说林克勋爵不论在什么事情上都是**功利主义派**,这是一个有名的英国人鼓吹的……那名字简直成了一个先知的……"

"是不是杰里米·边沁①?"

"对啦!"

"这是我父亲的一个朋友。"

"那好嘛!你可不要在这些英国贵族面前吹嘘。德·瓦西尼先生说这是他们的忌讳,雷伊先生有一天对我们很肯定地说这个英国杰里米一旦执掌政权就要比罗伯斯庇尔还坏一百倍。林克勋爵之所以在他同事中间遭忌惹恨就因为他是这个英国恐怖分子的同党。所以出丑到了极点,落得个身败名裂的下场,伦敦最时髦的住宅区西区他也住不下去了,因为他只有四千利弗尔,相当于十万法郎的进项。"

"他在这里就吃这些?"

"不,不,他节衣缩食、节俭度日,虽然晚餐四处照开,并且过一阵子就要到巴黎去和一帮狐群狗党吃喝玩乐。他自以为只喜欢外省的上流人士。人家说他在巴黎无所不谈;在这里,他赏光到我们家里来,咬紧牙关,一句话也不说。可是他逢赌就输,我要告诉你我的怀疑,你可得给我保密:我发现他是故意输的。他是一个有心计的人,他想:我不受欢迎,特别是那些**蠢材**不喜欢我,那么好吧,我就输给你们吧!马尔希公馆的老太太们可喜欢他呢。"

---

① 杰里米·边沁(1748—1832),英国哲学家和法学家,功利主义伦理学的代表,主要著作有《道德及立法原理》《义务论或道德科学》等。

"真不坏,真的!……不过你把他说得太聪明了。照你给我这么分析,这个人物我好像在德·塞尔庇埃尔夫人家里见过。有一天我曾说过,一个英国人尽管很有才智,可是在上午碰到他,他总是有那么一副好像刚刚接到破产的坏消息的面孔;戴奥德兰特小姐听了我这话拿眼睛狠狠瞪了我一下,那是在责怪我,可是后来我忘了问她为什么事了。"

"她错了,勋爵绝不会生气的;有人问过他,他说除非有人抓住他的衣领当面辱骂,否则,他不会看不起这种人,他是从来也不要求人家解释的。难道上帝是叫我到人世来纠正人类愚蠢行为的吗?有一天他对德·桑累阿先生这么说,德·桑累阿先生自己就弄不清楚他是不是会生气,因为他刚才也接二连三地说了不少蠢话。只有卢德维格·罗莱尔认为勋爵是从不动怒的,说真的,我也不知道为什么。七月事变以后,可怜的卢德维格就没有息怒(怒气未消)。他那个尉官的两千法郎收入在他不能等闲视之,其实呢,他也没有什么好说的了;他那一行他曾经下苦功研究过,他立志要当上法国元帅。他那一族里曾经有过戴红绶带的人。"

"他当不当元帅我不知道,他一讲起雷伊先生那个大道理来真叫人闷得喘不过气来,他成了雷伊先生一套理论的补课教师了。他认为民法非常不道德,理由就是一家之长的财产居然平均分配给他的几个儿子。他主张各派修会组织必须恢复,全法国的土地应当都成为牧场。法国国土成为一个大牧场,我一点也不反对,但是我反对讲这么一件事一讲就是二十分钟。"

"可是这叫雷伊先生的嘴巴讲起来可一点也不讨嫌。"

"他的门徒罗莱尔先生一开口,情况恰好相反,他九点钟在德·塞尔庇埃尔夫人的客厅里讲起这一套来,我就溜了三四次;最糟的是反驳他的意见,他一句也答不出来。"

他们又回过头来谈林克勋爵。

德·欧甘古夫人说:"勋爵也是这样,他对咱们法国总是批评。"

"嗬!我在这里也听到过,什么民主国家呀,冷嘲热讽的国土呀,政治风气恶劣呀。那种阴暗潮湿的市镇我们这里没有,在咱们这里,总有土地可供出卖。嗳嗳!再也没有比英国人更讨厌的了,因为他们英国那一套欧洲没有一个国家愿意生搬硬套,英国人就老羞成怒了。英国人没有别的长处,只有他们的马还不错,他们航海行船、坚忍不拔的精神也很好。"

"嘿,你不分青红皂白乱骂一通。首先,这位怪可怜的勋爵始终只说他该说的几句话,其次,他讲的事情千真万确叫人忘不了。总之,他确实是英国人:他如果以为你骑马骑得好,他就会让你去骑他的马,就是他那匹名马索里曼也会让你骑的,你欣赏的显然就是那匹索里曼。"

"见鬼啦!"吕西安说,"这么一说,就要另换一个话题了:那我就得去讨好这位可怜的受了骗的丈夫了。"

"你后天到我家来吃晚饭,我去把他请来;他从来不拒绝我,可是他几乎总是拒绝德·毕洛朗夫人。"

"我的天,那理由并不难猜!"

"算啦,算啦!我也不知道是哪个无聊的马屁精有一天当着我和他的面也说过这种话;我正在琢磨怎么去回答一句这么好的奉承话,这时候,他给我解了围,不过只是说了这么简单的一句话:德·毕洛朗夫人太聪明了。真应当去看看德·昂丹先生那副尊容,他正好是站在勋爵和我的中间;他虽然才智过人,可是他也弄了一个大红脸。

"德·毕洛朗夫人和德·昂丹,他们之间无话不谈;我真想知道他是不是把这次妙不可言的谈话都对她讲了。要是你处在他的地位上,你会怎么样?① ……"

"我要承认,这种情况对于某种情意,起不了什么作用。不过,我可不让我用这样的口吻和你说话,我真怕我爱上你,我太怕了。等你把我害得发起疯来,那时你也许就把我一丢了事。"

---

① 如果我想来回答的话,那就是:说谎,说谎,一直在说谎,表示自己的真诚。(司汤达原注)

第三十二章

德·夏斯特莱夫人为了一心一意维护她的声誉,把她的爱情抛在一边,不去想它。她只顾注意听大家一般的谈话。人们总是讲路易-菲力浦如何不好,林克勋爵正好坐在他们中间,一个小时以来一直紧闭着嘴一句话不说,这时他木然对着他们说话了,他说:"有个人,他有一件漂亮的衣服;他的堂兄弟从他那里抢走,这个人的朋友就和他的堂兄弟扭打起来,这件漂亮的衣服给撕破了。衣服被抢走的人喊道:你们胜利了,我还有什么?——亨利五世也会问你们:留给王权的还有什么呀?对于这类喜剧,幻想是必要的,可是这种幻想我到什么地方去找?试问还有哪个法国人因为国王和他谈过话就高兴得发狂?"林克勋爵说过之后,觉得自己总算买了入场券进场,就用不着再开口了。

吕内维尔设置骑兵营以及由此可能产生的后果仍然是人们关心的大事,这件事不见得不比篡位者的政权的迅速垮台重要,而建立兵营这事本身恰恰是篡位者自己下达的命令,这个命令下得太不慎重。不过大家仍然把重复讲过多次的意见和事实拿来再炒冷饭:比如认为骑兵远比步兵可靠,等等。

德·夏斯特莱夫人想:"无休无止地唠叨下去很快就会让德·毕洛朗夫人厌烦;为了避免厌烦,她接下去就要提出不同的看法。我在她这一边,在她的光辉照耀下,我只要伸着耳朵听就行,用不着去说话,勒万先生也就不会来找我谈话。"

德·夏斯特莱夫人从客厅这一头走到那一头,没有遇到勒万。

这一点非常重要。这个漂亮的青年倘使稍稍有点特殊本领的话,一定会吹嘘说人家是爱他的,还要保证说人家终生都会接待他。

人们都知道德·夏斯特莱夫人对德·毕洛朗夫人的聪明才智十分赞赏,所以坐到她的身边来。德·毕洛朗夫人这时有声有色地讲起君主如何被左右陪臣无理地抛弃,处在孤苦无告、烦恼难堪的境地。

德·夏斯特莱夫人现在好比躲在避风港里,特别是因为看不见勒万,一阵心酸,眼泪几乎都要流下来了,可是德·毕洛朗夫人讲到吕内维尔兵营里种种可笑的事情时又引得她笑了起来。

德·夏斯特莱夫人一经从困难处境和使她什么都顾不上的担惊受怕的时刻中摆脱出来,就注意到德·欧甘古夫人紧缠着勒万先生不放。德·欧甘古夫人好像是在想法子引勒万说话,但德·夏斯特莱夫人虽然离得远远的,却看到,勒万总是默默不语、郁郁寡欢。

"是不是因为人家故意嘲笑他所效命的那位君主让他生气?他已经对我讲过不知多少次,他不想去为任何君主效命;他要为祖国效命;首相把这种职务称作为君主效命,他认为这种夸耀之词非常可笑。勒万先生说:如果他继续说假话骗人,如果我能够找到一千个思想一致的公民,那我就要推翻王位,把他打倒,这就是我要证明给他看的事情!①"她是怀着对她的爱人赞赏钦佩的心情想到这些的。要不是这样,这里谈的这些政治上的细节她早就抛到一边去了。吕西安为了她而放弃他的自由派观点,她呢,也为他放弃了她的保王党观点;在这个问题上,他们早就观点一致了。

德·夏斯特莱夫人继续想道:"这沉默是不是表示他对德·欧甘古夫人献的殷勤无动于衷?那我就一定觉得我虐待了他;他

---

① 这是一个雅各宾党人在说话。(司汤达原注)

很痛苦吧？这难道都怪我？"

关于这一点,德·夏斯特莱夫人不敢相信,可是她关切的心情越来越强烈了。勒万先生确实很少说话,对于像他这样的人,就非得把他的话挖出来不可。他的虚荣心曾经告诉他:"德·夏斯特莱夫人完全可能嘲弄你。事实果真是这样,不要多久,全南锡就会学她的样子跟着来。德·欧甘古夫人是不是也和她串通一气？要是这样,那我就只许向她显示一下胜利的未来,因为,在这里,如果人们注意到我,那就可能有四十个人把眼睛集中到我身上来观察我。不论在哪种情况下,我的敌人总归说我跑到这里来找她谈情说爱是为了把我在巴蒂尔德那里碰的钉子掩盖起来。必须做给这批不怀好意的资产者看看,让他们看到追我的是她。所以今天晚上我一定要咬紧牙关一个字也不说。哪怕是失礼也在所不惜。"

勒万的脾气越是反复无常,德·欧甘古夫人的执意任性就越是厉害。德·昂丹先生,她睬也不睬,理也不理；她有两三次和他说话很不耐烦,好像要急于摆脱他似的:

"我亲爱的昂丹,今天晚上你真叫人心烦！"

接着她赶忙又回转来研究她非常注意的这个问题:

"大概有什么事情让勒万先生生气了；他不说话,很不正常。是不是我可能做了什么事使他不高兴？"

德·欧甘古夫人见勒万根本不去接近德·夏斯特莱夫人,所以得出他们的关系已经告吹的结论在她是很容易的。别人的事她从来不放在心上,而她自己心里想出的任何发疯的计划总要使出不可想象的劲头,不达到目的死也不罢休,这正是她与外省很不相同的地方,这个特点来自她愉快的性格和天生过人的聪明。她对勒万也有她的打算:这就是明天礼拜五,蓄有栗色漂亮胡子的二十八岁青年德·欧甘古先生,为在这个赎罪日不给卷到亵渎神圣的事情中去准备午夜之前早早上床睡觉;德·欧甘古夫人打算等他一走,就叫人拿出香槟酒和潘趣酒来请客。

她想:"人家说我这位漂亮的军官喜欢喝得酩酊大醉;喝醉酒他一定更加可爱。就让咱们见识见识吧。"

可是勒万不为之所动,这种和他这类人相称的自负,他是决不放弃的;这天晚上,直到最后,连续讲三句话他都不愿意;这是故意做出来表演给德·欧甘古夫人看的一出戏。一直到终了,她始终又是惊,又是喜。

"多么怪的人,才二十三岁!"她心里想,"和别人多么不同啊!"

勒万想到这个小小二重奏的另一部分乐曲是:"这里的这些地主老爷,人们是再也负担不起了。要打,就必须狠狠地打。"

国王倒台显然是由吕内维尔兵营事件引起,这些人对吕内维尔兵营事件讲了一大堆蠢话,他听了这些话也不因自己是穿军装的而生气,相反,这些蠢话倒有三四次使他像念祈祷文似的倾吐出这样一番肺腑之言:

"伟大的上帝啊!命运怎么把我抛到这么一个庸俗的社会里呢!这些人多么愚蠢,如果他们再有一点才智,那他们或许会更坏!难道还有比他们更蠢、更像贪婪卑鄙的资产者的吗?见钱眼开,简直是穷凶极恶!这就是打败勇猛的查理的胜利者们的子孙后代![1]"

这就是他神色严肃地喝着德·欧甘古夫人喜气扬扬给他斟上的香槟酒时的一些想法。

德·欧甘古夫人想:"我能不能让他别这么板着面孔?"

---

[1] 勇猛的查理(1433—1477),勃艮第公爵,以勇猛善战闻名,曾与法王路易十一争权,1477年在南锡附近被杀身亡。打败勇猛的查理的胜利者们当指波旁王族各支而言。

可是勒万心里想：

"这些人豢养的奴仆在军团里由一个正直的上校指挥，打上两年仗，就会比他们的主子高明一百倍也不止。在这些奴仆中间，人们可以看到有一种对某种事物的忠诚献身精神。可是，这些主人，口头上献身精神居然讲个不停，真是可笑到了极点，也就是说，这正好是他们在这个世界上最最办不到的事。"

自从德·夏斯特莱夫人使勒万伤心痛苦以来，这些利己主义的、哲理式的、政治性的考虑尽管可能很不对头，可是却成了他唯一的法宝。害得勒万成了一个哲学家式的少尉，也就是说，在冰得十分可口的香槟酒（这在当时是很时髦的）的影响下，害得他愁眉苦脸、平平庸庸的原因究竟是什么呢？原因就是他头脑中有一个致命的念头已经开始形成：

"我对德·夏斯特莱夫人讲过这句话：我的天使，讲得太赤裸裸太亲密。（确实是这样，和她谈话的时候，我连一般的常识也不顾，倘若把我要和她说的话写出来就好了；不管她多么宽容，尽管叫她我的天使她不生气，但是，哪里有一个女人会用同样的口吻来回答你呢？）这样不谨慎的话既然已经说出口，那么，她对我开口说的第一句话就是决定我的命运的一句话。她要是再把我赶出来，我就再也见不到她了……所以一定得去看看德·欧甘古夫人。每天晚上都是没完没了、不加节制的殷勤热情，真够呛，但必须天天去忍受。如果我现在就去找德·夏斯特莱夫人，那么我的命运说不定就在这里决定。而且还不容我争辩。另一方面，她可能怒气未消。这句话是不是说'下个月十五日之前我人不在'？"

一想到这一点勒万就浑身直抖。

"至少名誉要保全。对这批烂贵族就应该狠狠地加倍地蔑视。他们恨我也恨到头了，只有对他们凶，这类卑劣的灵魂才会尊敬我。①"

这时,一位罗莱尔伯爵,潘趣酒喝得醉醺醺的,对德·桑累阿先生说:

"跟我来。我一定要找那个自负的家伙去,关于他那个国王路易-菲力浦我一定要讲两句有分量的话叫他听听。"

可巧德国式的大座钟这时叮叮当当敲起了凌晨一点钟,这钟声对勒万内心是很有影响力的。德·毕洛朗夫人尽管喜欢玩得越晚越好,也起身站了起来,所有的人也跟着都起身准备走了。因此我们的英雄这天夜里就不必显示他的英雄气概了。

"我要是向德·夏斯特莱夫人伸出手臂,她也许就会对我讲出那句决定命运的话来。"

可是他站在门口木然不动,看着她从他面前走过,低着头,眼睛俯视着地上,面色十分苍白,扶着德·勃朗塞先生,走出去了。

"这是世界上的第一等选民!"勒万穿过南锡荒凉污秽的街道走在回家的路上这样想,"伟大的上帝!在俄国、德国、英国一些小城市每天夜里都发生一些什么事?卑鄙下流的事太多了!冷酷残忍的事太多了!我在这里看到的这个特权阶级,在那些地方也是它们公然进行统治,这里的特权阶级在国家财政方面被驱逐出去,已经半瘫痪,垮掉了。还是我父亲说得对:应该生活在巴黎,只和生活得愉快的人一起相处。他们是幸福愉快的,所以他们并不卑鄙。人的灵魂好比是腐烂发臭的泥塘:不赶快通过,你就会陷下去。"

德·夏斯特莱夫人只要讲出一句话,就可以把这种哲学思想变成令人销魂的无上的幸福。不幸的人总要到哲学里去寻求力量来加强自己。但这个哲学从一开始就在某种程度上把他的思想毒

---

① 这是一个自命不凡的人物在说话。(司汤达原注)

化了,认为幸福是不可能的,这可以说是这种哲学取得的初步效果。

第二天早晨,骑兵团事务十分繁忙:必须准备好每一名骑兵的军籍册,以备开拔吕内维尔军营之前查验;骑兵的服装也必须一件件检查清点。

"人家不会说咱们这是去接受拿破仑的检阅吧?"几个胡子兵这样说。

青年军官说:"为了尿盆和白煮土豆,犯不上把我们召集起来兴师动众去打这么一场战争。这真叫人恶心!不过,打起仗来,那就不得不去,而且还要懂这一行。"

在兵营的营房里完成了检验的任务,上校给一个钟头吃饭,接着就吹号集合,上马,他还指挥骑兵团操练了四个小时。勒万在各项任务的执行过程中,对下面士兵抱着一片善心好意。他对这些弱者深深感到可哀可悯;再过几个小时,就不是那么一回事了,那时他就成为一个满腔热情的情人了。他已把德·欧甘古夫人抛在脑后,即使没有忘掉她,也不过是退而求其次,拿她来挽回他的荣誉,尽管他感到厌烦。只要当前的事务没有全部占去他的注意力,他就总要想到他那个最为严重的问题:"今天晚上德·夏斯特莱夫人究竟怎么接待我?"

剩下勒万一个人,这个问题先是叫他犹豫不决,接着又害得他焦灼不安。他是吃包饭的,晚饭吃过后,他一边跨上马,一边拿出怀表看了一下。

"现在是五点钟;七点半再回到这里来;到八点钟,我的命运就可以决定了。我的天使,说这种话不论对谁恐怕都是低级趣味。对待像德·欧甘古夫人那样轻佻的女人,她可能无所谓;恭维恭维她的美貌,说一两句热情的话,也就谅解了。但是对德·夏斯特莱夫人怎么行!说出这么粗野的话来,太不谨慎,这个严肃、理智、贤

339

惠的女人,她怎么看? ……不错,贤惠。因为我并没有亲眼看到和轻骑兵兵团中校①私通的事,这里的人是那么爱说谎,又专好诽谤!怎么能相信他们的话? ……其实我很久没有听到这种话了……总之,干脆说吧,我并没有亲眼看到,从今以后,我只能相信我亲眼看到的事。昨天晚上那些人当中也许有几个傻瓜,见我和德·欧甘古夫人谈话的那种口气,还有她出人意料的殷勤,一定说我是她的情人……只有爱上她的魔鬼才会相信他们料想的那种关系……不,不,一个聪明的人只能相信自己亲眼看见、看得清清楚楚的事。在德·夏斯特莱夫人的行为中,有哪一条能说她是没有情人就活不下去的女人? ……相反,人家还指摘她过分拘谨,正经得过头了。可怜的女人!昨天,她因为胆怯小心,常常举措不自然……和我单独在一起的时候,她常常羞得脸红,连一句话都说不完全;显然她心里所想的表达不出来,词不达意……这个可怜的女人同昨天所有的夫人一比,就像女神那样贞洁。几位塞尔庇埃尔小姐,她们的品德在这里有口皆碑,和她相比,气质不同,可是行为举止并无差别。德·夏斯特莱夫人的思想有一半她们是察觉不到的,就是这样嘛,而且德·夏斯特莱夫人这一部分思想只有用带点哲学意味的语言才能表达得好,所以,她说出来的话好像就不怎么含蓄了。甚至我能对这几位小姐讲的很多事情,德·夏斯特莱夫人早就意会在心,对这些事情她是不能忍受的。总之一句话,一涉及具体事实,所有昨天晚上在场的那些人,我都不能相信他们就是当场的目击者,就是证明。对于德·夏斯特莱夫人,我只相信驿站站长布沙尔讲得明明白白的证据。我没在这个人身上好好下番功夫,是我的大错。到他那里租马,到他的马厩去挑选,再方便也没有了。是他给我叫来草料商、马蹄铁匠,他派来的人对我也善意相

---

① 原稿此处司汤达误写作胸甲骑兵。(马尔蒂诺注)

看。我真是一个笨蛋。"

勒万不肯承认他很怕布沙尔这个人。公开讲德·夏斯特莱夫人的坏话的,布沙尔是唯一的一个。有一天勒万在德·塞尔庇埃尔夫人家里意外地听到一些暗示,不过那是非常间接的。在南锡,没有人不是把她的高傲归因于她丈夫临终时留给她一万五千或二万法郎进项,这笔财产因此使她成了当面献媚讨好的对象,这就又给她加上一层性情暴躁的坏印象。

勒万一面进行着这些令人不快的分析,一面控马奔驰。在去达尔奈的中途,他听到一个小村子里钟声打了六点半。

"该回去了,"他想,"一个半小时以后,我的命运就要决定了。"

他没有拨转马头,就放马往前一直急驰而去,一口气跑到达尔奈。这个小镇,过去他来过,那是跑来取德·夏斯特莱夫人的信的。他拿出表来看了一看,已经八点钟了。

"今天晚上去看德·夏斯特莱夫人是不可能了。"他说,这时,他才透出一口气来。这就好比一个不幸的死刑犯刚刚获得缓刑的消息一样。

第二天,是他有生以来从来没有遇到过的这样忙碌的一天,而且一天之内三番五次改变计划;到了晚上,勒万只好硬着头皮到德·夏斯特莱夫人家去。她接待了他,他觉得她冷淡到了极点:这是因为她还在生自己的气,而且见到勒万,也杌陧不安。

第三十三章

如果他昨天晚上来的话,德·夏斯特莱夫人早就下了决心:要请他以后每个星期只到她家来一次。直到现在她心里还是慌慌张张,十分不安,她怕的是昨晚差一点把那句话讲出口,德·欧甘古夫人几几乎听到,真是可怕极了。由于在德·欧甘古夫人家中度过的这个可怕的夜晚到这会儿依然令她心有余悸,又因为她感到自己不能向勒万隐瞒对他的想法,所以德·夏斯特莱夫人决定今后尽量少见面,下这个决心也并不难。但是主意刚刚打定,她又因此感到痛苦。勒万来到南锡之前,她一直感到烦闷,可是现在,同她一心思念的人又难得见面这种情况比起来,烦闷倒变得其甘如饴了。昨天她急急地等着他来;她真希望她能鼓起勇气来好好谈谈。但是勒万没有来,使她心乱如麻,思绪极乱。她本来是有勇气经受最艰难的考验的;在整整三个小时致命的等待中,她曾经不下二十次几乎要改变自己的决心。另一方面,名誉会遇到什么风险,这又是极为可怕的。

她想:"我的父亲,我的亲戚,都不会同意我嫁给勒万先生,他是敌党,一个蓝鬼①,又不是贵族。甚至想也不该去想;他就没有这样想。那我怎么办?我只是想他,别的什么都不想。我没有一个母亲照看我,我连一个可以去讨教的朋友也没有,我父亲强行把我和德·贡斯当丹夫人分开,不许我见她。在南锡,我能向谁稍稍

---

① 1793年保王党旺代叛乱时,称共和国军队(穿蓝军装)和共和派为蓝鬼。

倾诉我的心曲？我不能不严以律己。我只得十分小心、万分警觉我的处境的危险。"①

她反复思量这些道理，这时十点钟打过了；在南锡，十点钟以后，叫开人家的大门，登门拜访，是不允许的。

"完了，"德·夏斯特莱夫人对自己说，"他这时正在德·欧甘古夫人家里。既然他不来，"她叹息着说，"那就没有机会再见到他了，反反复复问自己是不是有勇气和他谈，让他经常来，那也没有必要了。我就暂缓一缓吧。也许他明天会来。我这方面不做出努力，又听其自然，也许他根本就不会来了。"

勒万第二天来了。她昨天不也是对他两次三番地改变主意吗？有几次，她真想把她的为难之处告诉他，就像告诉一个最好的朋友那样，并且还要对他说："你就决定吧。"——"如果像在西班牙那样，我在我家的底楼，他站在街上，半夜里我隔着窗口的铁栅栏和他相会，我就可以把这些危险的事情通通都告诉他。他会突然抓住我的手，那么单纯，那么真心，就像前天那样，对我说'我的天使，你爱我'，我能保证吗？"

现在，他们二人像通常那样致意以后，突然这样面对面坐下来，两人都面色发白，面面相觑，一句话也说不出来。

"先生，你昨天在德·欧甘古夫人家里？"

"没有，没有，"勒万说，他对自己慌里慌张感到很难为情，马上下定决心，镇定下来，听候命运做出最后决定，"我昨天在去达尔奈的大路上骑马，我有幸能到你家来的时刻的钟声正好在这当儿敲响了。但是我没有转回头来，只是催马发疯一样往前跑去，为的是使我没有可能来看你。我没有勇气；你平时对我那么严厉，我

---

① 这里最后两个句子并未划去，司汤达在旁边注明：须在两个句子中选其一句。（马尔蒂诺注）

343

没有勇气,我不敢来。我好像从你嘴上已经听到你对我做出的决定。"

说到这里,他不讲了,然后,他又音调含糊不清地补充讲了他如何畏惧害怕:

"我上一次看到你,是在那张小小绿台面桌子边上①,我承认……我跟你说话时冒冒失失地讲了那么一句话,打那以后,我非常懊悔。我担心你要严厉惩罚我,因为你对我是不肯宽容的。"

"啊!先生,既然你已经懊悔,那句话我就原谅了。"德·夏斯特莱夫人试着用愉快的表情、不予计较的样子说,"不过,先生,我可有些事情要和你谈一谈,这在我是极其重要的。"

她的眼睛好像不能持久地保持愉快,又变得深沉严肃了。

勒万哆哆嗦嗦地直抖;他这人尽管很爱虚荣,可还不至于因为厌恶这种担惊受怕的状况就有勇气说没有德·夏斯特莱夫人他还可以独自活下去。要是不准他看到她,那他这日子可怎么过得下去?

德·夏斯特莱夫人态度严肃地对他说道:"先生,我的母亲早已过世,没有什么人可以给我提提中肯贤明的意见。就像这样,一个女人孤零零的,或者差不多是这样,孤单单生活在外省省城,所以,细微小事、一举一动都得小心谨慎才行。你总是到我这里来……"

"怎么?"勒万说,气也喘不出来了。

德·夏斯特莱夫人说话的口气一直到现在始终都是得体的,明智的,冷冷的,至少在勒万看来是如此。他说出"怎么"两个字那声调也许是最最不带唐璜气味的;勒万这个人,在这方面,他是最没有本领的,讲出这两个字完全出自自然的冲动,是自然而然

---

① 他避开欧甘古这个姓名。(司汤达原注)

的。可是他这句话一出口,情况完全改观。因为这句话里面包含着那么大的痛苦,还包含严格服从的保证这样的意思在内,以致德·夏斯特莱夫人反而被解除了武装。她本是鼓足勇气准备同一个十分厉害的人物斗上一斗,万万没有料到她看到的却是一个极端软弱的人。所以情况一下全变了样。她原来担心她的决心不够大,现在不如说反而怕自己态度过于坚决,以至于肆意利用已经取得的胜利。弄得勒万那么不幸,她真是很可怜他。

但是,话总得往下说下去。她声音发哑,嘴唇发白,使劲抿着嘴,做出坚决果断的样子,对我们的英雄说明为什么他不能经常来,来的时间不能很长,比如说每隔两天见一次面。也就是说,要避免让人家产生一些无疑是毫无根据的想法,这里的人已经开始注意这种拜访,尤其是贝拉尔小姐,她是一个极为危险的证人。

德·夏斯特莱夫人勉强把这样的三五句话讲完。勒万听了这些话没有什么反对,也没有说什么,这么一来,德·夏斯特莱夫人的计划反而给推翻了。她见他那样子,觉得他太可怜、太不幸了,她简直没有勇气再坚持下去,她自己也知道。她看到的只是他的真实面貌,他的本意真情。如果勒万爱得少些,再聪明些,也许他就不会这样;但是,在我们这个世纪,一个不好解释的事实是,这位二十三岁的少尉面对这项置他于死地的计划,竟说不出一句话来。你不妨设想一个贪生怕死的懦夫在听到死刑宣判时的那种情景。

德·夏斯特莱夫人对他此时的心境是看得清清楚楚的;她自己也几乎热泪盈眶,她觉得自己也为亲手造成的极端痛苦感到悲哀怜悯。

这时她又突然转念想道:"他一看到眼泪,那我就会陷进去拔不出来,不论付出多大代价,这次极危险的拜访还是快快收场为好。"

她说:"先生……照我刚才告诉你的愿望……时间已经很久

了,我推想贝拉尔小姐一定在那里计算你和我在一起过了多少时间……时间缩短一点似乎更谨慎些。"

勒万站起来;他说不出话来,他的声音只能勉强说出:

"我没希望了,夫人……"

他推开图书室开在里面通向小楼梯的那扇门。他平时为了避开客厅,躲开贝拉尔小姐可怕的眼睛,经常都是从小楼梯上到图书室来的。

德·夏斯特莱夫人送他,好像这样多礼可以使他因她刚才向他提出的要求而受到的伤痛减轻一些。在小楼梯转弯的平台上,德·夏斯特莱夫人对勒万说:

"再见了,先生。后天见。"

勒万转过身来,面对着德·夏斯特莱夫人。他的右手扶着楼梯桃花心木扶手①;他显然站也站不稳了。德·夏斯特莱夫人觉得他真可怜,她真想和他握一握手,表示对他的友谊。勒万看见德·夏斯特莱夫人把手伸到他自己的手这里来,就一把拉住她的手,慢慢地送到嘴唇上。正在这时,他的脸和德·夏斯特莱夫人的脸离得很近;他一下放开她的手,把她拥在自己的臂弯中,嘴唇紧紧吻在她的面颊上。德·夏斯特莱夫人无力挣脱,就一动不动几乎倒在勒万的怀抱之中。他紧紧地出神②般地抱着她,不停地吻她。最后,德·夏斯特莱夫人轻轻退出,但是她的眼睛满含着泪水,毫无遮掩地坦率地闪射着强烈的感情。等了半天她才说出话来:

---

① 桃花心木(acajou),为使声音减弱,如果声音在这里太响的话。(司汤达原注)

② 出神,因为他发现她一点也没有回避,并且心醉,10月3日。确实如此,不过嫌太重了一些。桑夫人讲得更要多,这是很时髦的。(司汤达原注)
译者按:桑夫人即法国女小说家乔治·桑(1804—1876)。

"再见,先生……"

他像发狂一样,看着她,因此她又说:

"再见,我的朋友,明天见……放开我呀。"

他放开她后走下楼梯去,是的,他又转过身来,为了再看一看她。

勒万在无法说明的混乱中走下楼梯。接着,他幸福得像是喝醉了酒,原来他之所以耳不聪、目不明,就因为他太年轻、太傻。

此后两三个星期,可能是勒万一生中最美好的时光,但这样沉醉、这样软弱的时刻也是他从来没有遇到过的。因为,你知道,即使今后还会感受到幸福,但是这样的时刻他是未必能够再找得到了。

他每天都去看德·夏斯特莱夫人;有时,他在她那里一待就是两三个小时,气得贝拉尔小姐白白地大发脾气。德·夏斯特莱夫人感到自己不能再继续和他谈话的时候,她就请他和她下棋。有些时候,他胆怯地拉着她的手,有一天,他甚至企图抱吻她;她虽然泪流满面,可又不躲避,只是求他原谅,同时对自己的名声更是加意小心防护。因为是好意地请求,所以勒万也是听的。德·夏斯特莱夫人一再要求他不要直接讲他的爱情,反过来,她却常常把自己的手放在他的肩章上,还抚弄肩章上的银穗子。当她觉得她的计划都安排得妥妥当当可以放心了,她就感到和他在一起真是温柔亲密,充满着快乐,这真是这个可怜女人最美满的幸福。

他们两人把所有有关的事都真诚地谈过了,这种真诚在无关的第三者看来可能显得粗俗而且未免太天真。避开爱情不谈,这是一种牺牲,为了忘掉这样的牺牲,就得对一切都保持无限的坦率。在谈话中,他们往往会由于一个什么间接的字眼而羞得脸红;接下来,便是短暂的沉默无语。由于他说话时间拖得太长,德·夏斯特莱夫人只好提出下棋。

德·夏斯特莱夫人特别喜欢勒万什么都讲给她听,他把他在不同时期,从认识她的第一个月一直到现在……他对她怎么想的一五一十地都告诉她……我们的幸福的大敌之一,就是某种叫作谨慎的东西,但是推心置腹的知心话却可以驱散疑影。像这种所谓谨慎,居然暗示什么:

"他是一个极聪明的青年,又非常狡黠老练,他会和你玩手段的。"

不过,布沙尔讲的关于轻骑兵中校的事勒万就不敢对她说;因为他们之间任何事都不隐瞒、不作伪,所以有两次这个问题已经不期而然地触及,险些儿在他们之间造成麻烦。德·夏斯特莱夫人从他眼睛里已经看出他心里有什么事瞒着她。

"这可是我不能原谅的。"她态度坚决地对他说。

其实有一件事她自己也在隐瞒,她的父亲几乎要为这个问题跟她大闹一场。

"我的女儿,这是怎么搞的!这个共和党人,你怎么天天都要和他在一起坐上两个钟头,他的出身根本就不容许他吻你的手!"

随之而来的就是对这位老父的同情的言论,说什么这样一个年近八旬的老人,被他唯一的女儿、唯一的依靠给抛弃了。

事情真相是:德·彭乐威先生对勒万的父亲怕得不得了。杜波列博士告诉他说勒万的父亲是一个喜欢吃喝玩乐而又很有头脑的人物,简直像恶魔一般,专门冷嘲热讽,是王位与祭坛的大敌。这个银行家居心不良,坏透了,猜到他这样关心女儿的现金收入究竟出于怎样的动机,更有甚者,他坏就坏在把这一节毫不掩饰地说出来。

第三十四章

可怜的德·夏斯特莱夫人把身外的世界全然抛在脑后,还以为人家也把她忘掉了,殊不知整个南锡城这时都在注意她。她父亲到处诉苦,讲她的坏话,这样一来,她就成了全城包治烦闷无聊病的灵丹妙药了。谁了解一个外省中等城市那种极度烦闷无聊的生活,不用多说就会明白的。

德·夏斯特莱夫人和勒万一样,又粗心又笨;对勒万来说,如何八面玲珑地讨好别人他是不会的;至于德·夏斯特莱夫人:南锡上流社会对一个满怀激情一心只知顾念自己的理想的女人向来就不是好玩的,德·高麦西、德·马尔希、德·毕洛朗、德·塞尔庇埃尔……这些夫人的府上几乎见不到她露面,这种疏忽人家认为是看不起他们,因此关于德·夏斯特莱夫人的流言蜚语就满天飞了。

我不知道这是怎么说起来的,有人在塞尔庇埃尔府上说勒万将要娶戴奥德兰特小姐为妻;因为在外省,一个做母亲的不遇到一个出身高贵的青年男子也就罢了,一旦遇到了这么一个,那就总把他看作她未来的女婿。

上等人家还传说德·彭乐威先生抱怨勒万往他女儿那里走动太勤,德·塞尔庇埃尔夫人听到这话,感到非常意外,又特别激动,以致连像她这样严于律己的贤德女人都无法容忍。这一家在接待勒万的时候,因为所谓"结亲的希望受到欺骗",所以尖酸刻薄就出现了,这种所谓受了骗的希望在一个有六位不太漂亮的小姐的家庭里自有办法玩弄种种花样,通过种种可爱的方式表现出来。

德·高麦西夫人一向恪守路易十六宫廷的礼节,对待勒万始终好意相看。德·马尔希夫人客厅里的情况就大不相同:因为自从勒万那次谈到关于一个鞋匠下葬的事时对代理主教雷伊先生讲过很不妥的话以后,这位可敬的为人审慎的教士一直费尽心机要把我们这位少尉在南锡所取得的地位给摧毁掉。雷伊先生在不到半个月的时间内居然有办法把当今陆军部长对南锡上等社会的舆论深感忧虑的说法散布到各个方面,并在德·马尔希夫人的客厅里让陆军部长的这种意见在人们心中产生深刻的印象,部长所忧虑的就在于南锡是边境城市,地处要冲,又是洛林贵族聚居之地,特别是德·马尔希夫人客厅,它的舆论当然更有重要意义,不可等闲视之。[①] 为此陆军部长派了一个年轻人专程到南锡来,这个青年在他那一班同志中当然有所不同,他来南锡的任务就是察看这里上流社会的状况,打探内部隐情,看看是否存在什么不满的舆情,是否存在采取行动的问题。"所有这一切,证明勒万在听到有关奥尔良公爵(路易-菲力浦)的种种说法时,别人都难免有所涉嫌,而他作为一名监察员却不动声色。"勒万在骑兵团那个本来就很突出的共和派名声,怎么也洗刷不掉,而在亨利五世画像前面,他又好像对共和派的名声不加看重似的。等等,等等。

这一发现,对于德·马尔希夫人的客厅来说,自尊心算是得到了满足,直到这时为止,德·马尔希夫人客厅里最重要的一些大事不过是某先生某日手气不佳玩惠斯特输了近十个法郎而已。谁能料到?陆军部长,说不定还有路易-菲力浦本人,对这里的舆论竟这么关心重视!

可见勒万是稳健派当政者派出的特务。雷伊先生精明过人,

[①] 以南锡为中心的法国东部地区在这个时期是法国洛林大贵族势力很大的地区,又靠近德国科布伦茨,科布伦茨本是大革命时波旁王族盘踞的巢穴,所以巴黎当权者十分注意南锡贵族的动向。

这种蠢事他自己当然不会相信;为了把勒万在德·毕洛朗夫人和德·欧甘古夫人的客厅里的地位搞垮,他还要搞到更加过硬的材料,这他是做得出的,因此他写信给巴黎×××教区委员×××先生。信已经发到勒万家所属的教区的副本堂神父那里,雷伊先生天天都在等候详尽的回信。

在这位雷伊先生的播弄下,勒万发现自己在常去的大多数人家的客厅里的声誉都已下降。对此他并不怎么敏感,也不大清楚,因为德·欧甘古夫人客厅里的情况完全不同,实在是个明显的例外。自从德·昂丹先生避开以后,德·欧甘古夫人下了一番功夫,以致她的心平气和、为人安详的丈夫和勒万成了知己。德·欧甘古先生在青年时代稍稍学过一点数学;至于历史则更糟,因为史学这种东西,非但不能使他从前途暗淡的思想中挣脱出来,反而害得他更加绝望甚至无法自拔了。

"你看看休谟①《英国史》的这些批注;你随便挑出一条小小的批注读一读,说什么:某某某极负盛名,他的功业,他的伟大品格,他的被判刑,他的被处死。我们是在照抄英国的老谱;我们一上来就杀掉一个国王,赶走他的兄弟,像英国一样,还赶走他的儿子。"等等,等等。

断头台在等着我们这个结论总是在他的脑海里出现,没有一刻停止,他因此下决心放弃研究历史,改为研究几何学,因为几何学对军人可能有用;为了摆脱掉上断头台的结论,他买来几何学教科书自学,不料半个月后碰巧发现勒万正好是可以指导他学几何的人。他也曾想到戈提埃先生,请他指点指点,戈提埃先生是共和派;算盘打下来,还是觉得放弃这个念头是上策。现在他有了勒

---

① 休谟(1711—1776),英国哲学家、历史学家、经济学家,不可知论的代表人物。所著《英国史》以代表贵族地主利益的托利党的立场记述詹姆斯一世到"光荣革命"一段史迹。主要著作还有《人性论》《人类理智研究》等。

万,勒万又是一个殷勤可爱的人,而且每天晚上都要到他的公馆里来。因此这样的规矩也就算是建立起来了。

十点钟或至迟十点半钟,为了顾及礼仪,又由于害怕贝拉尔小姐,勒万迫不得已离开德·夏斯特莱夫人。在这个时刻就上床睡觉,勒万没有这个习惯。他就到德·欧甘古夫人府上去。这样一来,就出现了两种情况。德·昂丹先生作为一个聪明人,并不专心于一个女人,德·欧甘古夫人给他安排的这种角色他当然了然于心;这时他收到巴黎一封来信,做一次短期旅行看来是势在必行的。动身之日,德·欧甘古夫人发觉他十分可爱;与此同时,勒万却变得很不殷勤了。埃尔奈·戴维鲁瓦曾经对勒万说过:"德·夏斯特莱夫人既然是贤德的女人,为什么不同时另搞一个情妇?德·夏斯特莱夫人可作为心灵上的享受,德·欧甘古夫人则不妨用之于非形而上的时刻。"他虽然没有忘记这个建议,但也无济于事。他认为如果他欺骗德·夏斯特莱夫人,那么他必然也应该受到德·夏斯特莱夫人的欺骗。我们这位英雄的英雄式道德的真正依据,在于德·夏斯特莱夫人在他心目中是世界上绝无仅有的一个女人。德·欧甘古夫人,他只觉俗不可耐,他非常怕和这位少妇、这位外省最美的女人单独在一起。他对她从来没有产生过强烈的热情,不可能对她俯首投降。

德·昂丹走了后,勒万谈起话来突然变得冷冷淡淡,几乎把德·欧甘古夫人任性的脾气推向狂热的地步;她甚至在大庭广众之中对他谈情说爱。勒万总是摆出一种什么也改变不了的冷冰冰的严肃神色听她那样去讲。

德·欧甘古夫人这种狂劲儿几乎使南锡那班最通情达理的人都对勒万恨之入骨。德·毕洛朗先生是与德·彭乐威、德·桑累阿、罗莱尔这几位先生完全不同的一位很有头脑的人物,德·彭乐威、德·桑累阿、罗莱尔这些人对雷伊先生巧妙散布的观念是完全不能领会的。这位德·毕洛朗先生,还有最有身份的德·瓦西尼先生本人,也开始对这个小小的外来的勒万感到不可容忍了,就因为这个勒万,德·欧甘古夫人对他们这些人讲的话一句也听不进了。这些先生每天晚上本来都喜欢和这个又年轻又吊胃口又打扮入时的女人谈上那么一个钟头的。德·昂丹先生以及先他而作为她的朋友的任何一位先生也从来没有拿冷淡轻忽的态度来对待德·欧甘古夫人,这是从未有过的事,可是,现在她却心不在焉地冷冷地听他们讲着献殷勤的情话。

"他把我们这个美人儿、我们唯一的财富给抢走了,"德·毕洛朗先生郑重其事地说,"换了另一个女人,勉强过得去的交际活动也谈不上了。现在呀,一提议去郊游,德·欧甘古夫人就一口回绝,要是从前,她一定觉得机会难得,立刻兴高采烈地骑上马去跑一跑了。"

德·欧甘古夫人心里明白,在十点半钟之前,勒万不得闲。这种事遇到德·昂丹先生,他自有办法把一切都安排得妥妥帖帖,有他在,一切都会格外欢快有趣;但是勒万偏偏寡言少语,这无疑是出自骄傲,不免弄得大家十分扫兴。勒万简直成了压灭明烛的熄火罩子了。

勒万的处境开始变成了这个样子,即使在德·欧甘古夫人的客厅里也是如此。对他来说,德·朗弗尔先生的友情依然保持着,对于人们的思想要求极严的德·毕洛朗夫人对他的思想依然看重,除此之外,他在这里简直是一无所有了。

听说歌唱家马利布兰夫人要到德国去演出,途经南锡两里外的某地,因此德·桑累阿先生建议组织一次音乐会。这可是一件大事,他得花一大笔钱。音乐会举行了,德·夏斯特莱夫人没有露面,德·欧甘古夫人在她所有朋友的簇拥下,出席了音乐会。人们都在音乐会上谈所谓知心朋友的事,他们就把这一点当作音乐会在道德方面的一个主题。

德·桑累阿先生这一次大出风头,再加上潘趣酒,给弄得有点儿醉了,他说:"人生没有知心朋友,那真是最大的愚蠢,除非在不可能的情况下。"

"得赶快去挑个知心朋友。"德·瓦西尼先生说。

德·欧甘古夫人全神贯注地望着站在她面前的勒万。

她轻声对他说:"倘若人家挑中的那个人,心如铁石,那该怎么办?"

勒万转过脸来一看,看到那一对紧盯着他的眼睛里面泪水盈盈,不禁吃了一惊。这一奇事一下弄得他糊涂起来,他想着这件事,没有理会,也没有答话。她那方面只好那么平庸地一笑了之。

从音乐会出来,大家漫步往回家的路上走去,德·欧甘古夫人挽着他的手臂款款而行。她一句话也不说。当他俩来到她公馆的庭院里,人们向她致意告辞的时候,她紧紧挽着勒万的胳臂不放,他竟和大家一起离开她走了。

她走上楼去,泪痕满面,不过,她一点也不恨他。第二天,德·塞尔庇埃尔夫人上午就来拜访,非常尖刻地责骂德·夏斯特莱夫人的行为,德·欧甘古夫人只是默不作声,对她的情敌一句话也没有讲。晚上,勒万见到她,为了有话好说,对她的打扮称赞了一下。

"多好的花束!颜色多么漂亮!多么鲜艳!这就是戴这一束花的人的美的象征!"

"你真这么想?哎呀,就算是吧;它代表我的心,我把它送给你吧。"

讲这最后一句话时,她那眼神里一点快乐的意味也没有,可是在此之前,在谈话中,它倒是充满着快乐的。这眼神既不缺少深意,也不缺少热情,对于一个多情善感的男人来说,馈赠这一束鲜花的含义也绝不会留下任何疑窦。勒万接受了礼物(就是这一束花),还对这些美丽的花朵讲了几句多少可以与多腊①诗句相媲美的话,他的眼睛说话时也是愉快的、轻松的。他心里当然明白,只是他不愿多去考虑。

他受到极为强烈的诱惑,他抵拒着。第二天晚上,他想把他遇到的事讲给德·夏斯特莱夫人听,意思是向她表示"回报我为你付出的代价",但是他不敢。

这是他的一个错误:在爱情上,应当敢作敢为,否则,难免遭到意外的失败。德·夏斯特莱夫人已经知道德·昂丹先生出了门。想到这一点,她感到痛苦。开音乐会的第二天,德·夏斯特莱夫人从她表哥勃朗塞讲的笑话中得知昨天晚上德·欧甘古夫人自己也亲自表演了一番;她对勒万产生浓厚的兴趣实际上是一次真正的发狂,表哥这样说。所以这天晚上,勒万看见德·夏斯特莱夫人时情绪低沉,怏怏不乐;她对他也不好。接下去几天,这种不愉快的情况有增无已,他们两人都保持沉默往往长达一刻或二十分钟。这并不是过去使人感到甘美、使德·夏斯特莱夫人没法儿只好下棋的那种静默无语。

一个星期前,两个人在一起说话一分钟不停还嫌时间不够,那么现在,是不是还是那样两个人呢?

---

① 多腊(Dorat,1734—1780),法国诗人。

第三十五章

两天后,德·夏斯特莱夫人发高烧病倒。她悔恨交加,觉得她的名誉算是毁了。不过事实并非如此:她对勒万的心发生了怀疑。①

她心中这种新出现的感情惊动了她作为女人的尊严,特别是她的感情的剧烈波动,更使她感到害怕。这感情是这么强烈,甚至连她的名誉道德她也在所不计了。在这样一种极为危险的处境下,如能到巴黎旅行一次,勒万当然是不会跟到巴黎去的,强使她从她视为唯一可能得到幸福的地方脱身而去,倒可以使她摆脱种种危险。

此后好几天,这种可能性仿佛仙丹似的,竟让她的心情安静下来,她的生活也在一定程度上安定下来。她瞒着德·彭乐威侯爵派专人给她的亲密朋友德·贡斯当丹夫人送去一封信征求她的意见,她的朋友回信赞成她在万不得已的情况下去巴黎走一趟。悔恨情绪一缓和下来,德·夏斯特莱夫人心境也就舒畅多了。

德·勃朗塞先生在马利布兰夫人音乐会后第二天,对前晚音乐会上发生的事情讲了一大篇故事和种种粗俗的笑话,尽管措辞十分得体,可是她听了之后,一下被剧烈的痛苦抓住,她那纯洁的心为听到那些事而感到羞耻。

---

① 这是写一个温柔多情女人的心,作为对立面,写一群恼怒而自负的青年。(司汤达原注)

她心里想:"这个勃朗塞真没分寸,他也属于自觉不如勒万先生的那班人。说不定他有意夸大其词;勒万先生待我那么诚恳,那一天甚至亲口对我承认他曾经不想爱我,现在他怎么会欺骗我呢?……"

可是谨慎之心这时又痛苦地说话了:"再容易解释也没有了。对一个年轻人来说,同时有两个情人,特别是两个情人中一个是多忧多愁、认真、总躲在使人讨厌的道德后面以求自卫,另一个快乐、可爱、美丽,而且不是认真得叫她那些情人灰心失望,一个青年有这样两个情人真是既开心又趣味不俗。勒万先生也许会对我说:你不要对我摆出一副那么道貌岸然的样子吧,我想握住你的手,你也犯不上对我发脾气……(确实,为了一点点小事我就待他那么坏!……)"

停了一会儿,她叹了一口气,继续想道:

"……你大可不必显出这么一种过分的拘谨来,且让我暂时利用利用德·欧甘古夫人可能对我小小的价值的敬佩之心吧。"

爱情,这时十分气恼地发言了:"不论你这些道理说得多么巧妙,还是得让我把爱情流露出来。一个正直的男人所扮演的角色只能是这样。不过德·勃朗塞先生也许言过其实……所有这一切,当然得弄弄清楚。"

她叫人备马,急忙前去拜访德·塞尔庇埃尔夫人,接着又去拜访德·马尔希夫人。事实得到了肯定;德·塞尔庇埃尔夫人甚至说得比德·勃朗塞先生还要严重。

德·夏斯特莱夫人回来后,几乎不再想勒万;在失望情绪的刺激下她的心思完全集中在德·欧甘古夫人的妖媚诱人和殷勤笼络上面。她把德·欧甘古夫人那种种情景和自己的退避、愁苦、严肃进行比较。这样翻来覆去纠缠了她整整一夜;各种感情,酸甜苦辣,她都体验过了,最可怕的就是那可恶的嫉妒心。

357

她成了激情蹂躏下的牺牲品,处在这激情的控制下,所有那一切都使她震惊,使她作为一个女人的谨慎……①惊慌失措。过去她对德·夏斯特莱将军是很有情谊的,对他完美无缺的处世为人也是敬重的。书本上的人生经验她甚至完全缺乏,在圣心修道院里人家说小说诲盗诲淫,她结婚以后几乎没有看过什么小说;被允许去陪侍尊贵的公主谈话后,这一类书籍更是禁止阅读了。其实在她自己看来,小说也是粗俗可憎的东西。

"但是,我始终恪守一个女人应尽的责任,我能这样说吗?"残酷煎熬的一夜过去了,清晨开始,她这样问自己,"倘若勒万先生在这里,就坐在我对面,无言地看着我,他被我的道德——也就是说被我个人利益所规定的那些严格要求弄得痛苦不堪,他这种无言的责备,我难道能够忍受?不能忍受啊,可我又不免会屈服让步……我有什么道德啊,我把我所爱的人都给害得这样不幸……"

这种痛苦纷繁纠结、难分难解,她的身体终于支持不住;热病又发作了。

在热病的折磨下,第一天她就觉得头晕目眩,德·欧甘古夫人在马利布兰夫人音乐会上那快乐幸福、装饰着迷人的花束(关于她那个出了名的一束花的故事有人已经讲到了)、千娇百媚、引得勒万拜倒在她脚下的形象,总是不停地浮现在她的眼前。

"我真不幸,我有什么可以许诺给他,能够让他和我结合呢?我凭什么名义不许他回报一个迷人的女人的殷勤情意?一个比我美的女人,而且和我不同,一个在巴黎社交场中长大的青年男子所需要的那种亲切可爱的女人——欢欢喜喜,新奇不俗,而且不带丝毫坏心思,这样一个女人,我凭什么不许他回报她的殷勤美

---

① 原稿中此处是空字。(马尔蒂诺注)

意呢?"

德·夏斯特莱夫人循着这忧郁的思路反复思量,不禁拿起一面椭圆形小镜子照了一照。她在镜子里注意看自己。每次临镜,根据经验,她都自愧不如。她的结论是:她的确是丑,因此她更爱勒万,更觉得勒万爱德·欧甘古夫人而不爱她,是有眼光的。

第二天,她病得更厉害了。把德·夏斯特莱夫人的心都撕碎了的种种怪念头变得更加阴沉难忍。一看见贝拉尔小姐,她就拘挛发抖。她更不要见德·勃朗塞先生;他简直让她害怕,她总是不停地听到他对她讲那个要命的音乐会。德·彭乐威先生每天合乎礼仪地来看她两次。杜波列博士主动跑来给她看病,他下一步要做的一切,他都安排好了;他每天到彭乐威公馆来三趟。在治疗过程中,引起德·夏斯特莱夫人注意的是他绝对不许她起床;这样一来,连见一见勒万的希望也不可能有了。她简直不敢提到他的名字,她只有问她的女仆,他是不是来探问过。她总是焦急不安地注意听他那双轮马车的车轮声——那她真是太熟悉了。这样,她的病又加重了一层。

勒万每天上午都要来一次。她病后第三天,他听到杜波列先生含糊的回答,怀着十分不安的心情离开彭乐威公馆。他坐上马车,纵马疾驰而去;当马车经过人们叫作公共散步场的那个有修剪得整整齐齐的遮阳的菩提树的广场的时候,马车紧擦着德·桑累阿先生身边而过。德·桑累阿先生刚好吃过午饭出来,在吃晚饭之前这一段时候闲着无聊,正扶着卢德维格·罗莱尔伯爵的肩膀在南锡街上闲逛。

这一对难兄难弟站在一起正好形成一个滑稽有趣的对比。桑累阿尽管非常年轻,可是块头很大,身高不到五尺,满面红光,蓄着一部似黄不黄的连鬓胡子。卢德维格·罗莱尔,瘦长的个儿,面色苍白,一副倒霉相,像个沿门乞讨的修道士一般,叫上司一看见他就不高兴。他那至少有五尺十寸长的高个子,上端长着一个小小的头颅,脸蛋白皙,头顶上一圈黑发,沿着两个耳朵披下来,好似顶着一顶王冠,和修道士那种头发一模一样;两眼的光虽有若无,四周都由瘦长而僵硬不动的纹路包围着;他身上穿的那身又旧又紧的黑制服,简直把这个拿军饷当一大宗财富的前胸甲骑兵中尉与这位多少年来上衣就扣不上纽扣、至少每年有四万利弗尔进项的幸福的德·桑累阿所形成的强烈对比表现得淋漓尽致。德·桑累阿光凭这笔财产就算得上一个十分了不起的人物,他靴子上装着的生铁马刺足足有三寸长,他不开口则已,一开口就骂人,说起话来说不上几句,就滔滔不绝讲那个叫人吓得发抖的决斗的故事。所以他是个十分勇敢的人物,尽管他从来没有与人家较量过,显然是因为人家怕他。其实,他的窍门就是放出罗莱尔兄弟去攻击他所讨厌的人。

这几位罗莱尔先生七月事件以后不久就解职回家,在家赋闲当然比以前更是百无聊赖;他们兄弟三人共有一匹马,他们对什么都不感兴趣,不过一进行决斗,他们就兴致勃勃了,那是他们的拿手好戏,这个本领给他们赢得了名气,使他们受到人家的敬重。

这时正当正午时分,勒万的双轮马车刚好经过,震得大块头桑累阿脚下的石板路颤动不已,桑累阿这时还没有去咖啡馆,人一点也没有喝醉。他在卢德维格·罗莱尔的陪伴下,只是抓住身旁走过的乡下姑娘乱摸人家的下巴颏儿取乐。他拿马鞭抽几下咖啡馆门前张着的遮阳天幕,又抽一排一排摆在天幕下面的椅子,又伸手去捋那公共散步场上低低垂下的菩提树枝条上面的叶子。

马车匆匆跑过,把他从这种有趣的消遣中给引开了。

"你看这是不是跟咱们挑衅?"他问卢德维格·罗莱尔,装出英雄好汉的神气认真地看着他。

"你听我说,"卢德维格·罗莱尔伯爵脸都发白了,对他说,

360

"这个暴发户很懂礼貌,我倒不认为他拿那个马车故意来冒犯我们;正是因为他那么知礼,我才更加讨厌他。他刚才从彭乐威公馆里出来;他以为叫咱们舒舒服服就神不知鬼不觉地把南锡最漂亮的女人,最有钱的继承人,至少你我从自己的阶级所能挑选的一个女人,从咱们手里抢走……这个呀……"罗莱尔口气坚决地说,"这叫我不能容忍。"

"你说的是真话?"桑累阿眉飞色舞地反问一句。

"在这种事情上,我亲爱的,"罗莱尔干巴巴、不高兴地回答说,"你应当知道,我是从不说假话的。"①

"莫不是你还要教训我,我?"桑累阿摆出一副好斗的神气答话,"咱们彼此都很了解。关键问题是他逃不出咱们的手掌心;这畜生很狡猾,骑兵团里的两次决斗都叫他给避开了……"

"决斗,斗剑!太妙了!他把博贝上尉刺伤,人家在伤口上放了两条水蛭才治好。要是我,见他妈的鬼!非用手枪决斗不可,距离十步,用手枪;要是他打不死我,我向你保证,他所需要的可就不止两条水蛭了。"

"到我家去;咱们散步这路上到处都是稳健派的暗探,这些事情绝不能当着他们谈。昨天我收到一箱弗赖堡②樱桃酒。派人通知你兄弟和朗弗尔去。"

"要这么多人吗,我?半张纸就能把事儿办妥啦。"卢德维格伯爵急忙向一家咖啡馆走去。

"要是跟我撒野,你就给我滚开……问题是采取什么巧妙的手段叫这个该死的巴黎人别害得咱们犯了错误,再来嘲笑咱们。咱们洛林青年贵族组织了一个保险公司,给咱们把有大宗陪嫁的

---

① 挑拨性的说法或说真话的说法。争斗。(司汤达原注)
② 弗赖堡,德国城市,属巴登-符腾堡州,靠近法国的阿尔萨斯,距南锡不远。

361

寡妇都保上险,不叫人抢走——谁能防他不到骑兵团去散布谣言?"

三位罗莱尔①、米尔塞和葛埃洛正在打台球,咖啡馆的仆役没走几步就把他们都找到了,很快就把他们请到德·桑累阿先生府上,这么一来,可有话好说了,他们个个欣喜若狂;所以,他们异口同声地谈起来了。这次聚会是围着一张华贵、结实的桃花心木大桌子进行的。桌上没有铺桌毯,这是模仿英国绅士的做法,不过在桃花心木桌面上只见巴卡拉②烧制的精致的水晶瓶传来递去。水晶瓶里透明得像泉水一般的樱桃酒,像马德拉酒③那样火焰似的黄色烧酒闪闪发光。没有多少时间,三位罗莱尔兄弟都表示要去和勒万斗一斗。德·葛埃洛先生是一个年纪三十六岁的自命不凡的人物,虽然形容干瘪,皱纹满面,他仍然想在他这个年纪上成就一番事业,甚至还要向德·夏斯特莱夫人求婚,所以他很有分量又很有分寸地为他的事业辩护了一番,表示愿意第一个站出来,与勒万较量较量,总而言之,他受到的危害比任何人都要来得大。

"是不是在他到来之前博德里的英国小说我没有借给这位夫人看过?"

"你这个博德里呀,"朗弗尔先生突然来到,开口说道,"这位漂亮的先生可把我们所有这些人给害苦了,受害最大的,谁也比不上我那可怜的朋友德·昂丹先生,这口气他是非出不可了。"

"头上长角,也得忍受呀。"桑累阿打断他的话,大声笑着。

"德·昂丹先生是我的知心朋友。"朗弗尔对桑累阿说话口气

---

① 原文如此。罗莱尔兄弟三人,卢德维格·罗莱尔此刻与桑累阿在一起,不可能又在打台球,疑误。
② 巴卡拉距南锡和吕内维尔不远,以精制水晶玻璃器皿著名。
③ 马德拉葡萄酒产于大西洋上葡属马德拉岛,是一种加度葡萄酒,介于干酒和甜酒之间,长期储存仍然甘醇可口。

粗野很不高兴,所以这样说,"如果他人在这里,他一定要和你们一起战斗,绝不愿意和那个怪可爱的胜利者打交道。根据所有这些理由,我也要参加战斗。"

勇敢的桑累阿在这二十分钟之内处境是很为难的,他看得很清楚,大家都主张去斗,唯独他一个人还没有表态。只有朗弗尔态度比较温和可爱,既漂亮,又体面,这样一来,逼得他只好走极端了。

"各位先生,无论如何,"他最后压低了嗓子、尖声尖气地说,"在名单上把我排在第二吧,因为计划是罗莱尔和我,我们在散步广场的小菩提树下面提出来的。"

"有道理,有道理,"德·葛埃洛先生说,"咱们抽签决定由谁动手去扫除这个危害公众的瘟疫。"(他说了这么一句漂亮的话,很感自豪,十分得意。)

"越快越好,"朗弗尔说,"不过,先生们,只能干这么一次。如果是勒万先生一人对我们四五个人的话,《黎明报》就要抓住这件事不放,我可是先把话给你们说在前头,你们等着看巴黎的报纸吧。"

"要是他杀了我们的朋友,那又该当如何?"桑累阿说,"难道死了人也不复仇?"

讨论一直持续到吃晚饭。桑累阿早已叫人准备了一顿丰盛的晚餐。等到六点钟分手的时候,大家都发誓保证这件事不论对谁都绝口不提;可是,在当晚八点钟之前,这件事的来龙去脉杜波列先生早已全部知道了。①

换句话说,布拉格方面已经发来明确的指令,贵族与吕内维尔军营或附近城市之间的任何争执都必须避免。这天夜里,杜波列

---

① 文笔不免滞重,但是真实的。(司汤达原注)

先生以一头狂怒的獒犬那样的优美姿态走到桑累阿身边;他那两个小眼睛就像一只受了刺激的雄猫的眼睛那样熠熠放光。①

"你明天十点钟招待我吃早饭。请罗莱尔、德·朗弗尔、德·葛埃洛,还有所有参加你们那个计划的先生一起来。我有话要对他们说。"

桑累阿本想发作,但是他怕杜波列讲出一句难听的话南锡全城会播扬出去。他只好点头表示同意,表情之文雅几乎同博士不相上下。

第二天,吃早餐的客人知道他们将要同谁打交道之后,都很不高兴。他们都心事重重地来了。

杜波列也不向任何人致意,一上来就张开嘴讲了起来:"各位先生,宗教和贵族有很多敌人;其中的报纸,向全法国说话,并把我们所从事的工作加以毒化。我嘛,一个平民,一个小商人的儿子,现在和洛林最高贵的贵族的代表人物说话,我感到很荣幸。这里要说的是:倘若事情仅仅与骑士的勇敢有关,我当然只有站在一旁赞赏,绝不开口,绝不妄置一词。但是,各位先生,我看你们有点动怒了。毫无疑问,怒气一上来,就要妨碍你们考虑问题,考虑问题嘛,正是我应当注意的范围之内的事。你们不愿意让一个小小的军官把你们的德·夏斯特莱夫人抢走,是不是这么一回事?那么,又是什么力量能阻止德·夏斯特莱夫人离开南锡住到巴黎去?到了巴黎,她就被她的朋友包围,那些朋友支持她,给她力量,她就会给德·彭乐威先生写信来,那就是与众人有关的事情了。她会说'我只有和勒万先生结合在一起才能得到幸福',她肯定要这么讲的,因为根据你们的观察,她也是这么想的。德·彭乐威先生会拒绝吗?那不一定,因为他的女儿这样讲是认真的,他嘛,德·彭乐

---

① 真实,不过欠优美。今晨亲眼所见。(司汤达原注)

威先生怎么好拒绝？德·夏斯特莱夫人有她巴黎朋友的支持,其中自有地位极高的贵妇人,所以,德·夏斯特莱夫人是不是得到在外省的老父的同意实在也无所谓。

"你们是不是有把握把勒万先生一下就干掉？要是这样,我无话可说;德·夏斯特莱夫人当然不能嫁给他。不过,请相信我,正因为这样,她也不会嫁给你们中的任何人;照我看,这是一个性格刚强、多情而且固执的人。勒万先生一死,一小时之后,她肯定会叫人套上马车离去,到下一站再换马,只有上帝才知道她会在什么地方停下来！布鲁塞尔,也许维也纳,如果她的父亲对巴黎方面有不容置辩的反对理由的话。不管怎么样,请你们记住这一条:勒万死去之日,就是你们永远失去她之时。如果他受了伤,那么,全省都会知道决斗的起因;她因为胆小害怕,认为自己既已失去名誉,那么,勒万一旦脱离危险期,她就会避到巴黎去,一个月后,勒万也就会跑到巴黎去找她。总而言之,只有德·夏斯特莱夫人胆小怕事才能把她拖在南锡;你们给她一个借口,那么好,她就走了。

"我同意,你们杀掉勒万,你们的怒气消了,成功了,你们七个人,毫无问题,你们会把他杀死的,不过,德·夏斯特莱夫人那对美丽的眼睛和她的陪嫁也就一去不复返了。"

讲到这里,大家叽叽咕咕议论起来,杜波列无所顾忌的言论使他们喊喊喳喳得更厉害。

杜波列提高了声音又用劲地说道:"如果你们当中两三位要继续和勒万斗,那你们就要被人家当作杀人犯,整个骑兵团就会起来对付你们。"

"这正是我们求之不得的。"卢德维格·罗莱尔憋得很久的一腔怒火爆发出来了,他这样喊叫着说。

"对呀,对呀,"他的两个兄弟也说,"我们倒要看看这些蓝鬼究竟怎么闹。"

杜波列说："先生们，根据我作为国王派到阿尔萨斯、弗朗什-孔泰、洛林的特派员的名义，这是我要禁止你们去做的事。"

他们一下子都站起来了。一个小小的布尔乔亚，同本地贵族的精华说话，居然拿出这么一副腔调，真是胆大妄为，他们不能忍受。可是杜波列的虚荣心偏要在这样的场合得到满足，他那勇猛无畏的天才偏偏也喜欢这一类战斗。他们许多目中无人的举动，他不是没有看见，遇上这样的机会，他就要对准这些绅士的傲慢自负，予以迎头痛击，非打他个落花流水不可。

在所谓可骄傲的出身这种幼稚可笑的虚荣心的支配下，这些绅士言辞激愤地大吵大闹；经过这一阵争吵之后，一场混战朝着有利于战略家杜波列的方面转变了。

杜波列看他们几个人轮番地吹嘘他们的祖先，说他们的祖先何等勇猛善战，又夸耀一八三〇年事变之前他们自己在军队中的地位……这时，他就开口对他们说："你们是不是不打算服从啊？那并不是不服从我，我不过是泥土里的一条蛆虫，你们不服从的是我们的合法君主，国王查理十世。国王不愿意和他的兵团闹翻。让他的贵族集团同一个军团发生争吵，那是糟透了的政策。"

杜波列反复给他们讲这个道理，采用各种不同的措辞再三解释，总算把这个道理打进这些人很不习惯接受新事物的脑壳中去。杜波列计算了一下，足足花了三刻钟或一个小时，费了不少口舌，才把他们的自尊心给安抚下去。

杜波列贪得无厌的虚荣心因为有点感到厌烦，这时也开始收敛了，为了不再浪费时间，他转过话头说了几句叫大家开心的话。他叫德·桑累阿先生去弄点烈酒来喝喝，用这个办法把德·桑累阿先生先征服过来，因为挑动罗莱尔兄弟的本来就是他。桑累阿曾经发明一种方法，兑出一种很了不起的混合酒，于是他就到餐具室亲自配这种酒去了。

这时,大家一致拥护杜波列的独裁。杜波列问道:

"先生们,你们是不是真心希望勒万先生离开南锡,又不丢掉德·夏斯特莱夫人?"

"那还用说。"大家没好气地回答说。

"那么好,我有一个可靠的办法……你们好好想一想,也会猜到的。"

他那狡猾的眼睛高兴地看着他们那聚精会神动脑筋的表情。

"明天这个时刻,我来告诉你们究竟是怎样一个办法;再简单也没有了。不过这个办法有一个缺点,要求严格保守秘密一个月。先生们,我要求你们指定两个人专门听我调遣,只要两个人。"

这话一说完,他就转身扬长而去。卢德维格·罗莱尔见他走出门去,恶狠狠地把他咒骂了一顿。接着其他几个人也照他的样子骂,只有朗弗尔是例外。朗弗尔说:

"你们看他那倒霉的身躯,你们看他那副丑相,你们看他那个肮脏的样子,他那顶帽子一直戴了一年半,简直恶俗到了粗野的地步。他的缺点大部分来自他的出身:他老子是贩苎麻的商人,他刚才就是这样说的。但是,即使是最伟大的国王,也需要这一类出身下贱的顾问出来为他们效劳。杜波列比我有手腕,见鬼去吧,如果我猜得出他那个万无一失的办法的话。卢德维格,你说了那么多,他那个办法你猜得出吗?"

大家都笑了,只有卢德维格没有笑;桑累阿对事情发生这样的变化感到高兴,于是他请大家明天来吃午饭。在分手之前,尽管大家对杜波列怒气未消,但还是指定了两个人与他保持联系,这两个人的任务自然落到德·桑累阿先生和卢德维格·罗莱尔先生头上,而他们两人叫大家不要选他们偏偏叫得最响。

杜波列离开这几位性子激烈的绅士之后,急忙奔向一条狭仄的小街的尽头,去找一个无名的神父,这是专区区长所信任的派到上等社会中去的一个密探,所以说他已经打进了那个秘密的内部并站住了脚跟。

"我亲爱的奥利夫,你去对弗莱隆先生说,我们已经收到布拉格发来的专函,有关来函指示的事,我们决定五点钟在德·桑累阿先生家中开会;但是因为来函非常重要,所以我们明天十点半钟仍然在原来的地方召开会议。"

奥利夫神父得到大主教的批准,穿一身极其破旧的蓝色服装,脚上穿铁灰色的袜子。他就穿着这么一身衣服去找了代理主教雷伊神父,出卖了杜波列,把刚刚从博士那里接受的任务向雷伊神父报告了。接着他才溜到专区区长府上,专区区长听说这个重大消息,一夜都没有睡觉。

第二天,一大早,他派人告知奥利夫神父,他付出五十埃居把布拉格函件忠实地照录了一个副本,然后又直接写信报告了内政部长。他这是冒着得罪省长杜莫拉的风险干的,杜莫拉原是自由派变节分子,一个永远惶惶不安的人物。弗莱隆先生也给杜莫拉写了信,不过信是推迟了一个小时之后才投到邮箱里去的,这样就可以使这么一个普普通通的专区区长提供给内政部长的重要意见提前二十四小时送到。

第三十六章

"怎么!这班畜生连任命两个专员也不懂!还要我给他讲我的计划,真他妈的见鬼!"杜波列知道他们推荐给他的两个专员以后,心里这样想。

杜波列在第二天开会的时候,那神气比往常更加认真、更加目中无人,他一把抓住卢德维格·罗莱尔先生和德·桑累阿先生的胳臂,把他们拖进德·桑累阿的书房,拿钥匙把门一锁。杜波列是很重视形式的,他知道桑累阿在这类事务中所懂得的唯一的事情就是这个。

三个人在三张靠背椅上坐下来,杜波列先是沉默片刻,然后开口发言说:

"先生们,我们在这里举行会议,为我们的合法君主,查理十世陛下效忠尽力,今天我答应透露给你们的任何秘密都必须绝对保守机密,你们能不能对我宣誓?"

"拿名誉担保!"桑累阿由于敬畏和惊奇慌慌张张地说。

"嘿!……"罗莱尔很不耐烦。

"先生们,你们的奴仆都已经被共和派买通;这一派的人无孔不入,谈不上绝对保守秘密,连我们最好的朋友也靠不住,这一点连优秀的政党也做不到,不过,先生们,甚至我,一个穷光蛋,咱们就等着看《黎明报》的诬蔑攻击吧。"

为读者着想,我把杜波列的发言大大删节,他本来认为向那么一位有钱的人士,还有那位勇敢无畏的人士大吹一通很有必要。

不过他不愿意对他们说实话,所以他的话越说越长,超过了必要的限度。

最后他说:"我原来希望能够告诉你们的那个秘密,根本就不会弄到我这里来。照目前来说,我不过是受命要求你们勇往直前而已。"说到这里,他面对着桑累阿有意地停顿一下,这一停顿对桑累阿来说代价可是很大的。

"一言为定!"桑累阿说。

"不过,先生们,当一个人成为一个伟大政党的一员,他必须懂得为党的意志做出牺牲,哪怕党的意志不对头。倘若不然,他就什么也不是,他就一无所成。那他就只配落得一个垮掉的小伙子的下场。先生们,所以在这关键性的半个月内,你们中间无论谁都不许向勒万先生挑衅。"

"不许……不许……"卢德维格·罗莱尔痛苦地重复着。

"在这期间,勒万先生就要离开南锡,或者至少德·夏斯特莱夫人家里他再也不会去了。我觉得,你们要求的就是这个,而且我刚才给你们指出的,靠决斗,你们也达不到目的。"①

各种不同的说法对这一点反复地讲了一个小时。两位专员仍然认为知道那个秘密既是他们的权利,又是他们的义务。

桑累阿说:"如果等在我的客厅里的几位先生知道我们在这里待了一个钟头而一无所获,那我们怎么办呢?"

"那好办,让他们相信你们已经心中有数不就成了吗?"杜波列冷冷地说,"我来帮助你们。"

为了让这两位先生的虚荣心接受这个权宜之计,又费了足足一个小时的工夫。

杜波列博士出色地经受了这么一次耐心的考验,在这个过

---

① 这种粗野,有意为之。(司汤达原注)

程中,他那傲慢自负的感情得到了满足。他特别喜欢同敌对的人物交涉,竭力说服他们。他这个人表面上似乎拒人于千里之外,但在精神上却显得坚定、激烈、大胆。从涉足政治纠葛那一天起,他对获得一等的医术就不再感到兴趣而感到厌倦了。效忠查理十世,也就是说,他称之为政治的那等事务,却能激励他有所作为,努力工作,争取得到人家的倚重。吹捧他的人对他说:"如果普鲁士人或者俄国人把查理十世再给我们保驾送回来的话,你一定能当上议员、部长,等等。在新政局之下,你就是维勒尔①呀。"

"什么时候说什么话啊。"杜波列回答说。

所以,在目前,他乐于雄心勃勃地去进行征服。因此,德·毕洛朗先生和德·彭乐威先生从以南锡为首府的这个省份的保王党人活动领导人那里取得了某些权柄;杜波列不过是这个专门委员会或者说这么一种秘密政权的一个小小的书记长罢了。这个处于秘密状态的政权只有一件事情是可以理解的,那就是权力不许分割。这个权力是委托给德·毕洛朗先生的,他不在的时候,委之于德·彭乐威先生,若是他也不在的话,那么权力就交由杜波列本人执掌,可是一年来却是杜波列一把抓的。杜波列对那两位掌权人并不怎么重视,而他们对此又没有什么不满。这是因为他自有巧妙的手段让他们朦胧地感到他们搞阴谋活动,等待他们的只是那个断头台,或至少是哈姆城堡②;所以这两位先生不热心,也不狂热,更没有献身精神,实际上,他们宁愿让这个大胆粗野的布尔乔亚搅到里面去,自己乐得无事一身轻,只求跟他不把关系搞僵,一旦取得成功,或

---

① 维勒尔(1773—1854),伯爵,法国保守派政治家,查理十世统治时期的首相。
② 哈姆城堡,在巴黎北部索姆省哈姆市,系十二世纪建成的古堡,十三世纪以后成为国家的监狱,十分有名。

者第三次复辟①一朝如愿以偿,到那时再千方百计把这个人踩到阶梯最下层去就是了。

杜波列对勒万也丝毫没有仇恨;但是,既然他担负起设法把他撤走的责任,在他一心要干的热劲儿之中,那他就要,而且坚决要把事情做到底。

第一天,他要求两位专员在桑累阿家里开会,第二天,他又设法从这两个专员悀悀惶惶的好奇心理中挣脱出来,直到这时为止,他自己还没有决定采取任何行动的计划。现在他正在着手进行的行动计划,是一部分一部分逐步形成起来的,如果这样一次决斗他没有以君主的名义加以阻止而竟然让它发生,那对于他的声誉、对于他在洛林地区拥有党的一半力量的青年心中的威望来说将是一次明显的失败,一次彻底的惨败,当他对这一点确信无疑时,他的计划最后也就决定下来了。

首先,他郑重其事地告诉德·塞尔庇埃尔夫人、德·马尔希夫人和德·毕洛朗夫人,说德·夏斯特莱夫人的病比人们料想的要严重得多,至少要病倒很长一个时期,他和她们私下交了这个底,表示对她们信任。他又要德·夏斯特莱夫人在一条腿上外敷一种发疱药剂,一个月内禁止下地走动。② 过了没有几天,他又到她家去,搭过脉以后,一本正经的神色一下变得愁眉不展的样子,并且提出要她去举行种种宗教仪式,这在外省就意味着要举行涂圣油礼了。这件大事于是在整个南锡传播开来,而且人们可以从它对勒万发生的影响做出判断:德·夏斯特莱夫人是不是病危,快要死了?

"死难道就是这样?"德·夏斯特莱夫人只是得了一种普通的热

---

① 指保王党人指望查理十世在普鲁士或俄国的支持下返回法国,第三次复辟波旁王朝。

② 卑鄙无耻?在我们那些爱精致好挑剔的人看来,搞阴谋诡计的人都是卑鄙无耻的。那是只有用玫瑰色的纸才写得成功的。(司汤达原注)

病而已,这她是一点也不怀疑的,所以她这样问自己,"如果有勒万先生在我身旁,死也甘心。如果我失去勇气,他会给我勇气的。要是真的失去他,活着也就没有多大乐趣。在外省这个地方,这些人真叫我生气,在见到他之前,这里的生活是多么阴郁愁闷……但他不是贵族,而是一个稳健派的军人,更糟的是,一个共和派……"

德·夏斯特莱夫人宁愿一死。

她对德·欧甘古夫人恨了起来,可是一发现心里生出这样的恨,她又看不起自己。她已有整整半个月没看到勒万,她对他的一份情意反让她感到痛苦。

勒万在失望中曾到达尔奈寄出过三封信,幸而信都写得十分谨慎,三封信都被贝拉尔小姐截去,她现在已经和杜波列博士达成了完全的协议。

勒万盯住博士,寸步不离。他这步棋走错了。勒万这个人让他去搞虚伪狡诈手段他可没这个本事,他不可能同一个无耻的阴谋家成为知交。他无疑弄得杜波列十分恼火。勒万看不起骗子、卖身投靠的人、伪善者,他这种天真幼稚让博士非常生气,使他觉得勒万讨嫌可恨。他们谈到波旁王朝东山再起的可能性不大,这时,博士对勒万的健全思想倒感到惊服;有一天,博士给逼得实在无法可想,他对勒万说:

"这个问题,至于我,难道我是个傻瓜?"

他压低了声音又说:

"你这个麻木不仁的小伙子,关于你最关心的那件事,咱们可是正面临着突变。考虑考虑将来,重温一下从你那位卡雷尔[①]那里弄来的那些现代观点吧,我嘛,我是你当前处境的主宰,我很快

[①] 卡雷尔(Carrel,1800—1836),法国新闻记者,坚决反对七月王朝的共和派,《国民报》的创办人,在与保王党分子吉拉尔丹的决斗中被杀身死。

就会叫你明白的。我是一个满脸皱纹的老朽了,在你看来,我衣冠不整,不登大雅之堂,你呢,年轻,漂亮,有钱,仪表堂堂,天生的高贵,和我杜波列是完全不一样的,我嘛,我可是要叫你吃苦头了,要叫你忍受最残酷的痛苦。我一生中前三十年,住在六层楼顶楼上,冻得半死,和一副死人骨骼架子相依为命;你呢,你只要不嫌麻烦找个好娘胎投生,那么你暗暗之中就可以指望,你的合理政府一旦站住脚跟,人家就会把像我这样有力量的人用蔑视来加以惩罚!这么办,对你们那一党来说,未免失之于愚蠢;眼下,你不想一想我会怎么整治你,不想一想我会狠狠地整治你,对你来说,也未免太蠢了。准备吃苦头吧,我的娃娃!"

接着,博士对勒万讲到德·夏斯特莱夫人生病的事,照他说来,那是很令人焦虑不安的。倘若他在勒万嘴角上看到一丝笑意的话,他一定会对他说:

"你看,彭乐威家族的墓穴,就在这个教堂里面。"他会再叹一口气说,"我担心墓穴很快就要打开来的。"

他等了好几天终于等到勒万像一个情人发疯那样也发起疯来,勒万一定要和德·夏斯特莱夫人秘密会面。

杜波列自从在德·桑累阿先生家里和他那年轻的同党开过会以后,对于贝拉尔小姐那种心怀恶意、缺乏明确目的的盲目性大不以为然。他有意和贝拉尔小姐接近要好。他设法让她在德·夏斯特莱夫人家中发挥某种作用。他认为对德·夏斯特莱夫人具有危险性的与其说是德·彭乐威先生、德·勃朗塞先生以及其他亲属,倒不如说是这个贝拉尔小姐。

在杜波列的头脑中,实现计划的最大困难正一步步逐渐得到解决:关键就是那个非常敬慕自己的女主人的博利厄小姐,德·夏斯特莱夫人的贴身侍女。

博士对她表示完全的信任,把她争取到他这一边来。他又总是当着贝拉尔小姐的面叫博利厄小姐协助他给病人治疗,在他走后到下一次看病的间隙中,就叫她照料病人,想方设法让贝拉尔小姐完全同意他这样处理。

这个善良的侍女,跟那个很不善良的贝拉尔小姐一样,她们都以为德·夏斯特莱夫人的病势十分危险。

博士诚恳地告诉侍女说:据他推测,内心深处的痛苦,会使她的女主人病情加重。他迂回婉转地暗示,要想办法让勒万先生见一见德·夏斯特莱夫人,他认为那是势所必然的。

"哎呀,博士先生,勒万先生要我答应让他进来五分钟,这样折磨我已经有半个月了。可是人家会怎么说呀?我干脆一口回绝了。"

博士反反复复对她讲了许多话,那是他精心设计的,为了让侍女领会他这些话绝不能讲出去,他说这些话的用意实际上是转弯抹角让这个好心的姑娘同意促成人家要求的这样一次会晤。

终于有一天晚上,德·彭乐威先生按照博士的指示,到德·马尔希夫人家玩惠斯特去了;德·彭乐威先生打牌的时候,中途停下来两三次,因为他差一点哭出声来。正巧这一天又是山鹬过境的大好时机①,德·勃朗塞子爵先生抵制不住打山鹬的诱惑,出门打山鹬去了。勒万终于从博利厄小姐窗上看到发出了信号,这是他一直在盼望的好消息,这已经成为他生活中最最关心的一件事。他一见有了信号,急忙回家换上市民的普通服装,再跑回来,一直寸步不离病人的好心肠的侍女非常谨慎小心地跑出来通知他,他这才能够和德·夏斯特莱夫人在一起度过十分钟。

---

① 待核实。山鹬通常是十月、十一月飞过境。(司汤达原注)

爱情的种种细节……①直到最后,德·夏斯特莱夫人才提到德·欧甘古夫人的名字:

"自从你病了以后,我就没有去看她。"

---

① 细节两字后空白,此处一场始终没有写出。(马尔蒂诺注)

第三十七章

第二天,博士发现德·夏斯特莱夫人热度已退,气色也很好,他不禁担心这三个星期的细心治疗都是白费。他在好心的博利厄小姐面前装出非常忧虑不安的样子。他仿佛有急事在身那样,匆匆地走了,过了一个小时,一反常态,又转回来。

"博利厄,"他对她说,"你的主人出现虚脱现象。"

"哎呀!我的上帝,先生!"

博士在这里把什么叫虚脱现象解释了老半天。

"你的主人需要人乳。如果说有什么可以救她一命的话,那就非得有一个干净的乡下年轻女人的奶水不可。我刚刚差人跑遍南锡,只找到几个工人的老婆,她们的奶水对德·夏斯特莱夫人只会有害而不会有益。非得有一个年轻乡下女人的……"

博士注意到博利厄在专心看着座钟。

"我们乡下夏夫蒙村离这儿只有五里路。我晚上可以赶到,没关系……"

"好,非常好,博利厄很有胆气,很了不起。不过,你要是能找到一个年轻奶娘,可别叫她一口气赶五里路。你明天上午赶得回来就行:奶在人身上发烫,对你可怜的主人可就成了毒药啦。"

"博士先生,您也许认为再见一次勒万先生对夫人没有什么害处吧?夫人刚刚好像知会我如果今晚他来了就放他进来。她对他可好啦!……"

博士简直不相信他的运气果真来了。

"再自然也没有了,博利厄。"他总是强调"自然"这两个字,"谁来替你呢?"

"有忠心的好姑娘安娜-玛丽。"

"好吧!你给安娜-玛丽交代好。勒万先生在什么地方等你呢,到时候你好去叫他?"

"在阁楼里,就是约瑟夫睡觉的那个阁楼小房间,夫人前厅里隔出去的那个小房间。"

"你可怜的主人眼下病成这个样子,可不能太动感情。你要是听我的话,就绝对不要叫任何人走进门来,就是德·勃朗塞先生也不许叫他进来。"

这些细节,还有其他许多事,博士和博利厄小姐两人之间都一一说妥约定了。这位好心的姑娘把她的职务全部托给安娜-玛丽,这才在五点钟离开南锡下乡。

安娜-玛丽成为贝拉尔小姐的心腹,已经有很长一段时间,这个安娜-玛丽是专门盯住博利厄的一个奸细。安娜-玛丽本是德·夏斯特莱夫人出于善心收留下来的,有一两次夫人曾几乎想把她辞退。

于是发生了下面这件事:八点钟,趁贝拉尔小姐在和管门房的老太婆谈话的当儿,安娜-玛丽放勒万穿过庭院,两分钟后,他被领到占德·夏斯特莱夫人前厅一半大小的用漆过的板壁隔开来的一个小间里。勒万从这里可以把隔壁房间看得一清二楚,整个一层楼里说话的声音几乎都可以听得明明白白。

突然间,他听到一个刚落生的婴儿呱呱啼哭。他看见博士气喘吁吁地抱着襁褓里血淋淋的婴儿走进前厅。

"你那可怜的女主人呀,"他急切地对安娜-玛丽说,"总算救下来了。分娩没有发生什么意外。侯爵先生不在家吗?"

"不在家,先生。"

"连该死的博利厄也不在?"

"她下乡去了。"

"我找了一个借口,差她去找一个奶娘,因为我在近郊倒找到一个,人家不愿意奶一个秘密收养的孩子。"

"德·勃朗塞先生的?"

"奇怪的是,你的主人不愿意见他。"

"我相信他这下可要高兴啦,"安娜-玛丽说,"得了这么一件礼物!"

"说到底,小孩也许不是他的。"

"我的天哪!这些贵族太太呀,这教会可不许呀,话说回来,情人还不止一个哪。"

"我好像听见德·夏斯特莱夫人在呻吟,我进去吧。"博士说,"我去给你把贝拉尔小姐叫来。"

贝拉尔小姐来了。她最恨勒万,她谈话谈了有一刻钟工夫,说的事情和博士一样,可是她另有办法把话说得更加刻毒。贝拉尔小姐认为她唤作大娃娃的这个新生婴儿是德·勃朗塞先生的,或者是轻骑兵①中校的。

"也许是德·葛埃洛先生的吧。"安娜-玛丽又信口说了这么一句。

"不,不是德·葛埃洛先生的,"贝拉尔小姐②说,"他这个人嘛,夫人是再也不能忍受的。就是他,过去害得她小产,在那个时候,差点儿没让她跟不幸的德·夏斯特莱先生闹翻。"

勒万这时的处境不难想见。他恨不得从躲着的地方走出来,赶快跑掉,即使当着贝拉尔小姐的面也在所不惜。

---

① 司汤达疏忽,写成胸甲骑兵了。(马尔蒂诺注)
② 此处司汤达再一次误写安娜-玛丽,他上面刚让她说过话,重复了。(马尔蒂诺注)

379

"不行不行，"他对自己说，"她这简直是拿我当一个没见过世面的小孩来开玩笑呢。不过牵连到她，那实在是不应该的。"

这时，博士来到前厅门口，他怕贝拉尔小姐心眼儿太坏，弄巧成拙，露出破绽。

"贝拉尔小姐！贝拉尔小姐！"他满面慌张的样子说，"出血了。快点，快把那桶冰拿来，是我包在大衣下面带来的。"

这里只剩下安娜-玛丽一个人，勒万这时才走出来，把他的钱包给了她，他一边拿钱包给她，一边忍不住看了看她手里炫耀似的抱着的那个小孩，这哪里是刚落生几分钟的婴儿，分明已经生下来一两个月了。这勒万是看不出来的。他表面上神色安详地对安娜-玛丽说：

"我觉得有点不舒服。我明天再来看德·夏斯特莱夫人吧。我出去的时候，是不是请你去和那个女门房谈谈话？"

安娜-玛丽眼睛张得老大地望着他：

"莫不是他也这样看，他？"她心下想。

真是运气，勒万催得很急，要做出什么不妥的事也来不及做，博士的计谋因此顺利地取得成功；她什么也没有说，把小孩放到隔壁房间里一张床上，就下楼找女门房去了。

"这个钱包这么沉，"她暗自说，"里头装得满满的是银币还是金币？"

她把女门房领到她那个门房小房间里去，于是勒万趁势走出去，没人看见他。

他走出大门，直奔寓所，到了房里，就锁上房门。只有到这个时候，他才容许自己把不幸细加思量。在开始的时候，他心里还充满着爱，所以他不会生德·夏斯特莱夫人的气。

"她不是对我说过在我之前她谁也没有爱过吗？其实，瞧我这么蠢，和我在一起，简直就像和一个弟弟在一起一样，难道还用得着她这么瞒着我?……但是,我亲爱的巴蒂尔德,即使这样,难道我就不可以爱你?"他痛苦万分,突然声泪俱下。

一个小时后,他想:"我真蠢,竟把德·欧甘古夫人白白撇了一个月,要真配得上做一个男人,就应当到她家里去找她,想办法去报复。"

他生自己的气,简直发了狂,换上衣服便要出门,往门外走的时候,刚到客厅就昏倒了。

过了好几个小时,他才苏醒过来;一个仆人在凌晨三点钟跑来看他有没有回家,正往前走,不料那脚竟碰上他。

"啊!他在这里醉死过去啦!一个主人,这是多么脏呀!"这人这么说。

这些话勒万听得清清楚楚;起初,他以为自己就像这个仆人所说的那样;但是,可怕的真情一下又浮现在他的眼前,他觉得自己比昨天夜里更要痛苦,更要难受。

这一夜余下的时间,他是在一种昏迷状态下度过的。他一度生出一种无聊的念头,想跑去把德·夏斯特莱夫人痛骂一顿;可是,他又觉得这样的想法太可怕。他给费欧图中校写了一封信,也算运气,骑兵团那会儿由他指挥,信上说他病倒了,接着一大早他就出了南锡城,希望不要被别人看到。

后来他孤独一人骑在马上溜达的时候,对自己的痛苦不幸才从头到尾有了一番通盘的思考。

"我不能再爱巴蒂尔德了!"

到上午九点钟,当他骑在马上走出离南锡已有六里路的时候,产生再转回南锡留下来这样的想法在他就成为不可能的可怕的事情了。

"我应当一口气跑回巴黎,找我的母亲去。"

他早已把他那军人的职责抛到九霄云外,他觉得自己就像是一个面临绝境、面对着最后时刻的人。在他看来,这个世界上所有的事情都是毫无意义的,他心目中只有两个人:一个是他的母亲,一个是德·夏斯特莱夫人。

对于这个被痛苦折磨得精疲力竭的心灵来说,一路跑回家去这疯狂的意念倒好像是一种安慰,他唯一能够得到的慰藉。这其实也是一种解脱。

他把马送回南锡,提笔给费欧图写信,请他千万不要让人谈起他走的事。

"我是陆军部长命令秘密召回的。"

他笔下扯了这么一个谎,实在是因为他唯恐有人追踪而来,他怕得要命。

他到驿站去要一匹马。人家见他神色不对,不同意发马,因此他说是骑兵第二十七团费欧图中校派他到兰斯①骑兵分遣兵团去执行任务的,去同工人作战。

第一站取驿马遇到种种困难,只此一遭,这一关过后就没事了;三十二个小时以后,他到了巴黎。

快要到他母亲家里的时候,他想到他这副模样回去一定会把她吓坏的;因此他在邻近一家旅馆下了马;几个小时以后,他才回家去。

"妈妈,我简直疯了。有失荣誉的事,那是没有的,除此之外,我可是最不幸的一个男人啊。"

"什么我都原谅你,"她抱着他,对他说,"我的吕西安,没有人会责备你,不要担心。是钱的问题吗?钱我有。"

"不是这个问题。我爱了一个女人,可是我被骗了。"

---

① 兰斯,法国历史名城,距巴黎146公里,在巴黎东北方向马恩省,介乎巴黎与南锡之间。